Le Lotus jaune

Hélène Jacobé
Le Lotus jaune

Roman

Éditions Héloïse d'Ormesson
& FAVRE

© Éditions Favre et Héloïse d'Ormesson, 2024

Éditions Favre, 29 rue de Bourg, CH-1003 Lausanne
editionsfavre.com
ISBN 978-2-8289-2146-0

Éditions Héloïse d'Ormesson, 92 av. de France, F-75013 Paris
editions-heloisedormesson.com
ISBN 978-2-35087-938-3

En application du code de la propriété intellectuelle,
il est interdit de reproduire intégralement ou partiellement
le présent ouvrage sans l'autorisation de l'éditeur
ou du Centre français d'exploitation du droit de copie.

Si le monde vide paraît changer,
c'est par notre ignorance.
Inutile de chercher la vérité,
abandonnez plutôt les opinions.

Seng T'san

Sommaire

(Tianjin, le 14 juillet 1900   9

I
1870-1890   11

1 (Sur l'eau   13
2 (Illusions   29
3 (La maison de boue   35
4 (La guérisseuse   57
5 (L'apprentissage   85

II
1890-1900   99

6   (Sur la barque   101
7   (Les diables   119
8   (Les bouches sucrées   131
9   (La triade et le Lotus jaune   139
10 (L'impératrice   163
11 (Le Poing de la justice
      et de l'harmonie   173
12 (Cao Futian   181
13 (Nuage d'azur   197
14 (Des corps et des armes   203
15 (L'armée impériale contre les milices   225
16 (Les vierges folles   239
17 (Le départ de l'expédition Seymour   257

III
Juin - juillet 1900   269

18 (Les incendiaires   271
19 (L'ultimatum   289
20 (Les pleins pouvoirs   295
21 (L'immobilité   309
22 (Les esprits   317
23 (Panique   323
24 (Les heures noires   327
25 (La bataille de Tianjin   339

    (Épilogue   349

Liste des personnages fictifs   353
Liste des personnages historiques   355
Histoire et roman   357
Repères historiques   359
Repères géographiques   362

NOTE PRÉALABLE

Ce roman s'inspire de faits réels. Le lecteur trouvera en notes de fin les dates des événements et les noms des figures historiques auxquels il se réfère.
   Le texte adopte l'usage répandu en Asie de faire figurer les noms de famille avant les prénoms. Tous les noms chinois sont retranscrits en pinyin, même si cette retranscription n'était pas répandue au XIXe siècle : on trouvera donc Beijing pour Pékin, Cixi pour Tseu-Hi.
   Les dates et les âges sont indiqués à l'occidentale, de même que les mesures, afin de permettre une meilleure compréhension des faits. Les exceptions sont signalées.

Tianjin, le 14 juillet 1900

Les barbares ont pris la ville. L'armée impériale bat en retraite. On ne sait pas très bien si elle fuit ou si elle tente encore de défendre la route vers Beijing et la Cité interdite. Les deux, sans doute. Ici, il ne reste plus que les Boxeurs – ces paysans affamés qui ont quitté leurs champs pour se battre, à mains nues, contre les Européens. Ce sont les Anglais qui les ont appelés ainsi, avec une bonne dose de mépris : ils en ont vu de ces désespérés, armés de vieux couteaux ou de bâtons, se jeter sur leurs fusils tout en exécutant d'étranges rituels pour se protéger des balles. Ridicules, ces paysans fanatiques ? Facile à dire après coup. Tous se sont laissé convaincre : les princes, l'impératrice, le peuple, des lettrés parfois, et même les armées ennemies. Oui, j'ai vu la peur dans leurs yeux fiers d'Occidentaux. La peur de la mort, de la souffrance et de la défaite. Je les ai vus, terrorisés, appeler dans de ferventes prières leur sainte, dont ils portent le visage gravé sur une médaille précieuse pendue à leurs cous velus. Eux aussi avaient besoin de croire en quelque chose.

Mais la bataille est perdue et, pour les survivants, seules les larmes demeurent. Les soldats étrangers m'ont jetée dans ce cachot sans trop savoir quoi faire de moi. Les insurgés seront décapités, c'est la loi en Chine. Rien n'est prévu pour les femmes. En cas de manquement à la vertu, ce sont les pères qui se chargent de régler l'affaire. En privé et souvent de manière définitive. Il n'y a pas de criminelles dans ce pays. Quand la guerre fait rage, les soldats de Chine ou d'ailleurs violent et massacrent volontiers mes semblables ; c'est un peu une tradition, et ces actes sont vite oubliés une fois le feu de l'action retombé. La décapitation à froid pour donner l'exemple, c'est autre chose. Même vainqueurs, les étrangers n'oseront pas choquer les convenances. Ils doivent regretter de m'avoir faite prisonnière, et doivent se douter que les vrais problèmes ne font que commencer. On ne s'improvise pas maître de la Chine. Ils ne nous comprennent pas. Nous-mêmes, Orientaux superstitieux, ne nous comprenons plus très bien.

De toute façon, cela ne me concerne plus désormais. Il y a longtemps que je ne crains plus la mort. Ces trente ans d'existence ont suffi. Je n'ai rien à regretter, pas même l'éclat du ciel bleu. Il est des lumières que je suis seule à voir et qui m'offrent des promesses bien plus exaltantes que le soleil des mortels.

Il me reste encore une dernière vie à bénir, la dernière de la longue série qui a fait appel à mes prières : la mienne. Je dois me souvenir de ses grâces. Il y a eu tant de violence, tant de paradoxes. Je suis une mystique dans un bain de sang. C'est étrange, mais c'est ainsi. On m'appelait la sainte mère du Lotus jaune. J'ai eu un autre nom aussi, Lotus d'or, lorsque j'étais prostituée, mais ces années de boue ne sont pas celles que je préfère. Longtemps, j'ai simplement été Lin Hei'er.

I
1870-1890

) 1 (

Sur l'eau

Je suis née à Tianjin, sur la barque de mon père, portée par les flots d'or du Hai He, qu'on appelle aussi la rivière de la Mer. Je viens de cette eau qui me relie à toutes les autres, à la mer Jaune, au fleuve Jaune, au Grand Canal et, de là, au Yangzi Jiang. Le reste de la Chine était à portée de voile depuis le petit habitacle où, à trois, nous nous serrions pour dormir. Dans mon souvenir, il y faisait toujours chaud, peut-être parce que nous passions l'hiver à terre, et toujours doux, peut-être parce que ma mère était encore en vie, et que je veux l'imaginer heureuse.

J'étais donc Lin Hei'er, la fille du batelier Lin Li. Ce n'était pas vraiment l'assurance d'une vie facile – l'Empire céleste est exigeant envers tous ses sujets –, mais c'était celle d'une vie de voyages, bercée par l'eau au gré des fortunes des riches commerçants de Tianjin qui finançaient le transport de cargaisons à travers l'immense Empire chinois.

Le commerce était vital, car rien ne pousse ici, à part quelques légumes durement arrachés aux sols arides. Tianjin n'est pas une terre fertile. C'est le cœur battant d'une saline. Ma ville est sans doute devenue trop luxueuse et ses affaires un fatras de vanités. Mais j'aime l'idée que sa richesse trouve sa source dans un bien simple, accessible et nécessaire à tous, ces quelques grains de sel qui relèvent nos plats et sans lesquels la vie serait insipide. Je viens de cette réalité modeste, commune à chacun des habitants de Tianjin. De là, les profits des marchands se sont amassés, ont été transformés en prêts sur gage, ont transité dans l'immobilier, ont été redistribués dans des proportions gigantesques. Nous étions des milliers de barques à Tianjin à voyager, les cales pleines de sel à l'aller, puis chargées de soie, de thé, et surtout de céréales pour nourrir les ventres de toute la province, au retour. Nous partions, et nous revenions, guidés de loin par la grande citadelle carrée, le cœur historique de la ville d'où avaient débordé tous les autres quartiers. Ces vieux remparts de pierre noire auraient pu être effrayants. Pour nous, bateliers, ils étaient un refuge.

Il y avait les bras de ma mère, et les manœuvres de mon père. Une petite enfance passée à regarder l'eau filer sous le pont de la barque. J'y jetais des brindilles qui descendaient le fleuve, rejoignaient la mer et tous les océans du monde. Peut-être que sur des rivages inconnus, quelqu'un les trouvait et recevait en rêve le parfum de mes paysages.

Puis ma mère mourut. J'étais si jeune, je ne me souviens pas d'en avoir souffert. Je sais qu'elle m'a manqué et que j'aurais aimé la connaître. Cependant, j'avais mon père, qui ne s'est jamais remarié. Il y eut donc les bras de mon père, et les manœuvres.

De cette Chine de mon enfance dont on m'a tant parlé, avant les grands changements industriels amenés par les étrangers, je n'ai pas saisi grand-chose. Je vivais dans ce monde comme un poisson dans sa vase. Beaucoup de gens dormaient dans la rue, beaucoup étaient des esclaves. D'autres comme moi avaient de quoi manger et une famille pour s'occuper d'eux. Je faisais partie des chanceux. Et quelques-uns, vêtus comme des dieux, évoluaient à part, dans ce qui semblait être un paradis de luxe et d'art. L'ordre du monde était ainsi fait.

Un soir, pourtant, il bascula.

Je devais avoir six ou sept ans. Une sécheresse sévissait, condamnant à la famine de nombreux paysans. On les avait appelés à venir se ravitailler en ville, dans un entrepôt converti à la hâte par les autorités impériales en halle de charité. On y distribuait des vivres et des vêtements chauds. Tous étaient parqués dans le bâtiment lorsqu'il prit feu. Je ne vis que la fumée et quelques flammes, avant que mon père bouleversé ne m'enlève à ce spectacle. Plus tard, il me raconta. Il avait vu les officiels fuir en fermant les portes derrière eux : incapables de maîtriser l'incendie, ils avaient préféré effacer toute trace de leur incompétence plutôt que de devoir affronter les survivants et les blâmes de la hiérarchie. Si ce souvenir hanta mes cauchemars pendant de longues années, il marqua encore plus mon père.

Depuis lors, il eut la certitude que l'empereur, le Fils du ciel, ne pouvait rien pour lui et ses semblables ; et ses représentants encore moins. Or, il était veuf, n'avait qu'une fille à qui il ne pourrait léguer son bateau, et l'existence était rude. Partout, l'opium importé par les Britanniques sévissait. L'hiver, il était sans emploi. Mon père prit peur. Alors, comme la majorité des hommes de sa condition, il se tourna vers l'une des innombrables organisations d'entraide qui offraient une protection sociale, et surtout religieuse. Presque tous nos voisins étaient membres de l'une ou l'autre de ces sociétés. Elles mutualisaient les cérémonies qui repousseraient ailleurs le courroux du ciel et des fleuves, offraient des initiations à des rituels secrets pour s'attirer la bonne fortune, et donnaient à chacun de ses membres un rôle qui les faisait se sentir utiles.

J'étais petite, et mon père s'arrangeait pour me faire garder lorsqu'il devait participer à ces réunions. Mais je sais que c'est là qu'on lui apprit les prières magiques qu'il récita toute sa vie pour se protéger du mal. Cette secte tint sa promesse : elle nous éloigna de la faim par ses dons et de l'opium par une discipline saine ; mais en échange, elle demanda beaucoup. Mon père piocha de plus en plus dans les marchandises qu'on lui confiait pour satisfaire aux besoins de sa nouvelle famille. Le marchand qu'il volait s'en rendit compte, évidemment, et l'affecta à une tâche réservée aux employés qui ne pouvaient rien refuser. Mon père eut le choix entre la prison et le remplissage discret de sacs un peu particuliers, dans lesquels on ajoutait au sel un complément de poussière pour en alourdir le poids. Malgré tout, la vie continuait, entre les voyages sur le fleuve et les haltes dans les entrepôts.

À la fin de l'automne, toutes les barques revenaient à Tianjin. On guettait le gel. C'était à qui sortirait sa barque de l'eau en dernier, même s'il revenait aux savants devins de déterminer pour la confrérie des bateliers la date à laquelle il faudrait se mettre au sec. L'idée était de travailler le plus longtemps possible, sans pour autant y perdre son bateau : le gel les fend. La date fatidique dépassée, certains tentaient encore quelques courses, les plus lucratives. L'offre était réduite, les prix montaient. Mais les imprudents qui se laissaient prendre par les glaces pouvaient faire une croix sur leur profession. Personne, la confrérie comprise, ne leur viendrait en aide. Il ne restait alors plus à ces malheureux que le colportage à dos d'homme. La pire des humiliations dans ce milieu où, de père en fils, on hérite du bateau que l'on doit, à son tour, transmettre le jour venu. Un batelier ne vit que sur l'eau.

Mon père était toujours l'un des premiers à sortir sa barque des eaux froides, moins par sens des responsabilités que par goût. Si les dieux du fleuve avaient droit au repos des glaces, lui profitait de l'hiver pour s'entraîner au mât. Il était plus acrobate que batelier et ne vivait que pour le festival des chrysanthèmes et ses concours d'agilité.

Pour cette grande occasion, on fixait de hautes tiges de bambou souple sur les barques. Un candidat y grimpait jusqu'à ce que son poids fasse ployer le mât qui oscillait alors à l'horizontale au-dessus de la rivière. Pendu par les bras, il devenait la chenille aux prises avec sa brindille, s'enroulant patiemment autour d'elle pour en faire son refuge. Ce n'est pas une simple gymnastique sur un poteau : le poids du grimpeur donne du mouvement au mât, un rythme avec lequel il faut composer pour le transformer en danse. L'exercice est difficile, mais sans risque puisqu'en cas de chute, on finit à l'eau. Il s'agit d'une très ancienne tradition qui rend hommage au ver à soie, à son lent et gracieux travail de reptation sur les tiges de mûrier, et à la prospérité qu'il nous apportait avant l'arrivée des étrangers et de leurs industries. Le travail de la soie était jusque-là le gagne-pain des femmes qui tissaient chez elles. Si cette activité était vouée à péricliter, nous avions encore ces jeux pour nous en souvenir.

Mon père se préparait sérieusement à l'événement. Il adorait ces acrobaties et, plus encore, être regardé. Il faisait partie des bons, des très bons même, et enchaînait avec habileté pirouettes, enroulements sur pieds, glissés et drapeaux.

Il m'apprit à grimper sur les mâts, soit par passion, soit parce qu'il ne savait pas quoi faire de moi pendant qu'il s'entraînait si dur. Peu à peu, il me fit participer aux jeux : je grimpais le rejoindre et, fermement tenue au bout de ses bras, j'enchaînais moi aussi quelques figures. J'étais fière de lui, fière d'être la fille de cet homme que tous admiraient, et il était fier de moi. Nous étions heureux de notre complicité.

Un soir, peu de temps après le terrible incendie, il reçut les félicitations d'un vieux maître qui dirigeait une troupe de cirque ambulant. Pour ces professionnels qui se produisaient en costume et en musique, les enroulements et les pirouettes n'étaient que des figures de base. Mais le maître était un esthète. Il confia à mon père qu'il avait un don rare et naturel, que ses mouvements étaient plus fluides que chez beaucoup d'acrobates entraînés depuis l'enfance. Mon père le supplia de l'engager, malgré son âge. Le vieux maître aurait refusé si ses yeux ne s'étaient pas arrêtés sur moi. Son regard m'engloutit. Paria-t-il sur les aptitudes que je pourrais hériter de mon père? Eut-il pitié de nous? Quoi qu'il en soit, il me prit dans sa troupe à plein temps comme apprentie, et s'engagea à embaucher mon père en extra pour les grands festivals, l'hiver. Mon père resterait batelier pendant la belle saison.

Laissant le fleuve derrière moi, je ne vivais plus que de discipline et de perfection. Je m'entraînais toute la journée à m'assouplir, renforcer ma musculature et mon adresse, sous l'œil intransigeant de Shun, le maître de la troupe. Il tempêtait du soir au matin jusqu'à ce que nos corps se tordent dans tous les sens. Nous devions rattraper les balles de nos mains, de nos pieds, ou des deux à la fois, sur un fil ou au sommet d'une pyramide humaine, le tout en musique et parfaitement synchronisés. Nous devions mériter notre bol de riz. Pour pouvoir vivre, il devait faire de nous des êtres aériens. Les meilleurs.

Mon père était fier d'être devenu acrobate, même à temps partiel. Trop fier, peut-être. On ne devient pas gymnaste à vingt-cinq ans, même pourvu d'aptitudes exceptionnelles. Il ne devait jamais rattraper le retard qu'il avait sur les autres, se contentant de rôles secondaires sur le mât et sur piste, notamment au moment des danses du lion, le numéro préféré du public : deux personnes sous le grand costume animent le lion qui danse, se gratte, se secoue, se dresse sur deux pattes et grimpe sur les ballons. Les clins d'œil de mon père dans la brèche de son costume, tandis qu'il faisait danser le fauve au son des tambours et des cymbales, sont des instants précieux de ma vie. Je veux m'en souvenir, m'imbiber de cette gaieté disparue trop tôt.

La vie de cirque n'était pas toujours drôle, loin de là. Nous arrivions, avec les autres enfants de la troupe, à voler quelques minutes de répit entre les entraînements, les innombrables corvées d'eau et la scène. Nous les occupions autant que possible allongés dans l'herbe à regarder le ciel, nos corps épuisés refusant les jeux et les courses des enfants ordinaires.

J'avais une amie véritable, Feng. Aujourd'hui encore, le seul souvenir de son nom m'est douloureux. Pourtant, je veux me rappeler son sourire et sa légèreté. Nous avions le même âge, nous apprenions tout ensemble et étions aussi proches que des sœurs. Nous partagions tout, nos couvertures, nos assiettes, nos costumes, nos rêves et nos joies. Elle imitait comme personne Shun, notre terrible maître qu'elle détestait, et caricaturait ses coups de baguette avec des grimaces qui me faisaient hurler de rire. S'il l'avait surprise, il l'aurait battue ou chassée. Son amitié adoucissait l'âpreté de ces années.

Je ne m'en rendais même pas compte, tout absorbée que j'étais par mon art. Cette existence que mon père avait tant désirée, qu'il m'enviait, je crois, et qui me séparait de lui, je lui vouai tout mon cœur. En retour, elle m'offrit la beauté.

Sur scène, chaque geste était esthétique. Les maladresses et trivialités devaient disparaître pour laisser place à la grâce et la maîtrise. Nous étions tous parfaits pendant nos numéros, tous divins. Et cet apprentissage, aussi exigeant soit-il, reste un merveilleux cadeau du destin.

À huit ans, je participais aux représentations. Des cinq enfants de la troupe, j'étais l'une des plus jeunes et des plus légères : c'était souvent moi qui montais tout en haut de la pyramide humaine pour exécuter une figure d'équilibre, sur la tête ou les mains de l'un de mes partenaires à peine plus âgés. Je ne suis jamais tombée, alors, je n'ai jamais eu peur. J'ai peut-être eu de la chance, ou bénéficié de la protection d'une de ces âmes bienveillantes qui sillonnent nos mondes. Je crois surtout que le vieux maître avait l'œil : le cirque, c'était de famille. J'avais un mouvement très dynamique, une grâce naturelle. La plupart des gens ont l'un ou l'autre, rarement les deux.

Le travail fit le reste. Ces heures passées à souffrir et s'exercer ne pouvaient pas rester stériles. Je faisais confiance aux dons reçus de mes ancêtres, à mon maître, et je me consacrais à la vie d'acrobate, encouragée par mon père qui me voyait déjà promise à un brillant avenir. Il disait à qui voulait l'entendre que je ne serais jamais batelière, que j'étais bien trop belle et talentueuse pour décharger des bateaux les pieds dans la vase.

Du monde extérieur, hors de la scène, je ne connaissais presque rien. Nous voyagions dans la province pour renouveler notre public et croisions parfois des étrangers. Ce n'était plus vraiment un événement à l'époque, mais nous étions toujours étonnés de voir leurs poils, leurs vêtements étranges et leurs étonnantes inventions : appareils photographiques, bicyclettes, cigarettes, et plus tard, le train. Beaucoup d'histoires circulaient à leur sujet. On disait qu'ils se nourrissaient d'enfants, mais qu'ils épargnaient les petits chrétiens. Alors, quand un poilu – c'est ainsi qu'on les appelait – était en vue, mon père me jetait sur le dos un chiffon gribouillé d'une croix. Tous les parents chinois étaient équipés de ces bouts de tissus. Mais il ne fallait pas se tromper : un village plus loin, il suffisait d'être soupçonné d'être converti au christianisme pour être passé à tabac par des paysans excédés. Les missionnaires chrétiens, quant à eux, faisaient feu de tout bois et offraient une protection conséquente à leurs adeptes : de nombreux criminels se soumettaient au baptême pour échapper à la cangue, les lourdes planches de bois que l'on fixe encore aujourd'hui au cou des repris de justice. Les missionnaires étaient de puissants protecteurs contre la justice : si un paysan réclamait le paiement d'une dette à un converti, celui-ci s'en plaignait aux missionnaires. Les administrateurs locaux ne pouvaient rien contre eux : en cas de contestation, les canonnières n'étaient jamais loin. Les méfaits de ces convertis restaient donc impunis, et comme ils n'en restaient pas toujours à leurs premiers crimes, leurs victimes finissaient par se faire justice elles-mêmes.

Cependant, nous n'étions pas des paysans, et le cirque nous préservait des malheurs qui frappaient le pays. Je ne vivais que pour le spectacle. J'étais une artiste et une petite fille : presque une aveugle. J'avais de quoi manger, des costumes scintillants, des projets d'acrobaties éblouissants. J'étais trop occupée pour penser aux autres, et j'oubliai l'incendie de mon enfance. Je voyais peu de paysans : parfois j'en croisais sur les routes, mais j'étais la plupart du temps à Tianjin, où mon père venait me féliciter et m'admirer, et à Beijing, devant les temples ou dans les riches palais des princes ; mon temps se passait soit sur scène, soit à rêver de la scène.

Je préférais Tianjin, non seulement parce que j'y retrouvais mon père, mais parce que la culture y était plus libre. À Beijing, il fallait respecter les convenances et les goûts princiers. Dans les histoires inventées pour eux, il n'était question que de guerriers, de nobles conquêtes et d'ennemis vaincus, parfois d'une brave princesse, tous prêts à se laisser mourir plutôt que de manquer à leur honneur. Nous n'étions pas que des gymnastes : nous incarnions des personnages. Le grand écart sur le fil était mis en scène, intégré dans une saynète inspirée d'un poème. Et notre maître s'adaptait avec grâce aux souhaits de ce public distingué : costumes classiques, rôles dramatiques, gestes codés, tout devait être conforme à leurs goûts. Lui-même était de la vieille école et raffolait de tragédies édifiantes. J'ai appris, pour ces aristocrates exigeants, à donner de l'intensité au moindre battement de cils, et une intention à mes gestes. Mais je ne les appréciais pas. Ces gens me faisaient toujours l'effet de momies crispées sur leurs chaises, perdues dans des pensées depuis longtemps mortes. Ce devait être réciproque, car j'avais toutes les peines du monde à leur arracher un sourire.

À Tianjin, en revanche, la richesse et la mode appartenaient aux marchands. Eux, ils savaient s'amuser. Ils aimaient le romanesque, les histoires de fantômes, d'amour, de désobéissance. Ils riaient. Pour eux, nous donnions vie aux amants cachés dans les chaudrons, aux esprits surgissant des tapisseries accrochées aux murs pour taquiner les vivants, aux voyages fabuleux des huit immortels, aux renardes, ces langoureux spectres qui séduisent les hommes pour mieux les dévorer ; et par-dessus tout, il leur fallait des histoires d'ambitieux capables de se hisser au sommet des plus hautes sphères de la société, quitte à tricher, quitte à finir ruiné. C'était très inhabituel dans la culture chinoise, cette glorification de l'argent, seulement voilà, ces heureux nouveaux riches n'en faisaient qu'à leur tête. Je vis même des femmes chanter dans leurs luxueuses maisons, ce qui aurait été impensable à Beijing où les rôles féminins de l'opéra étaient tenus par des hommes. Les snobs, dont faisait partie mon maître, les trouvaient de très mauvais goût. Pour ma part, je trouve que les voix féminines amènent une force unique à l'art, une énergie qui n'appartient qu'à elles. J'eus donc la chance de connaître, dès l'enfance, ce monde aussi bariolé qu'inspirant, et d'y admirer des chanteuses rompues à leur art.

Voilà l'univers dans lequel je grandissais. J'aurais pu me douter que la vie n'était pas toujours si simple. Des apprentis recrutés par le vieux maître, tous ne tenaient pas la promesse de talent de leur enfance. Ceux qui n'avaient pas de parents lui appartenaient, et il en disposait à sa guise. Je me souviens d'un adolescent qu'il congédia sans pitié après des années de dur entraînement, arguant qu'il devait s'estimer heureux de ne pas avoir à lui racheter son apprentissage : il pouvait s'en aller en homme libre. Le garçon vint nous dire adieu. Il partait aux États-Unis d'Amérique tenter sa chance, sans savoir que, dans ce nouveau monde démocratique – on me l'expliqua plus tard –, les Chinois étaient affectés aux constructions des voies ferrées et des bâtiments, dans des conditions terribles et pour des salaires de misère.

Quelques jours à peine après ce départ, il fut de retour : au port, on n'embarquait plus de Chinois. Une loi d'exclusion avait été décrétée à leur encontre[1]; à notre encontre. Les Américains nous trouvaient trop sales, trop nombreux, trop différents. Ce mépris était ce qui pouvait arriver de pire. En Chine, un maître pouvait battre son esclave à mort, mais il ne lui faisait pas perdre la face.

Humilié, blessé, le garçon n'eut pas d'autre choix que de revenir demander une seconde chance à son maître. Hélas, le vieux Shun avait d'autres chats à fouetter. Le désespoir envahit mon camarade. Un désespoir palpable, poignant, qui me retourna les tripes. J'ai rarement vu un élève insulter son maître. Ses paroles résonnent encore à mes oreilles :

« Tu m'as dit que j'étais libre ! Regarde ce que je suis devenu : un chien errant dont on ne veut nulle part. Tu parlais d'art, d'excellence ! Tout ce travail, toute cette souffrance, tout ça pour rien ! Tu fais de nous des ordures. Toi-même tu n'es qu'une ordure ! »

Choqués de voir injurier leur maître, les plus sages de la troupe l'éloignèrent. Shun, rouge de colère, partit la tête haute en marmonnant que, de nos jours, il n'y avait plus de respect. Des années plus tard, je croisai ce garçon avec qui j'avais grandi. Rongé par l'opium, il n'était plus qu'une ombre. Je ne sais pas si le maître était complètement responsable de ses malheurs, mais je savais que je ne voulais pas être renvoyée de la troupe, pas même pour retrouver mon père. J'étais faite pour la scène.

Or, pour chaque numéro, il ne pouvait y avoir qu'une seule vedette. Nous étions deux à pouvoir prétendre, d'un saut périlleux, atteindre le sommet de la pyramide : il y avait Feng et moi. Que les dieux me pardonnent, je lui en parlais tout le temps. Nous étions à l'âge de la légèreté, avant l'adolescence et les formes lourdes qui nous interdiraient les figures les plus aériennes. Je me comparais ouvertement à elle, et je la poussais à la rivalité. Désormais, c'était à celle qui

---

[1] Loi d'exclusion américaine de 1882.

monterait le plus haut, à celle qui oserait faire un tour de plus, à celle qui prendrait le plus de risques.

J'ai passé des années à essayer de me convaincre que je ne l'avais pas fait consciemment, que c'était la loi du cirque, un simple jeu. Elle était ma meilleure amie, mon reflet dans le miroir. Et un jour, elle chuta en essayant de combiner deux saltos sur une poutre, et se brisa la jambe. Le maître la fit porter sur un bateau qui partait pour Canton, l'un de ces bateaux qui emmènent les petites filles loin de chez elles pour en faire ce que personne n'ose dire. Plus tard, j'ai erré sur ces quais, cherchant son visage parmi ceux des enfants qui suivirent le même trajet qu'elle.

Je ne revis jamais Feng. Le maître en eut un bon prix, de quoi défrayer son instruction, et je devins la vedette de la troupe. Je pris le parti de penser que cette jambe brisée m'obligeait à l'excellence : son sacrifice ne devait pas rester vain. Je souriais pour Feng, j'affichais la confiance qu'elle aurait dû avoir. Et je me suis souvent demandé ce qu'il se serait passé si c'était moi qui étais tombée ce jour-là. Lui aurais-je pardonné ? Serait-elle devenue la sainte mère du Lotus jaune à ma place ? Longtemps, j'ai vécu avec son fantôme.

Mon succès fut bref. Mon corps se développa d'un coup. On me confia alors les assiettes à faire tourner sur des bâtons, et surtout, de plus en plus de contorsions et d'équilibres lents au sol. Moi, j'aimais le mât, les acrobaties aériennes, la difficulté et le vertige. J'y excellais, malgré mes formes d'adolescente : ce que je perdais en légèreté, je le retrouvais dans la maturité que j'avais acquise. Un autre enfant pouvait bien sauter au sommet de la pyramide, je lui cédais volontiers la place. Je voulais autre chose, désormais. Je cherchais des mâts de plus en plus hauts pour réaliser des équilibres d'altitude, j'avais envie d'étonner mes spectateurs. Mais le maître préférait qu'on me voie bien, de près. De plus en plus près.

Un soir, à Tianjin, une dame bien en chair et outrageusement maquillée vint me trouver après le spectacle :

« Combien gagnes-tu, ici ? » me demanda-t-elle sans détour.

Je fus prise de court : je n'avais jamais entendu parler de salaire, et j'étais trop heureuse de recevoir parfois quelques pièces de cuivre.

« Si tu viens chez moi, à la Maison du phénix, tu gagneras beaucoup d'argent. Tu auras de beaux habits, une bonne nourriture. Tu ne seras plus obligée de t'entraîner si dur. Ta vie sera douce. Tout ce que tu auras à faire sera de divertir de riches messieurs de tes spectacles, et céder à leurs tendres inclinations.

– Je suis une artiste, pas une prostituée. Allez-vous-en.

– Écoute, d'abord. Les gens appellent un peu vite les établissements comme le mien des maisons de boue. La Maison du phénix est riche, bien située, dans le quartier de Houjiahou, celui des marchands et de la fête ; elle est digne, bien plus digne que tout ce que t'offrira le cirque. Ne t'y trompe pas, bientôt, soit tu ne feras plus l'affaire, soit ton maître te fera passer à la casserole pour arrondir ses fins de mois. Tu ne recevras qu'un salaire de misère pour ce qu'il exigera de toi, alors que je paie mes filles avec générosité. J'ai besoin de spécialistes comme toi, d'acrobates et de danseuses. Je n'ai que de riches clients : il leur faut du raffinement, du grand divertissement. Ils paient très cher, si cher que nous avons un jardin dans la cour, avec un paulownia planté par mon aïeule. Tu y vivras bien.

– Tu m'insultes. Pars avant que je ne me fâche.

– Je pars. Souviens-toi si tu changes d'avis : la Maison du phénix à Houjiahou, à l'ombre du grand paulownia. »

Je fus si déstabilisée par cette visite que je n'en parlais ni à mon maître ni à mon père. Je l'oubliai vite : mes projets artistiques et mon talent occupaient tout mon temps. J'étais un monstre de prodige et d'orgueil, toujours plus aveugle au monde qui m'entourait. Le maître me laissait essayer les numéros de mon choix, pourvu que je me contorsionne au sol en contrepartie. Je ne remarquais pas qu'il me donnait des costumes de plus en plus légers et me demandait des gestes toujours plus évocateurs.

Mon père n'appréciait guère. Il savait pourtant ce qu'il devait au maître : Shun ne s'embarrassait pas des parents de ses acrobates. Il recrutait les enfants uniquement, et s'ils ne faisaient pas l'affaire, les renvoyait chez eux ou les mettait sur un bateau pour Canton, selon les frais que lui devait l'élève. Mon père commit l'erreur de vouloir me protéger. Le maître en avait vu d'autres. Il l'écouta aimablement, puis lui demanda de s'impliquer entièrement dans la troupe, de quitter définitivement sa barque et de travailler à temps plein pour lui. Mon père se laissa rouler dans la farine. L'orgueil aussi, c'était de famille.

Il fit une première petite chute, à l'entraînement. Pas grand-chose. Il se persuada lui-même que c'était normal de tomber de temps en temps. Mais, dès lors, chacun de ses gestes s'accompagna d'un doute. Il prononçait ses prières magiques pour se protéger du mauvais sort et se lançait. J'avais honte de l'entendre réciter ses mantras. Je voyais bien qu'il avait l'air d'un amateur et que personne ne le prenait au sérieux. Une fois, je lui suggérai même de rester à terre, dans son joli numéro de lion dansant. Je récoltai une vraie grande gifle, la plus violente de ma vie. Un père ne reçoit pas de conseils de ses enfants, encore moins de sa fille. Peu après, à l'entraînement sur le mât, il tomba sur la tête d'une hauteur de quatre mètres et mourut sur le coup. Mon enfance s'arrêta là.

On installa la dépouille de mon père dans un cercueil et on y déposa un drap blanc en signe de deuil. C'était à moi de le pleurer. Pourtant, j'étais moins triste qu'inquiète : le maître me pressait de questions en vue des funérailles.

Je n'avais pas de vêtements de deuil. Le cirque, c'est coloré, joyeux. Shun voulait me prêter de l'argent pour m'acheter une robe blanche. Je refusai. Je cousis un carré de tissu blanc sur mes vêtements et veillai le corps de mon père. Je brûlai un encens après l'autre pour les économiser. Les funérailles d'un père à qui l'on doit tout, c'est probablement le moment le plus important d'une vie en Chine. Aucun enfant ne se permettrait de les expédier à moindres frais : même les plus pauvres se saignent pour honorer leurs ancêtres. Seulement, j'étais bien consciente de la précarité de ma situation. Mon père ne me laissait rien. Sa barque était louée à la confrérie, il n'avait pas la moindre réserve de nourriture, pas le moindre objet que j'aurais pu revendre. Un batelier ne s'encombre de rien. Je n'avais pas de quoi acheter les bâtons d'encens et les papiers à brûler, et plus personne ne me protégerait. Je n'avais plus de statut. Une Chinoise est fille de quelqu'un, épouse de quelqu'un, mère de quelqu'un. Je n'avais personne ; je n'étais rien. J'avais quatorze ans.

Le maître vint me voir. Il apporta une bougie, et même un moine pour chanter, me disant qu'il me prêterait l'argent pour rendre à mon père l'hommage que je lui devais. Je ne savais quoi faire : on ne plaisante pas avec les traditions. Dans le doute, je baissai les yeux. Je répondis d'une voix rampante de soumission que j'étais trop jeune pour prendre de telles décisions, et que compte tenu de ma vie modeste, l'intention remplacerait les cérémonies coûteuses. Le maître sourit. Je ne donnais pas cher de ma peau.

Il revint à la charge, d'abord pour la cérémonie, puis pour la tombe. Sur ce point, je dus céder. On enterra mon père dans le cimetière local, à flanc de colline, dans un havre d'arbres et d'oiseaux. La stèle de pierre blanche et la concession coûtèrent trois cents taels[2], une fortune que me prêta le maître. En acceptant de m'endetter, je m'engageais à servir le vieux Shun jusqu'à concurrence de ces trois cents taels. Combien de temps mettrai-je à le rembourser ? Probablement toute ma vie. Mais ce n'étaient que trois cents taels, comme il me l'avait répété, et j'avais donné une

---

2– Le tael d'argent était la monnaie utilisée en Chine à cette époque. Il pesait environ 38 grammes.

sépulture honorable à mon père. J'avais accompli le plus grand des devoirs : honorer la piété filiale, celle qui fait de tous les hommes des frères et leur rappelle qu'eux aussi ont été des enfants qui n'auraient pas survécu sans l'amour de leurs parents ; qu'eux aussi, le moment venu, auront besoin de leurs enfants pour vieillir dignement. La vie et la mort m'appelaient à la réalité. Je ne les ai pas écoutées.

) 2 (

I L L U S I O N S

Je rêvais inlassablement de mâts vertigineux, parfois oscillants. Je me voyais déployer mes jambes au-dessus de ma tête, la ville loin au-dessous de moi. Tout ce dont on rêve devient un peu réel. En imaginant des formes, elles deviennent familières et possibles. Je savais que ces numéros étaient réalisables, ils n'étaient pas plus dangereux à cinq mètres qu'à quinze : la chute est mortelle dans les deux cas. Bien sûr, à cinq mètres, des acrobates formés peuvent en théorie amortir la chute de leur partenaire. En pratique, personne n'a envie de le vérifier.

Ces rêves n'étaient pas du goût du maître. Pour le contenter, je mis au point un spectacle de tissu aérien, une technique ancienne un peu tombée dans l'oubli. Je la découvris grâce à une autre troupe de cirque rencontrée au gré des routes. Entre le tissu aérien et moi, ce fut le coup de foudre. Il y avait la hauteur, il y avait les figures d'acrobatie, et il y avait le jeu : on débloque un pan de tissu et, subitement, on simule une chute d'un mètre, de deux mètres, voire plus. Le vieux maître voyait d'un mauvais œil que je développe mes projets sans lui. Mais quand il vit mon spectacle, sa grâce, et le soupçon d'érotisme qui s'y glissait, il fut conquis. Je lui laissais croire que les idées venaient de lui, et acceptais à sa demande de défaire une mèche de ma coiffure à chacune de mes feintes sur le tissu. Pour rendre le spectacle plus dramatique, il m'équipa de longues épingles à cheveux que je laissais choir avec délicatesse sur le sol. Oui, c'était beau, ce vol de longs cheveux noirs qui accompagnait les chutes, c'était spectaculaire, dangereux aussi. Je risquais de me scalper à chaque mouvement, et je commençais à me demander ce que je devrais dénouer au prochain numéro.

Malgré tout, je me soumettais aux ordres du maître. Je savais que sans cette obéissance qui nous lie les uns aux autres, l'humanité ne serait qu'individualisme et chaos. Lui-même me traitait comme sa fille : il subvenait à mes besoins et me transmettait avec patience son immense expérience du cirque. Je lui devais tout. Pourtant, cette piété me paraissait artificielle depuis que le maître avait laissé voir l'étendue de sa cupidité. J'avais été tentée de quitter sa troupe pour une autre. Mais les trois cents taels de la tombe de mon père me liaient à lui plus sûrement que le devoir : maître Shun m'avait achetée.

Au fil du temps, je devins presque une célébrité. On se pressait pour assister à mon spectacle, on revenait, on tranquillisait son voisin dans le public :

« Tu vas voir, on croit qu'elle tombe, mais elle maîtrise parfaitement son art. Elle joue à nous faire peur, et c'est pour ça qu'on revient. »

Le public appréciait mon adresse, ma légèreté, et autre chose aussi. Des hommes essayaient de me rencontrer après le spectacle, encouragés, je crois, par Shun. Je m'arrangeais pour disparaître. Par jeu, mais aussi pour me protéger, j'imaginais que le fantôme de ma mère recevait à ma place ces vieux cochons. Cette créature n'était plus la mère de mes souvenirs, dont je tenais à garder le sourire et les yeux doux pour moi seule. C'était celle qu'elle aurait été aujourd'hui : plusieurs dents en moins et la peau tannée par une vie sur l'eau. J'en fis une gardienne protectrice dont la laideur devait repousser mes soupirants. Je vivais avec ce spectre comme d'autres filles avec leurs poupées. Ce fut bien innocemment l'une de mes premières expériences éthériques. Il faut croire qu'elle fonctionna : il n'y eut jamais de visites insistantes.

Il y avait de l'argent à Tianjin, beaucoup d'argent, et beaucoup d'hommes qui pouvaient s'offrir un moment privé avec une belle artiste de cirque. Mes jeunes partenaires, les filles comme les garçons, recevaient ce type d'invitation. C'était dans l'ordre des choses, et cette position, bien qu'inconfortable, demeurait moins définitive que l'esclavage ou la famine dont on ne se relève jamais complètement, je crois. Ce n'était qu'un moment désagréable à passer, mais c'était désagréable. Je le voyais bien sur le visage de mes camarades. Peu à peu, cette servitude finissait par abîmer ce qui faisait leur beauté, un certain regard, une assurance particulière qui les rendait capables de braver les lois de l'équilibre. Ils s'assombrissaient.

Moi, je voulais briller. Tant que l'argent rentrait, le maître était satisfait. Cependant, je lui devais toujours trois cents taels et les temps étaient durs : le peuple n'avait ni les sous ni le cœur à s'extasier devant des spectacles de rue. Notre public se limitait souvent à ces riches qui devenaient de plus en plus en plus riches et de moins en moins nombreux. Je ne me rendais pas compte que mon destin était scellé. Dans ma naïveté, j'imaginais que je pourrais faire du cirque toute ma vie, protégée par un fantôme. Or, seuls quelques maîtres parviennent à s'établir dans ce milieu, grâce aux élèves qu'ils forment. Et tous, sans exception, sont des hommes.

Un soir, la troupe donna une représentation privée chez un riche marchand de Tianjin. Mon numéro de tissu aérien aurait lieu dans le pavillon d'un jardin. La mise en scène était étudiée : les invités devaient m'y découvrir par surprise, comme une nymphe tombant du toit. J'étais enchantée par ce rôle et son allure mystérieuse.

Il faisait nuit. J'attendais sur le toit du pavillon. On avait retiré tous les éclairages pour donner plus d'effet à mon apparition. Un domestique devait allumer discrètement une lampe à l'arrivée des invités, et un musicien de la troupe devait jouer pour me donner le départ. J'entendis des pas arriver et me préparai pour mon public. Public qui se réduisit finalement à un seul homme. Un gros monsieur, suivi de maître Shun et d'un domestique. J'étais un peu surprise, je m'attendais à une fête avec de nombreux participants.

Le maître pinça les cordes du pipa. Je devais commencer mon spectacle. J'obéis presque malgré moi et m'élançai du toit. Mon étrange et unique spectateur n'était, lui, pas surpris du tout. Et il n'était pas venu voir du cirque. Il me regarda avec une concupiscence si violente que je crus vomir. Je m'interrompis et me tournai vers Shun. Contrarié, il me fit signe de continuer. J'essayai de reprendre. Inutile, l'homme en avait assez vu, et ma peur l'excitait : il me sentait devenir sa proie. J'étais prise au piège.

Peut-être qu'une autre fille, prise de court en pleine représentation, se serait laissé impressionner. Mais la scène, c'était mon espace, celui sur lequel j'exerçai un contrôle absolu. J'avais obéi au signal de départ, je m'en voulais un peu d'ailleurs. À présent, la situation m'apparaissait dans toute sa sordide réalité : ce gros monsieur dégoûtant était une intrusion ; le vieux Shun qui me vendait, une trahison ; l'esclave qui tenait la lampe, l'horreur de la servitude. On m'avait menti. J'étais en danger, pas seulement parce que j'allais de toute évidence être violée, mais parce que dans ce monde où les jeunes ont besoin de la protection des adultes, on trichait. Je découvris dans cet instant d'effroi que l'ordre auquel j'avais cru n'était qu'un chaos déguisé. Nous étions tous captifs dans cet espace : le client prisonnier de ses désirs, mon maître de sa cupidité, l'esclave de son destin. Moi aussi, je devais me soumettre parce que la tradition en avait décidé ainsi : on obéit à son maître, c'est la première des lois.

L'injustice de cette situation souleva en moi une rage dont je ne me serais pas crue capable. La colère est une puissance terrible, même pour une jeune fille. Surtout pour une jeune fille. À quatorze ans, on se laisse complètement submerger par l'émotion, sans aucune barrière.

La lampe vola au visage de l'esclave; le pipa atterrit dans celui du maître; le gros monsieur, je me souviens qu'il a ri. Je ne sais pas pourquoi du reste, peut-être qu'il était enfin distrait par le spectacle. Ce rire grotesque provoqua en moi un sursaut de violence: j'ôtai une épingle de mon chignon, une de ces longues épingles pointues que je jetais d'un geste dramatique dans mes spectacles, et la lui plantai dans la gorge. Puis je pris la fuite. Je courus à m'en faire exploser les poumons, j'escaladai les murs du jardin et mis le plus de distance possible entre moi et mon crime.

Dans la rue, je continuai de courir. J'étais si bouleversée que c'était tout ce que je pouvais faire, courir sans réfléchir dans les rues festives de Houjiahou. Mes pas m'amenèrent au canal. Je me cachai derrière un tas de sel, en espérant reprendre mon souffle, mais j'entendais des hommes lancés à mes trousses. L'alerte avait été donnée. Mes poursuivants interrogeaient les porteurs de palanquins qui attendaient leurs maîtres devant les restaurants et les maisons de jeux. Bien sûr qu'ils s'étaient étonnés de voir une jeune fille en vêtements de cirque cavaler dans la nuit. Ils désignaient le canal. J'étais aux abois.

Que pouvais-je faire? J'étais désormais une criminelle en fuite. Je n'avais pas de famille, pas de maison, pas d'amis. Je n'avais aucune chance de sortir libre de ce quartier. Pour la première fois de ma vie, j'étais seule, et je ne pouvais me fier qu'à moi-même. Je devais agir, vite. Il n'y aurait pas de retour en arrière. Le cirque, je pouvais faire une croix dessus. Si je ne trouvais pas une issue, j'étais condamnée: la seule justice à laquelle j'aurais droit serait la mort.

Alors, je vis le paulownia. Ses branches en fleurs dépassaient de la cour d'une belle maison en bois de l'autre côté de la rue. Sur son enseigne était dessiné un phénix. C'était là que la dame qui m'avait rendu visite m'avait proposé de travailler. C'était ma seule chance, je devais la saisir.

J'attendis que les hommes lancés à ma recherche aient le dos tourné pour prendre mon élan. Je traversai la rue en courant, ouvris la porte du bordel et la refermai derrière moi. À l'entrée, debout devant une statue grossière de Guanyin, la déesse de la Compassion, se tenait la grosse dame qui m'avait parlé au cirque, habillée d'un *qipao* tapageur. Je crus qu'elle allait se moquer de moi. Après tout, j'avais fait preuve de grossièreté lors de notre première rencontre. Elle se contenta de me regarder, impénétrable. Les hommes après moi tambourinèrent à sa porte. Alors, elle me prit par les épaules et me fit passer dans une cuisine par une porte dérobée.

Je ne sais pas ce que la patronne de la Maison du phénix dit à mes poursuivants. Elle garda sur ce sujet un silence qui pesa aussi lourd que les trois cents taels que je devais à Shun. Elle négocia sans doute un prix pour qu'on m'oublie : tout le monde est corruptible dans ce pays, et elle s'y connaissait pour avoir « des yeux et des mains » partout. Mais je ne serais pas étonnée qu'elle les ait persuadés par son seul aplomb de passer leur chemin, et qu'elle se soit ainsi économisé le prix d'une fille.

) 3 (

La maison de boue

Je me suis donc retrouvée dans une cuisine où séchait du linge. Une femme voilée préparait des plateaux de thé.

« Attends là et ne vole rien. Sois honnête. La maîtresse viendra te voir dans peu de temps. »

J'étais incapable de prononcer un mot. Les événements s'enchaînaient trop rapidement et me nouaient la gorge : deux heures plus tôt seulement, j'étais une artiste de cirque ; j'étais désormais un assassin en fuite, bientôt une prostituée.

La patronne fit son entrée. Avec son maquillage épais et son *qipao* qui la boudinait, elle était hideuse. Mais elle avait le regard assuré de quelqu'un qui a les choses bien en main.

« Ah ! te voilà, ma fille. Nous parlerons demain. Pour le moment, mange et va te laver. Tu trouveras de l'eau dans la cour derrière la cuisine. »

Elle me tendit une assiette de viande parfumée ; pas du chien avarié ramassé sur un bord de route, le lot de la vie de cirque. Un plat délicat que je croyais réservé aux princes. Étonnée par ce repas, je dévorai : la soirée m'avait demandé une énergie prodigieuse. La patronne me montra ensuite la cour et ses bassines. Je me dévêtis entièrement malgré le froid et fis couler l'eau sur ma peau couverte de sueur : j'avais besoin de laver ma peur, mon crime et tous les regards qui m'avaient traquée cette nuit ; je notai d'ailleurs que la patronne m'avait laissée seule. Elle revint et me fit monter un petit escalier jusqu'à une grande chambre couverte de matelas de paille. Deux enfants dormaient dans un coin.

« Ici, on est entre nous. Les filles sont occupées pour l'instant. Tout à l'heure, elles viendront dormir avec toi. Ne les dérange pas, elles auront besoin de repos après leur travail. Dors en paix, maintenant. Tu les rencontreras demain. »

J'étais épuisée. Je me roulai en boule dans le coin le plus éloigné du dortoir et dormis comme une pierre.

Je me réveillai à l'aube, dans une chambre pleine à craquer de filles assoupies. Je me levai en faisant le moins de bruit possible et descendis à la cuisine. Le feu était éteint. Le linge avait fini de sécher mais il paraissait toujours crasseux dans la lumière grise du jour qui se levait. Je ne voulais pas rester ici, dans ce monde malpropre et servile. Il me fallait quitter ce lieu avant qu'il ne devienne ma prison. Sur la pointe des pieds, je me glissai dans le couloir, où s'entassait de la vaisselle sale. Un chat léchait des assiettes. Le salon plus loin était vide, plongé dans une fumée nauséabonde. Dans l'une des petites chambres, un homme ronflait bruyamment. Le vestibule était désert. Les restes de bâtons d'encens sur le petit autel étaient froids. J'étais seule, invisible. Je retins mon souffle et m'approchai de la porte d'entrée.

« C'est un bon client. L'un des rares qu'on laisse dormir ici. »

Je sursautai. Une femme grande et mince se tenait contre le mur. Dans le contre-jour, je ne voyais pas son visage. Elle m'observait, la tête inclinée. Sa voix était rauque et lente, aussi pétrifiante que son apparition. On aurait dit une créature des profondeurs arrivée par erreur dans le monde des hommes, si effrayante qu'elle était obligée de se cacher.

« Alors, c'est toi la nouvelle. Beau visage, un peu dur, mais beau. Un corps athlétique. Beaucoup de yang, c'est bien, il en faut. Les hommes aiment plus le yang qu'ils ne le croient. Et cette insolence, ça marchera. Tu n'as pas peur. Ça, c'est très bien. C'est difficile d'exercer ce métier quand on a peur. S'ils le sentent, les clients timides repartent déçus et humiliés. Ils ne reviennent pas. D'autres viennent se repaître de la peur des femmes. S'ils la sentent, la situation peut devenir terrible. N'aie jamais peur, petite fille, n'aie jamais honte. »

Elle passa devant moi, et j'aperçus enfin son visage, magnifique bien que délavé. Elle aurait pu avoir vingt ans comme cinquante. C'était une femme à la fois détruite et puissante.

Je me retrouvai à nouveau seule devant la porte par laquelle j'étais entrée hier soir. Je constatai qu'elle était verrouillée : on s'assurait que les pensionnaires de ce lieu ne soient pas tentées de le quitter. Je retournai à la cuisine, n'ayant nulle envie de partir à la découverte des secrets d'une maison close, et encore moins de tomber sur ses clients, même endormis. J'attendis longtemps. Tout le monde se reposait dans ce lieu qui ne vivait que la nuit.

Enfin, une vieille édentée me rejoignit, le visage lacéré de rides.

« Je suis toujours la première levée. À mon âge, on n'a plus besoin de sommeil. Mais rassure-toi, ça fait longtemps que mes grâces ne trouvent plus preneur, même chez nos clients les plus tordus. »

Elle éclata de rire, à s'en taper les cuisses. Elle ne mit pas sa main devant la bouche comme j'avais toujours appris à le faire : une Chinoise ne rit qu'avec pudeur. Elle, elle riait comme un homme, en postillonnant et en montrant ses dents. J'ai mis des années à rire aussi librement.

« Non, les passes, c'est fini pour moi. Je veille sur la maison. Je me rends utile. Tu vois, dans ce métier, on peut durer. Avec un capuchon sur la tête, on fait encore pas mal illusion. Même que, parfois, certains essaient de m'embrasser ! »

Son hilarité atteignit un paroxysme.

« Mais assez ri. Aide-moi à ranger le salon puisque tu es debout. D'abord, je vais remettre le capuchon, histoire de ne pas faire peur au beau monsieur qui va bientôt se réveiller. Toi aussi, tu en porteras un. Ça évitera de lui donner des idées. »

En fait de beau monsieur, c'était un homme ventru qui s'était bavé dessus en dormant. Il se réveilla au bruit des balais et de la vaisselle. La vieille le guida vers une porte dérobée, qu'elle ouvrit grâce à une clé précieusement enfouie dans un pli de sa robe. Je me demandais combien de portes une maison de boue comptait. Une fois qu'il fut parti, la vieille rangea soigneusement son trousseau, retira son voile et repartit d'un commentaire grivois. L'espace d'un instant, je pensai à m'emparer de force de ces clés. Mais elle pourrait se débattre, crier, donner l'alerte, et j'avais eu mon lot de violence la nuit dernière. Je ne me voyais pas attaquer une petite vieille qui vivait en faisant le ménage dans un bordel. Tant pis, je trouverais une meilleure occasion. Et puis, cette femme était joyeuse ; vulgaire, sans doute, mais sincère dans sa gaieté. Sa compagnie me faisait du bien. Ce n'est qu'en entrant dans une petite chambre sombre et malodorante qu'elle perdit sa bonne humeur. Une pipe à opium encore chaude traînait à côté d'un matelas aux draps sales et défaits.

« Nuit noire s'est encore défoncée. Elle va nous porter malheur avec toute sa came. »

Et elle poursuivit son ménage en grommelant.

Au bout de quelques heures, la grosse patronne fit son apparition, les yeux gonflés, l'haleine mauvaise, un sourire expert aux lèvres. Elle commença par manger, puis alla se laver. Enfin, elle me fit appeler dans son bureau. Assise devant une petite table, elle m'examina des pieds à la tête, comme une vache qu'on hésite à acheter.

« Bien, dit-elle enfin. Parlons sans détour. L'homme que tu as frappé hier est mort. On continue de chercher son assassin, une jeune artiste de cirque dont je ne veux rien savoir et que personne ne viendra plus chercher ici. Je t'ai protégée car j'ai besoin d'une fille qui n'a pas froid aux yeux. Je pense que tu peux faire l'affaire, puisque tu es venue jusqu'à moi. Rien n'arrive par hasard. Mais attention : je ne veux pas de violence entre ces murs. »

Je voulus me justifier, mais elle poursuivit son discours :

« On dit qu'un criminel ne peut plus s'arrêter, une fois qu'il a goûté au mal. Je n'y crois pas. Je pense que si tu as cherché refuge ici, c'est que tu aspires au contraire à la sécurité. Sinon, pourquoi ne pas poursuivre l'aventure dans le vaste monde ? Je vais donc faire confiance à mon jugement, et prendre le risque de te garder. Néanmoins, je te mets en garde : au moindre doute, au moindre regard de travers, je t'exécuterai moi-même. »

Elle me planta dans les yeux un regard venimeux. Et, comme pour laisser le temps à son poison d'infuser, elle laissa à nouveau planer un long silence.

« Sois donc la bienvenue dans la Maison du phénix. Tu m'appelleras Mère, comme les autres. Non, ne m'adresse pas la parole avant que je te le demande. Et ne me révèle pas ton nom, c'est la coutume. Quand on n'est pas née dans une maison comme celle-ci, on doit perdre son nom et en prendre un autre pour pouvoir se rappeler les bons souvenirs de l'ancienne vie. C'est la tradition. Alors, voilà : l'une de mes filles a rejoint son amoureux. Tu vois, ça ne manque pas de romantisme, ce métier. J'espère qu'elle mangera là-bas aussi bien que chez moi, mais franchement, j'en doute. J'ai donc besoin de quelqu'un comme toi, capable de faire de jolies acrobaties pour égayer les soirées de mes clients. Mais je ne veux pas d'une geignarde. Il faut assumer, sinon ça casse le moral de tout le monde. Personne ici n'a la vocation, si tu veux tout savoir. Tu as sans doute déjà entendu ce proverbe : "Si tu veux connaître l'illumination, commence par couper du bois et chercher de l'eau." Eh bien, je ne sais pas si un jour j'aurai l'illumination. Malgré tout, je ne pense pas que vendre son corps soit dégradant. Certainement pas autant que le vol, le mensonge, l'avarice et tous les autres vices qui sont le pain quotidien des habitants de cette ville ; sans parler du meurtre. »

Elle marqua une pause et me fixa du regard, au cas où je n'aurais pas compris où elle voulait en venir. Puis elle continua sa tirade :

« Et c'est beaucoup moins fatigant de faire quelques passes que de couper du bois ou travailler aux champs. Bien sûr, socialement, ce métier ferme des portes. Chacun sa place en ce monde. La mienne est ici, et c'est à toi de découvrir où se trouve la tienne. Si tu souhaites partir, tu es libre de le faire : à toi la rue et le grand air. Ce serait bien ingrat après ce que j'ai fait pour toi, mais je ne t'ai pas sauvé de la mort pour te mettre des chaînes aux pieds. Ne te fais pas d'illusions : la justice te condamnera à mort. Les hommes qui te cherchent connaissent ton nom et la couleur de tes habits. Ils savent que tu as ces trois grains de beauté alignés sur la joue – qui sont très jolis d'ailleurs. Rassure-toi, personne ne les verra ici : c'est une maison sophistiquée, tu seras toujours maquillée. Bref, ils interrogent tout le quartier à ton sujet. Tu as tué un homme puissant. Les magistrats de la ville ont été alertés et veulent faire un exemple : c'est très inhabituel, une jeune fille qui commet un meurtre. De toute façon, tu n'auras aucune raison de partir. Tu seras heureuse ici. C'est mon vœu le plus sincère. Pour commencer, tu auras trois jours pour te reposer. Tu vois, je te ménage. Pendant ce temps, tu serviras la maison avec Bao, notre doyenne. Tu l'as rencontrée ce matin. Je suis une maîtresse exigeante, mais tout le monde te le dira, je suis aussi une bonne mère. Je soigne mes filles, je les nourris bien, et je suis fière de leur permettre de vieillir en paix sous ce toit. Il n'y a pas d'injustice avec moi. Je fais bien mon travail et c'est ce que j'attends de chacune de mes filles. Tu as compris ?

– Oui.

– Oui, "Mère".

– Oui, Mère », dis-je la tête baissée.

Ce mot me brûlait les lèvres jusqu'à la gorge, jusqu'au cœur. Il avait pour moi un visage unique, irremplaçable bien qu'effacé par le temps. La grosse figure devant moi n'en était que la caricature. Pourtant, j'avais conscience que la rue et son grand air me brûleraient plus encore.

La patronne chargea Bao de m'occuper pour le reste de la journée. Je lavai du linge, récurai les sols, épluchai des légumes. Ces tâches concrètes me firent reprendre contact avec la réalité.

Dans l'après-midi, les filles descendirent pour le repas. Il y en avait de jolies et de moins jolies, certaines faussement joyeuses, surtout devant la Mère, d'autres plus authentiques et plus secrètes. Elles me regardaient avec insistance, parfois avec animosité. Quelques moqueries fusèrent, jusqu'à ce qu'un coup de fouet claque et passe adroitement à un cheveu au-dessus de la table, sur toute sa longueur, sans rien frôler.

« Foutez-lui la paix », ordonna la Mère en reprenant une bouchée de riz.

La patronne avait de quoi tenir en respect. Elle mangeait à longueur de journée et, dans les rares moments où elle n'avait rien en bouche, elle affichait un sourire calculé ; parfois, elle faisait vibrer son fouet, mais jamais sans raison.

Je passai la journée sur le qui-vive, à faire le ménage, à découvrir la maison et ses occupantes. Le soir, alors que les filles ajoutaient une couche de rouge sur leurs visages plaqués de poudre et attrapaient d'une main nerveuse leurs éventails, je me retrouvai seule dans la cour déserte. Je m'assis face au grand paulownia. Le désespoir que j'avais jusqu'à maintenant tenu à distance me submergea d'un coup. Je sentis ma gorge se serrer, les larmes couler sur mes joues. Le destin se moquait de moi. Pour échapper au viol, je m'étais vouée à la prostitution. J'entendais les premiers clients rire dans le salon et j'avais l'impression que c'étaient les dieux eux-mêmes qui ricanaient en me montrant du doigt. Même mes ancêtres devaient s'esclaffer au fond de leurs tombeaux.

Dans trois jours, la patronne me jetterait dans les bras poisseux de l'un de ses clients. J'avais encore sur la peau le regard lubrique de l'homme à qui mon maître avait tenté de me vendre. Rien que d'y penser, mon estomac se soulevait. J'avais honte de la naïveté avec laquelle je m'étais laissé isoler par le vieux maître, honte de la passivité avec laquelle j'avais obéi à l'ordre de descendre du toit : à ce moment-là, j'avais pourtant déjà compris ce qu'on attendait de moi.

La boue qui me gênait le plus n'était pas celle du corps. À moins d'être chef de famille, personne dans ce pays ne dispose vraiment du sien ; je l'avais tant discipliné aux entraînements que je le considérais comme un outil de travail. Je n'avais que quatorze ans, mais la vie au cirque ne laisse que peu d'intimité. J'imaginais sans mal ce qui pouvait se passer entre une prostituée et son client : une relation impersonnelle où s'exerce un pouvoir. Les clients de cette maison étaient riches à ne plus savoir quoi faire de leur argent : aucune concubine ne leur était inaccessible, ils pouvaient posséder n'importe laquelle d'entre elles. S'ils venaient ici, c'était pour avoir du neuf, du sans lendemain, de l'interdit. Ils se servaient de ces filles pour donner corps à un désir coupable, anonyme, pour lequel ils ne rendraient pas d'autres comptes que le prix qu'ils étaient prêts à payer. Ils venaient chercher quelque chose de précis, qu'ils voulaient garder secret. Je ne serai pas la complice de leur pouvoir. Le regard usé des occupantes de la maison en disait long sur leurs états d'âme, n'en déplaise aux principes philosophiques de la grosse patronne. Je devinais qu'elles sauvaient la face derrière tout ce qui leur restait : l'ironie, la méchanceté. L'opium. Elles s'étaient infligé l'impardonnable, étaient devenues lourdes de tous ces vices cachés que la société avait abandonnés là, sur leur peau. Elles les servaient.

On peut en vouloir aux autres, au destin, aux dieux. On survit. Mais s'en vouloir à soi-même est une trahison. On se tue à petit feu, cruellement. Voilà la boue de l'âme.

Dans la cour de la maison, je regardais le grand paulownia en me disant que je m'étais bien trompée de chemin. La veille, dans la panique de la fuite, l'enseigne du Phénix avait été un refuge inespéré. Désormais, elle était le signe d'une condamnation. Allais-je vraiment me vendre pour échapper à la justice? Je ne pouvais fuir cette maison, mais il me restait encore une chance de rester maîtresse de mon destin: mourir maintenant. Je serais peut-être si accablée dans quelques jours, dans quelques semaines, que je n'aurais plus la force de passer à l'acte. Le suicide est une vertu morale en Chine, en particulier pour les femmes: dans les grandes familles, une bonne veuve se tue pour suivre son mari dans la mort. On en fait des poèmes qu'on chante aux petites filles. Je n'étais ni veuve ni héritière. Je n'avais que mon honneur. Les branches chargées de fleurs du paulownia seraient mon linceul.

La nuit tombait. Je me levai, marchai au pied de l'arbre et entrepris de défaire ma ceinture. C'est alors que je vis la femme croisée à l'aube, celle qui s'appelait Nuit noire et que toutes les filles semblaient redouter. Je ne l'avais pas revue de la journée. Tapie dans les ténèbres, elle m'observait.

« C'est parce que tu crois qu'on dirige son destin. »

Je la regardai sans comprendre.

« Tu as agi en pensant te libérer. Tu as cru reprendre la main. Une action entraîne une autre action, c'est la loi des dominos. Et maintenant, tu te sens prise au piège. Tu imagines que cette maison est une cage et tu t'en veux de t'y être fourrée toute seule. Mais on n'a jamais la main lorsqu'il est question de destin.

– Qu'est-ce que tu en sais, toi? »

Elle rit d'un éclat effroyable, la main ostensiblement levée devant la bouche.

« Beaucoup de yang, beaucoup de force. J'aime ton style. On a beau dire, la grosse a l'œil. Je ne sais peut-être rien. Peut-être pas. Certains disent que j'ai le don d'entrer dans les esprits et d'y déceler tous leurs secrets. C'est faux, bien sûr. J'interprète simplement les informations.

– Quelles informations ?

– Celles qui sont sur ton visage. Tu as peur ; tu es amère ; et tu es violente.

– Qu'est-ce qu'on t'a raconté ?

– Que tu es arrivée hier soir en costume de cirque. Rien d'autre. Nous avons tous une vie publique, le mieux est de l'accepter avec élégance. Dans un bordel, on apprend beaucoup de choses. Mais les secrets qui entrent ici n'en sortent pas. La première chose que tu devras apprendre, c'est à les respecter. Ils ont toujours de la valeur. Si tu découvres quelque chose, sur un client, sur l'une des filles, tu le répètes à la Mère. Et à elle seule. Si tu trahis ta parole, eh bien, il ne restera rien de toi. La deuxième chose à apprendre, c'est observer les clients. Leurs visages, leurs comportements, aussi artificiels soient-ils, en disent long sur eux. Leurs voix aussi. Ils ne viennent pas ici pour se maîtriser. Si tu interprètes correctement ce que tu vois, tu en tireras un bénéfice.

– Quel bénéfice ? Les filles de la chambre à côté sont des désastres ambulants.

– Oh, les grosses larmes et la petite voix qui s'étouffe. Tu es ridicule. Une enfant gâtée, choyée par ses parents. La plupart des bébés sont étouffés à la naissance. La plupart des filles de cirque exercent mon métier, sans cadre professionnel pour les protéger. Et la majorité des femmes de ce pays n'atteint jamais ton âge. On les tue à leur mettre des charges sur le dos et des enfants dans le ventre, quand elles ne meurent tout simplement pas de faim. Et te voilà, toi. Tu t'es jetée dans la rue vêtue d'un beau costume ; n'importe qui d'autre aurait été dépouillé et laissé pour mort. Toi, tu atterris ici. On te propose une vie décente, un travail honnête et un riche salaire. Car nous sommes riches, crois-moi. Combien de temps vas-tu mettre à l'épreuve ta bonne fortune ? L'heure ne serait-elle pas venue de la payer en retour ? De t'intéresser aux autres plutôt qu'à ta seule petite personne ? Alors, voici ce que tu vas faire : cette nuit, tu vas méditer sur la vanité. Tu vas réfléchir au destin que les dieux t'ont prêté pour te guider. Et demain, tu viendras me trouver avec des réponses. Elles auront intérêt à être justes, sinon c'est moi qui attacherai la corde pour te pendre. On ne va pas te laisser foutre les jetons aux autres. »

Elle se retourna et disparut sur ces paroles, me laissant aussi honteuse que si elle m'avait donné une fessée. Que le ciel bénisse Nuit noire. Sans elle et ses cruelles paroles, mon chemin s'arrêtait là. Elle venait de m'offrir une autre perspective sur ma situation, et surtout, la possibilité de la découvrir par moi-même. Elle avait ouvert la première fenêtre de la guérison, la plus délicate : le choix.

Jusqu'ici, j'avais considéré le destin comme le plus inflexible des geôliers. Nuit noire en parlait comme d'un guide. Je réfléchis toute la nuit, puis la journée qui suivit. Je balayais, j'évitais les regards. Je m'aperçus alors que je n'avais pensé qu'à moi, à mon malheur, à la trahison que j'avais subie. Je les avais couvés plus jalousement qu'une poule couve son œuf. Nuit noire avait touché juste : je ne voyais pas les autres. Je les étudiais, pourtant, les filles de la Maison du phénix : hypocrites, vulgaires, parfois belles pourtant, souvent tristes ; toutes vendues. Je les jugeais. Mais je ne les voyais pas. Elles étaient absentes de mon univers, rejetées hors de ma sphère.

Je n'y étais pas seule pour autant. Quelqu'un hantait mes pensées en secret depuis longtemps ; quelqu'un qui ne me quittait jamais, pour qui j'éprouvais du regret, et de la honte : Feng à la jambe cassée. Jamais je n'avais versé une larme sur elle. À force de ressasser les événements, j'en avais fait une bouillie facile à digérer. Ce soir-là, pourtant, le souvenir de Feng m'écrasa de tout son poids. Le sort qui m'effrayait tant, je le partageais désormais avec elle. Je n'étais plus seule avec son fantôme, j'étais plongée dans le bain froid – glacé même – de la réalité : il y avait peu de chances pour que Feng ait été amenée puis accueillie avec courtoisie dans une belle maison comme celle-ci. Car on m'avait bien traitée jusqu'ici, je devais le reconnaître. Feng avait été conduite encore enfant, par ma faute, sur un bateau en partance pour le bout du monde, par des hommes qui portaient le fouet. Moi, je demeurais dans la ville de mes ancêtres ; j'étais presque adulte. Le pire s'était abattu sur elle, à cause de moi. La fortune a bonne mémoire. La roue tourne toujours, avec la seule force que celle que nous lui donnons. Ce qui m'arrivait n'était pas un hasard, au contraire. C'était un juste retour des choses. J'en fus presque soulagée ; au moins, il y avait une forme d'ordre qui persistait.

Depuis mon geste, je n'avais pas non plus repensé à l'homme que j'avais abattu ; peut-être parce que la fuite et la dissimulation m'avaient complètement absorbée ; ou parce que moi-même peinais à me justifier. Je l'avais tué pour une raison dérisoire : il avait ri. Je n'avais pas simplement cherché à lui échapper. Je me rappelle avoir désiré sa mort, froidement, à cet instant où il m'avait ri à la face. Nuit noire avait raison, j'étais un être violent et égoïste. La grosse patronne m'avait mise en garde. Elle se méfiait de moi, à raison sans doute : moi-même, je ne savais plus si je pouvais me faire confiance. J'étais un assassin. J'avais des comptes à rendre, et pas seulement à la justice des hommes. L'angoisse me coupa le souffle.

Au moins, je ne fuyais plus la vérité : elle était là, devant moi, dure, concrète. Laide sans doute, mais moins que toutes les hypocrisies auxquelles je m'étais adonnée dans le passé : je m'étais crue si prodigieuse, persuadée que tous les coups m'étaient permis, que jamais la vie ne viendrait me faire tomber du piédestal que je m'étais forgé.

Je pris conscience que toutes les filles de la maison partageaient mon sort. Quel crime les avait menées là ? Quelle famille, quelle amie les avait vendues pour sauver leur peau ? J'avais un destin, un destin d'esclave peut-être, comme tant d'autres ; mais c'était le mien. À moi d'en faire un guide plutôt qu'une malédiction.

À l'aube, j'étais toujours un assassin, mais j'étais en paix. Ce qui pouvait m'arriver m'était bien égal, tant que cet état demeurait en moi. J'allai à la rencontre de Nuit noire au moment où celle-ci partait se coucher. Je m'inclinai devant elle.

« Je te prie d'accepter mes humbles excuses. Je ne suis pas au-dessus des autres, et je n'ai pas le droit de les affliger en exposant mon cadavre dans la cour de cette maison. Ce n'est pas ce lieu qui est une prison, c'est le monde. Pour en sortir, je dois apprendre à le voir tel qu'il est ; et cesser autant que possible de le corrompre. Partout où j'irai, on me traquera, on me mentira, on me vendra. Ici, au moins, les règles sont claires. Cette maison m'a offert son refuge. Je vais lui faire confiance. Et je vais y travailler, sans honte et sans peur. Seras-tu mon maître ? J'ai tout à apprendre. »

Elle me sourit.

« Ah, les vieilles âmes, rien de tel pour pimenter l'existence. D'accord, je vais te former. Nous ferons de toi une grande courtisane. Quel nom veux-tu prendre ?

– Lotus : ses racines sont plongées dans la boue, mais il s'élève vers la lumière. Je veux suivre sa voie.

– Très bien, Lotus. Maintenant, laisse-moi dormir. C'est le meilleur moment de ma journée, celui des rêves. Nous reprendrons cette conversation à la faveur du soir. »

Ainsi, Nuit noire devint mon nouveau maître. Elle m'éleva, au sens noble du terme, pour que je ne sois pas un simple corps à vendre, mais comme elle une femme de grand prix, sage et respectée, dont on s'arrachait les faveurs. Elle me rendit riche. Je ne suis pas fière d'avoir été une prostituée, et n'en ai tiré aucune joie. Cependant, grâce à Nuit noire, après cette première journée de grand chagrin, je n'ai subi ni humiliation ni brutalité. La Maison du phénix n'était pas le lieu sombre que j'avais imaginé : c'est moi qui étais noire, qui m'infligeais ces blessures. J'y ai beaucoup appris, et en premier lieu comment grandir. Ce ne furent pas des années de lumière, mais des années de maturation nécessaire. Sans elles, je n'aurais rien su de l'humilité ; je n'aurais jamais su qui j'étais. Il aura fallu que je plonge dans la boue.

Ce que Nuit noire m'enseigna, ce ne fut pas tant la technique, toutes les filles de la maison auraient pu le faire. Pourtant, bien des clients avaient soif de mieux connaître les mécanismes du plaisir. Certains d'entre eux ne venaient que pour ça, en particulier les femmes qui passaient la journée, en cachette. Jamais le soir, leurs maisonnées se seraient rendu compte de leurs absences. Avant la Maison du phénix, je n'imaginais pas les concubines capables de tant d'audace, de semer chaperons et chaises à porteurs pour acheter du plaisir. Si elles se faisaient prendre, elles étaient au mieux répudiées, au pire exécutées : un père a le droit de vie et de mort sur ses filles, et le chemin est court du mari au père. Certaines, d'ailleurs, bravaient les interdits par goût du risque. Elles se déguisaient en hommes pour ne pas être reconnues, ou pour jouir quelques heures du pouvoir du costume masculin. Rien ne les amusait tant que de nous donner des ordres sur le ton sans appel de leurs maris. Elles adoraient nous tyranniser.

Ces clientes venaient pour s'instruire sur les arts du plaisir et tenter d'éviter ainsi l'arrivée d'une nouvelle concubine dans leur maison. Rares étaient les femmes heureuses qu'une deuxième ou une troisième épouse leur vole la faveur du patriarche. Elles vivent dans l'opulence, bien sûr. C'est ce qui permet à leur maître de les acheter les unes après les autres comme des animaux d'ornement ; et comme des bêtes en cage. Beaucoup tournent en rond et deviennent folles. Spirituellement, les paysannes n'ont rien à leur envier.

Pour fidéliser ces clientes difficiles, nos techniques n'avaient que peu de valeur. Elles pouvaient les trouver ailleurs. Ce qu'on leur apportait, c'était la discrétion : la Maison du phénix était un labyrinthe d'entrées et de sorties secrètes. Puis, par-dessus tout, elles appréciaient l'atmosphère singulière du lieu. Il n'y avait pas que les volets sculptés, le parquet ancien et le vénérable paulownia de la cour : il y avait Nuit noire.

Il faut de la mise en scène au plaisir, surtout pour les femmes. L'érotisme, ce n'est pas la chair nue. C'est le regard, l'attente. Nombreux sont ceux qui croient que le plaisir vient des autres. Mais le plaisir est en eux, il vient d'eux. Peu en ont conscience et c'est ce qui est compliqué dans cette profession, surtout lorsque les hommes viennent confier leur désir à des prostituées alors qu'ils n'en ont plus et croient qu'elles peuvent le leur vendre. Ce malentendu rend la relation avec les clients terriblement dangereuse.

Nuit noire était exceptionnelle. Elle ne prenait jamais plus d'un client par nuit, et encore, à prix d'or. On ne pouvait pas vraiment parler de passe : elle ne faisait pas grand-chose, et se laissait très rarement toucher. Elle savait s'économiser. Pourtant, ses nuits étaient remplies bien à l'avance. Ses prestations n'étaient que du spectacle. Elle faisait installer le client, l'observait. Longuement. Je fis de même les premières nuits : observer pour tenter de deviner quels clients étaient dissimulés derrière la cloison, sonder leurs peurs et leurs désirs pour avoir le contrôle sur eux, et non l'inverse. Ne jamais, jamais les laisser prendre l'ascendant. L'illusion, oui, en abondance.

Une fois qu'elle s'était fait son idée derrière le paravent, Nuit noire apparaissait. Avec une assurance déconcertante, elle donnait corps au rêve du client. Bien sûr, ce n'est pas une science exacte. Mais je crois que beaucoup de personnes en seraient capables si elles se donnaient la peine de mettre de côté leur personnalité pour être attentives à celle d'autrui. La plupart du temps, ces hommes souhaitaient juste se sentir désirés. Nuit noire arrivait à le leur faire sentir avec rien, trois regards obliques dans l'obscurité. Elle avait aussi sa botte secrète, ce qu'elle appelait la morsure de l'ange. Ce n'était pas une morsure, même pas une caresse. Elle accepta de me l'enseigner bien plus tard. Il s'agit d'un toucher que l'on applique sur le crâne, sur une fréquence très basse. Le plus dur est de se mettre soi-même sur cette fréquence. Je l'ai beaucoup pratiqué ces derniers jours, sur les mourants et les enfants terrorisés. La connaissance de Nuit noire sur la nature humaine était immense.

On me maquilla avec excès, surtout au début, pour que je ne sois pas reconnue. Longtemps, plus longtemps que je l'aurais cru, Nuit noire me cantonna à la danse et au jonglage. Elle voulait que je prenne de la valeur. Plus les clients attendraient mes faveurs, plus ils fantasmeraient, plus ils seraient prêts à y mettre le prix. Pour qu'elles restent chères, je devais apprendre à les rendre uniques.

« Chacun de tes gestes doit être intense. Je ne laisserai les clients te prendre que lorsque je serai sûre qu'ils ont l'impression de toucher une déesse. Pour commencer, respire comme si tu étais une déesse. Et mange ce fruit comme si tes lèvres, ta bouche et ta gorge étaient sacrées. »

Un repas avec Nuit noire était un rituel à part entière, comme tout le reste avec elle. Et pour finir, je me pris au jeu. Je n'étais pas une triste prostituée dans une sombre maison de boue. J'étais une divinité incarnée, à qui je devais moi-même le plus grand respect. Je touchais mon corps avec la même vénération qu'une nonne lorsqu'elle s'incline devant la statue de Guanyin.

Pourtant, la Maison du phénix était moins un temple tantrique qu'un lieu de distraction. La patronne s'ingéniait à y faire régner une atmosphère bon enfant. Certaines filles étaient d'excellentes chanteuses, probablement recrutées dans le seul but d'apporter une touche artistique à cette maison qui se voulait luxueuse et raffinée. Leur répertoire était vaste. La journée, parfois, elles chantaient pour elles, de longs chants lyriques qu'elles avaient vraisemblablement étudiés avec sérieux. Mais le soir, pas de mélancolie. Les chansons parlaient de jeunes filles tout sauf timides, de hardies campagnardes qui rêvent de riches mariages et s'en donnent les moyens, de nonnes polissonnes et d'épouses brûlantes qui supportent mal l'absence de leur époux et se rabattent sur ce qu'elles peuvent. Les clients riaient aux éclats, ravis de cette légèreté qui les changeait du sévère confucianisme auquel ils essayaient de s'astreindre pour se donner des airs distingués. Ils avaient beau être riches, puissants même, les lettrés leur faisaient toujours sentir qu'ils n'étaient pas de leur monde, pas assez cultivés, pas assez intelligents pour naviguer dans les hautes sphères : les marchands exercent le plus vil des métiers sur l'échelle morale, celui du profit. Mais à la Maison du phénix, il n'y avait pas de lettrés pour mépriser leurs goûts. Ils étaient entre eux et en profitaient.

Ils venaient ici le plus souvent en bandes, pour faire la fête. Ils pouvaient très bien la faire chez eux, et ne s'en privaient pas du reste, mais leurs épouses avaient toujours un commentaire à la bouche, leurs domestiques cancanaient en cuisine, il fallait envoyer des invitations officielles, et même si leurs manières étaient assez libres, ils devaient jouer leur rôle de maître de maison. Ils nous invitaient d'ailleurs pour mettre de l'ambiance lors de fêtes familiales. Leurs épouses, mères et innombrables belles-mères aimaient les mêmes chansons et les mêmes danses qu'eux. J'ai fait des pirouettes et des saltos dans les salons de ces luxueuses demeures pour célébrer l'anniversaire de vieilles tantes ou de petits héritiers, comme au temps du cirque.

Lorsqu'ils se déplaçaient jusqu'ici, les riches marchands de Tianjin pouvaient se laisser aller. Ils écoutaient toutes les chansons grivoises qu'ils voulaient, buvaient tant qu'ils voulaient, regardaient les filles qu'ils voulaient comme ils le voulaient, et plus encore : la maison était à leur service.

Entre deux chansons, *Un chaste panier jaune pour me tenir compagnie* ou *La Salutaire Leçon de savoir-vivre de ma marâtre*, je faisais mes tours : quelques pirouettes, quelques saltos, et même un peu de tissu aérien – en tremblant que l'on reconnaisse l'artiste de cirque qui se cachait sous le masque de la prostituée. Nuit noire m'y encourageait : elle était convaincue que j'avais été démasquée depuis longtemps, et qu'une réputation d'assassin ajoutait encore à la valeur de mon personnage.

« Une femme fatale, tu penses, c'est le frisson garanti. Ils ne voudraient pas d'une tueuse chez eux, mais ici, ça les change des livres de comptes et des taux d'intérêt.

– Et on ne m'a pas arrêtée ?

– Tu es inoffensive désormais, n'est-ce pas ? Laisse-les rêver que tu es une bête sauvage et qu'ils peuvent t'apprivoiser pour une heure. »

Tous les soirs, c'était le grand spectacle. La Mère n'était pas une artiste, mais elle avait le sens du rythme. On ne rit jamais longtemps, on se lasse des plus belles voix. Il fallait renouveler les numéros, les charmes, les chansons, être toujours prête à enchaîner derrière une autre danseuse pour relancer une soirée qui se tassait. Et j'observais ces hommes prêts à dépenser en quelques heures ce que mon père gagnait en six mois, pour se distraire, pour oublier que leur vie n'était qu'ennui et poussière.

Je n'ai jamais su ce qui avait amené Nuit noire ici. De son passé, elle ne parlait jamais. Elle savait lire, écrire, elle parlait plusieurs langues. Nuit noire venait forcément d'une famille de lettrés, qui l'aurait sans aucun doute préférée morte que de la savoir dans une maison de boue. Elle avait dû fuir très loin de chez elle, et vivre ici sous couvert d'anonymat. Quelqu'un, une femme évidemment, me révéla un jour que Nuit noire avait été la concubine d'un prince et qu'elle s'était compromise dans une sinistre histoire. Alors que l'indiscrète allait ajouter des détails, je lui fis passer l'envie d'étaler des secrets qui n'étaient pas les siens. Nuit noire avait ses failles, mais je les respectais.

De tous mes maîtres, elle fut la plus fascinante. Elle avait fait quelque chose de beau de sa part d'ombre, à mes yeux du moins. Une fois, alors qu'elle se baignait, je découvris son visage sans fard. Nuit noire était toujours maquillée à outrance, ou protégée par l'obscurité, même lorsqu'elle méditait. Sans doute avait-elle peur elle aussi d'être reconnue, par les hommes et par les dieux. Son visage était étonnamment beau et pur. Elle remarqua mon regard tandis que je sondais ses mystères.

« J'aimais trop ce qui est interdit. Encore aujourd'hui, j'aime trop ce qui est interdit. Un jour, sans doute, je paierai pour ça. »

Et un matin, cela arriva. On retrouva Nuit noire éviscérée dans le salon. Elle avait pris l'habitude de traîner dans la maison une fois les clients partis et les filles couchées. Elle allait ainsi de pipe à opium en pipe à opium et, sans doute, recevait parfois des êtres comme elle, nocturnes et étranges.

Pour une prostituée, il n'y a ni enquête ni tombeau. Elle emporta ses secrets dans la fosse commune et nous laissa avec la peur panique d'être éventrées à notre tour. La Mère fouetta Bao si fort qu'elle en mourut. C'était à elle de se coucher la dernière, après avoir verrouillé toutes les portes. Bao jura que cette nuit-là tout avait été fermé à clé et qu'elle avait dormi comme d'habitude en travers du vestibule, au pied de l'autel. Personne n'avait pu entrer par là.

« Imbécile ! Tu étais notre portière, Bao, qu'allons-nous faire de toi si tu ne remplis pas ce rôle ?

— Mère, hurla-t-elle, je ne suis pas en tort ! Tout le monde ici sait que, chaque nuit, elle fumait de l'opium dans le salon, seule. C'est elle qui a dû ouvrir à son assassin !

— Personne ne se lève après avoir fumé de l'opium dans les quantités que s'envoyait Nuit noire, même pour ouvrir la porte à son propre père! C'est facile d'accuser les morts. Nuit noire amenait plus d'argent dans cette maison que la moitié des filles réunies. Tu me dois des comptes, vieille femme.

— Je n'ai rien fait!

— Alors, c'est encore pire! C'est la mort et la violence que tu as laissées entrer ici, et que tu protèges encore par tes mensonges. Comment veux-tu que les filles continuent de travailler, que les clients reviennent si tu laisses les portes ouvertes aux assassins?

— Les portes étaient fermées. Nuit noire fumait tant, depuis si longtemps! Ça ne lui faisait plus rien! Bien sûr qu'elle aurait pu se lever!

— Alors, si tu le savais, pourquoi ne la faisais-tu pas se coucher?

— Personne n'osait, même pas toi! Personne ne pouvait dire à Nuit noire ce qu'elle devait faire. Elle avait trop de secrets, trop de malheurs, ça devait arriver! »

Bao pleura tant qu'elle put, mais je crois qu'elle excita consciemment la colère de la patronne pour en finir plus vite. La vieille portière n'attendait plus rien de la vie. Elle trichait tant qu'elle pouvait sur tout ce qu'elle pouvait : un bâton d'encens de côté juste pour elle, un morceau de viande, quelques biscuits, cinq minutes grappillées pour finir plus tôt. Tout était bon pour lui donner le sentiment du profit. C'était son petit avantage, la contrepartie qu'elle s'octroyait en récompense de son dévouement. Elle avait ainsi vécu plus longtemps que la plupart des femmes de ce milieu. Il était temps pour elle de quitter la scène, et elle le savait. Elle tricha de nouveau pour accélérer le fouet et moins souffrir. La patronne ne pouvait pas laisser contester son autorité en présence des autres. L'épouvante causée par le meurtre fit le reste. Jamais je n'avais vu la grosse patronne aussi brutale. De toute façon, si elle avait chassé

Bao, celle-ci serait morte de faim, lentement et cruellement. La Mère fut peut-être généreuse ce jour-là.

La patronne nous interrogea toutes séparément pour comprendre ce qu'il s'était passé. Sans résultat. Même si une fille avait vu ou entendu quelque chose, elle n'aurait rien dit, de peur de finir comme la portière. Dès que la Mère avait le dos tourné, les autres jacassaient, croyant se disculper en inventant des hypothèses romanesques : un ancien amant éconduit, le fameux prince lui-même qui aurait retrouvé la trace de sa belle concubine, ou alors, l'un de ces terribles étrangers, l'un de ces prêtres catholiques dont on disait encore qu'ils étaient amateurs de chair d'enfant.

La Mère finit par accepter l'idée que Nuit noire n'avait tout simplement pas eu de chance. Mais elle n'effaça jamais tout à fait son souvenir et le sang qui avait coulé dans sa maison. C'est la loi des dominos, aurait dit Nuit noire, une action en entraîne toujours une autre. La Mère mangea encore plus. Je la voyais souffrir, avec sa peur de toujours manquer. Elle se gavait le plus possible avant qu'un assassin lui vole sa viande ou ses intestins comme à Nuit noire. Elle gonfla tant que même les clients adeptes de chairs voluptueuses se lassèrent de son foie malade. Elle dut, à son tour, prendre le rôle de portière.

J'ai beaucoup pleuré Nuit noire. Mais je vais trop vite, et je me remémore sa mort alors qu'elle n'arriva que plusieurs années après mes débuts dans la prostitution. L'événement fut si violent qu'il est difficile de ne pas l'associer à son souvenir. Parfois, je retrouve son regard oblique dans celui d'un passant, et je prie pour que toutes les nuits noires trouvent le chemin de l'aube.

Mais assez de ces années de boue et des souvenirs de ces chairs fatiguées. Bientôt, je devais quitter la Maison du phénix. Car entre-temps, j'avais rencontré Shi, la guérisseuse.

) 4 (

La guérisseuse

La Mère avait ses qualités : c'était une exceptionnelle tenancière de bordel, bonne gestionnaire, qui exploitait comme personne, et toujours à son avantage, les petites rivalités de la maison. Elle maintenait l'ordre à coups de fouet, tant sur le plan moral que physique, faisait frotter les parquets et régner une saine ambiance de travail dans les esprits parfois rêveurs de ses pensionnaires. Au fond, c'était une femme fidèle à ses principes : accomplir son travail, de son mieux. Je ne sais pas si elle connaîtra l'illumination un jour, après avoir coupé tant de bois, mais de toutes les âmes que j'ai croisées, elle fut l'une de celles qui tricha le moins, ou en tout cas le mieux : toujours au bénéfice de sa maison. Jamais elle ne manqua à sa promesse de bien nous nourrir. Et à chaque nouvelle lune, elle faisait venir la guérisseuse.

C'était une vieille femme, qui arrivait à pas branlants sur des chaussures surélevées, très pointues, ornées de chevillières brodées et de pompons. D'étonnantes chaussures de jeune mariée. Elle entrait par la grande porte et s'inclinait avec beaucoup de dignité devant la statue de Guanyin. Elle avait un regard caverneux, et pourtant, on devinait dans son visage ridé comme un litchi un sourire très ancien, que rien ne pouvait déloger.

Toutes les filles s'y mettaient pour lui faire un accueil royal, dans le plus beau salon de la maison. Elles lui servaient avec vénération notre meilleur thé en tenant des propos courtois, bien que toujours creux : « Quel beau temps, n'est-ce pas ? » Personne n'osait se faire remarquer en sa présence. Shi répondait poliment, aussi immobile qu'une araignée. Les filles avaient manifestement peur d'elle, la Mère comprise. Elles disaient que la guérisseuse lisait dans les pensées.

« À quoi bon se taire, dans ce cas ?

— Pour que les autres filles ne sachent pas ce qu'on pense. »

Elles s'empressaient auprès d'elle, mais ne réussissaient qu'à tendre l'atmosphère. Une fois les salutations terminées, la vieille femme nous faisait sortir pour nous voir une par une, chacune à notre tour.

Elle nous faisait asseoir par terre, car elle était trop vieille pour rester debout, mettait ses mains quelques instants au-dessus de notre tête et saluait trois fois. C'était tout. Ensuite, elle faisait entrer la suivante. Une fois tout le bordel passé sous ses doigts frêles, elle repartait. Elle venait ici chaque mois depuis des années, aussi longtemps que la Mère pouvait s'en souvenir, elle qui était née dans cette maison. Elle aurait pu être l'une de ces fausses magiciennes, parfois véritables sorcières, qui promettent d'exaucer des souhaits en échange de quelques pièces. Mais à celles qui osaient lui demander des chimères, comme rester jeune ou devenir riche, elle répondait que les désirs étaient des maladies. Son succès aurait pu en pâtir ; seulement, il fallait se rendre à l'évidence, aucune fille ne tombait jamais vraiment malade entre nos murs. Le typhus, qui avait ravagé le pays, avait épargné la Maison du phénix ; la petite vérole s'était abattue sur tous les bordels de la ville, pas sur le nôtre. Notre santé de fer rendait la maison prospère, car les clients ne quittaient nos bras qu'avec de bons souvenirs, et la patronne veillait à ce que cette réputation dure. Chaque matin, elle achetait du poisson frais ;

chaque semaine, elle choisissait de bons morceaux de viande ; chaque mois, elle payait la guérisseuse et suivait ses conseils. Aucune fille n'aurait manqué son rendez-vous.

On m'avait tellement parlé d'elle, de ses pouvoirs et de ses prédictions miraculeuses, que je fus déçue par notre première rencontre. Je m'attendais à quelque chose de spectaculaire : une révélation bouleversante, une expérience surnaturelle, quelque chose d'un peu dramatique. Il n'en fut rien. J'étais assise devant une femme âgée tout à fait ordinaire, si l'on mettait de côté ses chaussures.

Dans le contre-jour, j'échouai à déchiffrer son expression.

« Sais-tu ce que je fais ? me demanda-t-elle.

– Tu guéris les gens.

– Ils guérissent, c'est vrai. Cependant, ce n'est pas moi qui guéris. Je ne suis que le seau qui va à l'eau. L'eau et le puits, je ne sais pas qui ils sont ni qui les a mis là. Et je ne trouve l'eau que si la personne me le demande. Veux-tu de l'eau ?

– De l'eau ? Je ne sais pas. Mais éviter de tomber malade, comme les autres, ça oui. Tu me fais peur, avec ton puits noir.

– Tiens, dit-elle en penchant la tête de côté. En général, c'est la souffrance qui fait peur. Toi, tu trembles pour un seau ?

– Pourquoi pas ? Certains tombent dans le puits en cherchant de l'eau.

– Oui, c'est vrai. Tu as raison, je ne sais pas pourquoi aujourd'hui je parle de puits. Je suis la torche, si tu préfères. C'est à toi de l'allumer pour profiter de la lumière, mais la lumière, ce n'est pas moi. Je suis l'intermédiaire. Tu comprends ?

– Oui.

– Quelle drôle d'image, ce puits. Je ne l'utiliserai plus. Allons, ferme les yeux, que je puisse te bénir. »

Je craignais qu'elle me touche. La vieille femme savait qu'on ne posait pas ses mains sur une prostituée. Chaque geste était tarifé dans ce métier ; aucune professionnelle n'aurait accepté un contact physique. Je ne ressentais rien de particulier, mais pour une fois, le contact avec un autre être humain me parut simple. Dans cette maison, les soupirs étaient feints, les sourires forcés et le désir illusoire, pour les clients comme pour les filles. Nous étions en représentation, et nous étions payées pour rendre le spectacle vraisemblable. Mais les mains de la vieille guérisseuse au-dessus de ma tête m'offraient un répit, quelques instants de présence réelle au monde.

Quand elle eut fini et qu'elle me dit de me lever, elle était encore plus caverneuse qu'à mon arrivée. Elle me conseilla de chercher le grand air, de me promener au soleil. Car dans ce métier, ajouta-t-elle, on vit trop la nuit, enfermée. Pour rétablir l'harmonie, il fallait du soleil et de l'espace. Puis elle me poussa dehors et referma la porte.

J'espérai que la patronne ne payait pas trop cher un conseil aussi banal. J'aurais préféré qu'elle emploie cet argent à quelque chose d'utile ; déjà, je devenais cupide.

Or, le spectaculaire venait à moi à grands pas ; il attendit la nuit pour se manifester, profitant de mon sommeil. Des chuchotements, d'abord. Je me réveillai, me levai dans une obscurité totale. Puis, brusquement, je me retrouvai en face de quelqu'un dont je ne voyais pas le visage. La présence me parlait. Je ne voyais que sa bouche, distinctement, une grande bouche qui articulait avec force des mots que je n'entendais pas : aucun son ne me parvenait. Alors, elle parla de plus en plus fort. Je n'entendais toujours rien, mais je voyais qu'elle augmentait le volume de sa voix, comme si j'étais sourde. Pour finir, elle se jeta sur moi avec colère ; j'essayai de me débattre, de lui échapper. Je restai coincée sous son poids jusqu'à ce qu'elle m'emporte avec elle dans un puits sans fond, à toute vitesse, à m'en soulever le cœur. Je hurlai de peur, avant de me réveiller enfin pour de bon. L'aube était encore loin. J'étais seule face à la nuit, face au vide. Un vide sans fin qui m'engloutissait. Essoufflée, perdue, je ne pus me rendormir. Le lendemain, et chaque nuit qui suivit, je retrouvai l'être, le puits, la chute. Je finis par redouter le sommeil.

Alors, je suivis le conseil que j'avais trouvé si plat. Je sortis dans la rue, car la porte n'était plus verrouillée pour moi désormais, la Maison du phénix me tenait dans sa geôle bien plus efficacement par ses illusions que par une clé. Je quittai le paulownia, le quartier de Houjiahou et longeai le canal où j'étais née. Là, le visage bien découvert, je marchai deux heures le long de la rivière gelée, profitant de chaque souffle, de chaque rayon du soleil hivernal sur ma peau, de chaque caresse de la brume, de chaque morsure du froid. Cette promenade en pleine lumière devint un rituel quotidien. Elle adoucissait mes journées, à défaut de mes nuits.

Les semaines passèrent.

Lorsque arriva ma prochaine visite, j'en parlai à la guérisseuse.

« Je fais des rêves.

– Quel genre de rêves ?

– Des rêves de puits. Tu te souviens, tu m'as parlé de puits. Tu m'as fait tomber dedans.

– Je crois que tu y étais déjà sans le savoir. Raconte-moi. »

Je lui fis le compte-rendu de mes cauchemars.

« Étrange, dit-elle. Les puits ont toujours un fond. Mais laissons-les de côté pour le moment. Prenons les choses les unes après les autres. La chute ne vient qu'après la rencontre avec l'esprit, dis-tu. Chaque fois ?

– Oui.

– C'est toujours la même personne ?

– Je ne sais pas.

– Peu importe. Voici ce que tu vas faire. Cette nuit, c'est toi qui vas l'appeler. Tu vas lui dire que tu es là, que tu l'écoutes, mais que tu ne comprends pas ce qu'il te raconte. Parle-lui avec douceur et déférence, comme à un frère. Dis-lui que si les mots ne sortent pas de sa bouche, il peut te montrer : tu n'entends peut-être rien, mais tu sembles voir distinctement.

— Qu'as-tu fait de moi, vieille femme ? Quel sort m'as-tu jeté ?

— Pourquoi t'aurais-je jeté un sort ? Au contraire, bien au contraire.

— Mais enfin, éloigner les mauvais esprits, n'est-ce pas justement ce pour quoi on te paie ?

— Si. Mais je crois que c'est à toi que celui-ci veut parler. Tu devrais lui accorder cet entretien qu'il te réclame avec tant d'empressement. Ne t'inquiète pas. Je te protège. Et je reviendrai demain prendre de tes nouvelles. Nous verrons bien. Si ça ne marche pas, alors je m'occuperai moi-même de cet esprit importun. »

Et elle me poussa dehors. J'étais furieuse. Peu m'importaient les esprits. Dans ce pays, il y en a un pour tout : un pour la cuisine, un pour le chauffage et un autre pour faire pousser le riz, dans chaque champ, dans chaque maison et dans chaque pièce. Mais justement, nos bonnes prières devaient nous prémunir de leur promiscuité, et nos bons guérisseurs nous en débarrasser. Chacun son monde, et je tenais bien à ce que mes rêves n'appartiennent qu'à moi. Cette vieille était une sorcière, je trouverais quelqu'un pour désenvoûter son maléfice.

Le ciel s'obscurcit. Les clients arrivèrent. Je mis ma colère de côté. Moi, au moins, pensais-je, je faisais ce qu'on attendait de moi. La soirée passa, semblable à tant d'autres, quelques chansons grivoises, quelques danses langoureuses, mes numéros, et les passes aussi, désormais. Les clients repartirent dans la nuit plus épaisse. Les filles montèrent se coucher, je devais les suivre. Je n'étais plus en colère. J'avais peur, terriblement peur, et j'étais seule. Je redoutais l'obscurité, le sommeil, la violence de cette rencontre avec un esprit. J'avais tellement espéré que la guérisseuse m'en libère, j'avais tellement associé la fin de mes cauchemars à sa visite. Et en pensant à elle, tout à coup, je revis son bon sourire et j'eus confiance. Elle avait dit qu'elle me protégerait, qu'elle reviendrait et m'aiderait. Je n'avais plus qu'à m'en remettre au destin et accepter ce qui se produirait. Ce soir, je devais demander un entretien à un fantôme.

En m'endormant, je lui donnai rendez-vous, comme à un voisin qui fait trop de bruit, pour tenir ensemble une discussion courtoise.

« Viens me parler, lui disais-je. Et cesse de me faire peur. Je ne comprends pas ce que tu dis, mais je te vois et je t'écoute ; nous finirons bien par nous comprendre. »

Le sommeil m'emporta.

La présence revint. Elle me secoua par le bras pour me réveiller, elle devenait vraiment de plus en plus grossière. Elle me parla, mais il n'y avait toujours pas de son. Alors, c'est moi qui pris la parole, je ne sais pas comment, dans un langage que je ne connaissais pas, que je ne comprenais même pas. Je parlais pourtant naturellement. Elle m'écouta, et je pus enfin contempler son visage : c'était une fille, très jeune, très pâle, aux yeux inquiets. Elle se leva et me fit signe de la suivre. Elle descendit les marches du dortoir, traversa la cour de la Maison du phénix et entra dans une pièce minuscule qui servait à stocker des ustensiles de ménage. Elle me montra une brique du mur qui dépassait un peu. Elle la fit jouer et la sortit de la maçonnerie. Derrière, il y avait une cavité. Elle en sortit un peigne qu'elle me remit, et me sourit.

Je ne me réveillai que le lendemain soir. Je n'avais pas autant dormi depuis des semaines. La vieille guérisseuse était passée, me dit-on, pour moi. Elle reviendrait demain et me rappelait qu'elle veillait sur moi.

« Tu as un traitement de faveur, me dit la Mère. Ne t'en vante pas auprès des autres filles.

— La guérisseuse m'aide à retrouver le sommeil, Mère.

— Elle ne vient jamais pour une fille en particulier. Ne fanfaronne pas.

— Bien, Mère. »

Je traversai la cour, me rendis dans le réduit, soulevai la brique. Le petit peigne de bois était là. Ce n'était pas l'un de ces peignes clinquants que nous affligeait la patronne. C'était un objet modeste, un petit peigne de paysanne, décoré d'une fleur taillée au couteau. Je m'en emparai et le cachai dans mes affaires. Cette nuit-là, il n'y eut pas de rêves.

La guérisseuse vint le lendemain, comme promis. Je lui racontai ce qu'il s'était passé, et lui montrai le peigne. Elle le regarda en silence, puis le caressa. De fines larmes coulèrent sur ses joues.

« Tu la connaissais ? lui demandai-je.

— C'était ma cousine. Nous avons été vendues ensemble ici, il y a très longtemps. Ce peigne, c'était son amoureux au village qui le lui avait sculpté. Elle le cachait pour le protéger de cette vie de boue, pour pouvoir retrouver un jour son fiancé avec des souvenirs purs. Elle y croyait dur comme fer.

— Que lui est-il arrivé ?

— Je ne sais pas. Un jour, elle a disparu. Seulement, elle ne se serait jamais enfuie sans son peigne : tous ses rêves étaient dedans. Je pense qu'elle est morte et qu'à l'époque, on n'a pas voulu en parler pour éviter la publicité. Mais les morts aiment les rites : tu sais qu'on casse en deux les peignes des défunts, qu'on en laisse une moitié dans la maison, pour enterrer l'autre avec le corps. Elle te demandait de retrouver son peigne pour accomplir le rite et libérer son esprit.

— Après toutes ces années ?

— Justement, ce peigne a figé le temps pour elle, ici. Elle peut enfin partir dans l'éternité.

— Elle n'aurait pas pu s'adresser à quelqu'un d'autre ? À toi ?

— Tout le monde n'entend pas les esprits, ou ne veut pas les entendre. À cette époque, je serais restée sourde. Il se peut aussi qu'elle n'ait pas voulu s'adresser à moi. Je suis sa cousine ; on est parfois pudique en famille ; ou brouillé ; ou les deux. »

Elle soupira, sécha ses larmes et brisa le peigne.

« Je vais enfin pouvoir la pleurer, maintenant. Comprends-tu pourquoi je voulais que tu lui parles ?
— Pour éviter une querelle familiale avec un fantôme ? »
J'étais dure, sans doute, mais la situation était trop absurde. Et je ne supportais plus d'être manipulée. La guérisseuse me devait des explications, elle pouvait bien essuyer un peu d'ironie. Elle sourit avec indulgence.
« Pas seulement. Cela dit, je te remercie sincèrement de l'avoir fait. Je voulais surtout que tu te rendes compte par toi-même de tes facultés. Tu es médium.
— Médium ?
— Tu peux parler aux esprits. Ne t'est-il jamais arrivé de le faire auparavant ? »
J'hésitai avant de répondre, méfiante :
« C'est possible… »
Je n'avais pas envie de m'épancher sur le fantôme de Feng, ni sur l'épouvantail que j'avais fabriqué de toutes pièces à partir du souvenir de ma mère.
« Toute ta vie, tu recevras des visites de ce genre.
— Quelle bonne nouvelle. Tomber dans un puits, parler aux morts, rien de tel pour se distraire entre deux passes.
— Tu es cynique, mon enfant. Je sais que ton existence est rude, et je comprends ton amertume. Mais ces facultés sont aussi l'occasion de faire le bien autour de toi, et de recevoir de la gratitude. Comme la mienne, aujourd'hui. Cependant, tu as le choix : tu peux continuer ta vie comme avant, et faire semblant d'ignorer les esprits. Cette ville regorge de personnes qui pourront t'aider à les chasser.
— Comme toi ?
— Je ne les chasse pas. Aimerais-tu qu'on te chasse ? Eh bien, eux non plus. Ça ne sert à rien de toute façon, ils reviennent. Ils sont peut-être morts, ou simplement créés par les souvenirs que nous ressassons et transformons. Je pense qu'ils méritent un peu d'écoute

et d'amour. Parce que c'est ce que l'être humain fait de mieux, l'amour. C'est ce qui le libère. Et aussi parce que le pouvoir de ces esprits est bien réel : tant de gens se rendent malades avec des souvenirs qu'ils ne digèrent pas. Ils nourrissent leur esprit de culpabilité ou de ressentiment, et se laissent envahir, corps et âme, par ces mauvaises pensées. Voilà ce que sont les fantômes : des créatures inventées par les mauvaises pensées. Et mon travail, ma raison de vivre, c'est justement de créer de la sérénité.

— C'est toi qui as inventé le souvenir de ta cousine ?

— Je ne sais pas. Mais c'est à toi qu'il s'est adressé pour retrouver le peigne qui le retenait dans le monde des vivants. Il vit sa propre existence éthérique, de façon indépendante, en ouvrant les portes qui lui sont offertes : la tienne, par exemple, qui claque à tout vent. Tu peux apprendre à fermer et ouvrir ces seuils. Comme toi, j'ai reçu ces facultés. J'ai appris à vivre avec elles, à les développer et les structurer. Et comme moi, tu pourrais devenir guérisseuse à ton tour. »

La vieille femme touchait le point sensible : trouver une issue pour quitter cette maison sans finir dans la misère. La guérisseuse était respectée de tous ; elle était indépendante. Je l'écoutai alors plus attentivement, ce qu'elle remarqua. J'eus honte de mes pensées : j'étais devenue mercantile, alors que devant Nuit noire j'avais choisi pour emblème un lotus censé s'élever vers la lumière.

« Mais nous n'y sommes pas encore, reprit-elle. Avant de guérir les autres, il faut se guérir soi-même. La route est longue et, souvent, une vie ne suffit pas. Tu n'en es pas à ton premier passage, toi. Que souhaites-tu faire alors ?

— Éviter de devenir une femme qui ne pense qu'à ce qu'elle gagne. Oui, j'aimerais me soigner, j'aimerais être en paix avec moi-même. Et je ne veux pas subir les esprits. Je veux garder le contrôle.

— Ah, le contrôle ! Parlons-en. Tu rêves de chutes. N'y en a-t-il jamais eu dans ta vie ?

— Non. Je ne suis jamais tombée.

– Même symboliquement ?

– On peut voir mon arrivée ici comme une chute sociale, bien sûr. – Qu'est-ce qui t'a conduite ici ? »

Je repassai en pensée cette nuit terrible, ma fuite, le meurtre. Puis à rebours : l'emprise de mon maître, les funérailles de mon père. Sa chute. Je compris brusquement, comme si des écailles de plâtre tombaient de mes yeux. C'était la chute de mon père que je vivais dans ces rêves. J'avais appris au cirque à ne jamais lâcher prise, à tenir coûte que coûte, même si mes doigts et mes bras explosaient de douleur. Je savais que je tiendrais. Mais ma vie ne dépendait pas que de mes muscles, elle était liée à celle de mon père, à celle du maître. L'orgueil de l'un et la cupidité de l'autre m'avaient menée ici, dans le gouffre de ce métier dangereux dont je redoutais toujours de toucher le fond.

« Oui, c'est vrai, il y a bien eu une chute ; au cirque, dans ma vie d'avant. Mais ce n'est pas moi qui suis tombée. J'ai appris à toujours tenir ; je n'ai jamais lâché ni eu peur de tomber d'ailleurs, sauf dans ces rêves. Dans la réalité, ce sont les autres qui m'ont poussée, par leurs vices et leurs faiblesses, jusqu'ici. Ce sont les autres que je crains.

– Les autres, dis-tu. Et maintenant, entre ces murs, à quoi t'accroches-tu ? »

Je pris le temps de réfléchir. Un chemin commençait à s'ouvrir dans mon esprit, un chemin incertain, broussailleux, derrière les garde-fous que la maison de boue avait érigés pour moi.

« Nuit noire m'apprend à garder le contrôle avec les clients.

– Ah, Nuit noire, si elle voulait... Mais le contrôle n'est qu'une esquive, une illusion pour se rassurer. Parfois, la chute est inévitable. Parfois, elle est nécessaire, et permet de prendre pied avec la réalité.

– Tu parles de l'opium ?

– Bah, l'opium, c'est la partie visible. Le gros problème de l'humanité, ce n'est pas le masque, c'est ce qu'il cache. Mais le masque aussi nous déforme et complique encore les choses. Il ne faut pas sous-estimer les illusions. C'est facile de dire que les êtres sont vains et faux. Les illusions font partie d'eux, leur pouvoir est réel, et elles sont d'autant plus séduisantes qu'elles permettent d'échapper pour un temps au tranchant de la vérité. L'opium de Nuit noire ou la graisse de la patronne sont bien réels et exercent leur force sur le monde. Ta peur de la chute est réelle, et elle a sans doute été nécessaire à une époque de ta vie. Mais c'est toi qui l'as créée. Ton rêve te montre ce que tu dois voir, ce qui est en train de se passer maintenant, ce que les dieux te demandent de comprendre d'urgence. Tu redoutes de perdre le contrôle de ta vie, à juste titre d'ailleurs, car la prostitution est destructrice. Tu t'accroches désespérément à l'excellence pour te maintenir au sommet. Or, la chute est inévitable et tu le sais : si tu ne finis pas brisée, tu deviendras de toute façon trop vieille un jour pour vendre ton corps. Et regarde les habitants de cette maison : il n'y a qu'une femme âgée, une seule. Où sont les autres ? Toutes celles qui se sont retrouvées fanées, ridées, aigries, et dont les clients ne voulaient plus ?

— Je ne sais pas.

— Moi non plus. Elles disparaissent pourtant.

— Que faire, alors ? lui demandai-je.

— Affronte la vérité.

— La vérité ?

— Celle que les dieux te montreront quand tu cesseras de fuir. C'est à toi de la découvrir. Observe-toi : tu es là et tu as le courage de m'écouter jusqu'au bout. Tu aurais pu sauver la face, me traiter de vieille folle, je vois bien que le respect des convenances, ce n'est pas ton fort. Tu aurais pu te lever et fuir, mais tu es encore là et tu m'écoutes. Tu es face à un choix parce que tu veux choisir.

— C'est ce que j'ai cru en entrant dans cette maison. Le lendemain de mon arrivée, j'allais mettre fin à mes jours, justement pour avoir le choix.

– Que s'est-il passé alors ? »

Je lui racontai le discours de Nuit noire et la protection que m'avait offerte la patronne. Elle sourit.

« Elles se sont régalées : un tendron comme toi, naïf, à peine sorti de son œuf. Crois-tu vraiment que ceux qui te poursuivaient avaient discerné ton visage dans le noir ? N'étais-tu pas maquillée pour tes spectacles de cirque ? »

Je restai bouche bée. Je n'étais qu'une idiote, aveuglée par l'orgueil et la peur, aussi bête que mon père. Je crois que si la patronne s'était tenue devant moi à cet instant, je l'aurais giflée.

« Alors, je suis libre ! Mais par où commencer si je veux revenir en arrière ? Retourner dans la rue ?

– Non. Le passé est mort, enterre-le. C'est le présent qui t'appartient. Termine ici ce que tu as commencé. Exerce ce métier pour un temps, apprends de Nuit noire, mais abandonne ce contrôle qui risque de t'étouffer. Je te donne un exercice à faire : pendant un mois à partir de ce soir, lâche prise. Ne calcule rien, ne joue pas de personnage, et accepte ce qui vient.

– Impossible ! Garder le contrôle sur les clients, c'est ma meilleure protection.

– C'est la protection de Nuit noire. Pour elle, c'est très bien. Toi, tu as d'autres ressources.

– Quelles ressources ?

– Il n'y a qu'une seule façon de le découvrir : essayer.

– C'est trop dangereux.

– Tu vois que tes peurs ne sont pas si imaginaires que ça. Mais tu les éclaires maintenant. Tu as commencé ton travail de médium : il ne s'agit pas d'ésotérisme, de pouvoirs ou de sorcellerie. Je t'invite à voir la réalité. Tu as fait un pas vers elle ; désormais, c'est elle qui viendra à toi. Agis selon ton cœur. »

Je la quittai bouleversée. Je commençais à connaître ce terrible métier. Je savais ce que je pouvais faire, et ce que je ne voulais pas faire. J'avais beau être préparée, formée et presque habituée déjà à ces moments, je restais une fille de quatorze ans, terriblement fragile. Pour affronter le sordide d'une passe, il ne suffisait pas toujours de m'imaginer en déesse. Souvent, je m'inventais un bouclier. Chaque fois que je me déshabillais, je revêtais ma peau d'une carapace imaginaire, quelque chose de fort, de dur, qui me gardait à l'abri du regard et du corps de l'homme qui m'achetait. Le plus souvent, c'était une peau d'alligator. Je ne me vendais que dans la peau d'un animal puissant et dangereux. Mon intimité profonde demeurait intacte. Et il ne m'était rien arrivé.

Cependant, au fond de moi, je sentais que la guérisseuse disait vrai. Nuit noire me faisait sentir forte, mais pas assez pour que je me passe de stratagèmes. Puisque j'invoquais des esprits d'animaux, autant apprendre à le faire correctement. Je savais que quelque chose en moi était différent, quelque chose que je n'arrivais pas encore à voir mais que d'autres reconnaissaient trop facilement et utilisaient à mes dépens. Les filles me demandaient déjà des conseils, pour la danse, l'attitude, la mise en scène. Les clients me réclamaient. Au cirque déjà, le maître braquait les lampes sur moi pour attirer le public. Autant être celle qui tiendrait la lampe.

Ce soir-là, j'observai le client qu'une fille faisait entrer pour moi dans la chambre. Je vis tout de suite sa violence. Je suis allée au-devant d'elle, sereine. Les hommes violents n'aiment pas les femmes sereines. Lorsqu'il tenta de m'étrangler, j'attrapai la lampe à côté de moi et la lui jetai au visage, avec la même force que lorsque j'avais assassiné un homme. Tandis que je mettais ma vie à l'épreuve, elle me rappelait que j'étais capable de me battre. J'avais cette force pour moi. Ce fut une révélation.

L'homme resta assommé le temps qu'on le tire discrètement hors de la Maison du phénix. Il pleuvait, les rues étaient désertes. On l'abandonna sans connaissance dans la rue. Les filles lui crachèrent dessus et prièrent pour que jamais il ne revienne. La leçon lui fut sans doute salutaire : on ne le revit plus.

Le lendemain, le paulownia se mit à fleurir. Le printemps était là. Je pris ce signe pour un encouragement et continuais à pratiquer le lâcher-prise que me conseillait la guérisseuse. J'étudiais mes clients, et ceux des autres filles aussi. Désormais, mon avis comptait. Pour mes passes, je ne faisais plus de mises en scène, imaginaires ou pas. Finis, les regards artificiels et les peaux d'alligator. Je cultivais mon érotisme et l'offrais sans retenue. Cette nouvelle puissance et la certitude de pouvoir mettre à terre les éventuels prédateurs m'offrirent des plaisirs insoupçonnés. Bientôt, mes nuits se remplirent à l'avance. Les prix grimpèrent.

Puis, je fis un nouveau rêve : du fond de ce puits qui m'avait tant effrayée sortit la tête d'un dragon, très laid et très doux, une bête d'un autre temps qui émergeait lentement du gouffre. Il me souleva et me remonta à la surface, à la lumière. Je me réveillai ce matin-là avec le sentiment de renaître au monde.

Le mois suivant, je retrouvai la guérisseuse le sourire aux lèvres. Je lui racontai ce qui était arrivé.

« Tu as affronté ta peur. Le masque est tombé et la vérité est là, magnifique.

– Quelle vérité ?

– Ce que tu es. Regarde ta beauté. Même sous le plâtre du maquillage que t'impose cette maison, tu irradies d'une lumière nouvelle. La tienne.

– Juste parce que j'ai vu un dragon en rêve ?

– C'est un message fort. Pourquoi les hommes, depuis la nuit des temps, dessinent-ils des dragons, sur leurs vêtements comme dans leurs rêves ?

– Je ne sais pas. Peut-être ont-ils réellement existé ?

— Ces dragons existent toujours. Pas sous la forme qui t'est apparue, bien sûr, mais de façon éthérée. Les dragons défendent nos trésors. Le tien était cette peur, si enfouie, si ancienne, que tu ne savais même plus très bien ce qu'elle était. Le dragon la gardait jalousement. Il y a beaucoup de mondes, tous faits d'illusions et de vérités. Ce ne sont que des formes. L'essentiel, c'est que ce dragon est libre maintenant et qu'il peut t'élever.

— Et si tu te trompais ? Si tout ça n'était qu'une nouvelle illusion que tu m'avais mise dans la tête ?

— C'est à toi d'en décider, en te fiant à ce que tu penses et ressens. Quant à moi, j'estime que tu es prête à recevoir mon enseignement. Comme pour tout métier, il faut un maître et de la pratique. Souhaites-tu apprendre ?

— Eh bien, oui, je crois, mais je ne suis pas sûre de comprendre ce que tu fais.

— Tant mieux, c'est plus facile de ne pas avoir d'idée préconçue.

— Je ne suis pas tout à fait sûre d'y croire non plus.

— Encore mieux. Il faut absolument garder les pieds sur terre pour être un bon guérisseur. Comprends-moi bien. L'illumination, ce n'est pas quelque chose qui tombe du ciel : c'est le difficile apprentissage de la vérité. Tous, à l'exception de quelques-uns, restent empêtrés dans le lourd carcan de leurs illusions. Pourtant, les dieux veulent nous aider : ils nous ont donné la faculté de les consulter par le biais de la prière et de la méditation. Seulement voilà, tout le monde n'a pas le temps ou l'espace pour méditer. Pour les moines, nourris et logés, ce devrait être facile : malgré cela, ils n'y arrivent pas toujours. Isolés, réglés dans leur vie contemplative, ils n'ont que ça à faire. Pour les autres, ceux qui en ont vraiment besoin, qui travaillent si dur qu'ils en crèvent, qui se dévouent entièrement à leurs familles, où trouver la lumière ? Pourtant, ce sont les premiers concernés, car leurs souffrances se répercutent sur les autres. Nous sommes tous liés, petits ou grands de ce monde.

L'empereur lui-même, Guangxu[3], ne peut connaître la paix tant qu'un misérable meurt de faim sous son ciel : la révolte risque à chaque instant de semer le chaos. La paix de l'âme, ce n'est pas un rêve réservé à une élite, c'est la vocation de chacun d'entre nous. Et le jour où nous serons en paix les uns avec les autres, nous cesserons de nous infliger ces blessures qui nous éloignent de notre nature profonde. C'est plus facile à dire qu'à faire. Alors, les dieux ont donné des clés. Des techniques de guérison que l'on garde secrètes. Pour éviter qu'elles ne soient mal employées.

– Tu m'enseignerais ces techniques ?

– Pas tout de suite. Pour les pratiquer, il faut que les peurs et les désirs soient devenus de vieux amis. J'ai déjà formé des apprentis par le passé, pour reprendre le flambeau. Certains sont devenus de bons guérisseurs. D'autres ont été trop impatients. À peine les premières techniques acquises, ils se sont empressés de pratiquer à tort et à travers. Dans ce métier, tout repose sur la confiance et l'humilité. Plus personne ne consulte un guérisseur qui prodigue de mauvais conseils. Toi, j'espère que tu mériteras ma confiance. Pour commencer, tu vas poursuivre le lâcher-prise. C'est bien, tout ce yang, développe-le. Mais rends-lui son élan en ouvrant les barrages que tu as érigés. Compte plusieurs années pour y parvenir. Il faudra venir me voir régulièrement, chez moi : ce lieu n'est pas approprié à l'initiation. Il faudra aussi me donner quelque chose en échange. Ne te méprends pas, j'ai tout ce dont j'ai besoin, et je sais que tu gagnes durement ta vie. Pour autant, l'équilibre doit toujours être rétabli. Je te donne mes savoirs, tu me donnes quelque chose en échange.

– Que pourrais-je te donner ?

– De l'argent. Tu m'apporteras cinq taels chaque fois que tu viendras me voir.

– Cinq taels ? C'est une fortune !

3– Voir page 355.

– C'est une fortune pour une prostituée de bas étage. Tu gagnes plus, et bientôt plus encore. Je sais ce que vaut une passe avec une femme que l'on appelle Lotus d'or. J'ai travaillé ici, moi aussi. C'est la raison pour laquelle je protège cette maison. Cinq taels, c'est beaucoup, c'est ce que tu vaux et c'est le prix à payer pour racheter le contrat que tu as passé avec le destin. Tu as pris ce métier qui ne te convient pas, tu dois t'en libérer en bonne et due forme. Les clauses doivent être claires et justes sur cette terre comme au ciel. Paie les frais d'annulation et conclus un autre contrat pour exercer comme guérisseuse. Si je t'enseignais mes savoirs gratuitement, tu ne les prendrais pas au sérieux. Et si tes clients pouvaient t'avoir gratuitement, ils ne viendraient pas non plus.
– Bien. Cinq taels d'argent. Dois-je t'appeler maître ?
– Tu m'appelleras par mon nom : Shi. Quel est le tien ? Les surnoms que l'on reçoit dans cette maison ne suffisent pas à l'âme.
– Hei'er.
– Viens me voir dans un mois, Hei'er, avec tes cinq taels. J'habite dans le quartier marchand, au-dessus de la coiffeuse Chen Hui. »

Depuis cette entrevue, je me mis à voir plus intensément : les couleurs avaient plus d'éclat ; le fruit mûr qu'une femme portait à sa bouche rayonnait d'une force que je n'avais jamais remarquée. Ma vie professionnelle aussi prit un cours différent. L'argent pleuvait. Plus les prix grimpaient, plus les clients devenaient fous, loin d'être découragés. J'étais finalement devenue la déesse de sensualité qu'avait imaginée Nuit noire. Pourtant, je me contentais simplement d'être là. Je ne me posais plus la question de savoir si la vieille guérisseuse divaguait ou pas. Ma réalité était devenue intense.

Le mois suivant, je me rendis donc à mon rendez-vous, une pièce d'argent dans chaque oreille, une dans chaque chaussure, la dernière dans le foulard de mon chignon : seuls les étrangers ont des poches à leurs vêtements, et ce jour-là, je les enviais un peu. La petite maison était au fond d'une ruelle calme. La porte était ouverte. J'entrai. Une jeune fille souriante m'accueillit dans la boutique. Partout sur les étagères, il y avait des perruques soyeuses, les plus belles qui m'aient jamais été donné de voir. Il y avait des postiches de toutes formes, des tresses d'homme, des tiares, des couronnes de nattes enroulées de perles. Et bien entendu, des chignons en papillon, cette incroyable coiffure que la dynastie mandchoue avait mise à la mode. J'en avais déjà vu bien sûr, certaines filles de la Maison du phénix en portaient pour se donner des airs aristocratiques. Mais je n'en avais jamais admiré d'aussi gros, chaque aile de la taille d'un wok, si doux et brillants qu'on avait envie de les caresser. C'étaient des postiches de princesses, énormes, ornés de pierres et de fleurs dorées, si lourds et fragiles qu'on ne pouvait bouger une fois l'ensemble posé sur le crâne.

Dans cette petite pièce, tous les trésors et les secrets de la coiffure étaient disposés avec élégance, des épingles aux rubans, des fleurs de soie aux peignes en écaille. Il y avait même une perruque blonde, une chevelure bouclée d'étrangère. Je me demandais comment elle était arrivée là, je me demandais comment et pourquoi l'une de ces riches barbares s'était retrouvée à vendre ses cheveux. Fascinée, j'allais la toucher, mais la jeune fille s'interposa :

« Cette perruque vous intéresse ? Elle est sans doute trop voyante pour être portée, mais c'est un bel objet. Plutôt une pièce de curiosité. »

Je lui dis alors que je venais voir Shi. Elle acquiesça et m'entraîna dans l'arrière-boutique. Une paysanne en larmes était assise sur un tabouret. Une femme peignait ses longs cheveux.

« Cesse de pleurer ! Ça repoussera.

— Je sais, madame, je sais.

— Alors, arrête ! On dirait que je te coupe la tête ! Ce ne sont que des cheveux, et ça ne se verra pas sous le foulard. C'est mauvais pour l'énergie de la perruque, tous ces pleurs. Je ne suis pas un bourreau, moi, je suis une artiste. Et les artistes travaillent dans la beauté et l'harmonie, pour la beauté et l'harmonie.

— Justement, madame, la beauté, c'était tout ce qui me restait.

— Oh, ça suffit maintenant. Chan, viens ici et finis cette tresse. Je n'en peux plus moi de tout ce chagrin, pour des cheveux, nom d'un chien, des cheveux qui repoussent et qui te donneront cinq cents pièces de cuivre. De quoi nourrir tes enfants! »

La paysanne éclata en sanglots tandis que la jeune fille qui me guidait s'inclinait profondément devant moi et me priait de l'excuser. À ce moment-là, Shi descendit d'un petit escalier.

« Ah, c'est toi! Viens là. Laisse les larmes et les cheveux aux bons soins de Chan et suis-moi à l'étage. »

Elle me fit monter un escalier raide et étroit. L'étage s'ouvrait sur un autre monde, une petite pièce douillette qui servait, comme c'était souvent l'usage, de chambre et de cuisine. Les casseroles étaient accrochées aux murs. Au-dessus du foyer, il y avait le *kang*, le grand lit de briques où toute la famille se blottit la nuit, et au fond, de belles fenêtres de bois. Les rideaux étaient à moitié tirés pour garder la chaleur et s'isoler de la cour. C'était tout petit et très chaleureux.

Elle me fit asseoir sur le lit où était installée une table basse couverte de tasses de thé, de cigarettes et de baguettes de *Yi Jing*[4].

« Bienvenue dans ma modeste demeure.

— C'est magnifique.

— Bah, ce n'est pas très différent de chez le voisin.

— Il y a une atmosphère particulière.

— C'est parce qu'il fait chaud. »

Je vis une réserve de bûches près de l'âtre. Shi se chauffait avec du vrai bois, un privilège que j'ai rarement vu ailleurs. On brûlait des bouses, des feuilles, tout ce qu'on pouvait trouver, en fait. Et la

---

4– Le *Yi Jing* ou *Livre des mutations* est un très ancien traité de divination et de philosophie chinoises.

plupart du temps, on se contentait d'avoir froid. Elle vit ma surprise.

« C'est le seul luxe que je m'autorise. Je préfère encore me passer de nourriture que de feu. Ce monde n'a plus rien d'autre à m'offrir que sa chaleur, et le plaisir d'une compagnie comme la tienne.

– Tu vis seule ici?

– Oh non, je suis beaucoup trop frileuse pour la solitude. Hui et son apprentie dorment avec moi. Mais la journée, elles sont occupées à la boutique et je dispose de la pièce.

– Et ton mari?

– Il n'y a ni mari, ni père ici. Nous sommes entre femmes, toutes les trois. Crois-moi, j'en remercie le ciel tous les jours. Tu n'imagines pas la difficulté que nous avons eue à être acceptées par le voisinage. Pendant longtemps, les gens pensaient que nous tenions une maison close : il a fallu repousser certains visiteurs. Heureusement, Hui est une coiffeuse reconnue, et moi-même je jouis d'une bonne réputation. Mais au moindre faux pas, tu peux être sûre que tout le quartier nous tombera dessus. Les rares femmes qui gèrent elles-mêmes leurs commerces n'ont d'autre choix que d'y exceller. Sinon, c'est le retour chez papa, le grand frère, ou n'importe quel cousin éloigné ; on trouve toujours quelqu'un. Les femmes indépendantes font peur. »

Shi marqua une pause et alluma une cigarette. Aujourd'hui, tout le monde fume en Chine, mais il y a dix ans, le tabac arrivait à peine. C'était une extravagance réservée à quelques mondains désireux de montrer qu'ils étaient en avance sur leur temps en fumant ces cigarettes qui venaient de loin. Quant à moi, comme beaucoup d'autres Chinois, les errances de la vie de cirque m'avaient fait grandir dans l'idée que tout ce qui venait des étrangers était empoisonné. J'avais toujours en mémoire le chiffon barbouillé d'une croix qu'on me jetait sur le dos pour ne pas être dévorée toute crue par des missionnaires, et la crainte d'être prise pour une convertie par des paysans excédés. Ces chrétiens débarqués du bout du monde avaient créé bien des tensions.

« Tu fumes ? » lui demandai-je, surprise.

Elle cracha la fumée et se servit une tasse de thé.

« De toute évidence, Hei'er.

— Mais… le tabac est une invention des barbares.

— La bicyclette et le piano aussi. Des objections ?

— Bien sûr que non. Pardonne-moi, maître.

— Appelle-moi Shi. Assez de ces politesses : si je suis vraiment un maître, je n'ai pas besoin qu'on me le rappelle à chaque instant ; si tu es une élève appliquée, ton sérieux te servira de politesse. Quant aux barbares, j'ai subi leur invasion de plein fouet, entre les guerres de l'opium et les querelles de missionnaires. Ils ne rendent pas la vie facile aux gens comme moi : les guérisseurs sont méprisés par les lettrés chinois, qui considèrent leurs pratiques comme des superstitions. Les missionnaires, eux, les diabolisent. C'est une drôle d'invention que ce diable. Je n'apprécie guère les gens qui l'ont amené chez nous, mais puisque je dois vivre avec eux, autant ne pas en bouder les avantages. Le tabac me délasse de mes douleurs. Je suis vieille. »

J'étais embarrassée d'être à contre-courant de cette femme dont j'attendais tant. Au moins, Shi ne semblait pas s'en offusquer outre mesure. Tout était différent dans cette pièce. Bien sûr, la chaleur du bois et l'odeur du tabac y étaient pour beaucoup, mais il y avait quelque chose d'unique ici, de doux et d'original, de profondément authentique. La petite pièce reflétait l'état d'esprit de celles qui y vivaient, des femmes maîtresses en leur demeure. Elles exerçaient des métiers honorables, seules, sans rendre de compte à un patriarche. Je regardai les murs décorés d'éventails peints, les peignes soigneusement accrochés aux patères, le vase rempli des premières fleurs du printemps. Cette pièce était exclusivement féminine. Pas de cette féminité outrée et servile du bordel. Non, ici, tout était beau, simple et digne.

« Toi aussi, si tu le veux, tu seras libre. Et tu verras, un jour tu trouveras un lieu fait pour toi, un petit coin douillet rien qu'à toi, qui te correspondra. Je suis sûre qu'il t'attend déjà et se réjouit de t'accueillir, me dit-elle doucement.

— Comment peux-tu en être si sûre ?

— Rien n'est jamais sûr.

— Pourquoi tires-tu le *Yi Jing*, alors ?

— Ah, ce n'est pas pareil. Beaucoup de personnes consultent le *Yi Jing* pour connaître l'avenir, parce qu'ils ne savent pas qu'il n'existe pas. Le poids du passé les entraîne encore et encore à commettre les mêmes erreurs. Par conséquent, le présent leur échappe. Le *Yi Jing*, comme toutes les techniques divinatoires, éclaire le présent. Il conseille pour rendre l'avenir possible. C'est pour cette raison qu'on l'appelle le "Livre des mutations" : tout peut se transformer.

— Tu as vu ma maison dans le *Yi Jing* ?

— Non. Je n'utilise le *Yi Jing* que pour rassurer les consultants sceptiques, parce que tout le monde sait ce que c'est. Curieusement, c'est une technique qui rassure. La plupart du temps, je n'ai pas besoin de support pour donner un oracle. Quand je dois le faire, j'utilise des outils plus simples : je ne sais pas lire. Or, le *Yi Jing* est un livre. Si je m'embarque dans un tirage, je suis bien obligée d'improviser un peu. Tu verras, il y a beaucoup d'impostures dans ce métier. L'important est de s'y retrouver et de révéler ce qui est juste et utile aux consultants. Ton lieu, je l'ai vu comme ça, quand tu es entrée. En revanche, ce n'était pas une maison, c'était beaucoup plus petit et beaucoup plus charmant. Alors, tu les as ces cinq taels d'argent ?

— Oui. Tu avais raison, l'argent me tombe dessus sans effort.

— Tu vois ! Mais tu n'es pas faite pour l'argent. Tu es faite pour la liberté. Tu pourras être ce que tu veux, en bien comme en mal d'ailleurs. Ne l'oublie jamais. Les peurs et les désirs que Nuit noire lit avec tant d'habileté, ce sont les grimaces de l'humanité, le fonds de boutique des guérisseurs de bas étage. Tu dois apprendre à voir au-delà, à détecter la lumière en chaque être. Beaucoup exercent ce métier un peu vite. Je leur apprends deux, trois trucs, et voilà qu'éblouis par tant de magie, ils se mettent à vouloir soigner la terre entière, avec le poids de leurs propres désirs sur les épaules. Il va sans dire que ça ne fonctionne pas. Je vais t'initier, mais avant, j'aimerais clarifier quelque chose. Selon toi, à quoi servent mes secrets ?

— À guérir ?

— Ça veut dire quoi, guérir ?

— Se remettre de maladies. Les éviter.

— C'est le travail du corps, ça. Je n'ai aucune connaissance médicale. Et tôt ou tard, il faudra bien mourir.

— Alors, ils servent à mieux se connaître ?

— Tu peux le faire avec la méditation. Tu médites beaucoup, n'est-ce pas ?

— Oui, quand j'y suis déterminée. Mais dans les moments difficiles, méditer est difficile. On a la tête pleine de tourments, et à chaque instant, on se les repasse en boucle. Il faudrait se forcer, mais forcer une méditation, ça ne marche pas toujours.

— C'est précisément à ça que servent les techniques que je vais t'enseigner. Elles rendent la vie plus facile, plus joyeuse et sereine. Elles nous invitent à la paix, même dans le malheur. Quand nous nous comportons avec amour et compassion, la vie a moins besoin de nous mettre le nez dans nos mensonges.

— Et ça marche ?

— Comment ça ?

— Les gens deviennent vertueux parce que tu leur dis de l'être ? »

Shi fut d'abord surprise. Puis elle me fit un grand, un merveilleux sourire dans lequel je vis la très belle femme qu'elle avait été.

« Tu comprends vite, toi. Non, ça ne marche pas. J'aide un peu, mais si les gens préfèrent l'obscurité à la lumière, il n'y a rien à faire. Et il faut le respecter. C'est leur liberté. Si nous arrivions à nous aimer sans nous juger, le monde serait si beau. C'est la raison pour laquelle le secret reste secret : soigner, c'est facile, tout le monde peut le faire. Mais en fait, peu de gens veulent guérir. Ils veulent que ce soient les autres qui se soignent, pour arrêter de les embêter avec leurs problèmes. Ils ne voient pas que c'est leur regard justement qui blesse les autres. Les malheurs de ce monde viennent principalement des bonnes intentions de nos semblables. »

Shi me parla encore longtemps. Chez elle, le temps s'arrêtait, l'espace disparaissait, les détails s'effaçaient pour laisser la place à l'essentiel. Elle me menait de découverte en découverte, et réveillait en moi des harmonies que je ne connaissais pas, comme un instrument dont on découvrirait tout à coup une nouvelle corde. C'était un être pur, inaltérable, que je ne me lassais pas d'écouter. C'était elle, cependant, qui écoutait surtout. Au coin de son feu, elle me fit raconter tous les événements dont j'avais fait de lourds secrets, si lourds que leur poids m'entraînait avec eux au fond de la vase. Un à un, elle les prit, elle les éclaira et les libéra.

Elle me dit que je n'étais pas responsable du sort de Feng. Elle appartenait au maître, il en avait disposé à sa guise. C'était ainsi. Injuste, sans doute, mais je n'y étais pour rien.

« La vie est une suite de dominos : si une pièce bouge, elle entraîne les autres. La pièce du milieu n'est pas responsable de celle qu'elle fait tomber. Pas plus que celle d'avant. Ton maître, de quoi est-il responsable ? Avait-il le choix ?

— Il aurait au moins pu la vendre ici, dans sa ville. Elle serait restée près de nous.

– Vraiment ? Tu serais allée la voir dans un bordel de Tianjin ? Tu aurais eu honte, et elle aussi. La prostitution infantile ne marche qu'avec des enfants venus de loin, qui parlent un dialecte différent du nôtre. Il y faut beaucoup de distance. Sinon, ceux qui s'y adonnent ont l'impression de violer leurs propres enfants. Ce qui arrive aussi malheureusement, mais plus rarement.

– Tu défends ce commerce ?

– Non. J'espère le voir un jour disparaître. Pour l'heure, c'est une réalité qui existe. Avant de s'en débarrasser, il faut comprendre comment elle fonctionne. Notre pays compte trop de pauvres prêts à tout, trop de riches qui donnent libre cours à tout ce qui leur passe par la tête, et trop de distance entre chacun d'eux. Ils ne parlent pas la même langue, ne prient ni ne mangent de la même façon. Ils ne se sont peut-être même jamais vus. Leur seul point commun, c'est l'empereur. Il est branlant, malgré son très jeune âge, mis à mal par l'arrivée d'une autre réalité, celle des étrangers. Je suis au bout de ma vie. Toi, je pense que tu vas assister à de grands changements. Mon espoir, c'est que notre société ouvre les yeux sur ses plaies. Mais revenons à ta vie. Ton maître avait une troupe à faire tourner, il a vendu ton amie au meilleur prix, légalement. Il aurait pu avoir pitié, lui chercher un poste de domestique dans une maison. Le problème, c'est qu'elle avait une jambe cassée. Qui en aurait voulu ? Et lui, pouvait-il la nourrir le temps de son rétablissement ? Il faut être riche pour être généreux. Il faut avoir reçu de la compassion pour en donner. Va savoir ce qu'il a subi durant sa propre enfance. En revanche, une chose est certaine : après l'assassinat que tu as commis, la troupe s'est forcément dissoute. Ce maître était responsable de tes actes. Il a fallu sauver la face, et c'est lui qui a été puni à ta place, humilié et probablement emprisonné.

– Alors, le domino responsable de sa chute, c'est moi ?

– Oui. De ça, tu es responsable. Cependant, ce maître jouait avec le feu : il t'a manipulée en payant la tombe de ton père. Aucun batelier n'est enterré dans une tombe à trois cents taels. Ton maître a trouvé plus fort que lui à ce jeu-là, voilà tout. Il t'utilisait pour s'enrichir ; le destin l'a utilisé à son tour. Il en va de même pour toi. Tu voulais briller, tu voulais qu'on te voie : tu finis exposée dans une maison close. Quand nous marchons, nous allons là où nous regardons. Si nous changeons la direction de notre regard, les jambes suivent. Avec le destin, c'est la même chose : si nous regardons la compassion, la bonté, la justice, la vérité, nous nous dirigeons vers elles. La manipulation et l'orgueil sont partout autour de nous, c'est facile de se laisser distraire et happer. À nous de rester concentrés sur le bien. »

À l'issue de cette discussion, Shi m'initia. Lorsqu'elle ouvrit mes mains pour qu'elles puissent à leur tour transmettre l'énergie, ce fut un choc. Il n'était plus question d'y croire ou pas, c'était là. Et je compris aussitôt sa mise en garde : il y avait de quoi perdre la tête pour trois fois moins que ça. Beaucoup devaient se prendre pour des dieux au premier soin donné ; mais n'était pas un dieu qui voulait.

« Shi, ce pouvoir, cette lumière, qu'est-ce que c'est ?

– Le *chi*. Le souffle, l'esprit. On lui donne bien des noms, on le vénère sous bien des formes. Il est partout.

– Dans les perruques aussi ?

– Les perruques ? Oh, oui. Dans les belles perruques. Hui est une coiffeuse merveilleuse. Les dames de la meilleure société se fournissent chez elle. Il y a même parfois des eunuques de la cour impériale dans cette boutique, en toute discrétion bien sûr : manquer de cheveux dans la Cité interdite doit rester un secret d'État. Enfin, peu importe. Hui, comme tout bon artisan, met dans chacun de ses gestes un souffle particulier, comme un dieu en train de créer un univers. »

Je souris. C'étaient les mêmes paroles que celles de Nuit noire. Je me demandais si elle les tenait de Shi.

« Je ne laisserais personne d'autre toucher à ma tête. Va l'observer couper des cheveux. C'est magnifique. Si chacun pouvait mettre autant de dévotion dans ses gestes, aussi humbles soient-ils, manger, habiller un enfant, servir son maître, le monde serait différent. Nous devrions tous agir comme si nous étions capables du meilleur, comme si nos mains, nos bouches étaient des baguettes magiques, car elles le sont. Chaque geste que nous faisons, chaque parole que nous prononçons, chaque pensée comptent. »

Je passai du temps dans la boutique de coiffure. J'observais les perruques, le soin que Hui et Chan, son apprentie, prenaient à les lisser, les laquer. C'était reposant de voir ce monde féminin et ordonné.

Chan devint une grande amie. C'est elle qui imagina plus tard les coiffures des Lanternes rouges. Ni combattante ni magicienne, elle est restée fidèle à ce qu'elle était : une artiste. Mais elle a donné à notre mouvement son souffle esthétique. Ces coiffures nous ont rendues singulières, modernes ; et surtout célèbres. Certaines grandes dames les ont imitées, jusqu'à la cour, paraît-il, un peu en signe de soutien aux rebelles, et un peu en signe de désobéissance aux traditions séculaires qui les étouffaient.

Je ne sais pas ce qui va survivre de la Chine que j'ai connue, mais je suis certaine que les coiffures de Chan en feront partie. Politiquement, elles ont été bien plus efficaces que la révolte des Boxeurs : les étrangers sont toujours là, ils nous ont vaincus, mais les femmes de ce pays ont cessé de se coiffer comme leurs grands-mères. Tout à coup, elles sont devenues différentes, originales, ne serait-ce qu'en apparence. C'était un grand début, et c'était à Chan que nous le devions.

) 5 (

L'apprentissage

Je devins calme, forte et belle ; spirituellement belle. Une énergie s'éveillait en moi qui dissipait les ombres. Rien ne m'atteignait. Les tracas pouvaient bien m'effleurer : les sarcasmes des filles jalouses de mon succès, les chicaneries de la Mère et les exigences des clients ; je marchais avec sérénité sur le chemin de ma vie, car j'avais trouvé ma voie.

« Tu es une montagne, me dit un jour Nuit noire en souriant. Tous ceux qui sont dans cette maison viennent pour fuir les marécages de leur vie. Mais toi, tu es une montagne. »

Mes journées prirent un cours différent, plus intense. Avant le début de mon apprentissage, elles se passaient à construire des protections, contre les dangers du métier, contre l'ennui et la contamination du désespoir. Désormais, chaque instant comptait ; chaque instant m'approchait un peu plus de la vérité.

Un matin, Nuit noire vint me chercher : la maison était vide, la patronne avait fait sortir toutes les filles pour aller au temple de Guanyin offrir de l'encens et des prières. Toutes les filles, sauf moi, Nuit noire, et une autre qui dormait encore. Une jeune paysanne arrivée depuis quelques mois à peine, poussée là par son père affamé ; une adorable fille aux yeux effrayés. Elle s'appelait Rêve d'été mais elle n'était qu'un fragile petit tas d'os que je m'employais à réconforter. Chaque pièce de cuivre, elle la gardait précieusement pour l'envoyer à ses parents. Elle avait peur de tout : de nous, des clients, d'elle-même. Elle avait peur de son corps. Bien que jolie, les clients ne la demandaient plus après l'avoir essayée. Sauf, bien sûr, ceux qui voulaient juste jouir d'un peu de pouvoir sur un être plus faible qu'eux. Je ne laissais jamais Rêve d'été seule avec ces hommes. J'organisais une mise en scène et lui confiais un rôle à jouer avec une fille plus expérimentée. La veille, malheureusement, je n'avais pas pu superviser son apparition. Et elle avait été laissée seule.

La Mère l'avait trouvée et cachée à la hâte, la couvrant d'une couverture, puis la dissimulant sous le lit. Les filles avaient été éloignées et Nuit noire fut mise dans la confidence. Rêve d'été s'était ouvert les veines dans la bassine d'eau, dans la chambre même où elle avait reçu son dernier client. Qui était-ce ? On ne se souvenait plus très bien. On avait vu l'homme sortir une heure après être entré. Il n'y était sans doute pour rien. Il avait payé un juste prix pour une prestation consentie. Rêve d'été n'avait tout simplement jamais été faite pour ce métier.

« Allons, Nuit noire, personne n'est fait pour ce métier.

– Si ! Moi. La Mère aussi. Même toi. La prostitution n'est pas notre nature véritable au sens bouddhiste du terme, je te l'accorde. Mais, dis-moi : qui a pour nature de charger des piles de bois sur son dos ? Quelle femme est faite pour porter douze enfants dans son ventre ? Ou pour subir une vie de vexations, soumise à l'homme qu'elle a été forcée d'épouser ? Il faut bien vivre. Notre métier est honorable, et il s'apprend.

– Justement. Elle avait beaucoup à apprendre et aurait dû être protégée.

– J'étais occupée hier soir, comme toi, comme la Mère. Il y avait du monde, souviens-toi. Cesse de juger. Tu n'es pas coupable, personne ne l'est. Ni son père qui l'a vendue, ni l'empereur qui laisse son peuple mourir de faim, ni l'homme qui lui a fait subir sa dernière passe. C'est la vie, avec ses souffrances et ses épreuves. Il faut l'accepter.

— Alors, pourquoi l'avoir cachée sous le lit ?

— Pour ne pas plomber le moral des autres. Tu es solide, moi aussi. Sans doute la Mère aussi, même si elle est vraiment attristée. Elle a bon cœur, tu sais. Elle protège ses filles et le fait bien. Elle va leur raconter que Rêve d'été est devenue la concubine d'un jeune, riche et beau commerçant d'une ville voisine.

— N'était-ce déjà pas l'histoire de celle que j'avais remplacée ? Vous m'avez menti à moi aussi ? Cette fille, elle n'avait pas suivi son amoureux ?

— Bien sûr que non. Tu as déjà vu un amoureux ici ? Si on te l'avait dit, tu te serais vouée au désespoir. Enfin, on ne peut pas tout dire ! On n'est pas tous assez forts pour supporter le mal. Certains doivent apprendre encore. En attendant, on les protège. Mieux que pour Rêve d'été, je l'espère. Beaucoup de nos sœurs sont fragiles. La vérité serait trop dure à encaisser. Le suicide existentiel, les questions d'honneur et sur le sens de la vie, c'est un luxe de riches. Si nous étions des princesses et que notre père nous commandait de mourir de faim pour la gloire de la famille, aucune d'entre nous n'hésiterait. Ici, le suicide est un mal contagieux qu'il faut empêcher. Rêve d'été a été égoïste, vis-à-vis de ses parents qui dépendent d'elle, vis-à-vis de nous qui partagions sa vie. Nous avons tous des devoirs vis-à-vis des autres. Le nôtre, à présent, est de rendre hommage à Rêve d'été. »

Je repensais à ce que m'avait dit Shi, aux puissants systèmes d'illusions que s'était construits Nuit noire. C'était si simple, dans sa bouche, de savoir ce qu'il convenait de faire ou de ne pas faire. Mais la nuit, en cachette, cette femme qui me parlait avec tant de fermeté s'évaporait au loin. Tout à coup, j'ai pris pitié d'elle, de moi, de Rêve d'été. La compassion me cloua au sol. Je nous voyais toutes, pauvres créatures humaines, comme si j'étais un esprit descendu du ciel, impuissant à les rendre heureuses, et qui ne pouvait rien faire de plus que d'assister à leurs souffrances. En les acceptant et en les aimant, comme les enfants que nous sommes tous. Ce fut une leçon fondamentale.

J'ai aidé Nuit noire à laver le corps. Elle avait l'habitude, visiblement. Elle chantait doucement : une prière pour accompagner ses gestes, très lents, très solennels. Chacun d'eux irradiait de cette énergie que Shi m'avait appris à canaliser, alors que Nuit noire, elle, n'a jamais été initiée, pour ce que j'en sais. Du bout des lèvres, elle chuchotait à Rêve d'été, lui pardonnait, espérait qu'elle nous pardonnerait aussi. Elle priait pour qu'elle retrouve ses ancêtres, pour que son âme repose à jamais dans l'affectueuse sérénité des siens. Nuit noire continuait de psalmodier. Elle acceptait son geste, elle le respectait, dans la paix. Puis elle brisa le peigne de Rêve d'été, en mit une moitié dans ses cheveux encore brillants. L'autre, nous l'offririons au fleuve, car si nous le laissions dans la maison, comme le voulait la tradition, les filles pourraient le trouver et découvrir la vérité. Nuit noire déposa un fruit entre les doigts raides de la défunte, pour qu'elle ne manque de rien au cours de son dernier voyage. Quelques encens, des papiers brûlés, encore une prière, et une charrette arriva bientôt derrière la maison pour transporter le corps jusqu'à la fosse commune. Je déposai un dernier baiser sur sa joue froide. Shi m'avait dit de lâcher prise. C'était plus facile à dire qu'à faire.

La maison de boue et ses cadavres dissimulés m'étouffaient. Comme la patronne avait emmené les filles se mettre au vert dans les jardins du temple, j'avais une journée de repos devant moi. Je marchai le cœur lourd et la gorge serrée, en mettant mécaniquement un pied devant l'autre. Je quittai la ville, je quittai les villages et m'enfonçai dans les salines désertes, entrecoupées de maigres champs de sorgho. Nuit noire m'avait confié le peigne, elle savait que j'aimais le fleuve. Elle n'avait qu'une hâte de toute façon : rester seule pour fumer de l'opium.

Au début, j'avais suivi la ligne du fleuve, puis mes pas m'avaient finalement portée jusqu'au village de Rêve d'été : j'avais oublié son nom, mais elle m'avait dit que c'était le troisième sur la voie de chemin de fer en construction vers Beijing. Ce peigne, je voulais le remettre à ses parents, le ramener à sa place, chez elle.

J'étais dans une colère noire. Les femmes ont peur de marcher seules, que ce soit en ville ou dans la campagne. Je crois que si quelqu'un s'était mis en tête de me provoquer, je l'aurais massacré. C'était probablement ce que je venais chercher auprès du père de Rêve d'été : quelqu'un contre qui me mettre en colère, quelqu'un à qui j'aurais légitimement pu dire : « Il ne faut pas faire ça. Tiens, voilà tout ce que tu mérites. » Avant de lui mettre mon poing dans la figure.

Mais je traversai les champs desséchés et les salines pelées sans rencontrer personne, pour arriver dans un village désert. Sous un nuage de mouches, un chien crevé gisait au pied des maisons. Je m'avançai. Il n'y avait pas âme qui vive. Je ne voulais pas avoir fait tout ce chemin pour rien. Alors, je poussai la porte d'une maison : pas un meuble n'avait été laissé, pas la moindre cuiller de bois. Les gens s'en étaient allés et avaient tout emmené. Je fis le tour du village : il ne restait rien d'autre que la carcasse puante de l'animal. Je décidai de déposer le peigne de Rêve d'été dans l'une de ces maisons, celle qui me parut la plus jolie, et revins sur mes pas. La colère m'avait quittée et avait laissé place à l'incompréhension.

Je remarquai alors que les villages que j'avais contournés étaient tous désolés. Enfin, en rejoignant le fleuve, fatiguée par les longues heures de marche, je trouvai un village vivant, grouillant d'enfants, de buffles chassant les mouches et d'hommes affairés aux champs. Je croisai une femme portant une grande jarre sur le dos dont le poids la courbait, les pieds nus déformés par des années de corvées, le regard cloué au sol. Je lui demandai ce qui était arrivé aux autres villages plus loin.

« Ben, la sécheresse. Et la famine. D'où tu sors, toi ? »

Surprise par ma question, elle avait fait l'effort de relever la tête au-dessus de son cou, comme une tortue qui sort de sa carapace. Elle resta bouche bée devant mon apparence : j'étais bien nourrie, bien vêtue. Un éclat de colère et de mépris brilla dans ses yeux. Elle cracha par terre et continua sa route.

Je repartis le long du fleuve, les yeux baissés, le visage rouge de honte. Je pressai le pas. Je ne savais même pas qu'il y avait eu une sécheresse. Je voyais bien qu'il ne pleuvait plus depuis des mois. Mais en ville, nous ne manquions de rien : le riz venait de loin, transporté depuis les plaines fertiles du sud par le Grand Canal. En son temps, un empereur en avait décidé ainsi : le sud prolifique cultivait, et le trafic fluvial alimentait Beijing, et Tianjin au passage. Cette année-là, on avait simplement ajouté aux chargements de céréales des fruits et des légumes ; les prodigieux profits de nos salines pourvoyaient à tout. Et je ne savais pas qu'à trois heures de marche de mon lit, les gens mouraient de faim. Maisons de boue, maisons closes : peu importent leurs noms. Je vivais à part du monde, dans l'abondance et loin de mes semblables.

La marche de retour me fit du bien. Je rejoignis le Hai He. J'aime les fleuves : ils partent tous d'une source et prennent le chemin le plus direct pour trouver la mer. C'est simple, fluide, reposant. Je me disais que nos vies, de loin, devaient leur ressembler. Une source pure, puis le poids de nos actes pour tracer nos routes vers une destination unique, l'océan pour le fleuve, la mort pour les hommes. Nous vivons tous ensemble, serrés comme les gouttes d'eau de ce fleuve, en nous arrangeant pour ne pas nous voir.

La semaine suivante, je retournai voir Shi. Elle fut ravie de mon récit.

« C'est bien, Hei'er, c'est très bien.
– La famine, la prostitution, le suicide, l'égoïsme, tu trouves ça bien ? »

Elle alluma avec bonheur l'une de ces cigarettes américaines qu'elle affectionnait tant.

« Cette jeune fille a été vendue par son père pour nourrir le reste de sa famille. Ça n'a pas suffi. Entre-temps, ils sont morts ou partis. Plus personne n'avait besoin d'elle ; elle était donc libre de choisir la mort, n'en déplaise à Nuit noire. Quant à l'égoïsme, je vois que tu ouvres enfin les yeux sur le monde : un monde injuste, violent, où chacun ne pense qu'à soi. Dans un siècle ou deux, il en sera probablement toujours au même stade. Il peut aussi devenir meilleur, petit à petit, grâce à l'amour des hommes. Tu ne pourras pas tout changer, et tu ne pourras rien changer seule, mais tu peux faire quelque chose, c'est certain. La vie est une rangée de dominos, tu te rappelles ? Si l'un bouge, tout bouge. On ne peut pas rester immobile et espérer ainsi limiter les dégâts ; on ne peut pas non plus décider de quitter la partie. Et toi, tu vois enfin la réalité telle qu'elle est. On va pouvoir passer aux choses sérieuses. »

Dès lors, Shi me forma à un rythme intense. Je venais désormais la voir une fois par semaine, parfois même tous les jours. Elle me livra une à une les ficelles de son métier, les prières, et de nombreuses techniques de divination et d'ancrage : toutes les structures utiles aux débutants pour canaliser et interpréter les informations qu'ils reçoivent. Elle ne les utilisait presque plus. Comme moi aujourd'hui, elle recevait les messages instantanément : on parle parfois de voyance, alors qu'il ne s'agit que de communication entre l'invisible d'une part et un consultant aveugle d'autre part. Mais effectivement, Shi voyait les choses.

Elle fut le seul de mes maîtres à ne pas exiger d'être révéré comme un dieu vivant, alors qu'elle était la seule à le mériter. Mieux qu'une guérisseuse, elle fut pour moi un modèle. Je m'efforçais de la suivre dans sa voie et, comme elle, d'exposer aux yeux de tous une féminité indépendante. Marcher dans la rue ne se faisait pas, Shi le faisait. Vivre sans mari ne se faisait pas, Shi s'en passait. Elle montrait que les femmes célibataires n'étaient pas vouées à devenir des clochardes, comme le croyaient tous les bien-pensants de Tianjin.

Cette confiance était aussi importante dans son enseignement que les formules et les secrets : elle en était le reflet. Les sombres sorcières dissimulées dans la fumée de leurs chaudrons sont inoffensives, en bien comme en mal : elles n'ont pas cette force. L'énergie est toujours lumineuse, et les bons guérisseurs aussi, car l'énergie n'est pas à leur service. Au contraire : c'est elle qui utilise le guérisseur pour illuminer la vie des hommes, à commencer par la sienne.

En pratiquant, je me suis aperçue que de nombreux patients préfèrent rester malades plutôt que d'affronter leurs vérités. Ils adorent les secrets et les mystères, surtout ceux des autres, surtout s'ils ont le sentiment d'être dans la confidence. Pourtant, les seuls secrets qui devraient les intéresser devraient être les leurs.

Dans ma vie de guérisseuse, la plupart venaient me consulter pour être soignés. Quelques-uns cependant m'approchaient juste par curiosité, secrètement fascinés par ce qu'ils appellent ironiquement en public « la magie ». Ce fut le cas pendant la révolte. La cour à Beijing avait toujours ouvertement méprisé les superstitions des paysans. Les transes et les prières, c'était bon pour le petit peuple. Puis tout à coup, la cour a basculé et y a cru. On vit alors des princes s'adonner à des incantations et des danses sacrées pour appeler à eux des esprits invincibles. Shi en aurait été pliée de rire. Quand on parle de magie, les gens ricanent. En réalité, ils sont fascinés comme des enfants. Ils voudraient découvrir le stratagème. Les histoires de fantômes les divertissent, mais attention, si vous leur dites que les fantômes existent bel et bien, que ce sont eux qui les créent, ces messieurs se rebiffent, ces messieurs n'y croient plus.

J'aime beaucoup ces histoires de vampires, d'anges et d'esprits qui ne peuvent entrer dans une maison sans y avoir été invités. Leurs pouvoirs ne peuvent s'exercer que si quelqu'un les a appelés. De même, les guérisseurs ne prient que pour ceux qui le demandent. Les bonnes manières sont les mêmes dans chaque monde. Il n'y a pas d'un côté un univers où tout est permis sous prétexte qu'il est invisible, et un autre qu'il faut respecter parce que le regard d'autrui sert de police. Les jeteurs de sorts, même bien intentionnés, sont toujours rappelés à l'ordre. Tout est lié par les mêmes lois et, au bout du compte, il n'y a qu'un seul monde.

Je le découvris avec l'émerveillement du néophyte. Cependant, ce ne sont pas les techniques qui eurent le plus d'importance dans mon apprentissage. Elles paraissent spectaculaires quand on ne les connaît pas. Une fois pratiquées, on comprend qu'elles ne sont qu'un outil : le boulier du comptable n'est pas le profit, il n'est que la structure lui permettant de se retrouver facilement dans ses calculs. Ainsi, le guérisseur dispose de moyens pour garder le cap. Au fil du temps, il les assimile au point qu'ils font partie de lui, comme le commerçant expérimenté calcule tout de tête et se fie à son propre flair.

L'important pour moi, à cette époque, fut ma guérison complète et sans retour. La rancœur disparut. L'injustice de mon adolescence ne m'importait plus. Les désirs avaient perdu leur raison d'être, laissant la place aux rêves. Enfin, je pouvais imaginer librement ce que je voulais être : spirituellement, il n'est rien que l'homme ne puisse obtenir. Je me suis libérée du passé et du futur. Je compris que seul le présent existait. J'appris à écouter, à laisser le bien s'incarner. Si tout le monde faisait de même, en pratiquant le non-agir que les moines taoïstes préconisent avec une patience d'ange depuis deux mille ans, l'univers serait un lit de pétales de roses.

Les années passèrent. Je commençais à soigner avec succès des personnes que Shi choisissait dans son entourage, et qui acceptaient de faire confiance à une débutante. Je voulais m'essayer sur les filles de la Maison du phénix, mais elle me mit tout de suite en garde.

« Pas tant que tu es sous leur toit. Et jamais gratuitement. »

Elle mangeait de moins en moins, et se déplaçait aussi peu que possible. Elle ne quittait presque plus le feu de sa chambre, qui lui servait désormais autant à se réchauffer qu'à rêver. Elle le regardait en fumant ses cigarettes, et parfois aussi de l'opium, désormais, pour soulager ses douleurs. Sa vie ressemblait de plus en plus au sommeil. Je la voyais me quitter alors que je voulais recevoir son enseignement.

« Je t'ai enseigné tout ce que tu devais apprendre, Hei'er. Tu es prête maintenant. Le seul conseil que je puisse encore te donner, c'est de te faire confiance. Si tu as toujours besoin de ton maître, c'est que tu n'es pas faite pour ce métier. Ou alors, tu as commis une erreur et tu as besoin de moi pour arranger les choses. J'aimerais être plus en forme, mais je n'en ai plus besoin. Je vais mourir bientôt.

– Shi, si tu veux que je te soigne, il suffit de me le demander.

– Je ne te le demande pas. Je souhaite que l'énergie abandonne ce vieux corps. Il a fait son temps. »

Ses patients la réclamaient : Shi jouissait d'une immense réputation à Tianjin. Elle soignait les modestes comme les puissants. Sa sobriété, dans ses gestes et ses paroles, son allure simple et respectable de vieille dame du peuple, malgré les étonnantes chaussures qu'elle ne quittait que pour dormir, lui permettaient d'entrer dans toutes les maisons. Elle me demanda d'y aller à sa place. On me fit assez bon accueil, mais je voyais bien la surprise sur le visage de ceux qui s'attendaient à consulter leur vieille dame préférée, et qui se retrouvaient en face d'une fille de vingt ans. Certains prétendirent être guéris et n'avoir plus besoin de mes services. D'autres continuèrent à me faire venir.

Mes passes dans la Maison du phénix se raréfièrent. Leur prix déjà extravagant ne cessait d'augmenter. Je mettais tant d'or dans mon corps et dans mes mains qu'elles devinrent de véritables œuvres d'art réservées à une élite. La patronne, terrifiée à l'idée de mon départ, faisait mes quatre volontés. Pour moi, il n'y avait ni règles ni contraintes. J'aurais pu lui demander n'importe quoi, elle aurait rampé à mes pieds pour que j'accepte de rester dans son bordel. Je ne m'en souciais pas, j'étais trop occupée à me former chez Shi.

« Quitte-la dès que possible, me dit un jour la guérisseuse. Les adieux qui traînent en longueur sont les moins réussis. La patronne sait que c'est fini, elle ne veut pas le voir mais elle le sait. Elle va réagir violemment, jouer la mère abandonnée ou l'amoureux éconduit. Trouve un lieu pour t'installer, un cadeau pour célébrer avec elle ton départ et quitte-la. Tu lui donneras ceci. »

Sans se lever de sa place au coin du feu, elle attrapa derrière les briques du lit un énorme sac, si lourd qu'elle n'arrivait pas à me le tendre.

« Qu'est-ce que c'est ?
– Le prix de ta liberté. »

J'ouvris le sac. Il était rempli de pièces d'argent. Je n'en avais jamais vu autant.

« D'où vient cet argent ?
– Ce sont les pièces que tu m'as remises à chaque visite. Je t'ai demandé un prix exorbitant pour ton apprentissage en prévision de ce jour, pour que tu puisses indemniser la Maison du phénix. C'était la seule solution. La patronne ne peut pas te laisser partir, vois-tu : tu lui rapportes trop. Je t'ai dit que c'était pour racheter ton contrat avec le destin. J'ai menti, le destin ne fait rien payer : il poursuit sa route, jusqu'à ce que le cœur soit pur et voie toutes les occasions qui lui sont offertes de progresser. Mais il n'y a pas que le destin, il y a les autres, et eux tiennent des comptes. Nous concluons des contrats et des dettes, tacites ou formels, les uns avec

les autres. Il faut les honorer. Ce prix, c'est ta libération publique aux yeux du monde. Tu remettras cet argent à la patronne de la Maison du phénix : six ans de bénéfice, elle ne pourra pas dire non. Car qui sait ce que tu seras dans six ans ? Tu auras peut-être déjà perdu tes dents, et tu ne le lui rapporteras plus rien.

— Mais… c'est ton salaire, Shi ! Je ne peux pas te le prendre !

— Ah, de la pitié maintenant ! Non, ma cocotte. Mon métier est modeste, mais il pourvoit à tout ce dont j'ai besoin. Mes cigarettes, mon bois de chauffage, mes jolies chaussures. Je n'ai besoin de rien d'autre. Je suis libre, j'en suis fière, et c'est ce que je te souhaite.

— Merci, Shi. Du fond du cœur.

— C'est une joie. Moi-même, je n'ai pas pu me racheter de cette façon. J'aurais aimé pouvoir quitter définitivement la Maison du phénix. Cet endroit m'a hantée toute ma vie. »

Je ne savais pas comment transporter cet énorme sac d'argent : seuls les princes ou les riches marchands possèdent de telles fortunes, qu'ils gardent précieusement chez eux. Quand ils déplacent leurs coffres, ils le font en grande pompe, sous escorte, en musique et en distribuant des friandises et des piécettes aux enfants. Devais-je enrôler une escorte ? C'était ma vie qui tenait dans ce sac. Et il était si lourd. Pour finir, Shi me fit monter dans un fiacre tiré par un cheval : on risquait moins de se faire voler en se déplaçant comme un riche.

En traversant un pont, je vis une barque amarrée au ponton d'une maison. Je sus immédiatement qu'elle était pour moi, qu'elle serait ma maison et mon bonheur. Je ne sais pas ce qu'elle avait de particulier. Peut-être le motif du toit me rappelait-il la barque de mes parents. Peut-être que, ce soir-là, alors que les lanternes s'allumaient dans le brouillard, cette barque au pied d'un prunier en fleurs avait l'air de sortir d'un conte de fées. Peut-être voulais-je inconsciemment me conformer à la vision de Shi ; je ne devais pas le regretter. Cette barque m'appelait, une barque souriante pour porter ma vie, un cadeau des dieux, pour moi, pour mon voyage dans ce monde. Je demandai au cocher de se rendre vers la maison où elle était amarrée et en proposai un bon prix. La barque enchantée était à moi.

II

1890-1900

) 6 (

Sur la barque

Je me sentais si légère, si heureuse, que je n'avais même plus peur de la scène de ménage que me ferait la Mère. La nuit tombait. J'entrai dans la maison de boue par la porte principale, comme la première fois, lorsque j'y avais trouvé refuge des années auparavant. Je souris à ce souvenir, à l'adolescente effrayée que j'avais été. Je pouvais désormais lui prendre la main, lui dire de ne pas s'inquiéter, que tout irait bien. Je revenais libre, en paix, annoncer mon départ comme j'avais annoncé mon arrivée.

La maison se préparait encore pour la soirée, il était un peu tôt pour les clients. Mais la Mère était déjà à son poste, toute boudinée dans son *qipao*. Surprise de me voir dans le vestibule, elle vint à ma rencontre. Je m'inclinai profondément devant elle.

« Mère, je suis venue te dire adieu. Je te remercie de t'être occupée de moi durant toutes ces années. Je quitte ce métier. Voici le prix de mon rachat. Je t'ai aussi apporté des petits pains farcis pour célébrer ce moment avec toi. Bénis-moi.

– Une fille ne quitte pas sa mère.

– Un autre métier m'appelle, mais mon cœur restera pour toi celui d'une enfant aimante.

– Tu m'as juré obéissance.

– Les mères se réjouissent de voir leurs enfants grandir et les quitter.

« — Tu seras seule, malheureuse, à la merci de tous. Tu auras froid.
— Je te remercie de t'en préoccuper, mais le froid et la solitude m'importent peu.
— Tu oublies que tu es toujours recherchée pour meurtre.
— L'eau a coulé sous les ponts, Mère. Je saurai me faire oublier.
— Personne n'a oublié le meurtre de Yang Yuan. C'était un homme influent. Si tu quittes cette maison, tu seras châtiée pour ce crime. »

C'était une menace. Dans le secret de mon âme, j'appelai à l'aide; je fus la première surprise par ma réponse:

« Vos fautes vous définissent. C'est à vos fautes que l'on connaît votre vertu. »

Je ne devais l'apprendre que plus tard, c'était une parole de Confucius. Je n'avais aucune idée d'où je pouvais la tenir. Ces mots devaient venir des tréfonds de cette énorme mémoire collective qui sommeille en nous.

La grosse comprit que je lui renvoyais la menace: si l'on apprenait qu'elle m'avait cachée chez elle pendant tout ce temps, elle deviendrait ma complice. Elle aussi serait châtiée. Je remarquai sa grimace: je devais l'aider à sauver la face.

« Quittons-nous avec grâce, repris-je, pour nous retrouver un jour dans la joie. Vois cet argent: voilà de quoi te nourrir, toi et les autres filles, pendant des années. Bientôt, je ne serai plus désirable et je ne te servirai à rien. Ma peau se flétrit déjà, et dans quelque temps, mes dents tomberont. Engage une fille plus jeune, plus fraîche que moi. Prends cet argent, et bénis-moi. »

Elle vociféra, pleura beaucoup, de rage d'abord, puis de dépit, essaya de différer mon départ de quelques semaines pour que je puisse former des filles. Enfin, elle regarda les sacs d'argent, y plongea sa grosse main, incrédule; elle demanda que mon départ reste secret pour que la réputation de la maison ne souffre pas de mon absence. Je cédai sur ce dernier point. La plupart des clients ne m'avaient jamais vue et avaient réservé Lotus d'or sur le seul crédit de sa réputation. N'importe quelle fille ferait l'affaire pour jouer le personnage, pour autant qu'elle y croie. Enfin, la patronne engloutit ses petits pains farcis, sécha ses larmes et le maquillage qui dégoulinait dans les plis de ses énormes joues. Elle reprit son poste et sa digestion. Je fis mes adieux aux filles et partis le cœur léger, laissant à jamais derrière moi le fantôme de Lotus d'or.

Je retournai à ma barque. La nuit était tombée maintenant. Quelques flocons de neige flottaient encore dans cette nuit de début du printemps. J'étais si heureuse de ma nouvelle liberté et de mon logis que le froid m'était égal. J'avais enfin un foyer pour m'abriter. Je savais que nous nous entendrions bien, cette barque et moi : nous étions faites l'une pour l'autre. J'ouvris le petit habitacle. L'odeur de bois humide me fit venir les larmes aux yeux. C'était mon monde, celui dans lequel j'étais née.

Ce soir-là, je n'avais pas de famille pour me réchauffer, mais je ne regrettais plus le passé, je n'en gardais que des souvenirs lumineux. Je m'enroulai dans les couvertures que j'avais achetées à la hâte. J'ai passé la nuit ainsi, à sourire aux planches de bois de ma cabine. Ce fut un grand moment : j'étais libre pour la première fois de ma vie ; pas en fuite, comme lorsque j'avais quitté le cirque, ou enchaînée à un passé douloureux ; j'étais vraiment libre. J'avais un lieu à moi, pour moi seule, un endroit humble mais douillet ; j'avais un métier. Tous mes vœux étaient exaucés. J'avais vingt ans.

Shi est morte cette nuit-là. Je ne devais plus avoir d'autre maître. Elle savait, j'en suis sûre, que je trouverais la barque et que nous ne nous reverrions plus. Je l'ai veillée et pleurée. Beaucoup sont venus lui rendre hommage : des patients qui l'aimaient presque autant qu'ils la craignaient, quelques amis sincères, dont Hui avec qui elle partageait sa maison depuis quinze ans, et Chan, qu'elle avait quasiment élevée.

Shi ne possédait pas grand-chose : son bois de chauffage, ses chaussures, que Hui offrit à la voisine pour ses proches fiançailles, et quelques objets étonnamment précieux, un très ancien bol à thé et une ombrelle en soie peinte. Des cadeaux, me dit Hui avec mystère. Un riche amoureux ? Un patient reconnaissant ? Une princesse qu'elle aurait formée ? Je ne sais pas ce que faisaient ces trésors dans une maison aussi simple. N'importe qui d'autre les aurait vendus depuis belle lurette. Shi était sentimentale. Hui prit le bol, donna l'ombrelle à Chan et me remit la perle de jade porte-bonheur que mon maître portait au cou. Ce bijou, depuis, ne me quitta plus.

Après mon départ de la Maison du phénix, je pensais pouvoir consacrer le reste de ma vie à témoigner ma reconnaissance aux dieux pour leurs bienfaits. Mais le monde continuait de tourner, et il m'appelait.

Cet été-là, après les terribles sécheresses qui avaient poussé la famille de Rêve d'été sur les routes de la faim, il y eut un déluge comme on n'en vit jamais de mémoire d'homme. Dans les faubourgs de Tianjin, où j'allais désormais régulièrement avec ma barque, quand la pluie commença à tomber, les gens sortirent dans la rue et se mirent à genoux pour remercier les dieux : enfin, les prières de l'empereur étaient exaucées ! Il venait de se rendre une nouvelle fois au temple du Ciel présenter la supplique des paysans du nord, désespérés par la sécheresse. La pluie arrivait donc, d'abord doucement, puis en trombe. Rapidement, les exaltés en prière se remirent sur leurs pieds pour déménager à la hâte les biens et les marchandises de leurs rez-de-chaussée, les transportant au deuxième, parfois au troisième étage. Ce n'était plus de la pluie, c'était un océan qui nous tombait dessus.

Moi-même, je fus piégée à bord de ma barque par la montée des eaux tandis que je naviguais dans les faubourgs. Le niveau de la rivière montait à vue d'œil. Quand je compris le danger, il était déjà trop tard pour accoster : sur terre, ou ce qu'il en restait, c'était le chaos. Les habitants paniqués voyaient les rues disparaître et cherchaient désespérément à s'abriter. Sur l'eau, ce n'était pas mieux. Au moins, je pouvais tenter de sauver ma barque : les embarcations amarrées étaient déjà submergées. J'essayais de me diriger mais le fleuve était déchaîné, des débris surgissaient tout autour de moi à la surface des flots, et je naviguais dans le noir. Je crus ma dernière heure arrivée. J'étais emportée, j'étais effrayée ; mais je naviguais. Ma petite barque tenait bon.

Je dérivai et dérivai, emportée vers la côte. La pluie ne se calma que le lendemain soir. Le matin suivant, le fleuve n'était plus le cheval fou de la veille. C'était devenu un immense lac étale et calme comme une bête repue. J'étais seule, perdue. Çà et là, quelques cimes d'arbres dépassaient de l'horizon, entourées de débris. Tout à coup, je vis au loin le toit d'une maison, et des silhouettes qui me faisaient des signes. Je les rejoignis, aussi étonnée qu'eux de retrouver de la vie dans cette étendue d'eau et de malheur.

Ils étaient cinq sur le toit d'une ferme : un très vieux paysan, son petit-fils qui l'avait porté sur son dos, le fonctionnaire local, une jeune femme et son bébé. Le reste du village était enseveli. Bouleversés, la mort dans les yeux, ils montèrent sur ma barque sans un mot. Je repris la direction de Tianjin, où j'espérais qu'on leur apporterait de l'aide.

En ville, les habitants étaient abattus. Tous se remémoraient le souvenir du ciel transformé en une masse liquide et noire, si dense que l'on ne pouvait plus sortir de chez soi. Ceux qui n'avaient pas d'étage avaient été emportés. Des villages entiers avaient été rayés de la carte. Les rues de Tianjin, ses boutiques, ses étals, tout avait été noyé dans une eau sale. Ceux qui survécurent maudirent tout bas l'empereur et ses mauvaises prières.

La ville se transforma en un immense camp de réfugiés. On dit que plus de vingt mille malheureux campèrent au pied des remparts.

Pour faire baisser le niveau de l'eau, les gens défoncèrent les digues qui drainent le Hai He. Tout notre système fluvial est conçu pour éviter les ensablements et assurer un débit constant d'eau et de marchandises. Mais les habitants aux abois ne supportaient plus de voir les crues emporter leurs biens. Ils brisèrent tout ce qu'ils purent. Le fleuve finit de se dégorger dans les champs voisins, pour le plus grand malheur de leurs propriétaires. Ce serait leur troisième été consécutif sans moisson.

Je vis en tremblant les fonctionnaires organiser des soupes populaires. J'avais toujours en tête l'incendie de mon enfance, sur lequel ils avaient fermé les portes. Je les vis promettre aux paysans survivants des champs à moissonner : on les envoyait dans la lointaine Mandchourie rendre leurs bras utiles, et déguerpir le plancher. L'arrivée massive de ces migrants déclencherait l'année suivante la révolte du Zaili[5], dont on me reparlerait. À Tianjin, on ramassa les débris, on enterra les morts, et on essaya d'oublier. On ne savait pas que ces inondations seraient constantes : elles se suivraient chaque année, ou presque, pendant dix ans.

Les villageois que j'avais recueillis sur ma barque se joignirent aux files de réfugiés. Le fonctionnaire me promit qu'il prendrait soin d'eux, et qu'il les aiderait à rejoindre leur village, le moment venu. Avant de les quitter, je posai spontanément mes mains sur leurs têtes, pour leur souhaiter bonne chance, pour leur donner un peu de cette lumière qui était la source de ma force et de ma joie, et parce que c'était la meilleure façon de les aimer. Ce geste eut beaucoup d'effet. Depuis ce jour, on m'appela « sainte mère ». Les têtes s'inclinèrent sur mon passage, les offrandes arrivèrent devant ma barque. Parfois un peu de nourriture, parfois une fleur ou un encens ; et un monde de malheureux défila devant moi : des sans-abri, des malades, des éclopés, des mourants même, portés par leurs

---

5– Révolte de 1891 en Mandchourie, provoquée par les migrants de Tianjin associés à la secte d'inspiration taoïste du Zaili.

enfants. Ils ne demandaient que cette bénédiction, et n'en attendaient rien, même pas un répit dans leurs terribles existences.

Je fus très occupée cet été-là, par ces vagabonds couverts de vermine. Ma barque resta amarrée sur le ponton où j'avais déposé mes rescapés, et les gens venaient, et venaient encore. Ils avaient surtout besoin de nourriture, de vêtements et de médecins. Mais aussi d'attention, de chaleur humaine et d'espoir. La plupart étaient de fiers paysans qui s'étaient toujours débrouillés avec leurs terres et leurs villages pour joindre les deux bouts. Terres et villages avaient disparu, remplacés par des fonctionnaires de l'empire et des files de gens ayant subi le même désastre. C'était ce qui effrayait le plus les réfugiés : le nombre anonyme et abstrait de cette foule dans laquelle ils étaient noyés aussi sûrement que par l'inondation.

J'étais là. J'avais du temps, de la compassion, et ce don d'ouverture qui me permettait de faire descendre sur eux, au moins pour quelques instants, le paradis à travers mes mains. Je bénissais ceux qui le souhaitaient, parlais avec ceux qui en avaient besoin. Je les écoutais me raconter toute l'herbe et les limaces qu'ils avaient déjà mangées avant l'inondation. Désormais, il ne leur restait même plus ces misérables ressources. Le ciel les avait abandonnés, et c'était la faute des missionnaires étrangers qui encourageaient les convertis à renoncer aux cérémonies traditionnelles. Les dieux sont exigeants. Je ne savais pas quoi dire, je ne connaissais rien de ces vies, alors je me taisais et les écoutais parler sans fin de leurs malheurs. À défaut de pouvoir résoudre leurs problèmes, je pouvais au moins apprendre à les connaître.

Il en venait tous les jours de nouveaux. Je crus simplement que ma compassion leur faisait plaisir. Je compris assez vite qu'elle m'était donnée avec le reste, et que l'énergie qui traversait mes mains s'était amplifiée de façon spectaculaire. Les malades guérissaient. Les blessures cicatrisaient. La faim, je ne sais pas ; mais les sourires revenaient, les larmes séchaient, les voix reprenaient leurs timbres et les têtes se redressaient pour regarder vers l'avenir. J'en fus la première étonnée. Aujourd'hui, je sais qu'un rôle m'était alors donné, avec son costume et ses attributs. Je ne devais plus le quitter.

Ces inondations commencèrent à m'ouvrir les yeux sur le monde étrange dont m'avait isolée la Maison du phénix, un monde qui n'était plus tout à fait chinois. Les étrangers avaient leur mot à dire. À cette époque, ils n'étaient encore pour moi que des hommes velus et roses, confinés dans de nouvelles constructions à l'écart de la ville. Je n'en voyais presque jamais : ils étaient là, dans une sphère restreinte, qui ne rencontrait jamais la mienne. Que serais-je allée faire dans les concessions[6], ou dans une église ? Ils vivaient à part, mais ils mangeaient notre blé, buvaient notre eau et occupaient nos terres en se faisant le moins visibles possible : de toute évidence, ils détestaient les Chinois. C'était réciproque.

Ils étaient avides de profit et tenaient à leurs stocks. Un arsenal avait été inondé. Aussi, ils exigèrent d'installer une pompe pour le dégorger. L'eau ainsi absorbée fut déversée dans des champs de paysans qui commençaient à peine à sécher. Ces derniers furent d'abord étonnés, car il n'avait pas plu depuis la catastrophe, puis furieux quand ils comprirent ce qui leur était arrivé. Ils défoncèrent les digues, de colère. L'eau coula donc plus loin et inonda la toute nouvelle ligne de chemin de fer de Tongshan, ainsi que les mines de Kaiping. On ne parlait plus que de ces événements, et moi, je découvrais ces mots : mines, chemins de fer. Trois mille hommes perdirent leur emploi. Désœuvrés, enragés d'apprendre que les étrangers étaient responsables de cette nouvelle inondation, les paysans détruisirent des ponts, bientôt rejoints par des soldats. Les

---

6– Territoires chinois cédés au XIXe siècle par les empereurs Qing aux étrangers, au terme de traités de paix ou de menaces de guerre. Les concessions étrangères en Chine restaient en théorie sous la souveraineté chinoise, mais étaient administrées par les étrangers.

officiers refusèrent de s'en mêler. L'émeute était devenue une mutinerie. La moindre goutte d'eau dans un champ risquait désormais de faire déborder l'empire tout entier.

Dans le même temps, les missionnaires étrangers ne cessaient d'affluer et de convertir la population. Ils avaient de grandes ressources, des paniers entiers de vivres, des vêtements à ne plus savoir qu'en faire. Ils divisaient le peuple entre ceux qui s'accrochaient désespérément à leurs précieuses cérémonies, le ciment le plus solide de ce pays, et ceux qui souhaitaient simplement voir leurs problèmes définitivement réglés, quitte à vendre leur âme. Ceux-là étaient très nombreux.

Les rues de Tianjin finirent par sécher, les réfugiés par partir. Les paysans qui le pouvaient abandonnèrent leurs idées de révolte et retournèrent à la hâte cultiver leurs champs. On me pria de rester dans le faubourg où j'avais passé l'été, à Yangliuqing: ma présence y était appréciée, et je me sentais utile. Une famille m'invita à passer l'hiver avec elle, dans une demeure très modeste: en échange de leur hospitalité, je soignais. Tout y passait: les habitants, les animaux domestiques, les lieux, les esprits. Je réconciliais tout ce qui me passait sous la main. Mes hôtes affirmaient que me recevoir chez eux, c'était comme recevoir la visite d'un ange. Et je m'en trouvais bien: ils avaient peu à offrir; ils l'offraient quand même.

Bientôt, je renonçai à aller en ville et cessai de rendre visite aux patients de Shi. J'avais beaucoup à faire à Yangliuqing. On venait me consulter à longueur de journée, avec un bébé malade, un vieillard perclus de rhumatismes ou une poule qui avait cessé de pondre. C'est important, les poules: les porteurs qui n'ont pas trouvé de travail à la journée n'ont que leurs œufs à manger. J'étais occupée et je me sentais enfin à ma place dans ce monde simple, concret, sans paillettes ni maquillage. Ces gens me rappelaient la vie sobre que je menais avec mes parents, avant le cirque, une vie qui me paraissait incroyablement belle après les outrances de la Maison du phénix : les rues de Yangliuqing étaient soigneusement pavées, soigneusement décorées de lanternes ; la plupart des bâtiments étaient de bonnes pierres grises avec lesquelles les urbanistes avaient joué pour créer des arches rondes, à travers lesquelles on passait, pour se promener d'échoppe en échoppe. De nombreux artistes vivaient ici de leurs peintures et de leurs estampes. Yangliuqing était un endroit béni des dieux.

Le temps passa. Je devins expérimentée et renommée. On m'amenait de loin des gens malades, et comme à Shi autrefois, on me demandait des oracles. Chez les paysans et les coolies, je pouvais parler simplement, dire ce qui me venait à l'esprit, car ils croyaient en moi. J'étais leur sainte mère, arrivée là un jour sur sa barque pour sauver les égarés et guérir les souffrances. C'était ainsi. Et comme j'étais leur seule chance, ils la prenaient. Ils écoutaient mon conseil comme celui du seul expert qu'ils n'auraient jamais : que faire de cet âne malade, que faire de cette demande en mariage, que faire de cette vieille rancœur ; et souvent, si souvent, que faire de ce désir sans retour. Les gens ne posent jamais le problème de cette façon-là ; ils appellent le désir amour, et demandent plutôt comment faire en sorte que l'être aimé succombe à leurs charmes, comme si on pouvait forcer quelqu'un à aimer ! Ce n'est que du viol. Si les gens savaient poser les questions, et s'intéressaient de plus près à leur avidité de pouvoir, ils se rendraient compte qu'ils n'ont pas besoin d'oracles. J'écoutais, je transmettais les réponses. Si rien ne venait, je le disais. Par ailleurs, je ne faisais pas de philtres d'amour ; éventuellement quelques tisanes apaisantes, rien de plus. On m'écoutait.

Ce n'était pas le cas chez les plus riches. Ils venaient aussi me trouver, attirés par la réputation bon enfant tissée par leurs servantes. Les riches ont de grands médecins pour les guérir et des devins renommés pour leur lire l'avenir. Mais ils ont toujours leurs paradoxes, et une longue habitude de voir leurs caprices exaucés.

Alors, quoi de mieux qu'une brave femme du peuple, une guérisseuse habitée par un don pour leur venir en aide ? C'est moins sérieux que tous les spécialistes qu'ils consultent d'ordinaire, plus amusant aussi. On peut tout se permettre, et on n'est pas obligés de se revoir.

Parfois, ces consultants refusaient de m'expliquer ce qui les amenait à moi : ils préféraient garder leurs secrets et ne voulaient de moi que le don. J'étais alors comme ces médecins face à un malade muet, qui doivent deviner de quel mal il souffre. Soigner à l'aveuglette : quelle perte de temps, et quel risque ! On se trompe facilement, alors qu'il est tellement plus simple de se parler pour se comprendre. Je crois que certains me testaient.

Pour les méfiants et les sceptiques, je revins aux bons vieux procédés de Shi : j'exigeai au moins une question. Pour m'aider, je demandai à un menuisier de me sculpter de petites figurines en bois, des formes simples. Chacune représentait l'un des grands principes capables d'influencer un être, un archétype qu'on retrouve dans toutes les techniques de divination : l'hésitation, la force, le choix, le rêve, le changement, la chance, le rayonnement, le départ, les coups de tête, les coups du sort, et tous les autres maîtres qui font irruption dans nos vies, parfois de façon masquée. Je les mettais dans un sac et faisais piocher mes consultants. Là, ils m'écoutaient : c'étaient eux qui tiraient la figurine, ils tenaient l'objet solide dans leurs mains. La croyance et l'incrédulité sont d'étranges phénomènes, passionnants à observer, surtout chez les hommes. Les femmes font moins d'histoires, peut-être parce que dénuées de toute autorité, elles sont obligées de faire confiance. Mais les hommes venaient aussi, avec le poids de leurs familles sur leurs épaules, ou celui de leurs désirs inassouvis, pesants eux aussi. Les servantes me recommandaient aux concubines des riches maisons de Tianjin, qui me recommandaient à leur époux. De fil en aiguille, je nouai de longues relations avec certains de ces consultants. L'un d'eux en particulier devint un grand ami.

Je l'avais surnommé Le Ventre. Les véritables noms de mes consultants m'importent peu : je ne voyais d'eux qu'un aspect de leur âme, celui pour lequel ils m'appelaient, et c'est cela que je renomme pour lui permettre d'évoluer. Parfois, quand ils sont rétablis, je leur trouve un autre surnom. Bien sûr, personne ne sait rien de ces sobriquets, que je gardais pour mes seules et affectueuses pensées. Tous mes consultants étaient pour moi des âmes précieuses, parfois aussi agaçantes que de jeunes enfants trépignant, mais toujours chéries. Le Ventre, qui s'appelait en réalité Wang Wei, était l'un de ces riches marchands de sel, parti de son petit monopole de prélèvement de la dîme pour tisser patiemment un réseau d'affaires commerciales. De la banque à l'immobilier en passant par l'import-export, sa famille s'était enrichie de façon spectaculaire, en une génération.

J'avais d'abord soigné une servante de sa maison prise de fièvre, dont la tante habitait Yangliuqing et avait insisté pour que je me rende à son chevet. C'était une jeune fille solide, qui guérit rapidement. Elle servait la mère du maître de la maison, une femme choyée, respectée, riche à ne plus savoir qu'en faire, mère et grand-mère d'une famille nombreuse et prospère. Tout prédisposait cette femme à vieillir paisiblement. Or, elle était quasiment paralysée des jambes et souffrait énormément. Elle avait essayé tant de remèdes, tant de cures, de pèlerinages et de charlatans qu'elle ne croyait plus en rien. Elle souffrait, tandis que sa servante avait guéri sous ses yeux : alors, elle voulut faire appel à moi. J'hésitai. Je le lui dis : Houjiahou n'était pas un lieu pour moi, et soigner des personnes âgées pouvait prendre de nombreuses consultations. À ces paroles, je perçus un tel désespoir dans ses yeux, si terrible dans son silence, que je les regrettai aussitôt. Finalement, je promis de revenir.

Elle me recevait dans sa chambre, une pièce magnifique, meublée de bois précieux, d'orchidées et de porcelaines. Mais elle ne profitait guère de ce luxe, ni des plats exquis qu'on lui servait. Ses jambes étaient si gonflées et douloureuses qu'elles la coupaient de la vie. Je vins la voir souvent, patiemment. Elle, je l'ai d'abord appelée L'Enterrement.

Il fallut près d'un an pour redonner un peu d'espace à tout ce qu'elle gardait enfoui en elle. L'avenir la terrifiait ; le succès de sa famille la terrifiait ; elle en était pétrifiée. Ses fils sortaient des sentiers battus depuis la mort de leur père et frayaient avec un entourage qui lui était complètement étranger. Elle-même bonne fille de marchands, elle était habituée aux comptes. Il y avait des pertes, des profits. C'étaient des chiffres tangibles. Ses enfants étaient sortis de cet univers : sa fille avait été mariée bien au-dessus de sa condition, à un lettré qui la méprisait et n'avait épousé en elle qu'un sac, un gros sac d'argent.

Mais le mépris ne se chiffre pas. Ma vieille marchande en avait absorbé des quantités, de façon si discrète qu'elle ne pouvait en soupçonner le volume. Elle n'avait plus aucune nouvelle de cette fille. Quant à ses fils, elle voyait bien qu'ils se risquaient à pénétrer un monde qui les rejetait : on avait inscrit le cadet aux concours impériaux, qu'il avait contre toute attente réussis. Mais pour les fonctionnaires avec qui il travaillait, il avait forcément triché. Ils ne cessaient de lui faire sentir leur hauteur. Et ma pauvre vieille avait peur. Elle pensait que la chute serait inéluctable, et ne voulait pas perdre la face : elle se sentait responsable de l'honneur de sa famille. Elle aurait préféré que ses enfants restent là où s'étaient arrêtés leurs ancêtres, à la collecte des taxes sur le sel, un peu de banque et d'immobilier s'ils le désiraient, mais qu'ils cessent de se prendre pour autre chose que de riches marchands. Elle refusait d'avancer, ses jambes refusaient de la porter. Il en fallut du temps et des soins pour mettre un peu de sérénité dans ce corps. Cependant, je l'aimais bien : elle avait un vrai sens de la famille et se montrait généreuse envers tous, non seulement de sa fortune mais de son cœur. Elle écoutait chacun avec respect, avec une véritable attention, tant qu'il ne s'agissait pas d'un lettré, car elle aurait été trop impressionnée. Eux, de toute façon, ne se seraient pas abaissés à lui adresser la parole. Pour elle, j'eus du plaisir à revenir à Houjiahou.

Je l'incitai à rendre visite à sa fille qu'elle n'avait pas vue depuis des années. Il lui fallut du temps pour venir à bout de l'enterrement symbolique de sa vie, et de celle de ses enfants. Mais au bout d'un an, ma vieille bourgeoise prit son plus beau palanquin, sa robe la plus tape-à-l'œil, et se fit annoncer chez son gendre. Trop poli ou surpris pour éconduire tant de culot, il accepta de lui faire ouvrir ses portes par ses domestiques. Elle revit enfin son enfant, pâle et triste comme la mort. Elle lui fit envoyer de quoi la distraire, des musiciens, des précepteurs, et même un professeur de piano, étranger bien sûr ; voilà qui aurait pu enfin la réveiller. Finalement, elle m'envoya, moi.

Je découvris une femme dévastée de solitude, qui ne savait jamais comment se comporter dans la maison de son mari et commettait maladresse sur maladresse. Complètement isolée, elle promettait de devenir folle : les femmes de lettrés vivent confinées, dans la seule compagnie des fleurs et des poèmes, leurs pieds bandés empêchant tout mouvement puisque, de toute façon, elles n'ont pas besoin de bouger. Elles incarnent le principe de l'intériorité et demeurent cloîtrées. Pour ma jeune marchande habituée à une famille joyeuse et mondaine, c'était une douche d'autant plus glaciale qu'aucune femme de sa belle-famille n'avait pris la peine de l'accueillir, ni les vieilles tantes ni les jeunes sœurs à marier et encore moins les autres concubines. Tout le monde la snobait, même les serviteurs. Sa mère avait beau essayer de lui changer les idées, elle savait que son mari attendait avec impatience qu'elle mette fin à ses jours. Mais les petites bourgeoises sans éducation n'ont pas le sens du suicide : elles perdent la face, misérablement, inlassablement. Je réalisai que j'étais aussi utile à Houjiahou qu'à Yangliuqing. Si les unes manquent de nourriture, les autres manquent de joie ; et nous vivons tous ensemble, liés par les mêmes lois, comme les gouttes d'eau d'un même fleuve.

Pour elle, en plus des soins habituels qui lui rendirent sa confiance et sa jeunesse, je sortis de ma mémoire quelques tours de la Maison du phénix, en particulier ceux de Nuit noire : cette femme avait surtout besoin de retrouver la faveur de son mari. Je lui appris donc à devenir pour lui bien plus que le modèle de vertu qui faisait rêver toute cette société ; elle devint le fantasme de son époux.

Son frère, celui que j'avais renommé Le Ventre, n'avait aucun besoin de mes services de guérisseuse. Il était d'une santé parfaite, d'un naturel confiant et ne se faisait jamais lire l'avenir : il croyait en sa bonne fortune aussi fermement qu'au sol sous ses pieds. Je le croisais parfois chez sa mère, buvant le thé en prenant de ses nouvelles ; il me complimentait sur ses progrès. Toujours aimable, toujours joyeux, doté d'un sens inné de la fraternité qui lui donnait accès au cœur des plus humbles domestiques comme à celui de ses plus redoutables clients, il flairait une bonne affaire comme un chat une souris, s'en amusait, et régnait en maître sur son empire financier. Certains seraient tourmentés de posséder tant d'argent et de responsabilités. Pas lui. Des centaines de personnes dépendaient de ses affaires, son immense famille dans son palais, des employés innombrables dans d'aussi innombrables boutiques et bureaux. Il était riche, il était heureux, il était gourmand. Il profitait de la vie et arborait déjà, à moins de trente ans, un ventre si proéminent qu'on se demandait ce qu'il y avait dedans. Il se moquait bien de s'imposer une quelconque discipline : la rigueur, c'était pour les lettrés. Il bâfrait, et entendait bien qu'on bâfre avec lui. C'était banquet tous les soirs, pour tous : les restes étaient redistribués devant sa porte, à ce qu'il pensait être des pauvres. Ses nombreuses épouses avaient carte blanche pour dépenser à leur guise, car il croyait avec une bonne foi étonnante que l'argent faisait le bonheur.

Je l'aimais bien, lui aussi. Je ne pensais pas revenir un jour à Houjiahou, mais je dois admettre que je m'y sentais presque autant chez moi qu'au creux de ma barque. Ces maisons recevaient de nombreux danseurs et musiciens, payaient parfois des orchestres entiers pour faire vibrer toute une rue, à l'occasion d'une noce ou d'un anniversaire. J'aime les spectacles. Le Ventre le savait, et m'invitait à rester afin de profiter de la musique et des danses après mes visites à sa mère : pour me remercier, ou pour montrer qu'il était proche du peuple – à ses yeux, j'étais le peuple. Peu m'importait, je regardais les numéros des artistes, les acrobaties, les rubans colorés qui virevoltaient. Je savourais chaque mouvement de danse et chaque note de musique.

Un jour, en partant, je lui conseillai de se méfier des poissons dorés. Il me répondit froidement qu'il y avait assez de bonnes choses à manger sur cette terre pour qu'on laisse en paix les carpes d'agrément, et assez de naïfs avides d'entendre des oracles pour ne pas importuner ceux qui n'en veulent pas. Je m'inclinai, en lui priant de pardonner mon insolence.

À ma visite suivante, il me fit venir directement dans ses appartements et m'offrit une ceinture de pièces d'argent. L'un de ses partenaires commerciaux avait effectivement essayé de le tromper en ajoutant frauduleusement une clause de transfert de propriété à ce qui devait être un contrat de location. Le Ventre ne lisait plus ses contrats depuis longtemps : il payait une armée de secrétaires pour le faire à sa place. Cette fois, ce partenaire avait été plus généreux que lui et avait su acheter l'un de ses juristes pour fermer les yeux sur le paragraphe en question. C'est en voyant un poisson doré peint sur les manchettes de soie de son interlocuteur que Le Ventre se méfia et relut le contrat qu'il était sur le point de signer. Il avait éclaté de rire, déchiré le document et chassé l'employé coupable de la malversation. Désormais, lui aussi serait partant pour me consulter.

« C'était un cadeau, lui dis-je. Je soigne les corps et les esprits, pas les affaires : je n'y connais rien.

– Mais mon esprit, c'est les affaires. C'est un tout. Quant au corps, j'ai justement des problèmes de digestion.

– J'en suis navrée. Un autre que moi sera honoré de te servir. Je ne soigne que les femmes à Houjiahou.

– Pourquoi ? »

Je ne pouvais pas lui avouer que j'avais vu trop d'hommes de ce quartier, de beaucoup trop près ; que j'en étais écœurée, et surtout, que je ne voulais pas qu'ils me reconnaissent. J'étais déjà passée par là, pour faire oublier mon crime : le passé revient toujours frapper à nos portes.

« C'est un vœu que j'ai fait à mon père, improvisai-je.

– Quel drôle de père ! Pourquoi refuser à sa fille le moyen de bien gagner sa vie et d'être heureuse ? Et Houjiahou n'est-il pas le plus bel endroit du monde ? »

Je n'ai jamais vu personne en Chine contester le vœu d'un père. Je crois que c'est ce qui m'a convaincue de travailler pour Le Ventre : il m'étonnait car, bien qu'à peine plus âgé que moi, il était libre.

) 7 (

Les diables

Ma vie se déroulait ainsi à cette époque, entre ma barque, Yangliuqing et Houjiahou. La plupart du temps, mes patients étaient des gens très simples, proches de la réalité: des porteurs aux corps brisés, des bateliers, des lingères, tous ceux qui vivent en périphérie de la ville et contribuent à sa prospérité en espérant recevoir leur part. C'était rarement le cas, mais leur sort était moins aléatoire que celui des paysans. En ville, quelle que soit la situation, les bourgeois ont toujours besoin qu'on leur amène l'eau du puits, qu'on porte leurs palanquins et qu'on lave leur linge. Dans les terres, si rien ne pousse, on meurt.

Chaque été depuis que j'exerçais comme guérisseuse, des pluies torrentielles s'abattaient sur la province du Zhili. La troisième année de déluge, Le Ventre avait justement besoin de mes conseils car il était courtisé par un étranger au nom imprononçable, un Russe. Il fallut m'expliquer ce que c'était, un Russe; j'appris ainsi que les poilus ne formaient pas qu'une nation, mais une mosaïque invraisemblable d'identités et de langues, si bien qu'ils ne se comprenaient même pas entre eux.

Le Ventre sentait qu'il avait un bon coup à jouer, et s'était trouvé en cachette un professeur de russe – un Chinois, bien sûr – pour mieux comprendre son nouvel ami.

« Tout ça est très nouveau, tu comprends. C'est mal vu par mes confrères, et affreusement dangereux : les Chinois ne gagnent jamais avec les étrangers. Cependant, si je parviens à m'entendre avec lui, je pourrai poser les jalons d'une collaboration équitable et en fixer les règles sans demander leur avis aux fonctionnaires. On passera par moi pour obtenir des contrats, je pourrai alors imposer mes conditions. Tout ce qui est risqué rapporte, pour autant qu'on ne se brûle pas les ailes.

– Qu'attends-tu de moi exactement ?

– Peu de choses : cache-toi derrière le paravent, observe mon Russe, écoute-le, dis-moi ce que tu en penses ; dis-moi s'il ment ou si je peux lui faire confiance. »

Je retrouvai ainsi les joies du paravent, délaissées depuis la Maison du phénix, et pus observer de près l'un de ces terribles étrangers. Il était horriblement poilu, comme une bête sauvage : emmitouflé dans un manteau de fourrure, il n'était qu'une grande masse de barbe, moustache et cheveux à l'odeur pestilentielle. Un vrai yéti. Il était aussi gêné que Le Ventre, et se donnait visiblement beaucoup de peine pour paraître aimable. Un traducteur chinois faisait l'intermédiaire : Le Ventre ne voulait pas que son visiteur sache qu'il avait appris sa langue. Je pouvais ainsi tout suivre de la conversation, bien qu'elle ne m'apprenne pas grand-chose. Il n'était question que d'acheter ses marchandises, des fourrures comme celle qu'il portait, des armes, du blé. Il proposait de tout, au meilleur prix, et insistait pour que Le Ventre comprenne qu'il se présentait en ami. C'était tout.

« Qu'en penses-tu, toi ? me demanda Le Ventre lorsque son visiteur fut parti.

– Qu'il insiste beaucoup. Son amitié n'est pas gratuite.

– Pourtant, il ne me propose rien de spécial. Son blé, je pourrais l'avoir chez un autre. Il me fait un bon prix, c'est vrai, mais pourquoi ?

Il se positionne, il montre qu'il est là, poussé par quelque chose que je ne saisis pas. Devines-tu ce que c'est ?

— Non, je n'en ai pas la moindre idée. Ces Russes, que font-ils ici ? Ont-ils le droit de vendre ainsi leurs marchandises, alors que même un marchand de fruits doit payer une taxe à l'empereur ?

— Ce droit, ils l'ont pris. Ils se sont approprié un bon morceau de la Mandchourie par un traité inégal, il y a plus de trente ans.

— Quel traité ?

— Un de ceux qui ont suivi les guerres de l'opium. Ils cherchent n'importe quel prétexte pour nous menacer : il faut leur donner un bout de terre, sinon ils canonnent un port.

— Pourquoi agissent-ils ainsi ?

— Pour leur profit. Notre pays est un coffre ouvert dans lequel ils se servent.

— Je ne comprends pas.

— Du temps de mon grand-père, le pays était complètement fermé : on commerçait entre nous, l'empereur régnait sous le ciel.

— Et le monde s'arrêtait là où l'empereur l'avait décidé ? »

Le Ventre soupira.

« Le monde des empereurs n'est pas vraiment le monde, je crois. C'était simple, trop simple. Ces Russes et tous les autres, les Français, les Anglais, les Allemands, ils étaient déjà là, bien sûr. Ils arrivaient en bateau depuis leurs pays du bout du monde. On les laissait accoster à Canton, contempler notre splendeur et repartir bredouille. Quelques-uns se sont aventurés jusqu'à Beijing et ont demandé audience à l'empereur pour qu'ils les laissent commercer. Or, ils refusaient de se prosterner et de payer un tribut comme tous les vassaux. Ça, pour l'empereur, c'était impensable : pour régner sur la Chine et ses millions de sujets, avec toutes ces langues et ces cultures différentes, il fallait de l'ordre ; et l'ordre ici, c'est l'obéissance. Sans elle, l'empire n'existerait pas. Alors, on s'incline devant l'empereur comme devant son père. Pour éviter que ces manières séditieuses se répandent dans l'esprit des paysans, les empereurs du passé refusèrent de laisser entrer les étrangers. Ils pensaient ainsi préserver la paix, mais ils devaient le payer cher – nous le faire payer cher. Les poilus voulaient acheter notre soie, nos porcelaines, et surtout le thé. On ne leur donnait accès qu'à un seul port, Canton, où ils ne pouvaient s'adresser qu'à un seul marchand désigné par le gouverneur. Ils n'avaient pas le droit de s'installer, encore moins de laisser leurs missionnaires débarquer. L'empereur leur imposait de payer en argent, un métal qu'ils possédaient peu. Alors, ils proposèrent d'échanger leurs marchandises, mais l'empereur les a taxées et, de toute façon, personne ne s'intéressait à ce qu'ils vendaient. On ne voulait rien de ces gens. Ils avaient besoin d'un levier pour intégrer notre marché. Ce fut l'opium. Mais ça, tu dois déjà le savoir.

– Je sais que ce sont eux qui ont amené cette drogue ici, oui ; et j'ai bien vu ses ravages. Comment peut-on avoir envie d'empoisonner ainsi un peuple entier ? »

Il me regarda bouche bée et secoua la tête avec consternation.

« Parfois tu m'étonnes, sainte mère ! Tu sembles en savoir plus sur la nature humaine que n'importe qui, pourtant tu t'offusques de ses ruses. Quel étrange mélange de clairvoyance et de naïveté ! Les étrangers n'ont pas comploté pour détruire la Chine, ils ont saisi une opportunité.

– Laquelle ?

– La pauvreté. Si le poison vient d'eux, le terrain sur lequel ils l'ont semé, c'est nous qui l'avons préparé. Il y a soixante ans, l'opium était inconnu ici. Les Britanniques l'ont fait venir en contrebande depuis leur colonie, l'Inde, où il était produit. Il y avait à ce moment-là déjà quatre cents millions de ventres à nourrir en Chine. Les famines s'enchaînaient, suivies parfois de révoltes que l'empereur châtiait sévèrement. Famines, rébellions, la cadence était intense.

— Alors, les étrangers ne sont pas responsables des malheurs de la Chine ?

— Ils les ont décuplés. Beaucoup de gens avaient de bonnes raisons de fuir la réalité. L'opium coupe la faim et offre l'oubli : le trafic s'est développé dans des proportions inimaginables. Et ce n'est pas seulement un produit de luxe, la gamme est large. Les paysans et les porteurs ne peuvent pas s'offrir la drogue de première qualité, le chandoo, mais ils peuvent acheter du dross, la suie de l'opium que l'on gratte dans le fourneau des pipes. Ce dross est récupéré de nombreuses fois, pour le rendre de moins en moins cher, et malheureusement de plus en plus toxique. Les opiomanes sont devenus légion. Dans les villes, les hommes se sont transformés en fantômes incapables de travailler. Pour les étrangers, c'était l'affaire du siècle. Quoi de plus juteux que le trafic de drogue ? Pas de taxes, une demande en hausse perpétuelle, peu de risques : le trajet en mer est court de l'Inde à la Chine. L'opium s'est abattu sur nous avec plus de force qu'une épidémie de choléra. Le pays est tombé en panne : trop de gens fumaient à outrance au lieu de travailler. Pour reprendre le contrôle de la situation et soigner son peuple, l'empereur a fini par légaliser l'opium, la mort dans l'âme.

— Les empereurs ne protègent-ils jamais le peuple ?

— Au moment où la drogue a commencé à circuler en Chine, les autorités avaient pris le taureau par les cornes. Il y a une soixantaine d'années, à Canton, un ministre s'est saisi de tous les stocks d'opium qu'il a pu trouver, les a jetés à la mer en offrant ses excuses aux poissons, et a sommé les trafiquants de quitter les lieux. Les Britanniques ont exigé le remboursement de leur marchandise, et pour l'obtenir, ont fait feu sur Canton depuis leurs énormes bateaux. Ce fut une mauvaise surprise pour les Cantonais : pendant que la Chine se reposait sur ses traditions, l'Europe s'était dotée d'armes puissantes, capables de détruire un port entier sans exposer le moindre de ses soldats. Ça, c'était diabolique.

— Pourtant, d'après ce que tu racontes, le seul surnaturel dans ces événements était l'obstination de l'empereur à vouloir vivre dans une bulle. Il a livré bataille, au moins ?

— L'armée a riposté, bien sûr, mais que faire avec des voiliers et des épées contre des canonnières blindées ? Voilà pour la première guerre de l'opium, soldée par un traité humiliant, le premier d'une longue série : l'empereur céda Hong Kong aux Britanniques et accepta de les laisser entrer. Mais ce n'était pas assez. Mis en appétit par une victoire facile, les étrangers attendaient l'occasion d'obtenir plus de la Chine. Dix ans plus tard, ils firent revenir les canonnières, accompagnés cette fois par les Américains, désireux eux aussi de faire du commerce. Les Français se sont joints à eux : l'un de leurs missionnaires, dont la présence était interdite sur le sol chinois, avait été mis à mort par des villageois.

— Déjà ?

— Oui.

— Ces cas de missionnaires sont une plaie. Ils divisent les familles et les villages, alors que notre culture repose sur la fraternité.

— On m'a dit que certains religieux chrétiens étaient des hommes pieux et intègres.

— En as-tu rencontré ?

— Non. Comme toi, je ne vois que les ravages. À la suite du meurtre du religieux français, les étrangers sont venus jusqu'ici, ont pris les forts de Dagu[7] sur la côte, ont marché sur Tianjin puis Beijing, et ont mis à sac le palais d'Été[8], qui était, paraît-il, le plus bel endroit du monde. La honte a rendu l'empereur fou. Il en est mort. C'est ainsi que s'est achevée la seconde guerre de l'opium. Le traité de Beijing[9] accorda aux Français, aux Britanniques et aux

---

7– Dagu était une place fortifiée importante sur la côte, près de Tianjin.
8– L'ancien palais d'Été édifié au XVIIe siècle était une résidence impériale. Il fut pillé et détruit le 18 octobre 1860 par les armées française et anglaise au cours de la deuxième guerre de l'opium.
9– Le 18 octobre 1860.

Américains des concessions à Tianjin, des terres pour s'y installer et exercer leurs lois. Leurs missionnaires sont libres de construire des églises et de prêcher leur religion. Leurs marchands peuvent vendre leurs produits. Et chaque fois que les Européens en demandent plus, ils menacent de bombarder un port. En Mandchourie extérieure, les officiels ne se sont même pas rendu compte que les Russes avançaient leurs pions ; jusqu'à ce qu'ils soient sous leur nez et menacent de faire la guerre si l'empereur ne leur cédait pas le territoire. Ils l'ont obtenu sans même tirer un coup de fusil.

– Donc les Russes sont là, à la frontière de l'empire. Et ici ? Ils ont aussi des concessions ?

– Non, pas à Tianjin. Mais des hommes d'affaires y louent des résidences.

– Alors, pourquoi a-t-il besoin de te courtiser, ce Russe, s'il a le droit d'être là ? S'il est sûr de sa supériorité ?

– Justement, je ne sais pas. D'un côté ça m'inquiète, mais de l'autre, ça m'attire. J'aimerais mieux le connaître. Bien sûr, j'en veux aux étrangers de nous humilier et de forcer ces traités. Je dois aussi reconnaître que je les envie. Ces gens riches et puissants, avec leurs gros bateaux, leurs armes et leurs industries, ce sont des fils de marchands, comme moi. À la différence qu'eux, ils influencent leurs gouvernements ; on les écoute. Et ça, ça me fait rêver. Ici, nous avons des intellectuels pour gouverner. Pourtant, aujourd'hui, il ne suffit plus d'écrire de savants poèmes pour créer de la prospérité, il faut de l'expérience et une connaissance pratique des affaires ; il faut des clients, il faut connaître les autres, comprendre ce dont ils ont besoin et ce qu'on est en mesure de leur offrir. Il faut des gens comme moi. On fait ponctuellement appel à ma famille pour expertiser des situations juridiques ou financières, pour des procès. Je suis plus lucide que ces fonctionnaires poussiéreux qui récitent Confucius d'un air compassé, mais on ne me fait pas de place.

— Les postes de fonctionnaire ne sont-ils pas accessibles par concours, pour que le plus méritant l'emporte ?

— En principe, oui. Ce n'est pas le système le problème. Il paraît même que les Français l'ont trouvé si efficace qu'ils nous imitent désormais et attribuent les hautes fonctions de leur pays sur concours, sans tenir compte des origines sociales des candidats. Eh bien, je ne sais pas comment ça se passe en France, mais ici, c'est clair : pour composer une dissertation brillante en huit parties, il faut étudier. Ça prend du temps et de l'argent. Un fils de paysan ou de porteur d'eau ne peut même pas y penser ; un fils de riche marchand non plus : on a fait étudier mon petit frère pour qu'il passe les concours. La recherche du profit n'attire que le mépris dans ce pays. C'est bien la raison pour laquelle mon père a poussé mon frère à étudier : pour donner un nouveau statut à notre famille. Mon frère a réussi le concours, du premier coup, sans tricher ; il a eu un poste à Beijing. La cabale des lettrés l'a soupçonné de tous les méfaits. Ils se sont débrouillés pour le faire accuser de corruption. C'est le comble de l'hypocrisie : des fonctionnaires, j'en corromps dix par jour sans que personne ne lève le petit doigt ; de guerre lasse, isolé, harcelé, mon petit frère est revenu à la maison. J'en suis heureux, il m'est très utile et me fait mon éducation philosophique. Mais c'est dommage, parce que son retour cautionne l'injustice et les abus de pouvoir. Notre pays est d'un autre âge, il doit se moderniser, comme l'ont fait les Japonais. Eux, quand les Occidentaux sont arrivés avec leurs canonnières, ils les ont accueillis à bras ouverts. Ils leur ont demandé de l'aide pour se débarrasser des seigneurs de guerre et rétablir l'empereur. Ils ont acheté leurs armes, de quoi construire des usines et des trains, et cinquante ans plus tard, habillés à l'occidentale, équipés de navires blindés, ils ont envahi les îles de Ryūkyū, vassales de la Chine. À eux aussi, on a accordé une concession à Tianjin.

– Les Japonais sont asiatiques pourtant! Pourquoi ont-ils besoin de terres à Tianjin?

– Pour rivaliser avec les Occidentaux. On pourrait croire qu'ils sont comme nous, avec leurs yeux bridés, leur peau imberbe; ils ont tout hérité de nous: l'écriture, la religion, la cuisine, toutes les bases de leur culture; ce sont presque des cousins. Mais aujourd'hui, ils sont contre nous, ils jouent aux conquérants, et surtout, pratiquent la même politique que les Européens: donne-moi un bout de ta terre, sinon, je canonne un de tes ports. Le droit, aujourd'hui, c'est ce qu'on prend par la force. Je me demande quel sera le prochain coup, et je préférerais le jouer que le subir. Alors, quel conseil me donnes-tu?

– Aucun. Je n'y connais rien.

– Ah, parce que quand les coolies de Yangliuqing te demandent comment faire pondre leurs poules, là, tu t'y connais? »

Le Ventre avait le don de me faire rire. Il n'était pas impressionné par mon personnage de voyante extralucide. C'était rare et reposant. J'avais beau essayer d'entretenir des rapports normaux avec mes semblables, on me mettait sur un étrange piédestal fait d'admiration, de peur et d'envie.

Quelques minutes plus tard, je le quittai sans lui avoir appris quoi que ce soit.

En réalité, Le Ventre n'avait pas besoin de moi pour démêler la situation. Je le lui fis remarquer quand, peu de temps après cette conversation, le Japon envahit la Corée, vassale elle aussi de la Chine. L'empire entrait en guerre pour la défendre et, à travers elle, promouvait sa suprématie sur l'Asie.

« Tu avais déjà tout dit ce jour-là: le Japon qui se modernise, s'étend et veut s'imposer en maître dans la région. Ton Russe redoute de voir une autre puissance se développer à ses frontières. Voilà pourquoi il te courtise, pour assurer ses arrières.

– J'aurais dû comprendre que mon nouvel ami envisageait déjà cette guerre. Mais il n'y a pas d'inquiétude à avoir : nos ministres ont modernisé l'armée. Ils ont repris les choses en main. Nous aussi nous avons désormais de gros navires à vapeur blindés, des canons, et même un drapeau. Le gouvernement a recruté des experts militaires européens pour former l'armée à ces nouvelles techniques. Nous sommes de taille pour remettre à leur place les Japonais. J'ai vraiment été idiot.
– Idiot, toi ? Tu es tout le contraire. Simplement, comme chacun, il t'arrive de regarder au mauvais endroit. Tu crois que l'oracle, c'est moi. Je ne suis que le canal, j'ouvre les portes. Les messages prennent aussi forme à travers ta bouche, car l'expert, c'est toi. »

Le Ventre aurait pu me trouver incompétente. Il le pensait peut-être d'ailleurs, car il ne croyait en rien d'autre qu'à sa bonne étoile. Cependant, il continua de me consulter.

La guerre contre le Japon resta presque invisible à Tianjin : on construisit à la hâte un mur en remblai pour protéger l'accès à la ville. Ce fut tout. Les combats se déroulèrent en mer, à l'abri des regards, le temps d'un hiver : une saison suffit aux Japonais pour mettre l'armée chinoise en déroute, cette armée moderne qui avait coûté si cher. L'humiliation fut totale. Si les combats passèrent inaperçus, les conséquences de la défaite nous frappèrent comme la foudre.

Les Japonais réclamèrent des indemnités de guerre si lourdes que les impôts n'y suffirent pas. Le gouvernement dut emprunter, aux mêmes Européens qui avaient fourni notre malheureuse armée. Le Ventre ne me dit pas ce que cette guerre lui coûtait, mais mes voisins de Yangliuqing furent saignés à blanc.

Le peuple n'avait pas fini de souffrir ; bientôt on le priva de ses revenus : ce qui avait manqué à la Chine pour gagner cette guerre, ce n'était pas la puissance de son armée, c'était la logistique pour la soutenir. Le Ventre m'expliqua que nous n'avions pas assez de trains, qu'il fallait un service de poste. Nous n'avions pas été capables de communiquer rapidement, ni d'envoyer à temps les renforts. Désormais, le pays serait quadrillé de voies ferrées, de poteaux télégraphiques et de bateaux à vapeur ; tant pis pour le feng shui, pour les tombes de nos ancêtres, et surtout, tant pis pour les bateliers, les messagers à cheval et ceux qui tenaient les relais, tant pis pour les coolies. En l'espace de cinq ans, tous ces gens se retrouvèrent sans emploi. Ce fut le début des vrais problèmes : mes voisins à Yangliuqing sombraient dans la misère. Ils ne mangeaient plus à leur faim, l'inquiétude leur rongeait le cœur. Le pire était leur façon nouvelle de regarder leurs enfants, devenus des charges, comme s'ils calculaient le prix qu'ils pourraient en tirer, pourvu qu'on en voulût. Je haïssais ces pensées.

J'essayais d'en parler au Ventre, le plus riche et le plus influent de mes consultants. Mais lui se frottait les mains de cette modernité qu'il avait appelée de ses vœux. Il mettait tout son talent à négocier le prix de l'acier, à faire rencontrer les fonctionnaires et les marchands européens qu'il connaissait, à mettre à disposition ses traducteurs. Il parvint même, avec d'autres membres de la guilde marchande, à imposer aux ingénieurs européens de contourner les tombes de Tianjin pour construire la voie ferrée. Le feng shui était respecté, que demander de plus ?

« Et tes pauvres, ne me dis pas qu'ils regrettent leur métier de coolie ! C'est le Moyen Âge de porter des marchandises sur son dos comme une bête de somme.

– Peut-être, mais ils n'ont plus de quoi s'acheter à manger.

– Dis-leur de venir travailler sur les chantiers, j'en ai plein sur les bras : le train, la rivière à désensabler pour la rendre navigable aux steamers, le tramway. On creuse, on construit, j'ai besoin de bras pour ramasser avec moi tout cet argent qui nous tombe du ciel. Dis-leur de venir. »

En réalité, les emplois créés par la modernisation ne suffisaient pas à occuper ceux qu'elle rendait inutiles. On ne devient pas mécanicien ou contremaître parce que la situation l'impose. Ces postes-là étaient réservés aux étrangers. Mes voisins bateliers qui, comme mon père, avaient vécu seuls maîtres à bord de leurs barques n'acceptaient pas de s'abaisser davantage en transportant des barres d'acier sur leur dos. C'était un emploi de coolie, et ils comprenaient bien que, le jour où le train circulerait, même ce métier-là disparaîtrait.

) 8 (

Les bouches sucrées

Le plus étonnant toutefois n'était pas la misère du peuple, mais celle des lettrés. On commença à me contacter pour que je leur rende visite. Ils souffraient en silence. Leurs épouses aussi. Malgré le soin qu'on prenait à les enfermer chez elles, pour les protéger des bavardages et des vices du monde, je crois que c'est elles qui parlèrent de moi ; peut-être justement parce que leurs maisons étaient plus fermées qu'une prison.

Je devais me cacher pour leur rendre visite, ne devais pas les toucher, devais garder la tête baissée. Il fallait respecter ce code qui les rassurait à chaque instant sur leur position : ils étaient au-dessus de moi et tenaient à le rester. Je n'avais jamais rien vu de tel, ni au cirque ni à la Maison du phénix ni chez les marchands qui tenaient au contraire à ce que leur générosité et leur joie de vivre soient connues, reconnues et partagées.

J'y allais cependant. Par curiosité d'abord, parce que Le Ventre était tellement jaloux de ces gens que je voulais comprendre en quoi ils étaient si différents. J'y retournais par compassion, ils avaient véritablement besoin de moi. Puis par intérêt : la tension montait dans les rues de ma ville, il se passait quelque chose d'important que personne autour de moi n'avait l'air de vraiment comprendre. Les lettrés, eux, comprenaient. Et pour les soigner, il fallait bien qu'ils m'expliquent ce qui les mettait dans un état pareil.

Ils étaient au chômage et n'osaient l'avouer. Notre jeune empereur avait perdu toute confiance en lui en signant la terrible paix avec le Japon, et s'isolait dans une profonde mélancolie. Il avait chassé tous ceux qui l'avaient conseillé ou qui avaient participé à cette guerre. Et en premier lieu ceux qu'il avait envoyés signer le traité. On leur avait laissé leurs titres, mais ils n'approchaient plus l'empereur. Or, une grande partie de leurs revenus venait de solliciteurs, qui les payaient justement pour s'approcher de l'oreille du Fils du ciel.

L'empereur ne voyait plus que ceux qui savaient le flatter, des jeunes dont le seul mérite était l'innocence. Même pour eux, les temps étaient durs : pour mener à bien les réformes, la cour avait créé de nouvelles administrations spécialisées, sur le modèle occidental, tenues par des spécialistes étrangers. Les hauts fonctionnaires étaient privés de leur emploi, comme les coolies. Le Ventre en parlait avec délectation. C'était sa revanche.

« Ils ne vivent plus que de corruption. Ceux qui ont un peu d'influence savent qu'ils ont perdu la faveur de l'empereur ; ils ne reçoivent de considération que de la part des Européens. Ils sont dans une position impossible : pour maintenir leur train de vie, ils servent les poilus en leur donnant accès au système. »

Les lettrés s'humiliaient en acceptant des pots-de-vin étrangers : une autorisation pour construire une usine, une petite signature ici pour exploiter une mine, une autre là pour sécuriser un transport. La corruption avait toujours existé, elle faisait partie du système, mais pas dans ces proportions, ni dans l'optique de trahir le pays. Ces gens n'avaient vécu que de morale, pour penser le service public, de père en fils, de maître à disciple, sur des générations et des générations. Ils étaient les gardiens du feu de Confucius, du *Yi Jing*, et se retrouvaient à discuter le bout de gras avec des opportunistes. Oui, ils souffraient.

On me faisait entrer dans ces maisons par la porte de service, sous l'œil austère d'un majordome qui m'introduisait dans le petit cabinet de la concubine qui m'avait recommandée. Et le monsieur entrait, très gêné. Je faisais sortir tout le monde, concubines, chiens et serviteurs. Le plus souvent, une fois seuls avec moi, ces hommes commençaient par se justifier.

« Je suis un peu gêné par cette consultation, me disait-on. Je suis confucéen. Je suis un homme rationnel, éduqué. J'ai toujours considéré la magie comme une forme de superstition ; et me voilà, à parler avec vous.

– Ne vous inquiétez pas. Le feng shui est une superstition ; pas le *Yi Jing*. Les incantations sont une superstition ; pas le culte des ancêtres. Hier, l'empereur était sacré ; aujourd'hui, certains en parlent le fiel à la bouche. Et demain, les dieux ne seront sans doute plus que des idoles ridicules. Oui, je suis aussi troublée que vous par ces questions, et je me demande ce qui est le plus irrationnel : nous ou la magie ? Mais rassurez-vous, je ne pratique rien de tout cela. Piochez. »

En réalité, ils aimaient bien mon petit sac et mes figurines. Les accessoires sont importants dans le spectacle. Ces messieurs retrouvaient l'esprit de leur enfance, le jeu, et les façons des bonnes qui les avaient élevés dans les cuisines : ils avaient le sentiment de faire à nouveau partie de leur peuple. Ils ouvraient la main avec un sourire de petit garçon. Pourtant, je n'étais pas tendre avec eux, pas plus qu'ils ne l'étaient avec les miséreux sur qui ils pouvaient fermer les portes d'un bâtiment en flammes. Je n'avais pas oublié. Avec l'un d'eux en particulier, je ne mâchai pas mes mots.

« Vous êtes peut-être confucéen, mais vous êtes corrompu. »

L'homme me regarda avec plus de tristesse que de malveillance. Il en avait les larmes aux yeux : se retrouver accusé de corruption par une moins-que-rien… Pour lui, c'était toucher le fond.

« Les dieux savent que nous trichons, repris-je. Mais vous, savez-vous à quel point vous trichez ? Je ne vous parle pas des pots-de-vin : il n'y a pas besoin d'être devin pour savoir que les fonctionnaires sont corrompus. Dans votre cas, vous trichez avec vous-même, avec votre vocation profonde. Ça vous rend malade.

– Vous êtes mal renseignée, me répondit-il avec résignation. Je ne suis pas corrompu. Je ne touche aucune commission sur rien. Je ne vends rien.

– Mes figurines ne mentent pas.

– Une fois, oui, c'est vrai, j'ai reçu de l'argent des Français pour arranger la vente d'un terrain. Une seule fois. Je le regrette, mais je n'avais pas le choix. Je vois bien ce que vous pensez, que je suis un riche qui ne peut se résoudre à devenir pauvre, qui s'accroche à son palais, à son bassin de koïs et à ses robes brodées. Ce n'est pas le cas. »

Il déglutit avant de désigner la pièce qui nous entourait.

« Regardez ce palais. Combien de personnes à votre avis y vivent ? J'ai cinq épouses à entretenir, ma grand-mère, deux tantes qui ont refusé de se marier, douze enfants, quatre frères ; ils ont chacun deux épouses et m'ont fait neuf neveux et nièces. Je peux leur dire de venir vivre à la campagne avec moi, de cultiver un potager et de manger des noix. Croyez-moi, ce serait le plus simple. Mais les serviteurs ? Les familles des serviteurs ? Et les petits fonctionnaires qui font tourner le service ? Leurs familles ? Ce palais n'est pas à moi, il appartient à l'office de l'aménagement. Il n'a jamais été conçu pour être entretenu par le seul salaire d'un haut fonctionnaire. Vous serez peut-être choquée de l'apprendre, mais nous, les lettrés, vivions de gratifications, d'influence. Appelez-les pots-de-vin si vous y tenez, il s'agit simplement de services : des informations contre des cadeaux, des charges redistribuées contre une alliance. Il en a toujours été ainsi. Officiellement, d'ailleurs. Et notre rôle, à nous qui cultivons la vertu et une très grande discipline, c'est de distribuer correctement ce pouvoir, de le confier aux personnes qui le méritent et qui peuvent, à leur tour, créer de la richesse. Vous souriez. Pourtant, c'était efficace. La plupart du temps. »

Un soupir s'échappa de ses lèvres, et ses épaules affaissées lui donnèrent un air infiniment las.

« Autrefois, j'allais à Beijing, je rédigeais mes rapports, je réfléchissais. J'imaginais un monde meilleur. Je ne cherchais pas mon profit personnel, et aujourd'hui, je ne le cherche pas non plus. J'essaie de sauver ceux qui sont sous ma responsabilité. Vous n'êtes pas sans le savoir : il y a de moins en moins de travail. Les hommes sont remplacés par les machines. On appelle ça la modernité. Mais si je chasse mes serviteurs, que je ramasse mes fruits moi-même, que deviendront-ils ? Ils ne trouveront pas d'emploi de coolies. Les Européens installent l'eau courante dans leurs maisons – l'eau courante ! Que vont devenir les porteurs d'eau ? Alors, oui, une fois, pour obtenir un sursis, j'ai accepté de l'argent. Je cherche la solution, je cherche ! J'ai fait tirer le *Yi Jing*, j'ai fait venir des devins, j'ai fait tout ce qu'ils m'ont dit, et je suis toujours là, à tourner en rond, désœuvré, alors que j'ai étudié, tant étudié, que j'ai appris, humblement, dans le but de servir le monde. »

Sa voix se perdait, faible comme celle d'un enfant puni. J'avais envie de lui dire qu'il me dégoûtait de pleurnicher ainsi sur son sort, et qu'il n'était pas étonnant que la Chine aille si mal entre les mains molles de tous ses comparses. Je sus me retenir à temps, et me souvenir que j'étais en face d'un homme qui souffrait.

« Aujourd'hui, la Chine veut être occidentale ! Finis, les hauts fonctionnaires ! Nous sommes trop raffinés, trop élégants, il faut des administrations à l'occidentale, normées, contrôlées, efficaces. Des douanes, des centres des impôts, le tout dirigé par ces barbares. Et nous, nous restons de côté. Que faire ? Nous avions le comte Li[10], celui qui a réussi à transformer la Chine, à imposer une armée moderne, à introduire un système monétaire qui repose sur des pièces plutôt que des lingots… L'impératrice douairière[11] l'avait récompensé d'une plume de paon à trois yeux ! La plume réservée à la famille impériale ! »

Ses yeux brillaient tellement en parlant de cet insigne que j'avais l'impression de le voir devant moi. Cet homme ne vivait que pour une plume. Il soupira.

« Je pensais que nous étions sur la bonne voie, une modernité éclairée, en douceur, dans le respect de nos peuples et de nos traditions. Jusqu'à la défaite contre les Japonais. Et notre jeune empereur Guangxu punit désormais tous ses conseillers de lui avoir fait perdre la guerre ! Que croit-il ? Les guerres se gagnent, elles se perdent aussi. Il a chassé le comte Li alors que les Japonais n'acceptaient de traiter qu'avec lui. L'empereur le rappelle, lui donne les pleins pouvoirs pour signer le traité de Maguan[12] et, une fois de retour à Beijing, le chasse à nouveau pour avoir obéi. Il l'envoie à l'étranger, comme diplomate, autant dire au bagne. En conséquence, les étrangers ne connaissent que le comte Li ; ils lui font confiance, à lui seul. Et comme il est disgracié, il a besoin d'argent. Il a reçu des sommes énormes des Russes pour leur accorder le monopole d'exploitation des trains en Mandchourie. Oui, les Russes veulent un train qui traverse tout leur empire, de Moscou au Pacifique. Le comte Li les laisse nous marcher dessus pour y arriver ! Le comte Li lui-même !

10– Voir page 356.
11– Voir page 355.
12– Le traité de Maguan ou de Shimonoseki fut signé le 17 avril 1895 au moment de la défaite chinoise contre les Japonais. Ceux-ci exigèrent de très lourdes indemnités de guerre : 200 millions de taels et la cession de territoires (Taïwan et d'autres îles). Cette défaite plongea l'empereur Guangxu dans un profond désarroi, et le décrédibilisa aux yeux des Chinois.

Que va-t-on devenir ? Tout ça pour obtenir des Russes qu'ils nous viennent en aide en cas d'une nouvelle attaque des Japonais.
– Vous pensez qu'ils le feront ?
– C'était une idée de l'impératrice douairière, jouer un poilu contre un autre poilu. Elle n'a même pas consulté l'empereur. Les Russes ont signé, ils veulent leur train. Notre empire est perdu, dépecé par des vautours. Nous-mêmes nous sommes devenus des vautours. Je ne sais plus quoi faire. Je ne sais même pas pourquoi je vous raconte tout ça, je n'en ai pas le droit. »

Je le savais bien, moi : il faisait l'important ; et pour avoir souvent rencontré ce genre de personnes, désespérées de recevoir de l'attention, je voyais bien qu'il était déjà en train de s'accrocher à moi. Étonnamment, je l'aimais bien. Je pressentais un cœur véritable, dissimulé sous une épaisse couche de peurs. J'avais envie de le voir apparaître et briller.

« C'est mon travail, le rassurai-je. Et c'est votre processus de guérison qui commence. Faites-moi confiance, rien de ce que me disent mes consultants n'est jamais répété. J'y perdrais mon emploi et, vous l'avez dit vous-même, c'est une mauvaise période pour en trouver un autre. »

Lui, je l'ai appelé Sang d'encre.

) 9 (

La triade et le Lotus jaune

Peu avant que la ligne de chemin de fer ne soit achevée, Le Ventre me pria d'assister à une conversation un brin particulière : à la demande d'un haut fonctionnaire, il avait accepté d'organiser chez lui la rencontre entre un personnage secret, membre d'une triade, et un diplomate étranger.

« Une triade ? As-tu perdu l'esprit ? Ce sont des assassins, des hommes sans foi ni loi.

— Tout de suite les grands mots ! Il y a triade et triade. Oui, certaines sont extrémistes. Mais pas toutes, loin de là. L'empire ne subvient pas à tout. Les gens sont obligés de se rendre service, de s'associer. Les triades ont toujours existé, elles font partie de la Chine. Les organisations collectives ont un rôle à jouer.

— C'est une triade ou une organisation collective ?

— Bonne question. Je n'en ai aucune idée, justement, et je veux savoir dans quoi je mets les pieds. Cette triade-là veut rester secrète, c'est ça qui m'inquiète. Et moi, je joue ma crédibilité. Mais je ne suis pas en mesure de refuser. Je rends ce service à quelqu'un qui a, disons les choses ainsi, permis d'éviter la prison à un membre de ma famille. Ce qui me gêne, c'est qu'il s'agit d'une personne un peu trop ouvertement réfractaire à la dynastie. C'est un Han[13] de pure

---
13– L'ethnie han est la principale ethnie en Chine, culturellement et historiquement dominante, si bien qu'on l'assimile à la population chinoise dans son entier.

souche, il dit toujours les "Mandchous" en parlant de la cour, avec une pointe de mépris qu'il ne se permet qu'avec d'autres Hans. Bien entendu, il ne peut pas recevoir une triade chez lui, ce qui prouve bien qu'il y a un certain risque à se montrer en telle compagnie.

– Et là où il y a du risque, il y a du profit, n'est-ce pas ?

– Ne joue pas l'effarouchée avec moi. Tu parles de profit comme s'il s'agissait de vermine… Je vois bien que ce monde t'intéresse. Tu me poses des questions. Notre société évolue et tu veux la suivre. Pourquoi, je ne le sais pas, et franchement, ça ne me regarde pas. Je me demande parfois si tu es vraiment ce que tu prétends être, une messagère des dieux. Inspirée, pieuse, je veux bien le croire ; mais ça ne suffit pas. Il faut aussi comprendre. Et j'ai confiance en tes qualités d'observatrice. Le progrès crée un appel d'air. Toutes sortes de sociétés, secrètes ou pas, commencent à fourmiller dans le pays. J'aimerais les connaître mieux, quitte à les rejeter ensuite. Toi aussi, tu aurais à gagner à mieux les connaître. Cette rencontre doit avoir lieu de toute façon, je ne peux pas l'esquiver. Viens, sois mes yeux et mes oreilles. De mon côté, je t'assure que je ne veux pas de profit à n'importe quel prix.

– Pourras-tu reculer, toi, si tu le souhaites ?

– Oui, car je n'accepte rien de ces gens. Je rends service à qui je suis redevable. C'est tout. »

Je me retrouvai à nouveau derrière le paravent. Il y avait Le Ventre, son traducteur habituel qui semblait parler toutes les langues du monde, ainsi que deux Européens. L'un était grand, maigre, il portait un costume blanc et ses longues moustaches lui donnaient un air sévère. L'autre portait l'uniforme militaire. Le dernier visiteur, un Chinois, était très jeune. Il avait une voix haut perchée d'adolescent et l'assurance d'un maître. Il alla droit au but, en s'adressant directement et en anglais au diplomate.

Selon lui, une triade concurrente de la sienne, l'École des fleurs de prunier, voulait débarrasser le sol chinois des étrangers. Le traducteur se dépêchait de répéter en mandarin ce qu'ils disaient, pour Le Ventre, et moi.

« Ceux qui m'envoient, les maîtres de la Onzième Lune, ont un autre ennemi : la dynastie Qing, qui règne sur l'empire et le déshonore. Les pieds aux murs, la vieille élite mandchoue est prête à tout pour sauver ses privilèges et oublie le peuple affamé sur lequel elle règne. La Onzième Lune, elle, s'en préoccupe.

– Une autre triade, répondit le diplomate.

– Effectivement. Elle protège ses membres d'un sort funeste, contre lequel elle ne peut rien seule. Avec votre aide, nous pourrions destituer l'empereur mandchou. En échange, nous vous offririons l'ouverture économique et industrielle.

– Nous l'avons déjà obtenue. La Chine se modernise.

– Au compte-gouttes. À ce rythme-là, dans un siècle nous serons encore en train de chercher des gisements de charbon.

– Nous ne souhaitons pas créer de troubles. Sans l'autorité de son empereur, la Chine serait en proie au chaos.

– Elle l'est déjà, mais ce chaos ne profite qu'à certains : les vieilles triades en place depuis des siècles, la dynastie mandchoue et ses dignitaires corrompus. Le peuple saigne. Il a besoin de justice, de démocratie, d'éducation. Débarrassez-nous des Qing et nous moderniserons la Chine ensemble, de fond en comble.

– Aucune triade n'est capable de tenir le peuple chinois tout entier, répondit le diplomate.

– C'est parce que les empereurs mandchous craignaient de ne pas tenir les paysans qu'ils refusèrent à l'Occident l'accès à la Chine au début de ce siècle. Comment exploiter le peuple s'il découvre qu'il existe d'autres dieux que les siens ? Un autre ordre que celui des ancêtres ? Maintenant, vous êtes là. L'anachronisme a lieu, sous vos yeux. L'empereur vous achète des armes pour mater les pirates qui se défendent avec des bâtons. Vous pouvez rester à ne rien faire et patienter encore un siècle en gaspillant le charbon de vos canonnières pour obtenir quelques lopins de terre et deux ou trois contrats commerciaux. Ou alors, vous créez cette prospérité que vous appelez de vos vœux. Les chemins de fer, les bateaux à vapeur, les machines industrielles : la Onzième Lune est prête à les acheter. Ce sont les Mandchous qui empêchent le progrès, et avec eux tous ceux qu'ils ont habitués à manger dans leurs mains, qu'ils gavent de privilèges d'un autre temps. Ce système tyrannique, c'est un carcan qu'il faut briser ensemble.

— La couronne britannique est capable de briser quand cela s'avère nécessaire. Mais parfois, il vaut mieux prendre le temps de construire des amitiés solides.

— Ce n'est pas ce que certains de vos compatriotes prétendent lorsqu'il s'agit d'abrutir les Chinois d'opium. Bien sûr, nous savons que cette pratique ne fait plus l'unanimité dans votre pays. L'opium a toujours été illégal chez vous. Mais le mal est fait, et l'amitié dans ce contexte est devenue délicate. Les maîtres de la Onzième Lune, contrairement aux conservateurs de la Cité interdite, croient qu'une véritable entente est encore possible avec vous. En gage de bonne foi, ils m'ont confié un présent à vous remettre.

— Un présent ?

— Un nom. Celui de l'homme qui a trahi votre confiance et livré l'emplacement de l'entrepôt d'opium. Votre dernière livraison des Indes, celle qui a mystérieusement brûlé il y a quelques semaines. Il y en avait pour quoi, trente, quarante mille taels ?

— Qui est cet homme ? Pour qui travaille-t-il ?

— Avons-nous un accord ?

— Un premier pas vers l'amitié, plutôt. Nous devons d'abord faire connaissance.

— Ce n'est pas assez, répondit le jeune Chinois.

— Allons, vous me faites venir ici en pleine nuit, vous prétendez nous livrer la Chine sur un plateau, un pays de quatre cents millions d'habitants, intenable, où l'on parle plus de langues que sur le reste de la planète! Tous les dix ans, une révolte éclate et se termine dans un long bain de sang. Nous ne sommes pas fous. Si nous voulions coloniser ce pays, croyez-moi, ce serait déjà fait. Notre reine souhaite traiter avec une Chine stable et heureuse, gouvernée par le souverain de son choix.

– En l'occurrence, il s'agit d'un souverain étranger, mandchou, qui s'est imposé à la Chine et s'en est fait détester.

– Les Qing ont emprunté à l'Occident trois cents millions de taels pour payer l'indemnité de guerre réclamée par le Japon au traité de Maguan. Vous nous proposez d'abattre notre débiteur. Ce serait de l'inconscience.

– Pas s'il y a plus à gagner. En se modernisant, la Chine pourrait devenir un allié puissant et contenir les ambitions du Japon. L'empereur allemand[14] n'a-t-il pas parlé à ce sujet de "péril jaune"?

– Nous avons appris de l'expérience japonaise. C'est un jeu dangereux. Permettez-moi d'être franc: nous ne voulons pas d'une grande puissance asiatique.

– Si la Chine reste faible, elle n'aura bientôt plus rien à vous offrir.

– Les progrès se font lentement, mais ils se font. Ne soyez pas pessimiste. Le chemin de fer est en train de se construire entre Beijing et la côte. Le télégraphe est là. Les échanges s'accélèrent. L'électricité éclaire déjà des quartiers entiers de vos villes et rend la vie plus simple. Le confort auquel nous aspirons tous est en train d'arriver. Pour certains, il est même trop rapide. Il y a des mécontents. Vous risquez d'en faire trop, trop vite. Il faut travailler ensemble, à petits pas, pour construire un avenir stable.

– Nous ne sous-estimons jamais nos ennemis. Vous utilisez habilement la faiblesse des Qing pour infiltrer ce pays comme l'eau gorge une éponge; un pays assez riche pour avoir quelque chose à vous acheter, suffisamment faible pour lui imposer vos prix et vos

---

14– Guillaume II, qui régna de 1888 à 1918.

conditions. Nous aussi nous cultivons l'intelligence, et quand cela s'avère nécessaire, la dissimulation. D'autres entrepôts brûleront, monsieur. Et pendant ce temps, les Japonais qui, eux, sont capables de parler mandarin et connaissent nos coutumes auront disséminé leurs agents partout dans le pays. On dit qu'ils sont déjà dans le bureau de l'empereur. »

Le jeune Chinois se tut un instant, puis fit mine de partir.

« Bonne nuit.

– Attendez ! Ne nous quittons pas sur un malentendu. Je ne peux pas engager la Grande-Bretagne dans une guerre civile, mais je peux devenir un ami. Un grand ami. Je peux même vous fournir des armes. »

Se tournant vers le militaire, il lui emprunta son fusil pour le tendre au jeune Chinois. Le visiteur regarda l'arme de loin, sans esquisser le moindre mouvement.

« C'est un Winchester neuf, ajouta le diplomate. Une caisse sera à votre disposition demain au consulat. »

Le Chinois ne fit pas le moindre geste pour s'en saisir. Il se contentait d'observer le fusil avec intensité. Finalement, il reprit la parole :

« La Chine n'a pas choisi les Qing, mais elle peut encore choisir ses amis. C'est l'un de vos domestiques, Wang Zafei, qui vous espionne pour le compte de l'École des fleurs de prunier. Il parle et écrit l'anglais couramment, et il est sûrement déjà au courant de cette conversation. Dépêchez-vous si vous voulez l'attraper. J'enverrai chercher les armes demain, monsieur. »

Sur ces mots, le jeune Chinois salua brièvement de la tête, avec plus d'insolence que de politesse, et se dirigea vers la porte. Avant de quitter la pièce, il s'arrêta devant le paravent. Juste un instant, exactement à l'endroit où je me trouvais. J'avais l'impression de sentir ses yeux percer les panneaux, scruter mon visage et, à travers lui, mon âme. Puis il partit.

« Alors ? » me demanda Le Ventre lorsqu'il eut raccompagné son diplomate.

J'étais encore derrière mon paravent, assise sur mon siège, étonnée de tout ce que je venais d'apprendre. J'avais l'impression d'être un aveugle qui aurait recouvré la vue : Tianjin me paraissait tout petit au regard de l'univers évoqué dans cet échange. J'eus subitement une vision, si on peut appeler vision ces intuitions fugitives qui s'imposent brièvement à l'esprit le temps d'un éclair, dans un langage connu par lui seul. Je distinguais les traits d'un inconnu, mais je savais que c'était notre empereur, le jeune et malheureux Guangxu, humilié par la défaite contre les Japonais ; il n'arrivait pas à pleurer, l'échec était trop dur. Je devinais les Anglais dans son ombre, au milieu d'autres Européens, tous assoiffés, tous effrayés par la voracité de leurs voisins ; je voyais l'immense misère du peuple, les triades libres de rêver, mon marchand, l'esprit enfermé dans ses sacs d'argent, les lettrés empêtrés sous une épaisse croûte de poussière devenue plus dure que de l'argile. C'était comme si je me promenais sur la scène d'un théâtre, où tous les acteurs se seraient figés comme des statues pour que je puisse mieux les regarder et deviner l'issue du dernier acte. Je lisais à travers une trame tissée de charbon et de sang.

« Alors, qu'as-tu pensé de cet homme ? insista-t-il.

– Le diplomate étranger ?

– Non, lui, je le connais : plus fourbe qu'un sable mouvant. Je parle du Chinois. Qu'as-tu pensé de lui ?

– Lui ? C'était une femme.

– Impossible !

– N'as-tu pas remarqué sa voix ? »

Le Ventre n'avait rien contre les femmes, au contraire, tant qu'elles demeuraient à leur juste place : dans le lit, à la cuisine, à puiser l'eau, soigner les enfants ou même les adultes, dans mon cas.

Se déguiser en homme pour participer à une rencontre diplomatique, user de ruses à ses dépens, dans sa propre maison et le faire passer pour un imbécile, c'était trop. Il perdrait la face. Il ne pouvait l'envisager.

« Tu dois te tromper, affirma-t-il. C'était la voix d'un homme très jeune.

— Les triades enverraient un adolescent pour les représenter ?

— Pour leur éviter d'exposer leurs hommes forts.

— Un adolescent avec une telle assurance ?

— Élevé dans une famille puissante, habitué au pouvoir, c'est possible.

— Et tenir tête à un diplomate étranger ? Tu m'as demandé mon avis : je pense que tout est faux ; le messager, son discours, ses promesses. C'était une mise en scène. J'espère sincèrement me tromper. Mais ce que je présage, c'est un échec sans retour. »

Je ne lui laissai pas le temps de me répondre et lui souhaitai bonne nuit avant de m'en aller.

Le Ventre mit du temps à me pardonner cette soirée.

Je méditai longuement. J'avais à peine entraperçu cette femme à travers les fentes du paravent. Je m'étais concentrée sur sa voix et sur ce qui émanait d'elle. J'en avais connu, à la Maison du phénix, des concubines qui se travestissaient pour jouer au patriarche. Celle que j'avais observée ce soir-là avait dû énormément s'amuser. Non seulement elle avait de l'autorité, mais elle était initiée. J'en étais certaine, à la façon dont elle m'avait sentie et frôlée, à l'énergie qui se dégageait d'elle. Il y avait donc d'autres femmes comme moi. Je me sentais si seule, entourée de ces hommes qui croient tout savoir et ne reconnaissent une femme que vêtue d'une robe. Ils contrôlaient tout et n'agissaient pas.

Je n'avais pas d'amis véritables. J'effrayais, comme Shi effrayait à l'époque. Les autres guérisseurs que je côtoyais étaient des hommes, et ils faisaient trop de bruit pour m'inspirer confiance. Je récupérais parfois leurs patients dans des états lamentables. Il y avait sans doute d'autres femmes qui exerçaient mon métier, mais elles restaient discrètes, tradition oblige, et je ne les connaissais pas. Cette messagère m'inspira.

Moi aussi, je pouvais agir, même si j'étais une femme, surtout peut-être parce que j'étais une femme : on ne me prenait pas au sérieux, même si j'entrais dans toutes les maisons ; on ne faisait pas attention à moi, et pourtant, on m'expliquait ce qui se passait. Je comprenais plus de choses désormais que la plupart de mes compatriotes, car j'avais la vision du peuple tout comme celle des privilégiés, qu'ils soient lettrés ou marchands, tandis que ces deux extrémités ne se rencontraient jamais. Le peuple souffrait terriblement.

Sang d'encre, tout lettré qu'il était, ne pouvait le voir, car il avait une vision trop abstraite de la situation : les céréales remontaient des plaines fertiles du sud, plus vite qu'avant, les impôts arrivaient, plus prévisibles maintenant que le système monétaire était établi. Le Ventre, en bon marchand, était aveugle aussi : cette époque était la sienne, il fallait entreprendre, et personne n'y parvenait aussi bien que lui. Les traditions, en revanche, ne suivaient pas. Bateliers et coolies perdaient leurs emplois. En colère, ils se réunissaient le soir, parlaient, créaient des associations d'entraide pour se distribuer équitablement le peu de travail qui restait. Des émeutes éclataient régulièrement, on saccageait les chantiers, on refusait la construction de rails. Comme les paysans quelques années plus tôt, les pauvres des villes vendaient leurs filles les unes après les autres et n'hésitaient pas à se nourrir de vers de terre. À Yangliuqing, je ne faisais plus pondre les poules : on les avait mangées. Je venais, je distribuais ce que mes bourgeois avaient bien voulu me donner, j'écoutais, je bénissais. Il y avait trop d'incertitudes. Et les catastrophes s'enchaînaient.

L'année de la défaite contre les Japonais, un raz-de-marée recouvrit Dagu[15]. Nos fonctionnaires impuissants voyaient leur monde s'effondrer. Les missionnaires étrangers devenaient les seuls soutiens fiables, car ils avaient de quoi remplir les bouches affamées. Ils convertissaient à tour de bras. À l'étonnement général, ils firent reconstruire la cathédrale de Tianjin qui avait été brûlée l'année de ma naissance par le peuple en colère. Sang d'encre m'apprit qu'ils s'étaient même installés à Anzhou, la ville sainte de Confucius. Cette profanation était une gifle.

Le monde changeait autour de moi. Je décidai de prendre des élèves, pour les former à mon idée et les intégrer dans une structure, puisque c'était la mode. Je créai un refuge pour femmes, pour celles dont personne ne s'occupait. Beaucoup étaient abandonnées par leur famille, ou n'en avaient plus. Les filles de paysans venaient en ville, espérant trouver du travail. Certaines se prostituaient ; beaucoup volaient ; toutes mendiaient. Elles étaient livrées à elles-mêmes, sans aucun soutien. À la Maison du phénix, nous étions entre femmes. La Mère n'était pas une sainte, mais elle payait, et sa maison fonctionnait. Je voulais créer un lieu qui permette aux femmes de devenir indépendantes, de proposer de l'entraide plutôt que de la concurrence. Je ne voulais plus voir de bateaux chargés de petites filles partir pour Canton.

À Yangliuqing, un entrepôt de soie venait de faire faillite : la soie chinoise devenait trop chère à l'exportation. Faite à la main, elle ne pouvait concurrencer la soie japonaise produite en usine et à moindres coûts. Désormais, c'était celle-là qu'achetaient les Européens.

Je pris mon courage à deux mains et demandai à Sang d'encre de mettre ce local à ma disposition. Je savais que ma requête flatterait son orgueil : il désespérait que quelqu'un fasse appel à lui, n'importe qui, pour n'importe quoi, tant qu'on lui donnait de l'importance.

15– En 1895.

Pourtant, il avait un certain pouvoir, peut-être pas autant qu'il l'aurait voulu, et je voyais bien au calme qu'il avait retrouvé que ses années de vache maigre étaient sur le point de s'achever.

« Je veux fonder une école de jeunes filles. »

Il fronça les sourcils, amusé.

« Que vas-tu leur apprendre ?

— À celles qui en ont les aptitudes, mes secrets. Aux autres, je vais leur donner ce que leurs parents n'ont pas eu le temps de faire : un refuge et un modèle.

— D'obéissance et de vertu ?

— D'excellence.

— Hei'er, les triades et ces petites organisations qui s'improvisent un peu partout sont en train de nous exploser à la figure. Elles nous font peur, à nous, les fonctionnaires de l'empire. Certains gouverneurs ont même dû s'allier à ces mouvements : ils les craignent désormais plus que les Qing et les étrangers. Dans le Shandong, elles viennent de provoquer l'invasion allemande : trente paysans se sont jetés sur deux missionnaires en hurlant "Mort aux Qing et aux étrangers" et les ont assassinés. Oui, ces missionnaires étaient des violeurs et des fauteurs de troubles, mais nous savons très bien que les milices de paysans sont financées et organisées par les anciennes triades ennemies des Qing qui les poussent à se faire justice eux-mêmes. Le résultat, c'est que l'Allemagne a sauté sur l'occasion pour envahir tout le Shandong, et que l'empereur n'a pas osé l'arrêter. Alors, tu comprendras que je n'ai pas envie d'être mêlé à une organisation de soutien populaire, aussi honorable soit-elle, pour découvrir qu'elle est en fait une secte dissidente.

— Justement. Cette école ne serait pas financée par une triade, mais par toi. Tu sais que tu peux me faire confiance. Je ne suis membre de rien. Je suis juste une femme seule. Et les triades ont du succès parce qu'il manque un cadre. Cette école ne serait pas une autre secte mais une école chinoise. Je suis venue te demander une salle et des sacs de farine. C'est peu, mais c'est en ton pouvoir, et tu en sortirais gagnant. Beaucoup de veuves et d'orphelines dorment dans la rue. Donne-moi de quoi les protéger et les nourrir, juste un abri pour dormir tranquille et penser à l'avenir. Tu auras à ton service des Chinoises courageuses, éduquées, qui sauront prendre soin des traditions et de leurs enfants. C'est ce qu'ils font, les étrangers, avec leurs missions : ils s'occupent de nos orphelins. Rien qu'en baptisant les enfants abandonnés, ils font des milliers de convertis ! Si les filles avaient un lieu où aller, elles feraient moins d'enfants et les éduqueraient en Chinois. Cet entrepôt servait à stocker de la soie, produite par des femmes. Elles sont désormais privées de ces revenus. Ce n'est que justice de faire de ce lieu leur refuge. »

Sang d'encre se laissa convaincre. Il me fit remettre les clés de l'entrepôt. Je connaissais de nombreuses veuves désœuvrées à Yangliuqing, mises à la porte par les propriétaires de leur logis parce qu'elles ne pouvaient plus payer leur loyer. Ce sont elles que j'installai en premier.

Le premier soir, elles dormirent par terre, avec leur marmaille, épuisées par le désespoir. J'obtins des vivres du Ventre, toujours heureux de distribuer ses largesses. Elles cuisinèrent, vendirent des petits pains sur des étalages improvisés. Je les envoyais dans les rues repérer les jeunes filles qui mendiaient pour leur proposer de s'installer avec nous. Peu à peu, le refuge prit forme. Les dortoirs s'organisèrent, les plus âgées imposaient leur autorité aux plus jeunes. Mais le lieu gardait des allures de taudis.

Je décidai d'en faire quelque chose de beau. C'était la première leçon : la pauvreté est une fatalité, pas la laideur. La beauté est un choix, et elle vient de l'intérieur. Elle se travaille, par le soin que l'on prend de son corps et des objets qui nous entourent autant que de son âme. Une belle personne est simplement quelqu'un qui a de belles pensées, et il est beaucoup plus simple d'avoir de belles pensées dans un lieu agréable. C'est une loi universelle : on reçoit ce que l'on donne.

Je fis travailler les filles à récurer les sols et poncer les murs de bois. Je voulais les repeindre. Traditionnellement, on met du rouge sur les bâtiments pour porter chance : le rouge, c'est la joie, la vie, la chaleur. C'était la couleur d'origine des volets. Mais quelque chose me gênait : ce rouge était trop traditionnel, justement. Je ne voulais pas que mes filles tombent dans des rêves de mariage et de maternité. Le palanquin, le banquet et tout son cortège d'artifices, elles n'en verraient jamais la couleur. Le bonheur et la chaleur, elles ne les avaient jamais connus, et je ne pouvais pas le leur promettre. Personne ne le pouvait.

Pour elles, ici, il y aurait l'entraînement, car je ne l'avais pas dit à Sang d'encre, mais je comptais bien les mettre au cirque : que pouvais-je leur apprendre d'autre pour gagner leur vie ? Un entraînement rude pour occuper les corps et la vérité nue pour se former l'esprit, c'était tout ce qu'elles auraient pour se construire une vie sans illusion. Je devais les armer contre un destin amer ; le rouge dans ce contexte me paraissait criard et faux. J'hésitais pourtant : ce lieu était un refuge, et ces filles abandonnées avaient aussi besoin de racines. À défaut de famille, elles avaient des traditions. Le rouge en faisait partie. J'hésitais toujours, quand, en détachant le panneau de bois de la porte d'entrée pour le poncer, une fille fit apparaître la poutre d'origine sur laquelle était sculpté un lotus peint en jaune.

L'esprit du lieu nous offrait ses symboles ; c'était mieux qu'un accueil, c'était un appel. Lotus était le nom que j'avais choisi dans la Maison du phénix, pour en faire ma devise et m'élever hors de la boue ; le jaune, c'était le rayonnement de la matière. Ce n'était pas l'or, réservé aux grandes occasions et aux grands personnages, comme celui de la courtisane que j'avais été : Lotus d'or gagnait des centaines de taels par mois. Le jaune fait partie de la réalité quotidienne, il est accessible. Je tenais un modèle, et le nom de mon école.

Une fois la maison récurée de fond en comble, son vieux bois brillant et rajeuni, ses pièces rafraîchies, je fis installer un jardin dans la cour. Les paysannes tombaient à point : je n'y connaissais rien, et mes vieilles porteuses d'eau non plus. Mais nous avions besoin de légumes, de fruits, même si ce ne serait pas pour cette année. Je leur fis briser les pavés pour retrouver la terre et la ratisser, semer ce qu'elles pourraient le moment venu. Ce jardin ne devint vraiment joli que l'année suivante. Néanmoins, il contribua à la réputation de l'école : des visiteurs demandaient à s'y promener. Certains espéraient peut-être simplement apercevoir une jeune fille au détour d'un arbuste. En vérité, la plupart venaient profiter de l'ombre et du parfum des fleurs pour flâner, car ce lieu était l'exemple vivant que l'on pouvait faire beaucoup avec peu.

Quant à moi, je ne me suis jamais installée au Lotus jaune : j'avais ma barque, que j'amarrais sur le quai devant l'école. J'aimais ma solitude. Je pouvais me rendre rapidement dans les beaux quartiers pour écouter les angoisses de Sang d'encre et les projets du Ventre, mes deux consultants les plus assidus. J'en ramenais de l'argent, des aumônes pour l'école et de la nourriture.

Le Lotus jaune, c'était mieux qu'un rêve devenu réalité. C'était un cauchemar qui se transformait en conte de fées. Je pus enterrer définitivement le fantôme de Feng : l'école lui était dédiée, ainsi qu'à toutes les petites filles qui se transformaient en bourreaux parce qu'on leur avait fait passer en force les étapes clé de la vie. Elles avaient désormais un lieu où grandir en sécurité.

Je pus accueillir une centaine de jeunes femmes, entassées par quinze ou vingt sur des paillasses, encadrées par les doyennes. Une discipline de fer y régnait : au moindre larcin, on les renvoyait. Aucune n'était payée ; si elles trouvaient un travail, elles repartaient. Ici, elles pouvaient vivre en rendant service. Elles jardinaient, préparaient des nouilles, lavaient du linge, faisaient le ménage, cousaient des vêtements avec les chutes de fil et les vieux habits que je collectais pour elles à Houjiahou. Le matin, avant mes rendez-vous et en fin de journée, je leur faisais faire de la gymnastique. Comme nous n'avions plus de cour, je les mettais en rang sur le quai, et je leur apprenais les bases : étirements, gainage, quelques figures simples ; je fis installer un mât pour qu'elles s'exercent à grimper. Comme un public commençait à se constituer, des hommes pleins de concupiscence, des femmes débordantes de jalousie, je fis tourner les chapeaux pour que les artistes improvisées soient rétribuées. Le public changea. Au bout de deux ans, je pus produire un spectacle digne de ce nom. Les vraies écoles de cirque venaient parfois y assister et embaucher mes élèves.

Elles n'étaient pas toutes pourvues d'un talent exceptionnel, mais ces exercices les embellissaient et leur donnaient confiance en elles. Ils me permettaient aussi d'apprendre à les connaître, car je voulais former parmi elles quelques guérisseuses, juste quelques-unes, que j'initierais lentement.

J'avais détesté le mysticisme aveugle de mon père. Aussi, je tenais à leur donner un enseignement pratique, où les filles apprendraient avant tout le bon sens. Les esprits n'aiment pas plus les idiots que nous, ni les orgueilleux. Ils aiment la joie et la sagesse.

Je faisais méditer toutes ces filles, avant et après les exercices physiques, pour leur apprendre à être à l'écoute de leur conscience, à observer ce qu'il se produisait en elles, à s'en détacher. C'est dans cette paix intérieure que je découvrais mes disciples. Je leur montrais le chemin, j'ouvrais les portes, mais c'était à elles de les franchir, et ce n'était pas facile : elles avaient un parcours souvent douloureux, jalonné par l'abandon, la faim, la violence parfois, même si elles n'en parlaient jamais.

Elles se retrouvaient au Lotus jaune par hasard plus que par choix, à faire un peu semblant de grimper sur des mâts pour passer le temps alors qu'elles avaient le cœur gonflé de ressentiment ; je le sentais, parce que moi aussi j'avais haï ce monde à leur âge. Je me rendais compte, en les côtoyant, à quel point ces émotions les parasitaient, les alourdissaient. Il fallait les alléger si je voulais leur apprendre quoi que ce soit. Je les soignais. C'était une tâche titanesque, elles étaient si nombreuses. J'allais vite, et dès que cela fut possible, je confiai cette tâche à mes jeunes disciples.

On sut bientôt qu'il existait un lieu où les jeunes filles pouvaient s'instruire. On remarquait leur beauté, et que l'endroit était bien tenu, bien cadré. Quand on avait du travail à offrir à une fille honnête, propre et gracieuse, on s'adressait au Lotus jaune. Mes élèves avaient de nombreuses compétences : toutes celles qui savaient faire quelque chose l'enseignaient aux autres, que ce soit la danse, le chant, le jardinage ou la cuisine.

Nous avions même un petit pigeonnier improvisé. Une mère et sa fille, parmi les premières pensionnaires du Lotus jaune, avaient apporté deux couples, rescapés comme elles de la faillite du père, dont l'élevage de pigeons voyageurs avait été le gagne-pain. Il n'avait pas vu venir les trains à vapeur et le télégraphe : plus personne n'avait acheté ses oiseaux. Le père avait commencé par les manger, sans pour autant trouver de quoi payer ses dettes. Il s'était suicidé, laissant sa femme et sa fille se débrouiller avec ce qu'il restait de leur vie. Elles avaient fini au Lotus jaune.

Elles insistèrent pour garder leurs oiseaux, qu'elles couvaient jalousement dans les manches de leurs chemises.

« Comment voulez-vous que je nourrisse ces animaux ? Je n'ai même pas assez de riz pour toutes les élèves !

– Justement, nous pourrons les manger s'ils se reproduisent. Ce sont des créatures très douces, elles feront du bien aux autres. Ma fille ne s'endort qu'avec son pigeon contre elle, ça la rassure. Laisse-les-nous, sainte mère, c'est tout ce qu'il nous reste de notre ancienne vie. »

Je cédai. Et effectivement, rien ne rassurait tant les jeunes orphelines traumatisées que de nourrir ces oiseaux qu'elles caressaient comme des bébés, en déployant tendrement leurs ailes soyeuses pour mieux les lisser. Comme eux, elles s'installaient ici, et retrouvaient les gestes simples de la vie. Moi aussi, je me mis à aimer ces oiseaux affectueux, capables de braver tous les dangers pour revenir fidèlement au nid.

Les pensionnaires du Lotus jaune savaient donc bêcher, cuisiner, nager, pêcher, s'occuper d'enfants. Elles fabriquaient des lanternes de papier qu'elles vendaient devant l'école. La plupart parvenaient à trouver assez rapidement une place ailleurs. Souvent, elles restaient juste le temps de reprendre leur souffle. Elles s'associaient entre elles pour ouvrir un petit commerce, vendre du thé sur les chantiers ou y porter de l'eau. La réputation de l'école grandit. Moi aussi j'avais créé un appel d'air. Le charme opérait et attirait à nous ceux dont nous avions besoin.

Chan, mon amie coiffeuse, aimait se promener dans le jardin. Elle repérait aussi les filles les mieux nourries pour leur proposer de vendre leurs cheveux : la demande en belles perruques ne cessait de croître, avec tous ces marchands qui s'enrichissaient et essayaient de bien marier leurs filles ou de montrer qu'ils honoraient leurs mères mieux que les lettrés. Chan aussi profitait de la modernité.

« C'est magnifique ce que tu as fait, Hei'er, me dit-elle un jour. Mais regarde tes élèves : elles sont en haillons. Comment veux-tu qu'on les prenne au sérieux ? Il leur faut un uniforme.

– J'arrive à peine à les nourrir, je ne peux pas les habiller. Nous vivons de charité, ce n'est un secret pour personne. Leurs futurs employeurs devront se satisfaire de la réputation de l'école.

– Je te parle de leurs cheveux, pas de leurs vêtements. »

Chan se mit en tête de leur créer une coiffure. Elle y passa l'après-midi, fit des essais, apprit à celles qui étaient intéressées différentes techniques de tresses. Le soir, elles étaient assorties, toutes nattées de la même façon, un ruban rouge courant le long d'une mèche. Chaque semaine, elles changeaient de coiffure, deux tresses la raie au milieu, en couronne autour du visage, et même, au grand dam de Sang d'encre qui avait envoyé ce jour-là ses serviteurs livrer des sacs de farine, un chignon traditionnel d'homme, celui que les Hans portaient avant que les Mandchous imposent leur longue tresse derrière un front rasé. Furieux, Sang d'encre avait cessé ses aumônes pendant un mois. Pour se moquer de lui, les filles s'étaient alors rasé le front et laissé pousser la tresse mandchoue, réservée elle aussi aux hommes. J'étais fière de leur indépendance d'esprit et de leur sens de l'humour – même si j'avais besoin de ces sacs de farine. J'étais déjà devenue politique. Alors, j'exigeai qu'elles portent un foulard sur ces mèches scandaleuses, tout en les laissant faire. Chaque jour, on pouvait ainsi voir une centaine de filles habillées de fripes recousues, toutes peignées de la même façon et à la perfection, exécuter des mouvements de danse acrobatique en rythme sur les quais, toujours plus souples, toujours plus coordonnées, toujours plus belles. On commença à les imiter au point que certaines de mes élèves installèrent des petits bancs devant l'école et proposèrent aux passantes de les coiffer pour dix pièces de cuivre. Il en venait tous les jours. Chan prit deux apprenties parmi mes élèves.

Et puis il y eut Fine.

Elle arriva par une nuit d'hiver, en palanquin, sur ses petits pieds déformés. Il y avait peut-être cent familles assez riches à Tianjin pour bander les pieds de leurs filles, et dix assez cruelles pour l'imposer à plus d'une de leurs enfants. Sans aucun doute, elle faisait partie de ces élues destinées à être confinées toute leur vie dans leurs appartements, sans bouger, déplacées seulement par des serviteurs comme des pots de fleurs. Elle ne voulait parler qu'à moi : les autres l'auraient mise dehors, car les pauvres détestent les riches.

On me réveilla en pleine nuit, sur ma barque, pour la recevoir. Ce n'est qu'une fois seule devant moi qu'elle accepta de découvrir son visage. Elle devait avoir seize ans et était depuis peu la veuve d'un haut fonctionnaire qui l'avait épousée en sixième noce. Sa famille insistait pour qu'elle se suicide. Elle était fille de lettré, épouse de lettré, et connaissait son devoir : une veuve noble suit dignement son époux dans l'autre monde.

« Je l'aurais fait par amour, si je savais ce que c'est. Je l'aurais même fait par honneur. Mais on me le demande parce que l'argent manque. Ça, non. Quand on marie une fille à un homme qui a cinq fois son âge, la moindre des courtoisies serait de vérifier qu'il y a assez d'argent pour assurer sa subsistance. Alors, me voici. Je vous demande humblement le refuge que vous accordez aux autres filles de cette ville. »

Elle avait pris ses bijoux, quelques bibelots raflés à la hâte, et s'était fait déposer devant le Lotus jaune par un porteur à qui elle avait donné trente pièces d'argent pour qu'il disparaisse à jamais. Elle avait brûlé tous les ponts derrière elle.

« Pourquoi ne pas vous installer quelque part où vous seriez indépendante, dans une petite maison à la campagne, par exemple ?

– Ils me retrouveraient. Seule, je suis perdue. Ici, ils ne viendront pas : ils ne savent même pas que les pauvres existent, et quand bien même, ils n'oseraient pas entrer dans un tel lieu. Ils auraient trop peur de perdre la face. Vous êtes ma seule chance.

– Les autres filles ne vous accepteront jamais. Vous serez toujours différente d'elles. Le fossé qui vous sépare est trop grand. Elles jalouseront vos manières et votre statut.

– Je ne leur demanderai pas de m'accepter ; j'enterrerai mes manières avec mon passé. Je me rendrai utile, je ferai mes corvées, comme les autres.

– Avec vos pieds bandés ?

– On dit que vous pouvez tout guérir. »

J'observai ses mains. Elle avait coupé ses ongles courts, récemment, alors que ses semblables laissent au moins ceux de l'auriculaire et de l'annulaire pousser sans fin, et les protègent d'un étui d'or. Elles ne peuvent alors plus ni se laver ni s'habiller seules. La tradition leur impose de façonner leurs corps afin de bien montrer à tous qu'elles ne font aucun geste : une armée de serviteurs y veille. C'est l'esthétique du grand palanquin doré, un gage de statut social, le pari de tenir son rang toute sa vie, ou d'en mourir. On dit que les princesses mandchoues, à qui on ne bande jamais les pieds, ne se privent pas pendant leurs promenades d'humilier leurs suivantes hans en les faisant descendre du palanquin où elles sont confortablement installées ; alors, elles forcent un peu l'allure pour obliger ces dames à courir sur leurs pieds déformés, histoire de leur rappeler qui est le maître. La société nous polit sans doute. Elle nous brise, aussi.

« Tu veux ta chance, je te la donne. Tu paieras ton loyer, ta nourriture, et mes soins, le temps que tes pieds guérissent et que tu puisses travailler comme les autres. Tu risques d'avoir très mal. Ce que tu m'as confié ce soir restera entre nous, personne ici n'a besoin de justifier ses origines, mais il te faut un nom. Comment t'appelles-tu ?

— Fine. Plus fine qu'un rayon de lune. Dans mon enfance, mes sœurs m'appelaient Fine Mouche. Tout le monde autour de moi a pris le pli, mais ce n'était pas assez sophistiqué, d'où le rayon de lune. Fine, c'est très bien. Merci du fond du cœur. Vous ne regretterez pas de m'avoir accueillie. »

Elle retira les bandelettes qui serraient ses pieds, les jeta au fleuve, et se mit dans un coin. Je craignais que les autres ne la mettent en pièces. Or, Fine était exactement ce que j'attendais : la possibilité de faire se rencontrer différentes classes sociales. Les hommes en étaient incapables, mais des femmes, dans un lieu comme celui-ci, le pouvaient, surtout une femme comme Fine. Elle sut s'imposer par son courage. Jamais elle ne se plaignit, alors que la douleur de ses pieds qui reprenaient leur forme la tenait clouée, le front perlé de sueur, les traits tirés. À celles qui cherchèrent à la provoquer, je ne sais pas ce qu'elle dit, mais elles ne recommencèrent plus. Fine non plus n'avait rien à perdre.

Quand ses pieds guérirent, elle travailla comme les autres et, très vite, enseigna ce qu'elle savait faire : produire et tisser de la soie, danser avec ses mains, composer des poèmes et des bouquets de fleurs, dessiner, écrire un peu. Elle était notre intellectuelle. Elle avait même emporté avec elle, cachés dans les plis de ses robes, des rouleaux du *Yi Jing*.

« Permets-moi de les conserver, me dit-elle. Si nous les vendions, je serais immédiatement identifiée, et l'école aussi, comme complice d'un vol : cet exemplaire est unique, il a été illustré par mon mari.

– Je croyais que tu avais enterré ton passé avec ton mari ?

– Personne n'enterre le *Yi Jing*. Écoute comme c'est beau. »

Fine ouvrit un rouleau au hasard, et me lut un passage : « On peut changer la ville mais on ne peut pas changer le puits. Il ne diminue ni n'augmente. Ils vont, viennent et puisent au puits. Si l'on est presque arrivé à l'eau, mais que la corde n'est pas encore entièrement descendue ou que la cruche se brise, cela apporte l'infortune.[16] »

Le puits, à nouveau. Le puits qui me hantait depuis mon initiation, depuis que Shi m'avait imposé son image, dès notre première rencontre, avec insouciance, alors que nous le savions, elle contenait mon destin tout entier. Fine remarqua mon trouble.

« Les tirages ne m'intéressent pas, reprit-elle tranquillement. Je n'en fais jamais. Je soupçonne les vieux singes qui les pratiquent d'être tellement empêtrés dans leurs raisonnements qu'ils ont besoin de compter et recompter leurs baguettes six fois pour enfin perdre

---

16– *Yi King : Le Livre des transformations*, traduction de Richard Wilhelm et Étienne Perrot, éditions Médicis, 2013, p. 699.

le fil et laisser l'intuition reprendre le dessus. Et les pièces de monnaie, franchement, c'est sale, tout le monde les prend dans sa main. Comment peut-on se laisser guider par son énergie intérieure dans cette crasse ? Non, moi, j'ouvre un rouleau au hasard, de mes blanches mains, et je lis. J'ai toujours de bonnes surprises, moins sur la connaissance de l'avenir que sur celle du monde. Ce soir, c'est le puits. C'est amusant, il y a très peu d'objets concrets dans le *Yi Jing*. Le puits et le chaudron, c'est tout. Et c'est justement l'un de ceux-là qui vient nous parler ce soir. Passons au commentaire maintenant : "Les formes politiques changent, mais la vie des hommes avec ses exigences demeure la même. Cela ne se laisse pas modifier. Cette vie est également inépuisable. Elle ne s'amoindrit ni n'augmente, et elle existe pour tous."[17] »

Shi m'avait révélé mon destin, sans me donner la clé pour le comprendre. Je ne la recevais que ce soir-là. Je demandai à Fine de me relire le passage plusieurs fois, jusqu'à le connaître par cœur.

Les puits cessèrent de me faire peur : je savais désormais que l'infortune viendrait, et que je n'y pourrais rien. Si la cruche se brise, ou que la corde n'est pas assez longue, qu'y peut le puits ? J'étais là, malgré la société qui avait tout fait pour me broyer, vivant d'ésotérisme dans un monde qui ne rêvait que de charbon et de machines à vapeur. J'étais là. J'avais trouvé ma place. Je n'étais pas la source, j'étais le puits. J'étais l'accès, immuable, et j'étais là pour tous, les riches comme les pauvres, les hommes comme les femmes. Et je ne bougerai pas. Je ne serai jamais le soleil à midi, comme je l'avais tant espéré enfant ; espéré, désiré et exigé, au point de laisser ma meilleure amie se briser les jambes. Ce ne serait pas pour moi. On m'offrait l'obscurité, et la promesse d'étancher la soif de ma ville.

Fine devint une grande amie, et l'une de mes élèves les plus assidues. Bien entendu, il ne fut jamais question de vendre le somptueux *Yi Jing* qu'elle avait emporté malgré le dégoût que lui inspirait

---

17– *Ibid.*, p. 700.

la main de son mari. Le livre n'aurait jamais supporté d'être séparé d'elle, et nous, des lectures qu'elle nous en faisait. J'avais demandé au ciel de la compagnie, j'en avais reçu. J'étais prête désormais, j'étais établie, reconnue, et j'avais le soutien d'un groupe auquel je m'identifiais. Les dieux pouvaient me livrer en pleine figure ce à quoi ils me destinaient : accueillir l'infortune. Je m'y prépare depuis ce jour-là, voilà déjà trois ans.

Les murs humides du cachot où je suis enfermée depuis quelques jours ne sont ni une surprise, ni une condamnation, mais une quittance des dieux. Je sais qu'ils veillent sur moi, et m'attendent ici depuis tout ce temps.

) 10 (

L'impératrice

Sang d'encre était déjà moins anxieux. De consultation en consultation, il était sorti de son abattement et avait ouvert les yeux sur le monde qui l'entourait. Plutôt que de s'y opposer, il s'y était glissé comme l'eau dans les gorges montagneuses, une image qu'il tirait du *Yi Jing* et qu'il aimait me répéter. Il voulait comprendre le chemin, sans perdre son cœur, et encore moins son statut. Je me demandais lequel il choisirait si la vie le mettait vraiment au pied du mur.

La majorité des lettrés se laissait corrompre, et perdait tout prestige auprès de la cour et du peuple, la minorité luttait avec aigreur contre les réformes. Tous tentaient de sauver les meubles. Sang d'encre, lui, faisait de son mieux. Il organisait la modernisation de Tianjin, contrôlait ce qui était accompli, sanctionnait les crimes, limitait les dégâts. Reconnu comme un homme efficace, il monta en grade et continua à me faire confiance — malgré les insolences de mes élèves, ou peut-être à cause d'elles : nous avons tous nos paradoxes.

Il était donc plus influent, plus serein, mais toujours tourmenté — moins par sa carrière désormais que par les problèmes inédits que rencontrait le pays. Il me les racontait, bien que les crises politiques à venir ne l'aient pas concerné directement — pas à cette époque, en tout cas. Sang d'encre analysait et anticipait. Il voulait tisser l'avenir, s'achetait des yeux et des oreilles partout, dans tous les palais de Chine, et recoupait ce qu'on lui apprenait. Il avait un don pour saisir l'important. Je crois qu'avec sa finesse et sa capacité d'écoute, Sang d'encre aurait été un merveilleux médium. Si j'avais eu le temps, et s'il s'était laissé convaincre, j'aurais eu plaisir à le former. Il aurait peut-être passé son temps à tirer des oracles pour connaître le futur au lieu de vivre au présent, mais il l'aurait fait avec talent.

Il était terriblement gêné par le comportement des dignitaires qu'il admirait tant.

« Le comte Li, tu sais le grand homme de la Chine, celui qui a reçu une plume de paon… eh bien, il a accepté un demi-million de taels de la part des Russes pour signer le traité qui leur octroie Port-Arthur, alors que c'est lui qui avait négocié l'accord secret. Le fameux accord qui les obligeait à nous venir en aide en cas d'agression étrangère. Et tu sais ce que le comte Li a dit à un autre ministre ? "Il n'y a pas que vous ou moi qui allons être détruits. Nous allons tous sombrer ensemble." Que veux-tu faire ? Cet homme incarnait la grandeur de la Chine, il était l'exemple. C'est comme s'il disait aux lettrés : dépêchez-vous de prendre ce que vous pouvez, car la fête est bientôt finie. C'est à celui qui empochera le plus, le plus vite. Personne ne s'en cache plus désormais. »

Si les quelques lettrés bien en vue des Européens profitaient de la situation, il n'en allait pas de même pour le peuple. À Port-Arthur, les Russes voulurent lever un impôt : deux mille paysans attaquèrent le bureau de collecte. Ce fut un massacre. Dans la foulée, le fleuve Jaune sortit de son lit et inonda les plaines. Les paysans qui survécurent mangèrent de l'herbe. Et les Japonais refusèrent le délai que demandaient nos diplomates pour payer les indemnités de guerre.

Le trône était impuissant à protéger ses sujets. Démunis, il ne leur restait plus qu'à rallier les sociétés secrètes, de plus en plus nombreuses, de plus en plus incontrôlables. Toutes pratiquaient les arts martiaux dans la plus pure tradition des moines taoïstes. L'une d'elles en particulier faisait parler d'elle : le Poing de la justice et de l'harmonie. Elle menait le combat à la place de son souverain, et contre lui. Mais la lutte était inégale : on ne pourrait chasser à coups de bâton ni les Allemands du Shandong ni les Qing de leur trône.

Alors, ses chefs changèrent de stratégie. Ils jugèrent qu'il valait mieux s'allier au pouvoir en place. Pour se donner une légitimité, leur slogan qui était au départ « Mort aux Qing et aux étrangers » devint « Soutenir les Qing, détruire les étrangers ». Ils montraient à la dynastie qu'ils étaient de son côté, face à un ennemi commun. Et ils attaquèrent de plus belle les convertis.

Sang d'encre, lui, ne s'intéressait pas au peuple – ni personne, d'ailleurs, et c'était bien le problème. Il était trop fasciné, et un peu effrayé, par les grandes réformes qui étaient en train de transformer le pays. Il lui fallait des idées, des concepts avec lesquels jouer ; pas des ventres vides, c'était trop trivial pour lui. L'écart ne cessait de se creuser entre les hommes comme lui, et ceux qui erraient dans les rues à la recherche d'un emploi journalier, espérant seulement manger ce jour-là.

« L'empereur a fondé une université à Beijing. Des étudiants chinois sont envoyés à l'étranger, pour découvrir le monde moderne. La Chine change. Même le concours des fonctionnaires évolue : désormais, les aspirants sont interrogés sur des questions économiques ! »

Oui, la Chine évoluait. Elle devenait le centre d'opportunités gigantesques. La banque russo-chinoise doubla ses dividendes. Le Ventre, qui y avait investi des fonds, n'en finissait pas de se frotter les mains. Et l'empereur reprenait confiance en lui. Ses sujets mouraient de faim, ils se révoltaient. Il avait cédé tous les ports stratégiques aux Occidentaux, et les fonctionnaires les plus compétents le méprisaient. Malgré tout, il régnait, et pouvait voir loin grâce à un nouveau conseiller : le jeune Kang[18].

« Les étrangers ne jurent que par lui, m'expliquait Sang d'encre. Ils sont bien naïfs. Kang leur fait miroiter les réformes qu'ils attendent depuis longtemps et écarte les vieux fonctionnaires hostiles aux changements. Il réserve les postes clés à ses amis, c'est-à-dire les plus offrants. Il est devenu riche à crever. Les dignitaires riraient de l'énormité de cette corruption si la situation n'était pas aussi dramatique : Kang fait la pluie et le beau temps dans la Cité interdite. Les Européens ont l'impression qu'il est moderne, qu'il est de leur côté. En réalité, il les manipule, comme l'empereur qu'il flatte de façon éhontée en lui chantant que son règne est formidable. Que les dieux nous viennent en aide, l'empereur est assez idiot pour le croire, et Kang assez culotté pour le lui répéter en boucle. Kang a notamment le projet de créer un organe consultatif, un peu comme le Parlement des Britanniques.

– Ne serait-ce pas un fantastique pas en avant, pour le peuple, mais aussi pour un lettré comme toi ? N'en as-tu pas assez de trembler face à un empereur incontestable ?

– Jamais face à lui : nous rampons front au sol et ne levons jamais les yeux sur lui. »

Je me demandais si une telle rencontre s'était déjà produite. Il m'en aurait parlé si c'était le cas ; il devait s'y préparer et se régaler d'imaginer cette scène : lui, l'empereur, le trône, la soie dorée et les dignitaires graves qui l'admireraient d'être ainsi comblé d'honneurs. Je me retenais de sourire, et pensais à mes propres rêves d'adolescente, en costume à paillettes sur des mâts vertigineux. Les dieux doivent souvent sourire en nous écoutant rêver.

« Tu as raison toutefois, je serais assez séduit par la mise en place de cet organe. Le problème, c'est que cet homme fait trop de bruit pour être crédible. Je ne serais pas étonné qu'il brigue pour

---

18– Voir page 356.

lui-même les pleins pouvoirs ; et il est vraiment très proche des Japonais, qui proposent par son biais une étrange alliance : "Une culture, un peuple." Tu te rends compte ? Ce serait une pure et simple annexion. Kang a même prévu d'engager l'ancien Premier ministre japonais comme conseiller, pour l'aider à protéger la Chine des étrangers. Quelle douce attention ! Tous les vice-rois s'y sont opposés, mais l'empereur n'écoute que Kang. Cet homme va provoquer un désastre. Quel étrange homme politique, inapte au secret, qui se fait des ennemis de tous ceux qu'il écarte du pouvoir.

– Ne me disais-tu pas qu'il est jeune ? La jeunesse est souvent maladroite ; et indiscrète. Les réformes qu'il propose ne sont-elles pas un espoir pour la Chine ?

– Tu veux devenir japonaise ?

– Non. Mais peut-être que Kang cherche au Japon un soutien qu'il ne trouve pas ici. Que penses-tu de ses réformes ?

– Si elles venaient d'un autre que lui, c'est une question que je me poserais. Mais cet homme est la preuve vivante que notre système est complètement perverti. Comme l'empereur concentre tous les pouvoirs, son seul soutien suffit à Kang pour faire ce qu'il veut. Tous les fonctionnaires savent que s'ils souhaitent être promus, et c'est le seul sujet d'importance pour eux, ils doivent passer par Kang. Qu'ils adhèrent ou non à ses idées. Il est si rusé que tout le monde l'appelle "le renard". Et tout le monde trouve ça normal, que ce bel esprit qui fait rêver l'empereur ne soit qu'un opportuniste prêt à livrer son pays aux Japonais. Heureusement, il reste des hommes de principes, et je veux en faire partie. »

L'intégrité était la bête noire de Sang d'encre, son maître et son poison. Il avait tout le temps ces mots à la bouche : les principes, l'éthique, la vertu et Confucius, des mots qui lui servaient de cape pour se faufiler dans l'ombre. Il n'en était même pas conscient. Je savais que le jour où nous soignerions ce mal, Sang d'encre serait sauvé. Mais je ne pouvais pas lui en parler aussi directement. Je l'aurais brusqué, et je l'aurais perdu.

Ce n'est pas l'intégrité qui se mit en travers du chemin de Kang le renard, mais la vieille impératrice douairière Cixi.

J'étais fascinée par elle, en bien comme en mal. Sang d'encre m'en parlait souvent, et l'admirait autant qu'il la détestait. À plus de soixante ans, cette femme pouvait encore faire trembler d'un mot toute la Cité interdite.

« Un diplomate européen aurait même dit qu'elle était le seul homme de la Chine. C'est une insulte, bien sûr. Mais il faut reconnaître qu'elle en impose. »

Cixi n'avait été qu'une simple concubine du temps de l'empereur Xianfeng, celui qui n'avait pas su essuyer de ses larmes les guerres de l'opium. Le seul mérite de cette femme à cette époque était d'avoir donné la première un fils à l'empereur. Mère de l'héritier, elle aurait dû passer sa vie dans le luxe et les soins attentionnés d'eunuques, sans lire le moindre rapport, la gouvernance étant réservée aux hommes. Mais à la mort de Xianfeng, le pays était sinistré. L'empire se retrouvait entre les mains d'un enfant qui avait besoin d'un régent. Personne n'avait assez de légitimité pour assumer cette position, ni les lettrés qui n'étaient pas de la famille impériale, ni les princes mandchous, incapables de mater la révolte des Taiping.

J'avais entendu parler de ce mouvement, sans savoir exactement ce qu'il s'était passé. Sang d'encre me l'expliqua, comme le reste.

« La révolte des Taiping est une guerre civile qui a duré une quinzaine d'années et fait plus de morts que toutes les guerres connues. Des Chinois menés par une sorte de messie ont créé leur propre royaume, au milieu du pays, en prônant l'égalité des sexes, l'abolition de la propriété privée et toutes sortes d'idées extravagantes. Ils avaient même interdit l'esclavage et la prostitution. »

Je ne dis rien mais je n'en pensais pas moins : si j'étais née cinquante ans plus tôt, j'aurais accueilli ces idées à bras ouverts.

« Les princes Qing partirent en guerre contre ces rebelles, continuait Sang d'encre, équipés de leurs armes traditionnelles, des arcs et des épées, comme au temps de la gloire de leurs ancêtres partis à la conquête de l'Empire chinois deux siècles plus tôt. Encroûtés qu'ils étaient dans leurs palais, ils ne savaient même plus s'en servir, surtout face à des adversaires qui n'avaient rien à perdre et tout à gagner. Et il faut aussi reconnaître que des révoltes paysannes éclataient les unes après les autres en ce temps-là. Les militaires les plus compétents avaient déjà été envoyés ailleurs ; il ne restait que les deuxièmes choix.

– Pourquoi ne pas se soucier du peuple, alors, puisqu'il peut provoquer des guerres ? Si ce n'est par altruisme, au moins pour la stabilité de l'empire !

– L'Histoire est une succession de crises. L'équilibre n'existe pas. Du reste, je me sens beaucoup plus serein maintenant, d'avoir compris que mes ancêtres eux-mêmes vivaient des événements qui leur paraissaient insondables, comme le soulèvement des Taiping. Plus ou moins chrétiens, ils étaient soutenus par les étrangers. Bref, d'erreurs en malentendus, le conflit prit des proportions titanesques sans que les princes mandchous n'en viennent à bout. C'est justement l'impératrice qui a réussi là où tous ont échoué, au bout de quinze années de conflit, en demandant à un aventurier américain[19] de lui créer une armée à l'occidentale pour liquider les Taiping. Et il l'a fait. C'est le grand talent de Cixi : elle sait s'entourer. Mais la révolte des Taiping, ce n'est pas seulement vingt millions de morts. C'est l'enterrement irrévocable de la splendeur des Qing. Ils n'ont jamais

---

19– Frederick Ward (1831-1862) fonda pour Cixi « L'Armée toujours victorieuse », constituée de mercenaires occidentaux et de Chinois qu'ils formèrent dans le but de liquider la révolte des Taiping. C'est grâce à son intervention que la dynastie Qing put venir à bout de cette guerre.

retrouvé leur prestige depuis l'humiliation de leurs princes par les Taiping. La dynastie survit, grâce à Cixi, mais elle reste à l'agonie.

— Comment se fait-il qu'elle règne ? demandai-je. Le pouvoir n'est-il pas traditionnellement confié à des hommes ?

— Elle a su se faire une place au moment de la mort de Xianfeng. Elle était la mère de l'empereur, un jeune enfant encore ; cela ne lui donnait aucun rôle politique. Certains racontent qu'elle a volé les sceaux impériaux pour s'imposer. J'en doute. Nous adorons les histoires de tricheurs et de voleurs, peut-être parce qu'ils nous font espérer que nous aussi, sur un coup de chance, nous pourrions devenir tout-puissants. En réalité, quand il a fallu trouver un régent, personne n'était assez crédible pour être accepté de tous ou assez fou pour se risquer à régner sur un sable mouvant. Cixi a insidieusement laissé entendre aux conseillers qu'elle et l'impératrice en titre, la veuve de Xianfeng, pourraient faire l'affaire, juste le temps que les princes organisent leurs alliances. Ce temps a duré presque quarante ans, et rien n'a délogé Cixi du pouvoir : ni la mort de l'impératrice en titre, ni la majorité de son fils, ni la mort de ce dernier, ni le choix d'un nouvel héritier. Ça, ça me gêne. Elle sait s'entourer des meilleurs conseillers, mais a échoué à nous former un empereur, alors que c'était la seule chose qu'on lui demandait. Regarde l'actuel, Guangxu ! Une girouette, allant dans le sens du plus fort, alors que ce devrait être lui, la force ! Et Cixi ne respecte pas les lois : en désignant un héritier parmi les fils de sa sœur, elle aurait dû céder la régence. Elle s'arrange pour prendre des empereurs trop jeunes, à des parents qui lui doivent tout, pour en faire ce qui l'arrange, elle. Elle ne montre pas l'exemple. Alors que c'est justement le rôle de ceux qui gouvernent. »

J'aimais le nouvel aplomb de Sang d'encre.

« N'est-ce pas un grand espoir, osai-je lui demander, qu'une femme puisse diriger un pays ? N'a-t-elle pas plus le sens des réalités, et le cœur de protéger les faibles ?

– Oh, ne te fais pas d'illusions! C'est une femme, certes, ce qui l'a longtemps obligée à rester derrière un paravent, étiquette oblige. Et elle a une intelligence de femme, tout en diagonales et contournements. »

Sang d'encre reconnaissait une intelligence aux femmes! J'en frétillais de joie, même s'il fallait qu'il lui donne une forme géométrique. Je crois que c'est à partir de là qu'il devint mon consultant préféré.

« Mais pour se faire reconstruire le palais d'Été, reprit-il, mis à sac du temps de sa jeunesse par les étrangers pendant la deuxième guerre de l'opium, elle n'a pas hésité à augmenter les taxes sur l'opium, sans se soucier ni du paradoxe de la situation, ni de ce que pouvaient en penser les conseillers. Heureusement, on a pu l'en dissuader. Mais il a fallu trouver d'autres subsides pour exaucer son caprice, malgré les famines et les indemnités de guerre à payer au Japon. Donc, non, la protection des orphelins, ce n'est pas sa priorité, ne t'en déplaise. Quoi qu'il en soit, maintenant que son palais est terminé, elle a pris sa retraite. Elle a abandonné la politique et se contente de promener ses chiens et de dessiner. Pourtant, elle est intervenue récemment; de façon détournée, et très à propos, pour calmer les ardeurs de Kang le renard. »

La vieille impératrice douairière avait gardé son flair, depuis sa retraite du nouveau palais d'Été. Alertée par les conseillers qui lui étaient fidèles de l'ambition démesurée de Kang, elle l'avait envoyé à Shanghai, loin de la Cité interdite, rédiger une nouvelle loi pour réglementer la presse. N'était-ce pas ce que souhaitait Kang, lire enfin des journaux chinois? Il ne pouvait refuser. Établir un système de presse en Chine, c'était l'un de ses chevaux de bataille. Cixi lui avait lâché un os comme à l'un de ses petits chiens, pour montrer qu'elle était encore le maître et cristalliser sur elle l'opposition. Les autres conseillers, les anciens, comprirent le message: elle était encore là, et toujours d'attaque.

À son retour, Kang visa trop haut et complota pour l'assassiner, juste avant l'audience accordée imprudemment par l'empereur à l'ancien Premier ministre japonais. Or, Kang avait besoin de soutiens pour mener à bien ses projets. Trop de personnes furent mises dans la confidence, et trop encore se retrouvèrent laissées au bord du chemin, privées de leurs postes par la redistribution de cartes qu'il avait opérée. Enfin, beaucoup s'inquiétèrent de le voir brader la Chine au Japon. Un autre jeune ambitieux, Yuan Shikai[20], à qui Kang avait proposé de participer au complot, pesa ses intérêts et dénonça la conspiration à Cixi.

En une nuit, la vieille douairière à la retraite rallia à elle les militaires, les conseillers et les fonctionnaires. On n'apprend pas à un vieux singe à faire la grimace. Au jeu des coups d'État, elle était forte, très forte, nourrie par une longue expérience et une connaissance intime des réseaux de fonctionnaires qui faisaient l'âme de Beijing. Elle fit signer à l'empereur un décret qui lui accordait les pleins pouvoirs, le fit enfermer dans un palais, et réinvestit la Cité interdite accompagnée des conseillers qui l'avaient toujours soutenue.

Désormais, le pouvoir, c'était elle.

« Je ne sais pas si je m'en réjouis ou pas, me confia Sang d'encre. Ses conseillers sont les mêmes depuis quarante ans. Oui, ils modernisent la Chine, tout doucement, mais on sait qu'avec eux, rien ne bougera vraiment. Chacun gardera son poste, comme avant. Faut-il s'en féliciter ? Ils croient incarner la stabilité, mais rien ne peut rester stable dans une période comme celle-ci. C'est une crise qui dure, et tous les vieux dignitaires en sont, d'une manière ou d'une autre, responsables. Nous avons évité le déshonneur de devenir japonais, mais nous sommes revenus en arrière. »

Ce n'étaient que des mots. Il n'y a jamais de retour en arrière.

20– Voir page 356.

) 11 (

Le Poing de la Justice
et de l'Harmonie

Pendant ce temps, dans le Shandong, le ton montait. L'occupation était brutale : les Allemands construisaient les voies de chemin de fer sans respecter les tracés convenus avec les habitants, en passant allégrement sur les tombes ou les systèmes d'irrigation. Ils touchaient les seins des femmes au marché, tiraient sur les nattes des hommes pour s'amuser. Poussés à bout, les paysans arrachèrent les rails. En représailles, les Allemands tuèrent quinze villageois. Les paysans ne pouvaient pas se mesurer aux militaires allemands, alors ils prirent leur revanche sur tous les convertis qu'ils trouvèrent, et sur les missionnaires.

Même dans mon faubourg de Yangliuqing, on commençait à parler des révoltes paysannes du Shandong ; avec effroi, mais surtout une pointe d'admiration. On disait tout bas que les esprits des ancêtres étaient de leur côté, que les moines priaient pour eux et leur révélaient leurs secrets. Lorsque je revis Sang d'encre, il me raconta qu'un dignitaire chinois avait fait massacrer trois cents villageois pour rétablir l'ordre. Cette fois, la cour s'indigna.

« Les conseillers de la Cité interdite sont loin de la réalité, m'expliqua Sang d'encre. Ils donnent des ordres, suivis scrupuleusement par les fonctionnaires sur le terrain, qui ne pensent qu'à se faire bien voir pour être promus. Ils ont beau se démener, la situation ne fait qu'empirer. »

Je suis toujours étonnée, quand mes consultants me parlent, et en particulier lorsqu'ils critiquent les autres, de les entendre peindre leur propre portrait sans même s'en rendre compte. À sa décharge, Sang d'encre avait bien progressé depuis notre première rencontre. Et moi? pensai-je. Lesquels de mes mots me révélaient?

« La réalité, ajouta-t-il, c'est que les paysans sont excédés, et que les représailles les mettent dos au mur. Une fois leurs terrains confisqués et leurs maisons brûlées, ils n'ont rien de mieux à faire que de rallier des sectes et d'organiser la révolte. Ça peut paraître démesuré, mais ce dignitaire, s'il voulait mater les rebelles, il fallait qu'il en liquide trois cents. Et peut-être encore plus la semaine prochaine, car le feu se nourrit de lui-même désormais. Alors, que faire? Les étrangers font tout pour provoquer la colère des paysans, et après, ils se plaignent à la cour d'être malmenés. C'est une situation intenable. Certains conseillers ont eu une nouvelle idée: utiliser les sociétés secrètes contre les étrangers! De la folie!

— Ces milices n'auraient aucune chance?

— Des civils avec des bâtons et des piques rouillées? Contre l'infanterie allemande? Ce serait un carnage.

— On dit que ce sont des maîtres d'arts martiaux, que ni les officiels du Shandong ni les étrangers n'arrivent à leur mettre la main dessus.

— Dans le Shandong, tout le monde pratique les arts martiaux. Le matin, pendant que les petits vieux de Tianjin promènent leurs oiseaux en cage, ceux du Shandong exercent leurs mouvements de boxe lente. C'est une tradition. Et, oui, c'est très joli, très folklorique. Mais contre des baïonnettes, je t'assure que ça ne fait pas le poids. Quant à leur tactique, effectivement, ils attaquent par petites bandes embusquées et déguerpissent dès qu'ils ont commis leurs méfaits. Les sociétés secrètes ne nous débarrasseront pas des étrangers, elles ne sont pas de taille. Elles ne font que compliquer la situation.

— Ne faudrait-il pas s'occuper du peuple et de ses malheurs, plutôt que de vouloir à tout prix le réprimer ? » hasardai-je.

Il soupira, et éluda ma question.

« Finalement, je me demande si je ne préférais pas Kang le renard et ses Japonais au retour des vieux conseillers de Cixi. Des conservateurs branlants, presque centenaires, qui se mettent à rêver d'arts martiaux et de pouvoirs magiques ! Oui, de pouvoirs magiques ! Il paraît que les chefs du Poing de la justice et de l'harmonie invoquent des esprits qui les rendent invincibles. N'importe quoi ! Ce n'est pas du patriotisme, c'est de la sénilité.

— Ces révoltés du Shandong ne sont-ils pas initiés par des moines taoïstes ?

— On dit beaucoup de choses sur les moines taoïstes, mais on en voit peu, sauf en spectacle. Je suis un homme rationnel. Et c'est toi, d'ailleurs, l'experte en incantations, dit-il. Qu'en penses-tu ?

— J'en pense qu'on n'arrête pas des armes à feu avec des prières. »

Je n'ajoutai rien. Sang d'encre était un homme rationnel, il me l'avait assez répété. Cependant, il me consultait très régulièrement, parfois chaque semaine, et recevait le don de mes mains et de mes mantras. Curieusement, à ses yeux, mes rituels appartenaient à sa définition du rationnel. Peut-être parce que je ne mettais pas de mots dessus. Il constatait que mes visites lui faisaient du bien, qu'il devenait de plus en plus calme et efficace. Au fond, il était plus pragmatique que rationnel, mais c'était à lui de le découvrir.

À Lanshan, un village du Shandong, les Allemands brûlèrent des centaines de maisons. Les massacres se poursuivaient et les sociétés secrètes continuaient de s'organiser, toujours plus offensives, et toujours plus mystiques. La cour avait finalement renoncé à l'idée de les utiliser. Elle nomma un nouveau gouverneur dans le

Shandong, Yuan Shikai, celui-là même qui avait dénoncé le complot d'assassinat à l'impératrice, avec pour mission de faire disparaître le problème une fois pour toutes. Sang d'encre était intarissable à ce sujet.

« Ils veulent, je cite, que "les gros cas deviennent des petits cas, et que les petits cas se dissolvent au néant"[21]. C'est joli comme formule, non ?

– Ça me paraît bien abstrait. Ces "cas", ce sont des souffrances.

– Ça veut simplement dire qu'ils envoient l'armée. La cour a pris le parti de montrer aux étrangers qu'elle fait tout ce qui est en son pouvoir pour protéger les missionnaires. Mais le gouverneur doit utiliser le moins possible ces militaires, juste les montrer pour faire fuir les rebelles. »

Nous ne tarderions pas à sentir les effets de cette nouvelle politique. Bientôt, les rebelles fuirent le Shandong pour se réfugier chez nous, dans le Zhili, avec à la bouche des récits catastrophés de villages incendiés, de violences militaires et de rackets de l'armée.

L'atmosphère à Tianjin était plus contrastée que jamais. Dans les beaux quartiers, les riches marchands allaient de banquet en banquet, et de chantier en chantier. Les usines poussaient comme des champignons. Une seule ligne de chemin de fer ne suffisait plus pour rallier Beijing et ses fonctionnaires les plus influents. Elle fut doublée. Ce voyage qui pouvait prendre cinq jours à peine trois ans plus tôt se faisait désormais en trois heures. Les bateliers, les porteurs, c'était terminé. Ces rescapés de l'ancien monde étaient définitivement sans emploi, et en colère. Comme mon père autrefois, ils ralliaient les sectes et récitaient des formules secrètes pour s'attirer la bonne fortune. Quand ils virent arriver les combattants du Poing de la justice et de l'harmonie avec leurs mouvements de boxe et leur fierté, beaucoup furent conquis et rejoignirent leurs rangs.

21– Directive de la cour chinoise envoyée en décembre 1899 au gouverneur du Shandong.

Quant aux lettrés, eux aussi écoutaient des histoires venues de loin. Les ambassadeurs chinois étaient de retour de leurs premières missions à l'étranger et racontaient à Sang d'encre ce qu'ils avaient vu : Paris, Berlin, et d'autres villes éclairées au gaz, équipées d'égouts, pavées de rues larges et propres. Et loin des beaux quartiers, beaucoup de misère aussi. Des milliers d'ouvriers entassés dans des taudis, mal nourris, travaillant sans relâche dans les usines ou les mines, des enfants livrés à eux-mêmes, beaucoup de prostitution, beaucoup d'alcool qui mangeait les esprits aussi dangereusement que l'opium, beaucoup de révoltes qui s'achevaient aussi en bains de sang.

« J'ai du mal à m'imaginer ces étrangers si fiers, si sûrs de leur supériorité, rencontrer dans leurs propres pays les mêmes problèmes que nous, dis-je à Sang d'encre.

— Moi aussi. C'est parce que nous n'avions pas compris qu'ils sont justement là pour retrouver leur supériorité. L'industrialisation a fait beaucoup de pots cassés chez eux aussi. Dans de nombreux pays européens, les dynasties en place depuis des siècles ont été renversées, les religieux chassés ou privés de leurs prérogatives.

— Ils n'ont pas de religion ? Et ces missionnaires alors ?

— Justement. L'Europe est presque laïque, politiquement du moins. Les hommes qui ont pris le pouvoir ont créé des empires en colonisant des pays plus pauvres qu'eux. Et les fils frustrés de ces familles disgraciées se rendent dans les pays conquis pour assouvir leurs ambitions, précisément parce qu'ils ne peuvent plus le faire chez eux. Les étrangers que nous voyons ici sont des hommes aigris, déçus, des héritiers d'un temps qui n'existe plus. Les Européens essaient de le reconstruire ici. L'Église est mal vue en Occident, par les modernes qui ne veulent plus de superstitions : leurs écoles et leurs hospices étaient autrefois tenus par des religieux, mais ils les ont remplacés par des laïcs. Ce sont ces religieux-là qui sont venus ici, les plus convaincus, les plus durs. Ils sont affamés et prêts à tout, comme nos paysans. Ils ne vivent que de dons et doivent faire du chiffre pour en recevoir. Je ne peux pas les blâmer. Ils servent un système impérialiste qui était exactement celui de la Chine du temps où elle pouvait se le permettre : le Tibet, la Mongolie, toutes ces provinces reculées ne sont que des colonies où nous avons essaimé notre culture. Nous, pour autant, ne les avons jamais asservis par l'opium. Cette époque est révolue, malheureusement. Nous devons désormais sauver ce qui peut l'être encore, et composer avec les barbares qui cherchent à nous exploiter. »

Les esprits changeaient : les barbares n'étaient plus les diables qu'on me décrivait dans mon enfance, mais des hommes en chair et en os, avec des faiblesses. Désormais, les lettrés connaissaient leur ennemi, et l'ennemi commençait à manger dans leurs mains.

Lorsqu'un révérend anglais fut assassiné, les diplomates britanniques crièrent à l'injustice. Jusque-là, ils ne s'étaient pas souciés des émeutes dans le Shandong : c'était l'affaire des Allemands. Et ils n'étaient pas concernés par les cas de missionnaires, affaire de catholiques. Les protestants, selon les Britanniques, ne faisaient que le bien.

« Pourtant, ce sont ceux que nous craignons le plus, commentait Sang d'encre. Avec leurs idées d'éducation, de presse et de liberté individuelle. La liberté individuelle ! Ils ne se rendent pas compte, ces gens-là ! Enfin, le vice-roi a mené une enquête en bonne et due forme. Ce révérend partait au martyre. Alors que ses collègues lui avaient déconseillé de s'aventurer seul dans un village de rebelles, il y est allé quand même pour les convertir. C'était une provocation pure et simple. Comme les villageois craignent les représailles, ils ont préféré tuer le révérend plutôt que de laisser la moindre preuve derrière eux. Le vice-roi a expliqué aux diplomates anglais que, dans ces conditions, il était impossible de protéger leurs missionnaires. Ils devront bien l'écouter et admettre qu'ils sont en tort de laisser leurs ressortissants attiser la colère du peuple. »

Les étrangers furent surpris par cette fermeté nouvelle. Elle était le fruit des réflexions amères de l'impératrice sur les années de règne de son jeune empereur : elle n'accorderait plus « la moindre motte de terre chinoise », selon ses propres mots. Les mines aussi devaient désormais être à cinquante pour cent chinoises.

Or, les Italiens choisirent justement ce moment pour menacer un port de leurs canonnières : ils réclamaient une concession, comme les autres. L'impératrice se renseigna sur leur compte, grâce aux voyages de ses ambassadeurs. Ils lui apprirent que les Italiens faisaient partie des peuples les plus pauvres d'Europe. Cixi refusa de céder, certaine qu'il ne s'agissait que de bluff. C'était le cas. Les Italiens repartirent bredouilles et honteux. Pour la cour, ce fut une grande victoire, et pour le peuple, le signe que leur monarque les soutenait. Il n'en fallut pas plus aux étrangers en place pour se sentir menacés : l'ambassadeur français donna l'autorisation à tous les missionnaires catholiques de soutenir les convertis sans passer par les autorités chinoises.

« Ils ont peur, me disait Sang d'encre. Ils ont peur, parce qu'ils sont seuls ici, et qu'ils n'ont pas tant de pouvoir que ça. Je me suis renseigné : les Anglais ont demandé à leur gouvernement d'intervenir, de faire venir la Marine pour protéger leurs missionnaires. Londres a refusé, en leur intimant de ne pas créer de désordres. Mais notre vieille impératrice est habile, elle continue d'utiliser l'armée pour repousser les rebelles et protéger les étrangers. Elle sauve les apparences. »

Or, les rebelles n'étaient plus tout à fait des bandes éparses de paysans fanatisés. Désormais, ils affrontaient les militaires impériaux en batailles. L'armée contre le peuple, c'était la bouche qui mangeait le ventre. Sang d'encre ne s'en inquiétait pas.

De mon côté, j'étais très occupée au Lotus jaune. Les réfugiées du Shandong arrivaient en masse, leurs terrains saisis par les Allemands ou leurs maisons brûlées, les hommes de leurs familles tués. Elles étaient livrées à elles-mêmes, sans aucune autre ressource que leurs bras, dont personne ne voulait. La plupart étaient en état de choc. Non seulement elles avaient assisté à des actes d'une violence inouïe, mais toute leur structure sociale s'effondrait. C'étaient des paysannes, nées pour cultiver la terre et donner au pays des enfants, comme leurs mères avant elles. Il n'y avait plus de terre, ni personne pour les protéger. J'avais demandé plus d'aides pour les nourrir à tous ceux qui en avaient les moyens, les riches marchands, les lettrés que je connaissais. Au moins, elles avaient un lieu où dormir. C'était peu. C'était un début. J'étais le puits, je donnais ce que je pouvais, et je n'avais pas d'autre choix que de voir la violence arriver sans pouvoir l'empêcher.

) 12 (

Cao Futian

J'allais souvent dans les campagnes grâce à ma barque, pour visiter les paysans. J'écoutais leurs malheurs, je bénissais leurs enfants, et soignais leurs buffles dont ils prenaient grand soin, plus que d'eux-mêmes. Ils me demandaient parfois de faire tomber la pluie, l'hiver, ou de l'empêcher de tomber, l'été. Je leur répétais que ce n'était pas mon rôle.

Un jour, on me fit venir dans un village pour soigner trois gamins blessés par des piques, cachés dans une grange. Je ne posai pas de questions. Alors que je m'occupais d'eux, je vis d'autres hommes arriver, à peine plus âgés, vêtus de guenilles comme tous les paysans, un fanion blanc autour de la tête ou au bras.

L'un d'eux était à cheval. Il se mit à haranguer les villageois.

« Regardez-nous ! Nous avons affronté l'armée impériale, et nous sommes tous revenus ! Car les dieux sont de notre côté ! La justice est de notre côté ! Les étrangers ont volé nos terres dans le Shandong et détruit nos familles. Croyez-vous qu'ils se contenteront d'une seule province ? Croyez-vous que vous pourrez continuer à travailler paisiblement vos terres, à honorer les dieux et vos ancêtres, alors qu'ils avancent, que leurs locomotives enfument vos villages, que leurs bateaux salissent vos eaux ? Ils arrivent ! Alors, révoltez-vous ! Cessez de croire qu'ils sont invincibles ! Ne baissez plus le front à leur passage! Rejoignez-nous, vous apprendrez à vous battre! Ensemble, organisés, nous sommes forts! Chassez les étrangers des terres de vos ancêtres! »

Il s'adressait à des enfants en faisant piaffer son cheval. Je n'écoutai pas la suite de son discours, j'avais des blessés à soigner. Mais les jeunes de ce village, eux, buvaient ses paroles.

Une semaine plus tard, on me fit appeler de nouveau, pour d'autres blessures. Le cavalier était déjà là, en veine d'inspiration.

« Nos esprits protecteurs nous ont entendus: ils ont mis sur notre route une sainte pour nous soigner. La semaine précédente, elle a fait revenir à la vie dix de nos vaillants soldats. Nous sommes protégés.

– Dix soldats? Trois enfants qui se sont pris des coups de fourche! Dispersez-vous, j'ai besoin de silence. »

Le cavalier me lança un regard noir. Je me rendis auprès du blessé: c'était un adolescent couché dans la paille, blessé au ventre par une balle. Je fis de mon mieux. Tandis que je me dirigeais vers ma barque, je remarquai que le grand monsieur qui postillonnait sur les foules m'y attendait.

« Qui es-tu? me demanda-t-il.

– Personne, répondis-je en poursuivant mon chemin.

– Reste. Avec nous, tu deviendras quelqu'un.

– Je n'ai pas besoin de devenir qui que ce soit.

– Eux, ils ont besoin de toi.

– Ils ont besoin de paix. Tu les pousses au combat et à la mort.

– Je leur rends leur fierté. Tu sais ce que leur font les étrangers? Comment veux-tu vivre en paix sans terre à cultiver? En regardant les os de tes ancêtres retournés sous les coups de pioche? En voyant toutes les lois du ciel déshonorées? Les missionnaires bouleversent la justice. Les convertis profitent de leur protection pour extorquer des terres et régler de vieux comptes à leur avantage.

– Je sais.

– Alors, pourquoi ne pas nous aider ?
– Parce que les convertis sont protégés par des étrangers bien armés, trop bien armés pour vous. Vous n'avez aucune chance.
– Ça fait des années que j'entends ça. Depuis cinquante ans, les Chinois se répètent qu'ils n'ont aucune chance. Et chaque jour, la situation empire ; et toujours plus d'étrangers débarquent de leurs bateaux. Dans dix ans, ce sera pire encore, et quelqu'un comme toi dira encore qu'on n'a aucune chance et que c'est trop tard. Eh bien, moi, je ne sais pas si j'ai la moindre chance, je sais juste que si je ne fais rien, je n'en aurai jamais. Dans dix ans, je serai mort de faim. Les enfants de ce village aussi, ou alors convertis. On sera oubliés, toi et moi, et on laissera tout ce bourbier aux suivants parce qu'on n'avait aucune chance. S'il ne me reste que trois jours à vivre, je veux les vivre avec honneur. Je veux me battre. Je veux retrouver mes ancêtres et pouvoir leur dire, droit dans les yeux, qu'il n'y avait peut-être aucune chance, mais que j'ai fait de mon mieux, que j'ai fait tout ce que j'ai pu, que même si je perds, au moins j'aurai eu le courage d'essayer.
– Tu parles bien. Mais il ne suffit pas de parler.
– J'agis.
– En assassinant des convertis ? Ils sont Chinois. Ce sont nos frères ; ils peuvent choisir leur religion, nous en avons des dizaines dans ce pays.
– Ils ont choisi une religion qui leur permet d'obtenir ce qu'ils veulent, le terrain du voisin, la femme du voisin, ou la vache du voisin. Il suffit de le demander au missionnaire, qui le demandera au gouverneur, qui lui, ne veut pas de problèmes avec Beijing, parce qu'à Beijing, on veut garder le pouvoir comme avant, et tant pis si le ciel s'écroule : alors, à Beijing, on fait ce que demandent les étrangers. Et les convertis font effacer leurs dettes, leurs crimes, et se servent.

– Tu te trompes de victimes. Ce ne sont pas les convertis qui sont à l'origine de nos problèmes.

– On tue aussi les étrangers.

– Ah! Les missionnaires?

– Oui, dit-il avec fierté.

– Des hommes seuls, désarmés?

– Ils sèment le chaos.

– J'entends des mots: honneur, courage. Mais dis-moi, à combien vous y prenez-vous pour les abattre? On les retrouve décapités, lacérés, découpés en morceaux, jetés à l'eau. Il faut un paquet de monde pour faire tout ça. Alors, dis-moi, combien étiez-vous à vous battre noblement contre ces hommes isolés? Dix? Vingt? Trente? C'est l'essaim de mouches sur la bouse qui parle de courage!

– Attention à tes mots, femme.

– Non: toi, fais attention. C'est moi qu'on envoie chercher pour réparer les dégâts que tu causes. Tu ne peux rien contre moi.

– Les paysans ont la main légère avec les femmes qui parlent mal, guérisseuses ou pas. Personne ne m'en voudra de t'apprendre le respect. Mais je vais être patient, et je vais t'expliquer. Tu méprises les mouches; pas moi. Les mouches ont une grande force. C'est difficile de les attraper; elles sont nombreuses; elles sont vives; elles sont toutes petites et ont l'air inoffensives. Pourtant, elles peuvent manger un tigre. Je connais bien la guerre, j'en ai fait mon métier un temps. Tu l'as dit toi-même, les étrangers sont trop bien armés pour les affronter en batailles rangées. Il se trouve que c'est justement leur faiblesse. Ils sont équipés de matériel lourd. Sur les côtes, ça fonctionne: en cas de résistance, leurs gros bateaux canonnent les ports; au premier obus le gouverneur se rend. Mais ici, à l'intérieur des terres, les rivières ne sont pas assez profondes pour leurs navires. Les militaires étrangers sont à pied, ou à cheval pour une poignée d'entre eux. Ils ne connaissent pas le terrain, ils ne parlent pas la langue. Ils sont obligés de se séparer pour explorer les lieux.

Et là, nous, les mouches, nous pouvons agir. L'ennemi ne sait pas où frapper dans l'essaim. Nous, nous savons. Pour le moment, nous restons dans l'ombre. Mais sois certaine qu'ils sont nombreux à nous soutenir, y compris des officiels.

– C'est faux. L'empereur a envoyé l'armée contre vous.

– Oh, l'armée. Des soldats de Beijing tout feu tout flammes qui veulent juste prendre du galon. Je le sais bien, j'ai été comme eux. Les gouverneurs locaux s'y sont déjà cassé les dents : s'ils appliquent les ordres, ils se retrouvent à exécuter tous leurs administrés. Un ou deux s'y sont aventurés, pas plus, et en ont perdu le sommeil : on ne massacre pas impunément des centaines de villageois ; ça aussi, je le sais d'expérience. Les autres s'arrangent pour fermer les yeux et éviter les problèmes. Ce n'est pas nous qui avons provoqué la violence, ce sont les étrangers. Alors, mutiler des missionnaires, c'est laid, sans doute, mais c'est juste. Pour rétablir l'harmonie, il faut que ces étrangers souffrent à leur tour.

– L'harmonie et la violence sont inconciliables.

– En théorie, dans un monastère, peut-être. Ici, il faut être réaliste : les corps découpés sont faciles à dissimuler, ce qui représente souvent pour nos paysans une question de vie et de mort. L'armée n'est pas tendre avec eux ; et pour être tout à fait sincère avec toi, même s'ils font un peu de boxe le soir entre eux, la plupart ne se sont jamais vraiment battus, surtout ici dans le Zhili. Rien de tel que la vue du sang pour entrer dans la danse. La plupart des paysans prennent les étrangers pour des êtres surnaturels. Ils ont besoin de pouvoir les tripoter en toute sécurité pour se rendre compte qu'ils sont faits de chair et d'os comme nous. Donc, non, je te l'accorde, ce n'est pas ce combat-là que je raconterai à mes ancêtres l'heure venue. Ça n'en reste pas moins un acte nécessaire. Je suis comme la mère tigre qui apprend à tuer à ses petits : je leur apporte des proies faciles, déjà mâchées, pour qu'ils prennent confiance en leurs crocs et en leurs griffes. Si je les envoyais dès maintenant attaquer les militaires étrangers, la peur les tétaniserait. Nous commençons avec les convertis. Peu à peu, tu verras que mes chatons deviendront des tigres.

— Ils en mourront.

— Ils mourront de toute façon. Au moins, ce sera avec honneur. Tu n'es qu'une femme, tu ne te rends pas compte. Sais-tu que personne au monde n'est plus méprisé qu'un Chinois ? Sais-tu ce qu'ils disent de nous ? Que nous sommes passifs, insensibles, lâches, fourbes, que tout ce que nous savons faire, c'est nous abrutir d'opium ; que nous sommes si pauvres et mal organisés que nous ne pouvons être qu'esclaves. Et ils n'ont pas tout à fait tort : des centaines de milliers de Chinois sont partis se vendre à l'étranger, où on les traite moins bien que des chiens sans qu'ils n'osent lever les yeux, tradition oblige. Nous avons été éduqués à baisser la tête devant nos pères et nos maîtres.

— Sans doute. Mais alors, puisque je ne suis qu'une femme qui ne mérite qu'une bonne paire de claques, que me veux-tu ?

— Ça leur donnera du cœur à l'ouvrage d'avoir une guérisseuse à leurs côtés. Ceux que tu as soignés la semaine dernière ne parlent que de toi. Ils racontent à tout-va que tu les as ramenés à la vie. Et moi, je peux t'apporter beaucoup : un statut, une protection.

— C'est la dernière chose au monde que je voudrais.

— Tu acceptes l'injustice en croisant les bras ?

— Je ne pense pas que tu nous sauveras. Tu es en fuite, chassé par l'armée du Shandong avec des hommes en loques.

— Une défaite n'est pas la fin de la guerre. Nous rallions de plus en plus de monde ; ils sont nombreux à partager nos idées, et pas seulement chez les paysans. Nous nous organisons. Bientôt, c'est toi qui me supplieras de te joindre à moi. »

Cette fois, je ris franchement.

« Vraiment ?

– Tu es une guérisseuse, une vraie. Tu laisserais le mal se propager ?

– Le *Yi Jing* nous dit : "La meilleure façon de combattre le mal, c'est un progrès résolu dans le bien."[22] Les guérisseurs, les vrais, évitent la violence. »

Maintenant qu'on me lisait le *Yi Jing*, je le citais à tort et à travers, comme les mauvais guérisseurs. Qu'étais-je en train de faire ? Il fallait que je parte avant de m'engager plus loin sur cette pente glissante.

« Je m'appelle Cao Futian[23], me dit-il. Et je suis sûr que nous nous reverrons. »

Il fit mine de s'en aller, puis revint sur ses pas en esquissant un rictus carnassier.

« Une dernière chose, et je te laisse à ton harmonie : qui arme les convertis ? Ils ont des armes à feu, alors que nous avons de la peine à nous procurer des bâtons. Nous n'avons que nos poings. Alors, qui les arme ? »

Puis il me tourna le dos.

Je le quittais moins assurée que je l'aurais souhaité. Cet homme était grotesque, mais il avait raison. Nous étions trop passifs. Et quelqu'un fournissait des armes à feu à des gens qui se croyaient tout permis. Ce Cao Futian avait un autre point de vue sur le monde, plus brutal que celui de Sang d'encre, plus dangereux aussi, mais aussi réel qu'un autre, et partagé par beaucoup de Chinois. Je n'avais pas à me mêler des révoltes paysannes : j'avais besoin de subsides pour mon école. Si je frayais avec la société du Poing de la justice et de l'harmonie, on cesserait de m'en donner.

L'hiver arriva, désespérément sec. De grands maîtres taoïstes opérèrent des rituels pour faire tomber la pluie, sans succès. On aurait

---

22– *Yi Jing*, « La percée », *op. cit.*, p. 200.
23– Voir page 355.

pu penser que des heurts opposeraient les réfugiés du Shandong, qui ne cessaient d'affluer, aux hommes sans emploi du Zhili et aux paysans qui voyaient leurs terres se dessécher. Au contraire, tous se sentaient frères dans le malheur. Ceux du Shandong apprenaient aux autres à boxer, ceux du Zhili à invoquer les esprits.

À la cour, la tension montait. Sang d'encre payait à prix d'or un fonctionnaire de la Cité interdite pour savoir ce qu'il s'y tramait. Une nouvelle politique avait été décidée : distinguer les bons des mauvais éléments des milices[24].

« Qu'est-ce que ça veut dire ? lui demandai-je.

– Que certains éléments de ces sociétés sont utiles. Les répressions dans le Shandong ont été trop violentes, la cour n'accepte plus que le peuple soit terrorisé. Les arts martiaux, les rituels taoïstes pour faire venir la pluie, tout le folklore contribue à rassurer et rassembler la société. Et la cour a repris confiance, depuis sa petite victoire sur les Italiens. Seulement, les diplomates étrangers ne le voient pas de cet œil-là. Ils écrivent à leurs capitales qu'ils sont victimes d'un complot xénophobe qui vise à tous les exterminer, et qu'il faut envoyer la Marine.

– Tu as des espions chez les diplomates aussi ? »

Il ne répondit rien, mais me sourit.

« Ces demandes ne convainquent pas les ministres des capitales étrangères : elles sont trop peu documentées. Mais elles font du bruit. Les légations étrangères à Beijing ont exigé d'une seule voix qu'un nouveau décret soit publié, pour condamner toutes les milices sans restriction. Or, dans ce pays, presque tout le monde fait partie d'une milice ou d'une autre. Ton école, par exemple, n'est-ce pas une milice ? »

Décidément, mon consultant avait pris de l'assurance. Il me rappelait qu'au moindre faux pas, je pouvais moi aussi faire partie du naufrage, et que je n'avais la tête hors de l'eau que grâce à lui.

24– Décret impérial du 11 janvier 1900.

« C'est d'abord une école, et ensuite, bien sûr, une communauté, répondis-je prudemment.

– Communauté, milice, c'est la même chose. Et de là à la secte ou la société secrète, il n'y a qu'un pas.

– Le Lotus jaune n'a rien de secret. Tout le monde peut voir ce que nous faisons, et il est ouvert à toutes les femmes qui en ont besoin.

– Mais tes techniques de guérison, elles sont bien secrètes, non ?

– Elles sont protégées, transmises avec précaution de maître à élève. C'est un apprentissage comme un autre. Un potier aussi prend des élèves. Il les choisit soigneusement, et ne leur livre pas tous ses secrets à la fois. De même, seules quelques-unes des femmes du Lotus jaune suivent la voie de guérisseuse. C'est un long chemin, parfois celui de toute une vie, et qui exige d'être bien encadré.

– Certes. Toutefois, ta communauté aussi serait visée par le décret d'interdiction qu'exigent les étrangers. Exiger, ce n'est jamais bon, surtout quand on demande une chose impossible. Je ne sais pas si la cour aura le courage de tenir tête. Elle a compris que les étrangers avaient peur, et qu'elle avait enfin un levier ; elle attend ça depuis des années, et ne laissera pas passer l'occasion. Si les étrangers craignent les rebelles, utilisons les rebelles, voilà ce que proposent certains conseillers, timidement, mais ouvertement. L'impératrice se tait, ça ne l'empêche pas d'écouter. D'autres pensent qu'on ne peut pas faire confiance à ceux qui prétendent pratiquer la magie noire. On leur répond que c'est justement ce qui effraie les étrangers : ils redoutent le diable ; l'évêque français écrit des lettres enragées à ce sujet. Étonnant, non ? Moi qui pensais qu'ils étaient rationnels, et presque laïcs.

– Tu lis les lettres de l'évêque ?

– J'ai mes informateurs ; et je me demande qui l'informe, lui. Qu'en penses-tu, toi, de ces pouvoirs magiques ?

– Qu'il est bien étonnant qu'un homme comme toi me pose la question.

– Certains fonctionnaires y croient. Pas les bons, bien sûr. Ceux-là ont signé le traité de Maguan et ont été envoyés dans le Sud en représailles, comme le comte Li. Il ne reste à Beijing que les deuxième ou troisième rangs, qui cherchent à se faire remarquer ou se laissent convaincre par toutes les idées folles qui germent dans les vestibules de la Cité interdite.

– Et toi, par quoi te laisses-tu convaincre ?

– Moi, je crois que j'ai trouvé ma voie. Je reste au centre. Je laisse venir à moi les informations, toutes les informations. Les autres aussi ont des réseaux d'espions, graissent les pattes, sucrent les bouches. Mais ils ne comprennent rien à ce qu'on leur raconte. Moi, je crois que j'arrive à écouter et à recouper les versions des uns et des autres. Le renseignement est en train de devenir ma spécialité. Quand on a un poste de représentation, on tremble de le perdre, on est plus exposé, et on risque la chute, comme le comte Li, comme Kang le renard. Mon rôle est dans l'ombre, pour le moment du moins. C'est la seule façon de rester libre et intègre. Pour comprendre ce qu'il se passe, il faut accepter ce qu'il se passe, et dans le contexte actuel, on ne peut le faire qu'en secret. »

Je retins un sourire : mon Sang d'encre s'était choisi un destin ! Tapi dans l'obscurité, il déployait les tentacules de son extraordinaire intelligence. Désormais, je le renommai secrètement La Pieuvre.

« Les étrangers ont peur, reprit-il. C'est certain. Ici, au sein de leurs concessions, ils recrutent des convertis pour préparer leur défense. Contre quoi ? Je ne sais pas. Il n'y a pas eu de meurtres de missionnaires à Tianjin, ni dans le reste du Zhili ; les violences ont eu lieu uniquement dans le Shandong, et le problème est désormais presque réglé. »

Je le crus ; j'avais envie de le croire et d'oublier que des adolescents en guenilles se battaient à mains nues contre des hommes armés, qu'on m'appelait pour les soigner et que leur chef me demandait de participer au mouvement ; qu'ils mouraient de faim, que tous leurs rêves avaient été brisés, que l'empire pour lequel ils œuvraient comme des esclaves ne cherchait qu'à se débarrasser d'eux comme de la vermine. À cette époque, La Pieuvre me lisait Confucius ; il me promenait dans ses jardins en dissertant, me faisait déguster des thés précieux. Je pris ces nouvelles marques de courtoisie pour de l'amitié.

Un soir que je méditais sur ma barque, contemplant la soie rose et délicate dont le soleil couchant revêtait les eaux du Grand Canal, une jeune fille du Lotus jaune vint me chercher. Elle était intimidée, ce dont j'avais l'habitude, mais ses yeux pétillaient d'excitation.

« Sainte mère, dit-elle en s'inclinant. Pardonnez-moi d'interrompre votre repos. Un garde souhaiterait vous parler, à l'école. »

Un garde ? Si Futian était venu me voir sur ma barque, qu'il m'avait tenu des propos sincères et qu'il s'était montré tel qu'il était, pouilleux et traqué, je crois qu'il m'aurait convaincue. Son discours l'autre fois m'avait marquée plus que je ne souhaitais l'admettre. Mais lorsque je le vis se pavaner devant le Lotus jaune, en grande pompe, revêtu d'un uniforme neuf, porté par un cheval beaucoup trop beau pour lui, escorté d'une garde de jeunes paysans à fanions blancs, je fus profondément irritée. Il racontait ses aventures à mes candides élèves, qui étaient sorties quand les doyennes avaient sagement refusé de lui ouvrir en mon absence. Je le fis entrer à la hâte, lui, son cheval et son escorte ; je ne voulais pas qu'on prenne mon refuge pour un lupanar. À peine la porte refermée sur eux, je regrettai ce choix : tout le faubourg de Yangliuqing l'avait vu entrer.

Je le fis asseoir dans la cour, à même le sol glacé, et renvoyai les apprenties dans leurs dortoirs. Je voyais leurs yeux briller à travers les fentes des cloisons : elles se poussaient pour profiter du spectacle : un héros du Poing de la justice et de l'harmonie ! Un maître en arts martiaux! Un homme! Seules les veuves resteraient pour surveiller la cour : elles en avaient vu d'autres.

La neige tombait. Il devait avoir les fesses bien dures, ce Cao Futian. Il me parlait avec amitié et chaleur, lançant parfois un regard enthousiaste aux dortoirs. J'avais oublié que c'était un cavalier, et qu'à ce jeu-là, je serais gelée avant lui. Alors qu'il allait me raconter par le menu ses batailles contre l'armée, je finis par lui proposer de se lever et de marcher un peu.

« Permets-moi d'être honnête avec toi, lui dis-je. Ta présence m'embarrasse. C'est un refuge de femmes ici. Il est inconvenant d'y recevoir des hommes. »

Il mit sa main sur son cœur, jurant qu'il respecterait la vertu de l'école. Il allait se lancer dans un grand discours sentimental. Je l'interrompis :

« Par ailleurs, les milices sont interdites. Tu me mets dans l'illégalité, alors que ce lieu dépend de la générosité de riches donateurs. Tu nous exposes tous : ces filles, moi, et ceux qui nous permettent de vivre.

– Tu as peur, sainte mère?

– Oui. Je ne veux pas que ces femmes meurent de faim.

– Alors, laisse-moi te rassurer, et te révéler ce qui m'amène. Regarde cet uniforme, ce cheval : les princes sont avec nous! Nous avons reçu des armes, de l'argent! Un nouveau souffle est en train de soulever la Chine!

– Qui vous a équipés ainsi?

– Le prince Duan[25]. L'homme le plus puissant de l'empire : son fils vient d'être nommé héritier présomptif. Tu sais que l'empereur n'a pas eu d'enfant; il a presque trente ans, il est malade, et ne peut en concevoir. L'impératrice douairière Cixi a donc choisi un nouveau poulain dans son clan pour assurer la succession. Or, le prince Duan est notre plus ancien et notre plus dévoué soutien. Il est

---

25– Voir page 355.

sincère, il est comme nous : il hait les étrangers et rejette tout ce qui vient d'eux. Il refuse de prendre le train et l'interdit à ses enfants. Il a engagé certains d'entre nous comme gardes du corps et comme entraîneurs. Il s'exerce à la boxe, il pratique nos rituels. Or, les étrangers ne sont pas venus féliciter son fils. Le prince Duan est furieux, tu peux l'imaginer. Il avait déjà entamé des préparatifs pour les recevoir. Devine ce qu'ont fait les barbares par la suite : ils ont envoyé des médecins pour vérifier l'état de santé de l'empereur, dont aucun Chinois ne se soucie plus depuis qu'il a perdu la guerre contre le Japon. L'impératrice a la grâce de les laisser ausculter l'empereur, et les voilà qui statuent doctement qu'il est tout à fait apte à gouverner. Ils ont vraiment mis les pieds dans le plat, pour notre plus grand bonheur. L'impératrice douairière se sent insultée ; menacée même, car les étrangers désavouent ses décisions et sa dynastie. Elle est de notre côté, maintenant ! Elle écoute le prince Duan qui souhaite faire de nous une armée contre les barbares. Nous allons nous battre tous ensemble et les chasser de nos terres.

– Je croyais que votre slogan c'était "Mort aux Qing et aux étrangers" ?

– Un slogan, ça se change, sainte mère. Surtout si les Qing deviennent nos meilleurs amis. Regarde ce cheval ! Je n'en ai jamais vu de plus vif de toute ma vie, et je sais de quoi je parle, mon père était coursier. C'est un cadeau personnel du prince. Je l'ai appelé Flamme. Qu'en penses-tu ?

– Magnifique, en effet.

– Je ne te parle pas du cheval. Je te parle du mouvement. Non seulement les milices n'ont jamais été vraiment interdites, mais elles sont maintenant courtisées. Je ne te mets pas en danger, au contraire, j'attire sur toi les bienfaits. Grâce à moi, tu recevras des subsides.

– Comme je te l'ai dit, j'en ai déjà.

– Tu en auras davantage !

— Futian, je suis guérisseuse ; une femme qui médite, qui soigne et qui prie pour l'amour, aussi naïf que tu puisses trouver ce mot. Tes hommes sont des assassins. Je ne les soutiendrai pas. S'ils sont blessés, et qu'ils le souhaitent, je les soignerai. Mes soins sont ouverts à tous.

— Des assassins ? Tu oublies que ce sont eux qui se défendent contre des convertis armés jusqu'aux dents, contre des envahisseurs qui leur prennent leurs terres et leurs dieux. Oui, je te trouve naïve de croire que tu peux rester là à ne rien faire pendant que les autres se battent autour de toi, pour toi.

— Observe un peu mieux ce lieu. Beaucoup de choses ont été accomplies. Je ne te demande rien, Futian, ni de te battre pour moi, ni de me verser de l'argent. Ce que je souhaite, c'est conserver mon indépendance. Je l'ai payée assez cher, crois-moi.

— L'indépendance n'existe pas. Nous avons tous besoin les uns des autres.

— Pas au point d'entraîner aveuglément les autres dans sa chute. »

Futian éclata de rire et se leva.

« Un vent nouveau se lève, sainte mère, qui nous emportera tous. Que la paix soit sur toi. »

Il nous quitta sur ces paroles inspirées. Je n'avais pas imaginé cet homme capable de tant de philosophie, à raison d'ailleurs. Comme je devais bientôt m'en rendre compte, ces paroles n'étaient pas destinées à m'impressionner moi, mais mes jeunes élèves. Futian avait indiscutablement le sens du public.

Du reste, il n'avait pas tort. La Pieuvre me parlait des diplomates étrangers, que je ne voyais jamais, Futian de princes et de drames dynastiques, que je ne connaissais qu'au théâtre. Ma vie, ma véritable vie, se résumait à mes mains qui s'emplissaient de lumière sur demande, à toutes ces femmes à l'abri entre les murs du Lotus jaune, et à mon seul plaisir : ma barque. Je ne me sentais pas vraiment concernée par le Poing de la justice et de l'harmonie. Mais dans les jours qui suivirent la visite pleine de panache de Futian, les rues de Yangliuqing se mirent à bruisser de colère : la majorité des Chinois qui travaillaient dans le quartier des concessions avait été priée de quitter les lieux. Les étrangers ne gardaient avec eux que les convertis. Je fus d'abord un peu surprise par l'amertume de mes voisins : je ne savais même pas que les barbares les employaient. Je pensais qu'ils n'ouvraient leurs maisons qu'aux Chinois chrétiens.

« C'est vrai pour leurs employés fixes, me répondirent-ils. Les cuisiniers, gouvernantes et portiers sont les mêmes depuis toujours : les poilus ne font confiance qu'aux convertis. Mais il y avait beaucoup de travail dans ce quartier. Rien de bien intéressant, des tâches de coolies, de quoi dépanner quelque temps.

— Mon cousin tirait des pousse-pousse dans une entreprise créée par des convertis. Ils l'ont licencié. Les poilus ne veulent voir que des chrétiens dans le quartier.

— Ma femme y était nourrice, ajouta un autre. Ils préfèrent acheter du lait de vache, maintenant. »

Porteurs d'eau, lavandières, auxiliaires de cuisine et hommes à tout faire, ils avaient tous à nouveau perdu leur gagne-pain. Pour la plupart anciens bateliers mis au chômage par les bateaux à vapeur, ils avaient accepté ces emplois temporaires. Et à nouveau, c'étaient les étrangers qui les en privaient. Cette fois-ci cependant, ce n'était pas au nom du progrès, mais en raison de leur seule identité : leur faute était d'être d'authentiques Chinois.

Je ne donnais pas cher de la peau de ces étrangers.

) 13 (

Nuage d'azur

Dans les semaines qui suivirent la désignation du nouvel héritier, Pujun, on vit des adolescents à Tianjin se livrer aux rituels du Poing de la justice et de l'harmonie. Ils furent arrêtés, sermonnés et rendus à leurs familles, mais il s'avéra que c'étaient justement leurs parents qui les avaient poussés à ces extravagances.

C'était le cœur de l'hiver. Le froid s'abattait sur la ville, et gelait tout sur son passage, les rivières comme les pieds des hommes. C'est à ce moment-là qu'arriva Nuage d'azur, austère et tragique, toute frêle dans ses vêtements poussiéreux, sa grande épée attachée dans le dos. Elle vint frapper à la porte du Lotus jaune. La concierge me fit appeler : elle n'avait jamais rien vu de pareil, une femme avec une épée.

« J'ai besoin d'un toit et vous prie de m'accueillir, nous dit Nuage d'azur. Je ne pourrai rien payer, car je ne possède rien.

– Et cette épée ? demanda notre concierge. Ne pourrais-tu pas la vendre ?

– Elle n'est pas à moi. C'est moi qui lui appartiens. »

Six mois auparavant, j'aurais eu du mal à me retenir de rire. Mais l'heure était grave, l'école était pleine à craquer de réfugiées, et cette femme avait de l'allure.

« Je mange peu, reprit-elle. J'enseignerai contre le gîte et le couvert.

– Qu'enseignes-tu ?

– Les arts martiaux.

– On ne manque pas de maîtres d'arts martiaux en ce moment, à Tianjin.

– Des femmes ? »

Elle marquait un point. Nous avions tous entendu parler de quelques femmes maîtres de boxe. Cependant, nous n'en avions jamais vu. Elles relevaient pratiquement de la légende. Pour mes élèves, en avoir une sous les yeux, c'était une offre inespérée ; mais elle était un peu trop alléchante pour être crédible.

« Tu arrives du Shandong ? insistai-je.

– Oui. Ma famille a été tuée. J'ai été recueillie par des moines taoïstes qui m'ont appris à me battre. Alors, je me suis battue. Mais dans le Shandong, les combats sont terminés maintenant. Les paysans ont fini par installer les rails comme le voulaient les Allemands.

– Tu viens ici pour te battre ?

– Pour vivre. Je suis obligée de fuir et je cherche un abri. Les bandes armées sont nombreuses à errer dans les campagnes. J'ai trouvé bien utile de savoir me défendre, voilà pourquoi je vous offre mes services.

– Tu n'as pas une milice qui veille sur toi ?

– Les milices sont faites de brutes. Je suis fatiguée de vivre avec ces hommes. On dit que vous êtes entre femmes ici, guidées par une sainte. J'aimerais souffler un peu. Ne vous inquiétez pas : je ne cherche pas à embrigader vos élèves. Je respecterai votre école et vos valeurs. Je vous propose de m'héberger contre des cours de boxe. Rien d'autre. »

C'est ainsi que Nuage d'azur enseigna au Lotus jaune. Le lendemain de son arrivée, dès l'aube, elle s'entraîna seule sur les quais gelés. Ce que nous avons vu ce matin-là, mes élèves et moi, restera à jamais gravé dans nos mémoires.

Nuage d'azur est un maître de la boxe de l'aigle. L'aigle ne se fatigue pas ; il ne bat pas des ailes, il se laisse porter par les courants ascendants ; il est au-dessus de tout, il voit tout, et, quand il est prêt, il fond sur sa proie. Son ombre suffit à effrayer. L'esprit de cette boxe, c'est la surprise. Nuage d'azur était renversante. Elle était capable de sauter très haut pour porter ses coups. Quand elle exécutait ses mouvements, toute l'école arrêtait de respirer et la contemplait. Les élèves rêvaient d'être comme elle. Elles voulaient être revêtues de la même grâce, du même pouvoir qui les sauverait de tout. Elles se mirent à suivre l'enseignement de Nuage d'azur avec assiduité. Comme elles s'étaient entraînées à la gymnastique et aux jeux du cirque, elles avaient déjà de la force et de l'équilibre. Mais Nuage d'azur ne voulait pas que ses techniques servent à faire des spectacles.

« Vous devez savoir vous défendre. Vous devez être capables de tuer si nécessaire. Vous devrez être rapides, efficaces, car vous n'êtes que des femmes dans un monde de violence. »

Comme l'aigle, Nuage d'azur est un être glacial. Jamais je ne la vis sourire, jamais je n'entendis un mot de sa part pour réconforter ces filles qu'elle brisait parfois. En contrepartie, elle leur offrait un rêve, et la possibilité de le réaliser. Les élèves en avaient conscience, et étaient prêtes à endurer beaucoup pour avoir ne serait-ce que la moitié de sa force. De sa personnalité, nous ne voyions rien. Elle porte bien son nom, Nuage d'azur : insaisissable, souvent invisible. Elle appartient au ciel. Si un être a pu échapper à l'ennemi aujourd'hui, c'est bien elle.

Son arrivée tombait à pic. Le Poing de la justice et de l'harmonie était désormais ouvertement installé en ville, richement nourri, richement vêtu. Ses affiches s'étalaient sur tous les murs de la ville, incitant au rassemblement et à la révolte. Cao Futian revint à la charge.

« C'est le moment, sainte mère. Tout le monde nous soutient, les princes, la cour, les politiques. Nous avons besoin de quelqu'un comme toi.

— Pourquoi moi ?

— Parce que tu accomplis des miracles.

— La magie noire ne vous suffit plus ?

— Je vais être franc avec toi. Non, elle ne suffit plus. Et c'est ça qui leur plaît, à nos miliciens : la magie. Ils sont comme des enfants, ils veulent des pouvoirs. Certains de nos chefs prétendent être guidés par des esprits ; ça doit leur arriver parfois. Et moi-même, au combat, il m'arrive de ressentir une forme de transe. Mais pas au quotidien, et pas sur commande. Alors – garde-le pour toi surtout –, quelques vieux chefs ont fait un peu de mise en scène. Ils ont affirmé entrer en contact avec des esprits pour retrouver des armes cachées dans le sol. Bien entendu, ils les avaient fait enterrer eux-mêmes auparavant à l'endroit convenu. Avec les plus jeunes et les plus désespérés, ça marche encore. Les autres n'ont pas apprécié d'être pris pour des imbéciles.

— Je les comprends.

— Toi, tu es initiée. Tu pourrais les guider.

— Non.

— Je préserverai ton indépendance.

— Non. »

Il se leva au moment où Nuage d'azur entrait. Il eut l'air surpris, mais ne dit rien et partit.

« Tu le connais ? lui demandai-je.

— Cao Futian ? Tout le monde le connaît.

— C'est un paysan du Shandong ?

— Un paysan ? Un déserteur qui trempe dans toutes les affaires où on a besoin de quelqu'un qui sait se battre ! Il connaît bien la boxe et les armes ; et il sait mener des hommes. Je suppose qu'il t'a demandé de l'initier ?

– L'initier à quoi ?
– À l'invincibilité. Quand il n'est pas sur un champ de bataille, Cao Futian cherche des moines ou des maîtres qui pourraient lui en donner la clé. C'est la quête de toute sa vie. Il était soldat dans l'armée impériale. Il y a dix ans, il était alors très jeune, il a été envoyé en Mandchourie pour combattre la révolte du Zaili. C'était un mouvement fomenté par les migrants originaires du Zhili. Ils n'avaient jamais vraiment réussi à s'intégrer en Mandchourie.
– Après les grandes inondations ?
– Exactement. Ils crevaient de faim, alors on les a envoyés dans le nord où il y avait des champs à cultiver. Les fonctionnaires prennent le pays pour un échiquier où il suffit de déplacer des pions. Or, la réalité n'est pas un jeu. Les migrants ont appauvri les Mandchous, qui s'en sont pris à eux. Les fonctionnaires locaux ne faisaient rien pour régler le problème. Les réfugiés du Zhili se sont organisés en sociétés secrètes, d'abord par tradition, ensuite pour s'entraider, puis pour se défendre. Un jour, un conflit a dégénéré avec les convertis sur la répartition des céréales. C'est la goutte d'eau qui a fait déborder le vase. Les migrants se sont ralliés sous la bannière de la secte du Zaili et ont obligé les convertis à se réfugier dans les églises. Ils étaient tous lourdement armés. Il a fallu faire intervenir l'armée. Cao Futian en était. Il devait avoir vingt ans et des rêves de gloire à ne plus savoir qu'en faire. Ce jour-là, il a été désarmé par un membre du Zaili, un vieil homme. Il a dû se battre à mains nues, et pour la première fois de sa vie, il a été mis à terre. Pourtant, Cao Futian est un boxeur hors norme ; pour le renverser, il faut plus que de la force. Les renforts sont arrivés et ont abattu l'homme d'un coup de fusil. Cao Futian ne s'en est jamais remis : il n'avait pas souhaité la mort de cet homme, il voulait être comme lui, posséder la même force. Il raconte depuis que l'esprit de cet homme a pris possession de lui, lui ordonnant de cesser de se battre contre ses frères chinois, contre des vieillards, des femmes – car il y avait aussi

des femmes parmi ces combattants. Futian avait l'impression de tuer son propre peuple et, avec lui, les mantras secrets dont il rêvait. Alors, il a déserté et a rejoint les membres du Zaili. Il a été plus ou moins formé par cette secte, a appris quelques secrets, jusqu'à ce que la révolte soit matée à coups de canon. Désœuvré, il est parti dans le Shandong, pour retrouver ce souffle mystique dans les écoles de boxe des monastères taoïstes. C'est là que je l'ai rencontré. Mais il n'a jamais trouvé ce qu'il cherchait. Les moines ont refusé de partager leurs secrets, car la seule chose qui l'intéresse vraiment, c'est le pouvoir. Il aurait pu patienter, avancer doucement sur la Voie, mais quand les troubles ont éclaté dans le Shandong, il a retrouvé le combat de sa jeunesse. Il a quitté les moines et a rallié le Poing de la justice et de l'harmonie. Là, il peut mettre ses talents à profit. C'est lui qui a donné une structure militaire au mouvement : les foulards, l'organisation en petites bandes bien coordonnées, difficiles à combattre. Mais il veut plus. Il n'est pas un paysan du Shandong victime d'une injustice comme il le prétend. C'est un révolté par principe ; il est toujours à contre-courant, sans compromis, capable de se battre jusqu'au bout pour défendre sa propre gloire.

— Et toi, Nuage d'azur, es-tu bien ce que tu prétends être ? Une paysanne du Shandong, avec une épée ? Qui débarque seule à Tianjin alors qu'une révolte se prépare, et qui impose le silence à un homme comme Cao Futian ? »

Elle allait répondre quelque chose, un grand mensonge où il serait question de parents assassinés, de combats héroïques et de moines généreux. Elle se ravisa.

« J'aime ce lieu, me dit-elle.
— Je ne veux pas de troubles.
— Ils sont déjà là. »

) 14 (

Des corps et des armes

« Sainte mère, sainte mère, réveille-toi. On a besoin de toi. Une paysanne est arrivée, blessée. Elle te demande de l'aide : des rebelles sont arrivés dans son village, pour brûler une église. Un lettré a réussi à les convaincre de s'enfuir, mais les convertis ont ouvert le feu.
– Les convertis ont des armes à feu ? »
Je n'avais pas cru Cao Futian. J'avais occulté sa question, et ne m'étais pas souciée de savoir qui armait les chrétiens chinois. Voilà qu'elle me revenait en pleine figure.
« Il faut venir, sainte mère. »
Je suis partie dans ma barque, avec mes apprenties guérisseuses, jusqu'à ce village. Il y avait des dizaines de corps allongés par terre dans des flaques de sang. Je n'avais jamais rien vu de tel. Ce n'étaient pas les coups de pique ou les rares blessures par balle que j'avais soignés pendant l'hiver, c'était un champ de bataille ; mais à la place de soldats, il n'y avait que des adolescents décharnés qui portaient un fanion blanc sur leurs vêtements, tous en loques. Où étaient les beaux uniformes dans lesquels se pavanaient Futian et ses acolytes ?
À la fin de la journée, alors que j'allais reprendre ma barque, je vis un corps dans les roseaux. J'étais certaine qu'il n'y était pas au moment de mon arrivée. Je m'approchai. L'homme était dans un

sale état. Il portait une croix autour du cou. J'envoyai mes apprenties demander aux villageois de venir avec un brancard.

« Est-ce bien prudent, sainte mère ?

– Qui te parle de prudence ?

– Est-ce bien utile, alors ? Ils l'assassineront dès que tu auras le dos tourné.

– Raison de plus pour lui accorder un peu de sympathie.

– Tu éprouves de la sympathie pour les convertis ?

– On discute ou tu vas chercher un brancard ? »

Non, je n'éprouvais pas de sympathie pour les convertis ; ni pour mes apprenties ; ni pour personne, je crois, dans ces moments-là. J'étais seule, trop seule face à la détresse du monde, face à sa bêtise. Comment trouver la patience d'expliquer encore et encore que les sentiments ou les jugements devaient être mis de côté pendant les soins, pour n'offrir que le passage de la lumière d'une âme à une autre ?

Les villageois arrivèrent avec un brancard. Mes élèves n'avaient pas osé leur préciser qu'il s'agissait d'un converti. Lorsqu'ils reconnurent l'homme, ils refusèrent de le secourir.

« Il est de votre village, non ? argumentai-je.

– Il nous a tiré dessus.

– S'il est de votre village, c'est qu'il a de la famille ici. Qui est de sa famille ?

– C'est mon cousin, dit un homme.

– Aide-le, alors.

– Il a volé ma mère, mon oncle, mes cousins. Il a refusé de participer aux cérémonies alors que nous désespérons de voir la pluie tomber. Il a menacé le village entier. Hier, il a abattu mon frère. Non, je ne l'aiderai pas.

– Vous croyez que vous valez mieux qu'eux, que vous êtes de bons et innocents confucéens. Pourtant, n'est-ce pas notre religion qui nous enseigne de soutenir la famille, et de montrer l'exemple

de la vertu? Si vous souteniez vraiment les membres de vos familles, ils ne se tourneraient pas vers le christianisme.
— Nous les soutenons! Mais il ne pleut toujours pas!
— Ton cousin n'y est pour rien. Face à l'adversité, chacun doit faire ce qu'il a à faire, et en premier lieu, s'occuper des siens. C'est ce que les dieux attendent de nous. »

Je me mis au travail. Je tirai seule l'homme des roseaux, puisque personne ne voulait m'aider. Rapidement, mes élèves vinrent à ma rescousse. Finalement, le cousin revint discrètement avec un autre brancard, et d'autres hommes. Il arracha la croix du cou du mourant, cracha dessus et la jeta à l'eau. Puis il mit l'homme sur le brancard et le ramena au village, dans sa maison, où je le soignai.

Quelques jours plus tard, on m'appela encore à Jiangzhuang pour panser d'autres blessés. Un villageois devait de l'argent à un converti. Comme il ne pouvait s'acquitter de sa dette, son créancier en appela à la communauté chrétienne: on demanda au villageois d'offrir un banquet, de réparer l'église, de payer une amende et surtout, de se convertir. Le villageois refusa en bloc ces contreparties. Alors, les convertis prirent les armes, défilèrent dans le village, et ouvrirent le feu sur une vingtaine de personnes. Les villageois ripostèrent en détruisant l'église; l'armée intervint à son tour et ouvrit le feu. Mais elle ne pouvait rien faire contre les convertis, et pour se nourrir, se servit dans les granges.

Je venais, je soignais. Je pleurais aussi, parfois. Les survivants installaient désormais des autels pour les rebelles dans les temples. Ils étaient leur seul salut contre les convertis et l'armée.

Je pris mon courage à deux mains et en parlai à La Pieuvre. C'était un fonctionnaire, il pourrait agir.

« Il n'y a pas d'autre choix que de faire intervenir l'armée pour éradiquer ces rebelles. Oui, c'est injuste, et c'est triste, mais le vrai danger est sur la côte. Des navires étrangers sont arrivés, car la demande des diplomates étrangers n'a toujours pas été exaucée : ils ont exigé que les milices soient interdites et n'ont reçu aucune réponse. La cour hésite. Heureusement, notre vice-roi Yulu[26] a écrit un article dans le journal pour condamner les actes du Poing de la justice et de l'harmonie. Les légations étrangères sont satisfaites. Quand les canonnières seront parties, l'armée n'aura plus besoin de se rendre dans les villages. Dans le Shandong, les milices ont toutes été démantelées. Ces troubles sont en train de s'éteindre. »

Et en effet, les bateaux étrangers repartirent. Notre vice-roi avait peut-être le sentiment d'avoir sauvé la Chine. Alors, peu de temps après, la cour publia un décret autorisant les milices, pour autant que les bons éléments soient séparés des mauvais. C'était une décision juste : les organisations sociales comme mon école faisaient partie de la vie chinoise. Le Lotus jaune avait une raison d'être : aider, soigner, former, offrir un lieu de paix aux femmes qui en avaient besoin. Ce décret frappait seulement les organisations secrètes, et celles qui créaient des problèmes. Je pensais que c'était un bon compromis. Malgré ces récentes évolutions, la question des convertis n'était pas réglée. Et il y avait toujours une femme désespérée pour frapper à notre porte, à la recherche d'un asile au milieu de la nuit.

La sécheresse continuait de sévir, elle fut suivie d'une invasion de criquets. Au printemps, tout le monde savait que cette année non plus, il n'y aurait pas de récolte dans le Zhili. Des milliers de personnes se retrouvèrent démunies. Alors, puisque nous avions le droit de nous organiser, je décidai de le faire franchement. Aidée de Nuage d'azur, je mis sur pied une structure pour les femmes, pour qu'elles puissent s'entraider avant d'avoir besoin d'un refuge. L'école était débordée, nous faisions dormir nos réfugiées sur les quais, dans les rues environnantes. Une idée s'imposait en moi : il fallait qu'elles puissent rester dans leur village et s'organiser entre elles.

26– Voir page 356.

Nous avons créé des factions : les Lanternes rouges seraient réservées aux jeunes filles ; pour les femmes d'âge moyen, il y aurait le groupe des Lanternes bleues ; pour les femmes âgées, les Lanternes noires ; et enfin pour les veuves, les Lanternes vertes. Elles apprenaient à se défendre, pour ne pas être la proie des vagabonds qui étaient devenus légion dans la province. Elles apprenaient à faire preuve d'autorité, pour ne pas laisser leurs gamins sans père n'en faire qu'à leur tête et rêver de partir tuer des étrangers, ou à défaut, des convertis. Elles apprenaient à soigner, pour offrir du réconfort autour d'elles. Ce n'était pas grand-chose, en fait, mais c'était pour ces femmes livrées à elles-mêmes un sentiment de sécurité et d'appartenance.

Le matin, à l'aube, Nuage d'azur alignait les Lanternes rouges en rangées de vingt ou trente sur les quais. Dans le silence glacé du printemps naissant, ce printemps stérile qui ne devait faire pousser que la guerre, on n'entendait que les ordres de Nuage d'azur, suivis du battement de tissus qui achevait le mouvement de pied ou de bras qu'elles devaient exécuter. Je n'avais pas immédiatement cédé à Nuage d'azur le meilleur moment de la journée.

« Le matin est le moment le plus propice à l'enseignement spirituel. Garde la boxe pour l'après-midi, où je suis de toute façon en visite chez des consultants.

— Permets-moi d'insister, sainte mère : l'exercice physique les réveille et les réchauffe. Au printemps, à l'aube, le sol est trop froid pour y faire asseoir et méditer des débutantes.

— Elles sont plus concentrées le matin.

— Les plus âgées, oui. Mais la grande majorité des Lanternes rouges n'a pas seize ans. Le matin, elles dorment debout, comme tous les adolescents.

— Je ne t'imaginais pas si tendre avec tes apprenties.

— C'est bien la première fois qu'on me le dit. Je ne suis pas tendre, je crois que tu t'en es déjà aperçue. Mais je préfère que les portes s'ouvrent d'elles-mêmes plutôt que les enfoncer. Laisse ces filles se réveiller, s'échauffer et habiter leurs corps à leur rythme. Tu trouveras leurs esprits prêts à méditer et à apprendre. »

Nuage d'azur avait plus d'expérience que moi dans l'enseignement, je devais le reconnaître ; un peu à contrecœur, d'ailleurs, car je n'avais pas entièrement confiance en elle. Ce sont les exercices sur les sons qui nous mirent d'accord. Les voix de femmes partent facilement dans les aigus, les suraigus, jusqu'à la rupture parfois. Élevées à être soumises, voire muettes, elles savent d'avance qu'elles ne parlent qu'en vain : on leur coupe la parole, on les ignore, on leur impose le silence en les accusant d'être bavardes ou bruyantes. La colère et la peur déforment leurs timbres, et pour ne rien arranger, le moment du cycle aussi.

Pourtant, qu'existe-t-il de plus beau et de plus fidèle qu'une voix ? Elle est le reflet le plus parfait de notre âme ; sereine, elle nous laisse entrevoir notre propre nature divine. Quant à celles des femmes, chacun en porte au moins une gravée au plus profond de ses souvenirs, celle de sa mère qui, d'un seul murmure, savait apaiser les chagrins et les peurs. Il n'existe rien de plus magique. Et rien de plus déprécié : la dévotion filiale revient principalement au père en Chine, confucianisme oblige. Je me demande si ce n'est pas le lot de toutes les formes de magie de finir ainsi profanées.

Or, Nuage d'azur démarrait l'échauffement des corps par celui des voix. Les premiers mouvements de la journée, encore lents, s'accompagnaient de sons d'abord faibles, alourdis par le sommeil et, de ce fait, naturellement graves. Peu à peu, les mouvements s'amplifiaient, les timbres montaient en puissance, mais ils restaient ancrés dans le ventre. À la fin de l'échauffement, les rues de Yangliuqing vibraient de l'énergie de ces sons. Aucun passant n'aurait osé bouger à ce moment-là, et il en venait beaucoup le matin désormais : il aurait eu trop peur d'être balayé par le souffle de toutes ces femmes réunies.

Cette force, cette confiance, étaient le ciment sur lequel je construisais désormais mon enseignement. Dès l'arrivée de Nuage d'azur, malgré son extrême sévérité, mes élèves firent des progrès phénoménaux, non seulement en boxe, mais aussi en vitalité. Rachitiques, désespérées ou rongées par la colère six mois plus tôt, nombre d'entre elles étaient devenues calmes, ouvertes et prêtes à s'ouvrir un peu plus. J'en fus la première surprise. Après quelques semaines d'entraînements intensifs avec Nuage d'azur, certaines s'imposèrent à mon esprit comme des guérisseuses. Je leur consacrai tout le temps qu'il m'était possible de leur offrir, une par une, et décidai de manière tout à fait impulsive de leur enseigner ce que je savais.

Je me suis interrogée bien sûr sur ce choix ; sur l'influence de Nuage d'azur également. Je me suis demandé si elle-même n'allait pas plus loin dans l'initiation que ce qu'elle voulait bien admettre. Depuis longtemps maintenant, j'avais appris à reconnaître la justesse de mes intuitions : si elles se révélaient bonnes, tout se mettait naturellement en place. Dans le cas contraire, les blocages survenaient rapidement et se répétaient jusqu'à ce que j'abandonne. Avec l'expérience, j'avais commencé à les anticiper, au sens où je les visualisais ; quelque chose sonnait faux dans le paysage de mon âme, une pensée, une émotion, comme une ride sur l'eau, pour me prévenir de ne pas aller plus loin. Je voyais la poussière que Nuage d'azur traînait dans son sillage, je voyais bien qu'elle était destinée à masquer quelque chose. Pourtant, cette femme était une chance ; sa présence nous apportait à toutes une force nouvelle. J'ai formé mes jeunes élèves aussi rapidement que possible, trop, peut-être. Malgré tout, elles firent plus de bien que de mal. Ce printemps, il y a trois mois, je décidai donc d'accepter sans limites ce qui avait tout l'air d'être un merveilleux cadeau de la vie : la possibilité d'élever, au sens propre du terme, mes semblables. Ce choix était un océan de sérénité.

Je voyais l'énergie de ces apprenties guérisseuses se déployer comme les ailes de papillons sortant de leurs chrysalides : encore froissées, encore maladroites, elles promettaient déjà de beaux vols. Les mouvements de cirque que je leur avais enseignés avant l'arrivée de Nuage d'azur les avaient rendues gracieuses, non pour séduire, mais pour les embellir. Nuage d'azur les avait rendues puissantes. Elles apprenaient de nombreuses techniques, comme la figure du singe en équilibre sur un bâton, que je trouvais très amusante et que Nuage d'azur avait été un peu vexée de me voir réaliser si facilement.

« Tu connaissais déjà ce mouvement ?

– Non. En revanche, j'ai fait beaucoup d'équilibres dans ma jeunesse, au cirque. Et ça, c'est du cirque », répondis-je en riant.

Nuage d'azur ne rit pas. Je ne vois toujours pas en quoi stabiliser ses jambes en opposition sur un bâton que l'on tient au sol d'une main permet de combattre plus efficacement, mais toutes les filles s'amusaient à faire le singe, si bien que Nuage d'azur retira l'exercice de son rituel d'entraînement. Elle me laissa la gymnastique, que je confiais moi-même souvent aux novices les plus habiles, et entreprit de déployer ses talents de pédagogue sur un autre champ : celui de l'état d'esprit au combat.

« L'une des techniques les plus efficaces pour vaincre son adversaire est la "sidération". Les animaux l'utilisent : certaines fouines préfèrent danser devant les lapins plutôt que de leur courir après ; certains jeunes lapins sont assez bêtes pour se laisser surprendre et les regarder, hypnotisés, jusqu'à les approcher et se laisser croquer. Les hommes l'utilisent : combien de femmes ont été violées parce qu'elles étaient pétrifiées de surprise par l'idée de ce qui allait leur arriver ? Combien auraient pu fuir si elles avaient laissé le sang irriguer leurs jambes et leurs souffles raviver leurs cœurs ? Ne vous laissez plus saisir de sidération : vous n'êtes pas des pierres ; vous n'êtes pas des morceaux de bois que l'on brise. Vous devez à chaque instant vous souvenir de votre mobilité, celle de votre corps et celle de votre esprit. Vous devez être l'aigle qui survole, qui voit de loin, et qui prend par surprise. Vous devez apprendre à sidérer vos adversaires. C'est facile, vous êtes des femmes. Un homme sera toujours stupéfait de vous voir lever la main sur lui. »

Et Nuage d'azur de voyager de visualisation en visualisation : elle nous demandait de nous imaginer en cobra dressé, les yeux plantés dans ceux de notre proie ; d'être la pierre qui dévale la montagne et frappe la nuque de l'imprudent ; la libellule qui fond sur la mouche ; le hérisson imperturbable, insensible au venin, qui serre le serpent paniqué entre ses dents.

« Devenez des maîtres de la panique ; bloquez-la, coulez-la dans les veines de votre victime comme un ciment ; et paralysez-la. »

Les élèves adoraient cette technique, peut-être parce qu'elles avaient une revanche à prendre : bon nombre de ces filles avaient été abusées ; mais peut-être aussi parce qu'elle se prêtait au théâtre. Le soir, j'ai vu des élèves jouer à danser comme des belettes diaboliques et rire aux éclats quand elles voyaient les mines déconfites des plus âgées des Lanternes noires, trop raides pour explorer les techniques de Nuage d'azur.

Le Lotus jaune ne désemplissait pas. Nous avions organisé une permanence dans la cour de l'école, ouverte les après-midi seulement, où nous recevions des femmes souhaitant se faire soigner. C'était l'occasion pour mes apprenties guérisseuses de mettre en pratique leurs nouvelles compétences, en particulier les Lanternes noires, plus détachées, moins vaniteuses. Elles commençaient par méditer, avant l'arrivée des malades, qui s'asseyaient ensuite en silence. Mes élèves en choisissaient chacune une, à l'intuition, une à qui elles pouvaient offrir quelque chose parce qu'elles sentaient que leurs esprits s'accordaient. Je restais là, un peu un retrait, n'offrant pour toute supervision que ma présence. Ces après-midi étaient très cérémoniels, trop à mon goût. Cependant, les rituels rassuraient mes élèves. Nuage d'azur m'encourageait à alourdir encore le cadre de l'école et à former non à l'intuition, ce qui aurait été mon choix naturel, mais à la structure. J'appris à écouter Nuage d'azur.

Un jour, je remarquai une femme entièrement voilée qui restait à bonne distance des autres. Elle était là sans être là, un gouffre d'absence. Alors, je me levai et l'approchai. Elle fit mine de reculer. Je sentais son corps gémir silencieusement de douleur. Sans un mot, je posai mes mains au-dessus de sa tête. Et je compris.

La douleur des lépreux est un enfer physique et moral. Privés de leur apparence, rejetés par tous, ils sont réduits à ne vivre qu'entre eux dans des communautés que personne n'approche jamais. Rares sont ceux qui leur viennent en aide. Ils sont condamnés aussi sûrement par leurs semblables que par la maladie.

Je ne m'en rendis pas compte immédiatement, tant le contact était intense, mais les autres nous observaient. Il ne pouvait en être autrement : mes élèves étaient attentives au moindre de mes mouvements, au point d'ailleurs que j'envisageais de les laisser bientôt entre elles pour mener cet exercice de soin. Or, cette femme était enfin en train de vivre un moment de répit, un moment qu'elle avait eu le courage de venir chercher au péril de sa vie : si les habitants de Yangliuqing la repéraient, ils la chasseraient certainement à coups de pierre. Elle se détendait, au point que sa tête penchait en arrière. Son voile tomba et découvrit son visage. La cour hurla d'effroi. Les autres malades se levèrent et se mirent à courir pour fuir les lieux. La lépreuse paniquée allait se lever elle aussi, alors je posai fermement mes mains sur ses épaules. Nuage d'azur arriva, jeta un regard méprisant sur toute cette volaille qui piaillait et se dressa devant nous, face aux autres. Le silence revint instantanément, mais plusieurs visiteuses partirent.

La lépreuse pleurait.

« Pardonnez-moi d'être venue.

— Ce lieu est ouvert à tous ceux qui en ont besoin. Ne te sens pas humiliée par ces femmes. Tu as plus de mérite qu'elles.
— Dehors, ils vont me lyncher.
— Tu es ici pour le moment. Tu es en sécurité. Laisse-toi aller ; laisse mes mains sur toi. Nous verrons après. »

La lépreuse ferma les yeux. Au bout de quelques minutes, elle s'endormit, épuisée.

À la nuit tombée, je l'emmenai par une porte dérobée à bord de ma barque.

« Où habites-tu ? lui demandai-je.
— À deux heures d'ici, dans un village de lépreux.
— Tu as marché tout ce temps ?
— Oui.
— Peut-on s'y rendre par la rivière ?
— Oui, ce n'est pas loin des berges de la rivière Ziya. »

Je naviguai avec elle pendant trois bonnes heures. Elle me fit amarrer sur un débarcadère désert.

« Merci, sainte mère. Je n'oublierai jamais ce que tu as fait.
— Reviens me voir. Je crois que tu en as besoin.
— Je n'oserai pas.
— Alors, moi je reviendrai.
— C'est dangereux.
— Pourquoi ?
— Nous sommes malades ; et réduits à la misère. Nous ne vivons qu'en cachette.
— Ça ne me paraît pas très différent du reste de l'humanité.
— Les autres ne sont pas contagieux.
— La colère et la haine se répandent plus vite que les maladies les plus foudroyantes. Quant à la lèpre, est-on sûr qu'elle soit si contagieuse que ça ? Donc non, tu n'es pas très différente du reste de l'humanité, le courage en plus. Voici ce que nous allons faire : je reviendrai dans quatre jours, au lever du soleil. C'est le temps qu'il

faut à ton corps pour assimiler ce qu'il s'est passé aujourd'hui. Puis je reviendrai quatre jours plus tard. Puis une fois encore. À la quatrième, nous verrons comment tu te sens. »

Elle me quitta en larmes, sans poser de question. Elle n'attendait rien. Je savais, je sentais que je devais revenir pour elle. Ce n'était pas un serment que je lui faisais, c'était un ordre qui me venait du ciel.

Le lendemain, une première Lanterne noire, Min, s'excusa en s'aplatissant au sol :

« Laisse-moi m'humilier devant toi, sainte mère. Je ne suis qu'une idiote égoïste. Je n'ai pas vu cette femme qui souffrait hier car je n'ai pas voulu la voir. Si tu veux bien me pardonner, je retournerai moi-même vers elle pour lui apporter les bienfaits dont elle a besoin. »

J'avais de plus en plus de mal à supporter les démonstrations de soumission des réfugiées de l'école. Avec les jeunes, passe encore. Mais j'avais devant moi une femme de plus de cinquante ans.

« Relève-toi, tu n'as pas à te prosterner devant moi. Ainsi, tu l'avais vue ?

— Oui, murmura-t-elle. Je crois que je l'ai deviné, mais j'ai été effrayée et ma pensée s'est détournée.

— C'est bien. Très bien. Ne t'inquiète pas de ta réaction : la souffrance est un repoussoir, et tu es un être humain. Tu apprendras de cette première expérience. Je retourne la voir dans trois jours. Si tu veux, viens avec moi. »

Au troisième voyage, d'autres Lanternes noires se joignirent à nous. Elles ne se justifièrent pas, je crois cependant que certaines y trouvaient une forme de consolation : il y avait plus malheureux qu'elles.

Ces déplacements sur le fleuve furent mes derniers moments de paix. J'aime me lever à l'aube, écouter les chants d'oiseaux bruisser dans les roseaux. Pour eux, le printemps est le printemps, le temps des chants et de l'amour. Et pour les lépreux, la révolte ne changeait rien, du moins c'est ce que je croyais. En suivant le cours de la rivière au lever du jour pour retrouver une lépreuse, je renouais avec un monde immuable, indifférent à l'agitation qui envahissait Tianjin : c'était la Chine de mon enfance, et qui n'avait peut-être jamais existé ailleurs que dans mes rêves et dans ces voyages.

Elle s'appelait Li Ming, ma lépreuse, un prénom qui signifie « belle et légère » et qui lui portait chance : elle avait en elle la certitude que son âme tiendrait cette promesse, et que rien ne pourrait l'altérer, ni la lèpre, ni le rejet, ni l'humiliation. Aucune maladie ne pourrait rien contre son éclat.

Elle était là, le matin au bord du fleuve, sans espoir et sans ressentiment. Elle était là de toute la force de son esprit. Lors de ma troisième visite, d'autres lépreux se joignirent à elles. À ma quatrième visite, elle ne souffrait plus.

« Viens te former au Lotus jaune. Tu es bénie des dons de guérison, il n'y a qu'à les ouvrir pour qu'ils s'épanouissent.

— Mes mains ne repousseront pas. Le regard des autres ne changera pas. Ma place est ici.

— Je crois que tu te trompes. Nous sommes faits pour changer. Nous sommes faits pour l'impossible. Tu sais où me trouver si tu changes d'avis.

— Avant que tu partes, sainte mère, mes parents souhaitent te rencontrer et t'offrir un présent. »

Je me rendis donc dans ce village isolé de tout. Un taudis pour être exacte : des familles vivaient là, à même le sol, abritées par quelques planches délabrées. Ils avaient quelques champs, désespérément secs ; quelques poules qu'ils avaient de la peine à nourrir. Rien d'autre.

Des cloches se mirent à sonner à notre approche. Les lépreux détalèrent et se tapirent dans leurs cabanes, effrayés par l'alerte. Mais les parents de Li Ming vinrent à ma rencontre : ils avaient reconnu leur fille.

Ils s'inclinèrent profondément.

« Nous sommes honorés par ta présence, sainte mère, et reconnaissants de tout notre cœur. Grâce à toi, Li Ming est guérie. »

J'allais leur dire qu'il ne fallait pas s'avancer lorsqu'ils me tendirent une bourse.

« C'est tout ce que nous possédons. Nous te prions humblement de l'accepter. »

Je l'ouvris et en retirai dix pièces d'argent, que je regardais avec étonnement.

« Nous t'en supplions, sainte mère. Ce n'est pas un paiement, c'est une offrande. Nous ne pouvons rien donner de plus. »

J'essayais de réfléchir vite ; je ne voulais pas poser la moindre question qui pourrait les humilier. Par ailleurs, il était peu probable qu'ils aient volé cet argent : s'ils faisaient mine d'approcher qui que ce soit, ils prenaient le risque de déclencher une émeute. Perplexe, je confiai l'argent aux femmes qui m'avaient accompagnée.

Au retour, sur la barque, Min la Lanterne noire me prévint qu'elles s'organiseraient entre elles pour aider ces gens, mais qu'il valait mieux que je ne revienne pas. Je la regardai avec surprise.

« En toute humilité, sainte mère. Je te prie de pardonner mon audace.

– Assez de politesses. Tu n'es plus une novice, désormais. Parle-moi d'égale à égale. Pourquoi ne faudrait-il pas que je revienne ?

– Vous prendriez le risque d'être contaminée, dit une autre avec importance.

– Pas du tout, répliqua Min. Ces lépreux trafiquent. Je ne peux pas leur en vouloir, ils ont faim comme nous, et la mendicité ne rapporte rien en ce moment, j'en sais quelque chose. Le danger, ce n'est pas de contracter la lèpre, c'est de se trouver impliquées dans un commerce illégal, même comme simples témoins.

– Que vendent-ils, d'après toi ?

– Je n'en suis pas certaine, sainte mère. J'ai surpris des gestes, mais je ne suis pas sûre de les avoir compris. Ils vendent quelque chose de dangereux, si mon intuition est juste. Et pour se le procurer, ils ont forcément besoin d'une triade. Il vaut mieux ne pas se trouver sur leur chemin. Nous avons besoin de toi. Protège le Lotus jaune, et laisse-nous rendre visite aux lépreux à ta place. »

Je ne répondis rien. Min était quelqu'un de perspicace. Rentrée au Lotus jaune, je lui demandai de m'informer de ce qu'elle découvrirait, si elle apprenait quelque chose. Ce n'était pas que de la curiosité de ma part. Li Ming devait traverser ma route pour m'indiquer une direction. C'était une intuition aveugle, désagréable, même si la rencontre avec cette jeune femme étonnante ne l'était pas. Je devais en explorer toutes les pistes pour la comprendre.

« Méfie-toi cependant, lui dis-je. Moi aussi quelque chose m'inquiète dans ce village. Ils ont trop d'argent pour des mendiants. »

Quelques jours plus tard, elle repartit au village des lépreux, confiante. Mais n'en revint pas. Min avait disparu, ainsi que les autres Lanternes noires qui l'accompagnaient. Je décidai alors de retourner moi-même, seule, au village de Li Ming.

Les lépreux l'avaient quitté, à la hâte visiblement, abandonnant leurs seuls biens, casseroles et matelas. Je cachai soigneusement ma barque dans les roseaux, comme le faisait mon père lorsqu'il voulait échapper à un contrôle fiscal sur le Grand Canal, et j'attendis sur la rive. Les lépreux reviendraient : le fantôme de leur village derrière eux me prouvait qu'ils étaient vivants et se cachaient. Quelque chose les avait effrayés. Dans l'après-midi, j'aperçus sur la berge une frêle silhouette qui se frayait prudemment un chemin vers les habitations, en jetant des coups d'œil par-dessus son épaule. C'était Li Ming elle-même, évidemment : les lépreux avaient envoyé en reconnaissance la plus valide d'entre eux. La plus coupable.

J'avais appris avec mon père à marcher à l'affût pour attraper des canards lorsque nous partions naviguer sur le Grand Canal et ses rivières, certains pour les vendre, d'autres pour les manger. Cette proie-là, je la cuisinerai. Je me glissai dans ses pas, avançant à peine plus rapidement qu'elle, m'arrêtant chaque fois qu'un abri était possible derrière des buissons ou dans un ravin. Lorsque je fus à son niveau, je bondis derrière son dos et plaquai fermement ma main sur sa bouche, l'empêchant de crier.

« Où sont mes sœurs, Li Ming ?

– Sainte mère, quitte ces lieux, je t'en supplie. Tu es en danger ici.

– Pourquoi ?

– Je ne peux pas te le dire.

– Que leur est-il arrivé ? Où sont les habitants de ton village ? Si je suis venue jusqu'ici, c'est pour avoir des réponses. Je ne repartirai pas sans elles. Aussi vrai que le temps que je t'ai offert, Li Ming, tu me dois la vérité.

– Me promets-tu le secret, sainte mère ?

– Le secret, c'est toute ma vie. Parle.

– Comprends-moi, sainte mère, s'ils savent que je t'ai parlé, ils nous tueront tous.

– Qui ça, "ils" ?

– C'est ma famille et mon village que je protège, pas ma propre vie, qui t'appartient bien sûr, puisque tu m'as sauvée.

– Ta vie n'appartient qu'à toi et aux dieux. Mais il n'y a pas que ton village dans ce monde. Min est venue pour mon école. Je suis responsable d'elle. Je la protège comme tu protèges les tiens, comme je t'ai protégée de la foule à Yangliuqing. Où est-elle ?

– Elle est morte, sainte mère. Je n'ai rien pu faire, je le jure. Je suis sincèrement désolée ; pour elle, pour tout le tort que je te cause. Crois-moi ou non, mais si je le pouvais, je reviendrais dans le passé et reprendrais ma lèpre plutôt que d'être responsable, à tes yeux, de sa mort. »

Li Ming fondit en larmes.

« Alors, c'est moi qui t'ai causé du tort. Suis-moi sur ma barque, tu es terrorisée ici. »

Je l'entraînai avec moi, l'intimant à étouffer ses sanglots, et la fis monter sur ma barque camouflée. Ce n'est qu'une fois à l'abri dans ma cabine, toutes portes closes, que Li Ming retrouva son souffle et se mit à parler, les yeux rivés sur le bois du pont.

« Je lui avais dit de ne pas venir le soir. Seulement le matin. Je crois que c'est ce qui lui a mis la puce à l'oreille, et lui a donné envie d'en savoir plus. Elle n'a pas vu grand-chose, je crois, mais les triades ne plaisantent pas avec le secret. Ils ne prennent aucun risque. Ils nous avaient prévenus : si quelqu'un d'autre venait, nous serions tous éliminés.

— Quelle triade ?

— La Onzième Lune. »

La triade de ce jeune Chinois qui s'était révélé être une femme, dans la maison du Ventre…

« Que faites-vous pour eux ?

— Nous avons besoin d'argent pour vivre, sainte mère.

— Que faites-vous ? » insistai-je, la voix tremblante.

Elle baissa encore plus la tête, les mâchoires serrées. Puis elle releva son visage. Ses yeux étaient noirs de colère.

« Ce que personne d'autre ne peut faire : nous leur servons d'intermédiaire pour fournir des armes aux convertis. Nous ne les aimons pas plus que vous ne les aimez, les chrétiens, mais nous n'avons pas le choix. Nous n'avons aucun autre revenu. Même quand nous pouvons travailler, personne n'achète ce que nous produisons. J'ai passé des journées sur le bord des routes, avec une corbeille de fruits à vendre. On m'a cédé une fois ou deux une pièce de cuivre, par charité, mais jamais personne n'a acheté mes fruits.

Nous sommes des parias. Comme les convertis. Quelque part, nous nous comprenons.

– Pourquoi les triades ont-elles besoin de vous pour livrer des armes ? Pourquoi ne le font-elles pas elles-mêmes ?

– Pour brouiller les pistes. Elles ne tiennent pas à ce que les convertis communiquent directement avec leurs fournisseurs. Il ne faudrait pas que l'on puisse remonter jusqu'à elles, au cas où quelqu'un comme Min les surprendrait. Leurs membres ont toujours le visage masqué, ne se déplacent que la nuit et avec mille précautions.

– Que vas-tu faire, maintenant ?

– Retourner auprès des miens.

– Tu ne veux pas venir avec moi au Lotus jaune ?

– Mon départ les inquiéterait.

– Ils le remarqueraient ?

– Ils voient tout. Crois-moi, ils ont assez d'assassins pour simplement détruire mon village et ton école. Tu m'as sauvée, sainte mère, mais tu ne peux sauver le monde entier. Laisse-moi retrouver les miens et vivre la vie qui m'est donnée.

– Tu aurais fait une grande guérisseuse, Li Ming. J'espère que nos chemins se recroiseront un jour ; un jour différent de celui-ci, plein de joie et de vie. »

Je partis de sombre humeur. J'avais envoyé mes élèves à la mort, perdu mes deux meilleures novices et exposé mon école au danger ; surtout, j'avais fait preuve d'une naïveté désolante en pensant que les lépreux vivaient dans un monde à part. Ils en étaient les malheureux parasites et, à ce titre, en dépendaient. Étais-je si différente de la jeune fille dangereuse et crédule que j'avais été au cirque ? Le suis-je aujourd'hui encore ?

Je rentrai à Tianjin et partis à la recherche de Cao Futian. Il campait à gauche à droite, trouvait refuge chez l'un ou l'autre patriote qu'il ralliait à sa cause, entouré de sa garde rapprochée. D'autres miliciens avaient été installés tant bien que mal dans les cours et les greniers des maisons des ouvriers de Tianjin qui les accueillaient à bras ouverts. Les plus démunis dormaient dans la rue. Si l'on cherchait Cao Futian dans le dédale des rues de Tianjin, il suffisait de s'adresser au premier désœuvré venu : il y avait neuf chances sur dix qu'il soit un milicien du Poing de la justice et de l'harmonie. Capable de dénicher son chef dans l'heure.

J'attendais dans ma barque, amarrée au nord de la citadelle, dans le coude du Grand Canal. Un enfant vint me dire que Cao Futian pouvait me recevoir et me guida derrière le temple des huit immortels, dans les bâtiments d'intendance des moines, jusqu'à une écurie. Cao Futian y était en plein ébat avec une femme, vautré sur elle comme un vautour sur sa viande. Il savait que je le surprendrais et l'avait fait exprès.

« C'est ainsi que tu me reçois ? » lui demandai-je, furieuse.

Surprise, sa partenaire se releva. Je découvris avec stupeur que c'était Mei, l'une des plus jolies filles du Lotus jaune. Confuse de me voir, elle s'enfuit en courant.

J'étais dans une colère noire : ainsi mes jeunes élèves ne trouvaient refuge dans mon enseignement que pour mieux se jeter dans la gueule du loup. J'eus de la peine à articuler, d'une voix sourde de rage, ce que j'avais de si urgent à dire à Cao Futian. Narquois, il attendait patiemment que je fasse le premier pas. L'envie me tenait de simplement me retourner et de repartir d'où j'étais venue. Je restai, pourtant : il ne fallait pas que Min soit morte en vain. Les poings serrés, je lui expliquai les raisons de mon intrusion :

« Les convertis sont armés par une triade, la Onzième Lune, dont le but est de se débarrasser des Qing. Elle veut créer des troubles dont la dynastie ne se remettrait pas, en attisant la haine et en donnant aux convertis de quoi la nourrir. »

Je déglutis laborieusement. Redevenu grave, Futian s'était redressé. Il ne posait plus. J'avais capté son attention.

« La Onzième Lune ? demanda-t-il en s'avançant jusqu'à moi. Qui sont ces gens ?

– Tu m'as posé une question, Futian, voici ta réponse. Je n'en sais pas plus. À mon tour, à présent. Pourquoi les affiches ? Les paysans ne savent pas lire ; les bateliers non plus ; les coolies encore moins. Alors, à qui sont destinés ces messages que vous collez dans toutes les rues de la ville ?

– Aux marchands de Tianjin, pour les rallier à la cause.

– Les bourgeois rêvent de profit et d'ascension sociale. Les Occidentaux les leur apportent sur un plateau d'argent. Jamais ils ne voudront se les mettre à dos. Sais-tu écrire, toi ? Sais-tu seulement ce qui est écrit sur ces papiers ?

– Oui : "Mort aux étrangers". Le Poing de la justice et de l'harmonie n'est pas qu'un mouvement de paysans illettrés, sainte mère. C'est une révolte du peuple chinois tout entier, désormais. Riches et pauvres, mandchous et hans, puissants et serviles. Nous sommes tous réunis sous la bannière du courage et des traditions.

– Il est écrit, je cite : "Les églises bouchent le ciel ; les dieux sont en colère ; les esprits réclament vengeance ; ils arrivent du ciel pour montrer la Voie aux hommes.[27]"

– C'est pareil.

– Tu ne peux pas parler au nom des dieux et encore moins mettre dans leur bouche ce charabia.

– Que ne les écris-tu pas toi-même, ces affiches !

– Je ne sais pas écrire.

– Mais tu sais tout le reste ! Des écrivains, j'en ai des dizaines à qui tu pourrais dicter d'authentiques messages divins. Aide-nous ! En commençant par m'indiquer où sont les armes des convertis. Je les détruirai. Tu sauveras des vies.

27– Affiche des Boxeurs traduite par Joseph Esherick et citée par Xiang Lanxin.

– Au point où nous en sommes, les convertis trouveront toujours quelqu'un pour leur fournir des armes. Cesse de leur faire peur, ça leur coupera l'envie d'en acheter.

– J'espère bien qu'ils ont peur, sainte mère. J'espère bien. »

Glacée par son aveuglement, je mis fin à l'entretien et repris ma route, plus désabusée que jamais. Un mur épais tenait lieu d'esprit à Cao Futian : les affiches grossières qu'il faisait barbouiller dans toute la région n'étaient ni pour les marchands, ni pour les illettrés de Tianjin comme moi. Les seuls concernés étaient les convertis. Ils avaient appris à lire dans les missions ; et les triades avaient tout intérêt à ce qu'ils se sentent menacés pour leur vendre des armes : elles s'enrichissaient tout en fragilisant les Qing. Cette fois, aucun aventurier américain n'aiderait la dynastie mandchoue à rétablir l'ordre, car il s'agirait de défendre des chrétiens ; Chinois peut-être, mais chrétiens : leurs frères d'âme.

Une myriade de triades s'activait sur des fronts *a priori* opposés. Mais elles convergeaient toutes vers un même but, comme des petites colonnes de fourmis retournant dans leur terrier. Leur objectif était la guerre. Je me demandais qui était leur reine.

) 15 (

L'ARMÉE IMPÉRIALE CONTRE LES MILICES

Les affiches du Poing de la justice et de l'harmonie se diversifièrent. Toujours en grosses lettres mal calligraphiées, elles invitaient désormais non seulement à tuer les étrangers mais aussi à détruire les voies de chemin de fer. L'armée les traquait. Désormais, les rebelles ne se contentaient plus de la fuir, ils l'affrontaient, équipés des mauvais fusils offerts par le prince Duan, père du nouvel héritier et farouchement opposé aux étrangers.

Pour la cour, les choses commençaient à déraper. L'idée au départ consistait à disperser les rebelles, pas à les massacrer. À Beijing, on les avait pris pour des enfants perdus, qu'il suffirait d'effrayer un peu pour régler le problème. Mais ils n'avaient pas disparu « dans le néant » comme prévu. L'intervention de l'armée les avait simplement déplacés, et par sa violence même, avait rendu leurs combats légitimes. Pour calmer le jeu, un nouveau décret fut publié, pour cette fois-ci condamner les excès de l'armée. La cour essayait d'éteindre les incendies qu'elle avait elle-même allumés.

« Je suis inquiet, me confiait La Pieuvre. À Gao Luo, un villageois en conflit avec des convertis a fait appel aux miliciens du Poing de la justice et de l'harmonie. On sait où les trouver, maintenant, on compte sur eux. Les rebelles sont arrivés, ont défilé comme s'ils étaient des représentants de l'ordre. Les officiels n'ont pas osé intervenir, craignant que l'armée débarque et rackette les paysans. Il y a eu cinq morts ; toutes les maisons des convertis ont brûlé ; l'église aussi. Et maintenant, il faut envoyer l'armée. On tourne en rond. »

L'armée se rendit dans le comté où l'émeute avait éclaté. Le colonel appliqua les ordres : séparer les bons des mauvais éléments. Il prit trois chefs, en exécuta un et dispersa le reste, un mélange de racailles et de braves paysans influencés par quelques meneurs. Son travail achevé, il laissa le village sous la garde d'une trentaine de soldats. Les villageois firent à nouveau appel aux rebelles, pour prendre leur défense, et contre l'armée cette fois : les trente soldats profitaient de leur présence pour se servir dans leurs granges. Elles étaient si peu fournies que la moindre poule devenait une question de vie ou de mort. Des milliers de rebelles débarquèrent, avides de venger leurs frères ; des milliers, capables de répondre à un appel en une seule nuit. Alerté, le colonel revint dans le village. Il fut descendu de son cheval et coupé en morceaux[28].

Pour la cour, ce fut une douche froide. Il était temps de se réveiller : l'un de ses représentants avait été tué. Pour les étrangers, c'était le signal que la situation dépassait complètement les autorités chinoises. Les différentes légations de Beijing, anglaise, française, russe, japonaise, écrivirent d'une seule plume un ultimatum exigeant que « toute personne qui imprime, publie ou distribue des affiches qui menacent les étrangers, tous les propriétaires de temples ou de maisons qui abritent des Boxeurs, soient exécutés ». L'Alliance des huit nations était née.

« Mais, dis-je à La Pieuvre, ces Boxeurs sont partout ! Dans les rues, dans les champs, sur les routes. Ils sont des milliers. Les étrangers demandent à la cour d'exécuter le peuple !

---

[28]– Le 21 mai 1900, le colonel Yang est mis en pièces à Shi Ting, comté de Laishui.

– Ils pensent que la menace suffira pour ramener les rebelles à la raison, comme on a cru le faire en supprimant les chefs. Mais les têtes des chefs repoussent vite dans la société du Poing de la justice et de l'harmonie; je suspecte d'ailleurs qu'on envoie les sous-fifres au front pendant que les véritables meneurs demeurent cachés dans l'ombre. La pression les rend plus violents, plus efficaces, plus audacieux aussi. Quant à la cour, ça fait longtemps que les étrangers lui font ce chantage, elle y est habituée et en est fatiguée. Cixi n'a connu que ça, elle doit en être à sa dixième tentative d'intimidation, canonnières à l'appui. Les étrangers lui ont donné cinq jours pour répondre. Et la seule solution, maintenant, c'est d'envoyer l'armée impériale vers la côte pour faire face à la menace. Comme l'armée ne peut pas être au four et au moulin, elle ne pourra pas maintenir l'ordre dans les campagnes. Les convertis seront massacrés, les missionnaires aussi, peut-être même les autres Occidentaux, les ingénieurs et les hommes d'affaires. Les diplomates étrangers ont acculé l'impératrice dans une impasse : elle veut sauvegarder sa dynastie, c'est tout ce qui l'intéresse ; bien plus que le peuple, que les famines, les révoltes et les guerres. Elle s'entoure de princes mandchous qu'elle comble d'honneurs, pour faire le poids face aux lettrés hans, plus compétents, mais hans, justement. Elle en est à son troisième empereur – ça fait beaucoup quand même. Tous plus mauvais les uns que les autres, débauchés, neurasthéniques, incapables de se reproduire. Mais il faut se mettre front au sol devant eux, car ils sont les Fils du ciel. Ainsi l'exige la tradition, et la tradition a bien souffert depuis l'arrivée des étrangers. C'est ce qui nous tient, et c'est aussi ce qui nous perd : quel est le plus ridicule, s'incliner devant un faible d'esprit, ou croire que la magie noire rendra un paysan invulnérable aux balles ? Notre empire est bien fragile, un souffle le briserait. Alors, l'impératrice aussi a peur. Peur que l'on brise la dynastie Qing. »

La Pieuvre avait fait son chemin. Voilà qu'il se mettait à critiquer ouvertement le pouvoir. À l'écouter, j'oubliais pour un temps les miliciens, la souffrance et la haine. Tout devenait abstrait dans la bouche de La Pieuvre, tout se transformait en concepts et en principes, et surtout, en intrigues.

« Tu sais ce que j'ai appris récemment ? reprit-il. C'est le comte Li qui a incité les étrangers à ne pas féliciter le nouvel héritier présomptif. Les diplomates le connaissent bien, ils lui ont versé tant de pots-de-vin depuis le traité de Maguan. C'est à lui qu'ils s'adressent pour toutes ces questions de protocole dans lesquelles ils pataugent. Or, le comte Li connaît ces questions par cœur. Il les a induits en erreur à dessein, et a fait circuler dans la Cité interdite d'étranges rumeurs de complots étrangers visant à remettre l'empereur Guangxu sur le trône, racontant à qui veut l'entendre que des dizaines de milliers d'uniformes étaient en train d'être fabriqués par des usines étrangères pour venir nous faire la guerre. Pourquoi cet homme met-il autant d'huile sur le feu ? Il cherche peut-être à revenir en faveur en se rendant intéressant. Or, ces informations sont fausses, je les ai fait vérifier. Je me demande même s'il n'est pas payé par les étrangers pour les diffuser et créer une pression supplémentaire. Parfois, dans mes rêveries les plus folles, je l'imagine complotant pour se venger des humiliations que lui ont fait subir les Qing. Mais je ne veux pas le croire, non ; pas le comte Li. »

La Pieuvre se passionnait pour ces questions, qui tournaient toutes autour du pouvoir. Il était comme un amoureux qui aurait longtemps désiré quelqu'un en secret, quelqu'un d'inaccessible qui l'aurait éconduit et rejeté à jamais, et qui tout à coup voyait la chance tourner. Il assistait à l'effritement du régime impérial, comprenait qu'une brèche s'ouvrait. Il savourait profondément son rêve, le préparait, jouait à le défaire et le recommencer. Il aimait le pouvoir, de tout son corps et de tout son esprit, il le voulait et ferait tout pour l'avoir. Je priais pour qu'il soit celui qui mérite cette responsabilité. La Pieuvre avait encore du chemin à faire, mais il n'était pas le pire, loin de là. Il ne m'inquiétait pas plus qu'un autre : si l'on se mettait à lire les pensées de ses semblables, on serait trop effrayé pour sortir de chez soi. La Pieuvre avait au moins le mérite de l'intelligence et de l'efficacité ; et au fond de lui, tapie sous cette épaisse couche d'ambition trop longtemps frustrée, un sens rare de la dévotion et de la fraternité.

Dès que je sortis de son riche palais, par la porte des domestiques comme toujours, car s'il m'offrait les honneurs de ses jardins et de sa culture, il ne le faisait jamais qu'en secret, j'oubliai ses fantasmes. La boue et le bruit des rues de Tianjin me rappelaient cruellement à la réalité : le prix des couteaux avait doublé, les gens vidaient les étals de nourriture déjà peu fournis.

La violence, c'est d'abord cette tension sourde, l'attente de la vague. Elle n'est pas encore visible, tassée dans les profondeurs. Mais on la sent déjà.

Cao Futian me demanda de venir soigner des blessés. Il était désormais installé dans la cour d'une usine de machines, en ville. Il exultait. Il avait emmené ses hommes démonter les rails sur la ligne de Beijing.

« Je te l'avais dit, sainte mère : les convertis n'étaient que le début. Nous aussi, nous nous modernisons. Nous attaquons les points stratégiques : tout un pan de rails a été arraché, les poteaux télégraphiques ont été mis à terre, on a même brûlé une gare et fait trembler un pont. Les étrangers vont arriver, alors nous préparons le terrain. On a laissé trente mille hommes à Zhuozhou, trente mille ! Les hommes y restent en faction, pour aider la ville à se défendre lorsque les armées étrangères arriveront. Le gouverneur fait la grève de la faim en protestation. C'est tout ce qui lui reste.

– Et où sont-elles ces armées étrangères ?

– Oh, en sécurité sur leurs bateaux. Mais elles ne sont jamais loin des côtes, crois-moi. Nous allons les faire débarquer, sur notre terrain, et là, ce seront eux les mouches. Nous les écraserons de la paume de nos mains. »

Il riait, et ses hommes riaient avec lui. Ils étaient heureux comme des enfants ayant réussi un bon tour. Ils étaient squelettiques, terriblement jeunes, et brûlants d'une joie effrayante.

« Et les blessés, que leur est-il arrivé ?

– Ils ont affronté l'armée impériale, en braves. Nous les avons ramenés jusqu'ici pour qu'ils se reposent.

– Tu t'arranges pour ne montrer que des éraflures, à moi et aux habitants de cette ville. Où sont tes morts ? Où sont les vrais blessés ? Tu n'as pas pu les emmener. Tu les as laissés sur place.

– Je n'en ai pas vu. Vous en avez vu, vous ? » demanda-t-il à sa petite assemblée.

Ils rirent de plus belle. Non, il n'y avait pas de morts, ils le juraient sur la tombe de leurs ancêtres. Ils étaient invincibles, les dieux les guidaient, et pour le reste, ils s'entraidaient : l'un avait porté l'autre sur son dos, pendant une nuit entière de marche. Et l'autre avait protégé ses arrières dans la bataille. Ils savaient se battre. Ils n'avaient pas peur. Les femmes s'arrêtaient, les écoutaient. Les hommes voulaient les rejoindre. Moi, je les voyais tous déjà morts.

Ils repartirent, le visage dur.

Trois jours plus tard, c'est La Pieuvre qui fit appel à moi, avec encore plus de discrétion que d'habitude. Il n'y avait pas que les hardes de paysans qui avaient besoin de soins. Il avait recueilli dans son palais un colonel de l'armée impériale et l'avait enfermé dans une chambre pour que personne ne constate son état : hagard, incapable de manger, le colonel ne faisait que déambuler dans la pièce en agitant les bras et en marmonnant une phrase inaudible qui lui déformait la mâchoire. Je m'approchai et écoutai.

« On dira que j'ai tué des innocents, mais je n'ai tué que des bandits », répétait-il aux murs.

« J'espère que tu pourras l'aider, m'expliqua La Pieuvre. Les officiers ont reçu des ordres stricts : tirer en l'air, juste pour faire fuir les rebelles. Jusque-là, ça fonctionnait. Mais les hommes du Poing de la justice et de l'harmonie s'en prennent maintenant à la voie ferrée, financée par des emprunts dont les intérêts coûtent soixante à soixante-dix mille taels par jour. Trop d'argent est en jeu, on ne peut pas les laisser détruire ces rails. Les rebelles ont déjà démonté toute une section, il y a quelques jours ; personne ne s'y attendait. Et ils ont remis ça hier. Le colonel Yang Mushi est donc intervenu, il a tiré en l'air. Les rebelles ont fait comme si de rien n'était et ont poursuivi leur œuvre de destruction. Les balles en l'air ne les effrayaient plus. Le colonel n'a pas eu le choix, il a ouvert le feu. C'étaient des adolescents. Il n'a rien à se reprocher, mais les ordres sont impossibles à exécuter. Le colonel a besoin de reprendre ses esprits. »

Je savais bien à qui le colonel avait eu affaire. Quant à Cao Futian, je ne le revis pas pendant quelque temps. Il devait être occupé à cacher ses morts et les blessés graves qu'il ne pouvait faire déplacer. Peu de temps après, on m'apprit que le village de Fengtai avait été entièrement incendié. Je compris alors que Futian envoyait ses chatons se refaire les griffes sur des convertis, pour retrouver la formule d'invincibilité perdue face au zélé colonel. Ce dernier payait cher son devoir à l'empereur. Je me demandais s'il retrouverait un jour la raison.

En ville, la vague prenait forme : les trains en provenance de Dagu, sur la côte, vomirent des centaines de soldats étrangers. Cao Futian avait raison : ils étaient là depuis longtemps, sur leurs terribles bateaux, à guetter comme nous les événements. Ils étaient tous en uniformes, des uniformes différents, comme la couleur de leur peau.

Il y avait quelques Indiens, mais surtout des hommes roses, des moustachus, des barbus. Dieux, que de poils! Et les chapeaux, quel étrange spectacle: casques à pointe, képis, quelques tricornes même, il y en avait de toutes les formes. Les plus originaux de ces barbares étaient presque glabres: montés sur des poneys minuscules, ils compensaient la petite taille de leur monture en portant une plume unique, immense, sur une sorte de toque en fourrure d'où pendait un pompon. Leur fine moustache devait demander un soin quotidien. On les aurait cru sortis d'un théâtre de marionnettes.

Ils auraient pu être impressionnants, de loin. Ils ne l'étaient pas. Pas autant que les élèves du Lotus jaune qui s'entraînaient avec Nuage d'azur au bord du fleuve, pas autant que les miliciens aux yeux brillants du Poing de la justice et de l'harmonie. Les redoutables soldats étrangers n'étaient plus des diables mais des hommes sales, velus à l'excès, qui sentaient mauvais dans ce printemps trop chaud. Cao Futian avait vu juste: nous avions appris à les connaître et à voir la réalité sous la mise en scène de leurs parades. Ces marches militaires n'étaient que des techniques de fascination, peu différentes de celles enseignées par Nuage d'azur. Et le défilé bigarré de tous ces uniformes nous révélait à quel point leur union était improvisée.

Ces militaires voulaient se rendre à Beijing: les cinq jours de délai imposés par les légations avaient expiré. Les ministres de la Cité interdite avaient promis des mesures sans rien formuler de concret, espérant peut-être gagner du temps. Le consul français à Tianjin avait donc été trouver le vice-roi, Yulu, pour lui demander de l'aider et faire transiter ces soldats vers la capitale: ils ne venaient que pour défendre le quartier des légations contre les Boxeurs. Le vice-roi déploya des trésors d'ingéniosité pour les garder en stationnement à Tianjin: la cour lui demandait de les empêcher de passer.

« Comment? s'étonnait La Pieuvre. Par la force? Ce serait une déclaration de guerre. Yulu a tout fait pour soigner ses relations avec les diplomates des huit nations, pour montrer sa bonne foi, et sa volonté de soumettre les rebelles. Il parle d'expérience : il a déjà maté un soulèvement populaire en Mandchourie, la révolte du Zaili. À cinquante-quatre ans, après avoir reçu tous les honneurs dont un homme peut rêver, il sait que nous marchons sur des œufs : on ne gagne jamais en faisant abattre le peuple, que ce soit à tort ou à raison ; et on ne gagne pas contre les étrangers. Il essaie donc de les convaincre que leurs soldats ne sont pas nécessaires, que les légations sont en sécurité à Beijing. Mais sa meilleure chance est de ne pas les prendre pour des imbéciles : tous les jours, des affiches sont collées sur les murs de la ville, arborant le slogan "Mort aux étrangers". Certains Occidentaux lisent notre écriture, les médecins en particulier ; et les Japonais peuvent leur traduire ce qu'ils ne comprennent pas. Yulu gagne du temps, et essaie de convaincre la cour de sauver la face : il vaut mieux laisser passer ces soldats, en limitant leur nombre, que de leur opposer un refus. À Beijing, on discute. L'impératrice a reçu en privé Dong Fuxiang, le commandant des armées musulmanes. Un homme simple, fils d'un marchand d'ânes, et terrible. Il hait les étrangers et prétend pouvoir les vaincre. Comment ? Mystère ! »

En réalité, la cour n'en était pas là et finit par se rendre à l'évidence. Elle autorisa le passage de trente soldats par légation. On comptait six légations à Beijing et supposait qu'il ne devait pas y avoir plus de cent quatre-vingts soldats étrangers à monter vers la capitale. Ils étaient plus du double, en fait.

Les habitants de Tianjin pleurèrent des larmes de rage sur leur passage. On envoyait l'armée sur les enfants du pays, tandis qu'on laissait passer les ennemis de toujours. C'était insupportable. Plus rien ne ramènerait le peuple à la raison. Je serais tentée de croire, avec le recul, que si les militaires étrangers n'avaient pas débarqué, les événements se seraient déroulés autrement. Hélas, on ne refait pas le passé. L'arrivée de ces soldats était inéluctable, elle se préparait depuis des années, depuis que les missionnaires faisaient la guerre aux traditions locales. Pourtant, il suffit parfois de peu de chose pour que les événements basculent dans un sens ou dans l'autre. L'arrivée de ces soldats fut le point de non-retour et plongea le Zhili dans la violence : le peuple entier, d'un seul cœur, cria à l'injustice.

Le Poing de la justice et de l'harmonie recrutait à tour de bras. Certains chefs peu scrupuleux firent même payer leur adhésion aux nouveaux adeptes du mouvement. Les rebelles se jetèrent sur les voies ferrées à Huangcun, tout près de Tianjin. Ils arrivaient trop tard pour empêcher les étrangers de passer ; ils durent se contenter de brûler la gare. L'armée chinoise tenta de les disperser : elle osait de moins en moins se montrer. Elle le fit car les rails étaient un sujet sensible. Non seulement les rebelles refusèrent d'obéir, mais ils attaquèrent les soldats et en tuèrent une centaine. On m'appela, le lendemain. Il n'y avait pas que des hommes avec des fanions blancs parmi les assaillants. Le peuple les avait rejoints, des gens simples qui ne pensaient pas à se révolter une semaine plus tôt, et qui n'espéraient pas être protégés par des pouvoirs magiques. Les membres du Poing de la justice et de l'harmonie aussi avaient été des gens simples. Ils avaient été confrontés à une situation impossible, et c'est elle qui les avait transformés en révoltés prêts à tout.

C'était le réseau de femmes que j'avais mis en place qui m'avait fait appeler. Elles ne parlaient pas. Elles étaient là, actives, efficaces. Les Lanternes vertes s'occupaient des funérailles, les Lanternes bleues improvisaient une infirmerie, les Lanternes rouges allaient chercher de l'eau, un foulard autour du front. Elles oubliaient leur découragement en s'occupant de tâches concrètes.

Quand je revins au Lotus jaune, l'école était presque vide. Seules les plus âgées étaient restées, celles qui avaient des enfants, et Nuage d'azur.

« Où sont les autres ? demandai-je.

— À Beijing. Elles défilent, avec les membres du Poing de la justice et de l'harmonie.

– Elles défilent ?
– Oui. Elles ont pris le train.
– C'est toi qui leur as donné l'idée ?
– Non ! C'est Cao Futian. Il est venu, avec son cheval et son air de démon tombé du paradis pour leur dire de venir avec lui défiler pacifiquement à Beijing. Il veut montrer à l'impératrice que son peuple tout entier la soutient. Il pense qu'en les voyant bien disciplinés et unis, elle comprendra qu'ils ne sont pas des ennemis, mais au contraire ses sujets obéissants. Tes élèves lui sont tombées dans les bras.
– De quel droit sont-elles parties ? Elles auraient dû demander mon autorisation.
– C'est toi qui leur as appris à penser par elles-mêmes.
– Penser par soi-même, ce n'est pas suivre le premier séducteur venu.
– Je crois qu'elles sont convaincues parce que c'est vraiment une bonne idée, ce défilé.
– Tu les soutiens ?
– Oh non, je t'assure que non. Mais c'est habile de mettre la dynastie du côté de la rébellion. C'est ce qu'ils essaient de faire depuis qu'ils ont changé de slogan. Ils veulent combattre les étrangers. Or, ils ne peuvent le faire qu'avec l'appui de l'armée impériale. Certains princes les soutiennent, même si plusieurs conseillers à Beijing sont réfractaires au mouvement : des paysans affamés poussant des cris en prétendant faire de la magie noire, ça ne fait pas rêver tout le monde. Cao Futian veut changer l'image qu'on a d'eux ; les mettre en rang et montrer leur force, pas leur misère. Il y arrivera.
– Cette révolte sera un bain de sang.
– Tu l'as déjà dit. Mais la révolte est là ; le bain de sang est là. Regarde tes vêtements ! Plutôt que de venir après la bataille, empêche-la ! Tu as tant de pouvoir !

— Le pouvoir, c'est exactement le contraire de ce que je fais. Je suis un canal ; je transmets, c'est tout. Je suis la servante, pas le maître.

— C'est bien la raison pour laquelle les gens te font confiance. C'est toi qu'on appelle, toi qui guéris les blessés et les malades. Si tu menais ce défilé pacifique, toute la ville te suivrait.

— Tu ne comprends pas. C'est un contrat avec le ciel. Tant que je suis juste, l'énergie passe dans mes mains. Si je choisis de prendre part à la violence, si je me pose en meneuse, tout me sera retiré. Tout. Et il n'y aura plus de guérisons.

— Alors, fais en sorte qu'il n'y ait pas de violence. Mène la lutte sans orgueil, comme tu mènes cette école. Rends cette révolte belle et juste. C'est ta responsabilité. Ne laisse pas tes élèves partir avec Cao Futian. Protège-les de lui.

— Nuage d'azur, que fais-tu ici ? Pourquoi n'es-tu pas à Beijing avec les autres, puisque tu y crois ? Ta secte ne veut pas prendre le risque de t'exposer ? Pourtant, avec ton épée, ta force, beaucoup te suivraient aussi.

— Ce n'est pas ce que tu crois.

— Où sont les chefs ? Pourquoi ne les voit-on pas parmi les blessés et les morts du Poing de la justice et de l'harmonie ?

— Parce qu'ils sont déjà morts, exécutés par l'armée dans les raids de ce printemps. Et les autres continuent de s'étaler sous les balles impériales, mais tu ne veux pas les voir. Tu crois que leurs chefs devraient être âgés. Tu es plus traditionnelle que tu ne le penses, Hei'er. Les temps changent. Cette génération n'a pas le temps d'attendre que la vie et l'expérience la rendent sage. Elle mourra avant, de faim, d'injustice, et elle le sait. C'est la grande force de ce mouvement : elle prend ses chefs parmi les jeunes et leur donne une chance d'être quelqu'un.

— Mourir, c'est devenir quelqu'un ?

— La mort fait partie de la vie. Combattre lui donne un sens.

– Et Cao Futian, lui, il ne meurt pas ? Il est invincible ?
– Il le prétend, sans y croire. Il s'expose pourtant. Il est de toutes les batailles, sur tous les fronts, sans récolter la moindre écorchure. Je crois que si les dieux existent, les Cao Futian sont leurs personnages préférés ; ils les protègent.
– Alors, pourquoi ne l'as-tu pas suivi ? »
Elle me regarda intensément.
« Parce que je crois que le Lotus jaune peut faire mieux que servir cette bande d'abrutis. Je ne cautionne pas le Poing de la justice et de l'harmonie. Je te soutiens, toi. »

) 16 (

Les vierges folles

Près de Tianjin, une milice du Poing de la justice et de l'harmonie tomba par hasard sur une troupe de gardes russes. Enhardis par le défilé de Beijing et par le petit nombre des étrangers, les rebelles les attaquèrent. Les Russes durent prendre la fuite.

Pour nous, Chinois, c'était une victoire. Cao Futian n'avait pas tort : tous désormais soutenaient le Poing de la justice et de l'harmonie. Quant aux Lanternes rouges, elles étaient devenues des mascottes. Au Lotus jaune, nous recevions des rouleaux entiers de cotonnades rouges offerts par des princes ou des notables. On ne savait pas très bien par qui en fait, et les élèves s'en moquaient. Je regrettais que nous ne recevions que des étoffes de cette couleur : les Lanternes rouges n'étaient qu'une des sections de notre milice de femmes, la plus jeune, la plus inexpérimentée, la plus inutile. Celles qui aidaient, qui ravitaillaient, qui transmettaient un peu de bon sens dans cette tempête d'agressivité, c'étaient les Lanternes bleues, les mères de famille, les Lanternes noires, les plus âgées, et les Lanternes vertes, les veuves que tous respectaient. Personne n'avait pensé à leur envoyer leurs couleurs. Elles devraient continuer à couper leurs brassards dans de la charpie. Beijing n'avait vu que les jeunes filles, et s'attendait à les voir se vêtir comme pour un mariage.

Elles réfléchirent longtemps à leur tenue avant de la confectionner. Pendant une semaine, toutes les conversations tournèrent autour des longueurs de manches, de la forme du col et de la couture de la taille. Impossible de les intéresser à autre chose : l'édification de leur âme devrait attendre. L'une des doyennes, Ai, les regardait faire, si froidement que je crus qu'elle partageait mon dépit.

« Ce ne sont que des coquettes écervelées, lui dis-je.

– Ce sont des enfants, sainte mère. Ne leur refuse pas la joie de se faire belles, pour une fois dans leur vie. Au moins, elles fabriquent ensemble un uniforme collectif. »

Le résultat, ce fut une tenue que la plupart des Chinois devaient juger scandaleuse : une veste aux manches courtes et serrées, à la taille serrée, sur un pantalon court et serré ; le tout, rouge éclatant.

« C'est pour mieux nous battre, sainte mère. Les vêtements amples gênent les mouvements du corps. »

Je ne détestais pas l'idée que ces filles inventent leur propre costume ; je ne détestais pas non plus l'idée de choquer. C'était une forme de spectacle dont les Chinoises de toute la société avaient besoin. Toutefois, j'interdis le maquillage. Il ne servirait à rien pour se battre, puisque c'était ce qu'elles souhaitaient, et ne ferait qu'attiser le fantasme qu'elles étaient en train de créer, plus ou moins consciemment. Je ne voulais pas qu'on les prenne pour des courtisanes.

Ainsi attifées, elles furent sollicitées par toutes les grandes maisons de Beijing et de Tianjin : on en voulait comme gardes du corps, comme domestiques. On en voulait de très belles, sans dire pourquoi. Et elles partaient, heureuses et fières.

« Est-ce juste, Nuage d'azur, est-ce vraiment juste ?

– C'est mieux que ce qu'elles ont connu jusqu'ici, en tout cas. Souviens-toi qu'elles mouraient de faim il y a encore six mois. »

Nuage d'azur et moi compensions cette frivolité par un encadrement plus sévère, assuré par les Lanternes noires. Désormais, les portes de l'école étaient surveillées. Les dortoirs étaient contrôlés : on y faisait l'appel tous les soirs. Mei, que j'avais surprise dans les bras de Cao Futian, faisait profil bas. Les entraînements de boxe de Nuage d'azur prirent une tournure encore plus martiale. Elle les faisait lever une heure plus tôt, maintenant que le printemps arrivait, et soumettait ses meilleures élèves à des combats qui n'avaient d'amicaux que le nom. Quant à moi, j'imposais des méditations silencieuses sur la contrition. Les Lanternes rouges avaient assez exploré leur liberté, assez puisé dans la mise en scène pour retrouver le goût de la vie. Ce n'était pas une punition, mais un autre chemin vers la vérité. Elles devaient remettre les pieds sur terre.

Je saisis l'occasion de voir des élèves s'installer à Beijing pour leur confier de quoi m'informer par moi-même. Beaucoup de choses se déroulaient dans la capitale, et La Pieuvre était trop absorbé par ses rêves de pouvoir pour me parler sincèrement. Puisque nous avions des pigeons voyageurs, et des filles capables d'écrire un peu, autant renouer avec nos traditions. Certains oiseaux ne reviendraient pas, mangés ou perdus dans un coup de vent, mais la plupart d'entre eux retrouveraient le chemin de leur foyer. Moi aussi je m'étais mise à aimer ces oiseaux incroyablement rapides et fidèles.

Celles qui partaient pour Beijing emmenèrent donc discrètement quelques pigeons, à charge d'envoyer des nouvelles si quelque chose d'important se produisait. Je ne voulais pas prendre le risque de voir les Lanternes rouges agir en mon nom sans être mise au courant.

Les filles n'étaient pas les seules à voyager. Tous les civils étrangers installés dans les environs vinrent se réfugier à Tianjin. Certains avaient un long voyage à faire à pied, leurs enfants sous le bras, évitant les grands axes où ils craignaient d'être des proies trop faciles. Ils réquisitionnaient la nourriture dans les villages, leurs fusils pointés sur les paysans. Ils voyaient des rebelles partout, et n'avaient peut-être pas tort. À Jinghai, des étrangers paniqués ouvrirent le feu sur des adolescents qui exécutaient des mouvements de boxe. Ils en tuèrent une trentaine. Les villageois se vengèrent sur les convertis, et même sur quelques étrangers isolés. Cependant, ils firent disparaître ces cadavres encombrants, par peur des représailles.

L'armée chinoise continuait ses raids, de plus en plus détestée, de plus en plus dépassée. Je redoutais mes visites chez La Pieuvre depuis que les filles avaient défilé. Comme si de rien n'était, il continua à me faire venir et à ressasser les événements. Soit il ne savait pas qu'elles étaient mes élèves – mais La Pieuvre savait tout –, soit il voulait m'extorquer des informations. Nous nous arrangions pour ne pas aborder ce sujet difficile.

« Je ne sais pas quoi faire, me disait-il. Alors, je ne fais rien. J'attends. À Beijing, le vent tourne. Depuis que les rebelles ont défilé, on les prend pour de loyaux sujets. Les princes qui les soutiennent ont le vent en poupe. L'impératrice a donné l'ordre à l'armée de cesser toute violence, mais Rong Lu[29], son plus proche conseiller et chef des armées, ne l'a pas transmis. Il a toujours été contre le mouvement du Poing de la justice et de l'harmonie. La semaine dernière, il a rédigé cinq mémorandums pour expliquer à quel point les rebelles sont dangereux, incontrôlables, voleurs et pilleurs. Pour lui, le véritable danger, ce sont les armées étrangères. Et si les troubles continuent, elles occuperont le pays. Ce qu'il veut éviter à tout prix. Or, il ne souhaite pas non plus être tenu responsable des massacres de l'armée impériale. C'est un homme politique. Le général Nie Shicheng[30] lui a télégraphié, en lui avouant ne pas comprendre ce qu'il était censé faire : on lui demande de défendre les rails contre les rebelles, et ce sont les armées étrangères qui les prennent pour monter à Beijing ! Rong Lu ne s'est pas même donné la peine de répondre. »

29– Voir page 356.
30– Voir page 356.

Pendant que La Pieuvre égrenait ses rapports, au Lotus jaune revint un premier pigeon, porteur d'un message alarmant. C'est Fine qui me l'apporta, notre lectrice en chef, enchantée de voir que nos techniques fonctionnaient :

« Deux missionnaires ont été assassinés près de Beijing, me rapporta-t-elle en me tendant le fin rouleau de papier que j'étais bien incapable de lire.

– Quitte ce sourire, Fine. Ce n'est pas une bonne nouvelle. Les diplomates étrangers n'attendent qu'un prétexte pour faire débarquer leurs armées dans le pays.

– Ça fonctionne, sainte mère, ça fonctionne ! Nous recevons des informations de première main ! Te rends-tu compte ? Les Lanternes rouges sont capables de communiquer à travers tout le pays !

– De Beijing au Lotus jaune, Fine. Et dans ce sens-là uniquement, pour autant qu'un affamé ne fasse pas son repas du messager. »

Le soir même, alors que je reprenais ma barque en rentrant d'une consultation à Houjiahou, je surpris une étrange scène en plein centre-ville, sur une place très fréquentée face à la porte nord de la citadelle. Une dizaine de mes élèves en grande tenue rouge donnait un spectacle devant une foule de badauds. La moitié d'entre elles, assise par terre derrière une rangée de Lanternes rouges, jouait du tambourin face au public fasciné. Les autres dansaient, de grands tissus rouges virevoltant dans chaque main. Elles chantaient.

« Les esprits de nos ancêtres pleurent !

– Ils cherchent en vain leurs tombes profanées !

– Ils nous appellent pour se venger des chrétiens !

– Écoutez les voix de nos ancêtres !

– Ils parlent à travers nous ! »

Les tambourins frappaient un rythme lancinant tandis que les jeunes filles faisaient danser leurs voiles.

« Tuez ! » hurla soudain une fille à pleins poumons.

La musique s'arrêta brutalement. D'un seul mouvement, les danseuses jetèrent leurs étoffes au sol. Deux d'entre elles prirent leur élan, posèrent leur pied d'appel sur les tissus que les autres avaient tendus au sol et s'élancèrent dans un vertigineux saut périlleux en jetant chacune un éventail dans les airs. Chacune rattrapa le sien. Très graves, elles annoncèrent alors que c'est ainsi qu'elles avaient tranché la tête de deux missionnaires, loin d'ici. La foule applaudit.

J'étais horrifiée. Et impuissante : si j'intervenais maintenant devant ce public, je décrédibilisais toute l'école. Je partis aussi vite que possible, espérant que ces filles soient plus bêtes que méchantes. C'est moi qui leur avais appris à danser, moi qui leur avais appris à jouer du tambourin, à exécuter des figures, à faire rêver les foules. Je ne les avais jamais appelées au meurtre.

Je devais m'assurer que rien de tel ne se reproduirait. Je guettai les fautives, postée derrière les portes de l'école, une rangée de Lanternes vertes averties à la hâte à mes côtés, toutes les autres filles du Lotus jaune assises par terre dans la cour, dans un silence mortifié. Nous entendîmes les danseuses arriver de loin : elles riaient à gorge déployée, comme je n'entendais que trop rarement rire des Chinoises, en commentant leur coup d'éclat. Nulle ne se doutait de ce qui les attendait.

« Non mais vous avez vu la tête qu'ils faisaient ?
– Ils étaient bouche bée !
– Qu'est-ce qu'ils sont bêtes, quand même !
– C'était un beau spectacle.
– Oui, à refaire ! »

Elles ouvrirent les portes de l'école, bras dessus, bras dessous, puis déchantèrent. Sous le regard sévère des doyennes, sous le mien, elles baissèrent la tête.

« Vous avez utilisé l'apprentissage et les emblèmes du Lotus jaune pour tromper de pauvres gens. Vous vous êtes moquées de leur misère. C'est toute l'école que vous avez déshonorée, ce soir. Rendez vos costumes et allez-vous-en. Vous n'êtes plus dignes de mon enseignement. »

Une doyenne leur tendit leurs vieilles frusques. L'une des danseuses pleura, mais elle garda le silence, se déshabilla, les mâchoires serrées, et remit sa tenue grise. C'est une autre qui prit la parole. Je la connaissais bien, Xiu. Toujours à rire et à danser, gracieuse comme personne, elle me faisait penser à moi, plus jeune. Je l'avais poussée aux arts du spectacle, dans lesquels elle excellait. Je répugnais pourtant à l'initier. Je n'avais jamais compris pourquoi. Elle ne manquait pas d'empathie après tout: il faut une fine compréhension des autres et de soi-même pour se mettre dans la peau d'un personnage. Quelque chose me gênait, ce goût du scandale peut-être, qu'elle allait justement me lancer en pleine figure :

« Qu'avons-nous fait de mal ? C'était un spectacle, juste un spectacle, pour les faire rêver !

– Je vous ai entendues. Tuer n'est pas rêver.

– Mais tous ces gens ont un jour été témoins de tueries. Elles existent, elles font partie de leur vie. Ces filles que vous recueillez ont été témoins de violence. Le spectacle la transcende !

– Il la banalise. Je ne peux pas vous laisser le faire en mon nom.

– Il faut montrer aux convertis que nos dieux sont plus puissants que les leurs.

– En trichant ?

– Alors, c'est comme ça ! Un jour on danse, un jour on rêve, et le lendemain, c'est fini, retour à la case départ. Non ! Vous êtes responsable ! Vous me punissez d'avoir fait ce que vous m'avez appris. À vous d'assumer. Je ne retournerai pas à la rue. »

Xiu se déshabilla, jeta à terre son costume rouge. Elle était nue devant moi.

« Osez me dire que vous allez me pousser à la rue comme ça ? »

Nuage d'azur fit un pas vers elle. Je savais bien que Xiu se lançait maintenant dans une nouvelle mise en scène. Elle avait touché juste : j'avais le cœur brisé. Si j'avais été seule, j'aurais peut-être ri, et cédé en faisant promettre à ces filles de ne plus recommencer. Mais les doyennes auraient été scandalisées, les autres têtes de linotte de quinze ans seraient parties en courant pour aller danser et jeter des foulards dans la rue en appelant au meurtre. Xiu et les autres mettaient en danger toute l'école.

Nuage d'azur continua d'avancer vers elle. Xiu releva encore le menton, la provoquant d'un geste de la mâchoire. Nuage d'azur ne cligna même pas des yeux. Elle attendit quelques secondes. Puis elle lui faucha les jambes d'un coup de pied.

Ce sont les autres danseuses qui ramassèrent Xiu et ses vêtements. Elles savaient que Nuage d'azur mettait un point d'honneur à aller jusqu'au bout de ses idées, et que Xiu pourrait très bien ne pas ressortir vivante de l'école. Les portes se refermèrent derrière elles.

J'étais amère. Nous avions chassé des membres du Lotus jaune par le passé, des voleuses, des paresseuses ; jamais des enfants qui s'amusaient. Au repas, on entendit les mouches voler. L'une de nos plus vénérables Lanternes vertes vint s'asseoir à mes côtés, Jing ; une femme douce, qui parlait peu.

« Si je puis me permettre, sainte mère, tu as pris la bonne décision.

– Merci, Jing.

– Je m'inquiète, tu sais. Ces jeunes filles sont de plus en plus dissolues, malgré toute la peine que nous nous donnons pour les cadrer. Elles écoutent pendant les leçons, mais n'obéissent qu'en façade. Elles ont passé trop de temps dans la rue, avant. Elles se sont habituées à aller et venir à leur guise ; au danger aussi. De mon temps, nous redoutions trop nos pères pour oser mettre le nez hors de la maison.

– Était-ce un bien ?

— Ni un bien ni un mal. Dans le *taijitu*[31], le noir épouse le blanc, et le blanc épouse le noir. Une perle de noir tache le blanc, une perle de blanc tache le noir. Il en a toujours été ainsi. »

Je commençais à m'agacer. Il y avait trop de discours philosophiques à l'emporte-pièce au Lotus jaune ; j'avais assez vu, ce jour-là, où cela pouvait nous mener. Je puisai dans mes réserves de patience toute la courtoisie que cette femme d'ordinaire taciturne méritait.

« Certes. Où veux-tu en venir, Jing ?
— Elles vont, elles viennent. Elles disparaissent et réapparaissent. Mei n'est pas rentrée ce soir, ni le soir d'avant.
— Mei ? »

Je réfléchis. C'était elle qui avait rejoint Cao Futian dans les écuries du temple des huit immortels.

« Penses-tu qu'il lui soit arrivé quelque chose ?
— D'habitude, elle revient.
— Pourquoi la laisses-tu revenir si elle enfreint les règles ? Nous nous sommes mises d'accord pour chasser les contrevenantes. Il n'y a pas assez de place pour tout le monde. Si les filles refusent de suivre notre discipline, elles doivent quitter les lieux.
— Quand j'ai fait l'appel hier soir, une autre fille a répondu à sa place. Je n'ai compris la supercherie que ce matin.
— Je vois.
— Pardonne-moi, sainte mère. Je suis une vieille femme que l'on trompe facilement.
— Tu es une femme lucide et sans orgueil. C'est rare. Il faudra resserrer le contrôle, voilà tout. Vous tiendrez un conseil de doyennes demain pour en parler et mettre en place de nouvelles mesures. »

Mei ne revint pas, ni ce soir-là, ni le lendemain. Mais j'avais trop à faire pour penser à elle. La Pieuvre me demandait en consultation : le meurtre des missionnaires l'avait mis dans tous ses états.

31– Symbole chinois représentant le yin et le yang dans un cercle où deux formes noires et blanches s'entrelacent.

« L'ambassadeur anglais est furieux et a demandé une audience. Il n'a même pas été reçu : comment veut-il qu'on protège les missionnaires alors que ce sont eux qui ont mis le pays à feu et à sang ? Robert Hart[32], l'inspecteur général des douanes, un Britannique en qui l'impératrice a entièrement confiance, a bien résumé le problème : "Si les Boxeurs ne sont pas éradiqués, les armées étrangères vont envahir Beijing ; si les Boxeurs sont supprimés, il y aura un mouvement antidynastique." Les étrangers ont acculé Cixi dans une impasse et l'ont mise aux abois. Mais les étrangers ne le voient pas. Ils n'écoutent plus Robert Hart. Ils discutent. Ils font conférence sur conférence, s'agitent, n'arrivent pas à se mettre d'accord. Pendant ce temps, les Russes ont discrètement mis un pied en Mandchourie ; pas la Mandchourie extérieure qu'ils ont déjà annexée : la Mandchourie chinoise. Ils font venir des troupes, soi-disant pour secourir leurs diplomates. En réalité, ils profitent de l'avantage qu'ils ont sur les autres nations étrangères : ils sont les seuls à pouvoir déplacer des troupes par voie de terre ; ils sont aussi les seuls à parler toutes les langues de ces nations occidentales. Mes espions me rapportent que ces réunions s'éternisent sans résultat, car les Français ne comprennent pas les Anglais, qui ne comprennent pas les Allemands. Il faut tout traduire, ça leur prend des heures, pour finalement échouer à se mettre d'accord : les Américains ne veulent pas s'allier ; ils ne réagissent que pour défendre leurs diplomates. Les Japonais s'échinent à montrer qu'ils sont une grande puissance, qu'ils sont les plus proches géographiquement, les plus utiles, qu'ils sont les seuls à parler mandarin. Les Russes redoutent leur montée en puissance, et cherchent à poursuivre leurs opérations en Mandchourie sans se faire remarquer. D'autres diplomates aimeraient profiter de l'occasion pour attaquer ensemble la Chine et obtenir d'elle de nouveaux avantages.

32– Robert Hart (1835-1911) était un fonctionnaire britannique en Chine. Il travailla également pour l'administration chinoise, qu'il contribua à moderniser.

– Comment connais-tu ces gens ?

– Il n'y a pas que les Chinois qui soient corruptibles. Dans le sillage des ambassadeurs, il y a beaucoup d'aventuriers qui prennent de grands airs alors qu'ils sont issus de quartiers modestes ; des officiers ; des secrétaires ; beaucoup ont le goût de l'argent ; beaucoup ont des dettes de jeu qu'ils n'arrivent pas à éponger ou des secrets honteux qui se mettent en travers de leur chemin. Je les aide, ils m'informent. Les diplomates eux-mêmes sont souvent des opportunistes en quête de fortune. L'ambassadeur italien, par exemple : il a vingt-quatre ans. Vingt-quatre ans ! On l'envoie discuter avec Rong Lu, ou Yulu, des hommes qui ont déjà fait deux ou trois guerres, vu leur pays dépecé et qui tiennent encore la route. Et le Français[33], à Beijing : sa femme est la fille d'un boulanger ; ou d'un tavernier, je ne sais plus. Non, d'un restaurateur. Elle est charmante, certes, et toi, tu es une femme du peuple, tu aimes les histoires de jeunes servantes qui épousent des ambassadeurs, je te comprends.

– Détrompe-toi.

– Que peut-il arriver de mieux à une domestique que d'être servie dans un palais ?

– Servir elle-même son propre destin.

– On ne sert jamais son destin. C'est lui qui nous sert. C'est l'un des enseignements du *Yi Jing*. »

La Pieuvre pouvait citer les grands livres de sagesse dans une conversation, il n'en restait pas moins incapable d'appliquer leurs principes dans la réalité. Le destin sert l'âme, pas la représentation de l'individu ; et l'âme nourrit le destin. Mon consultant était incapable de le comprendre ; il aurait eu beaucoup à apprendre en observant le dévouement et l'humilité de ses serviteurs.

« Qu'importe, répondis-je. Tu t'attendais à être présenté à une femme riche ou puissante, et on te dit qu'elle n'est qu'une serveuse.

33– Stephen Pichon ; son épouse Sophie Verdier était la fille du propriétaire du restaurant de la Maison dorée.

Crois-tu que l'un ou l'autre soit vrai ? Peut-être que son père est comme nos riches marchands, qu'il possède un restaurant comme d'autres une maison de change ou un dépôt de sel.

– Ils n'en restent pas moins des gens du commun. »

Et moi ? pensais-je. Qui étais-je à ses yeux ? Non seulement il ne me voyait pas telle que j'étais vraiment, mais il ne m'écoutait plus. Il me payait pour que ce soit moi qui entende tout ce qu'il avait à dire. Il avait inversé les rôles, et j'échouai à comprendre pourquoi.

« Et puis, reprenait-il, la vérité n'est pas ce qui importe. Elle n'est rien d'autre qu'un consensus. La plus grossière erreur peut se transformer en vérité indétrônable si tout le monde se met d'accord pour qu'elle le soit. Or, les diplomates des autres légations snobent l'épouse de l'ambassadeur français, parce qu'ils sont eux-mêmes marquis, baron, ou je ne sais quoi. Ils refusent de manger à sa table. Quand ils s'y soumettent, car ils sont bien obligés de le faire parfois, ils disent qu'au moins, elle fait bien la cuisine. On imagine ces gens distingués, mais ils ne font que jouer une comédie, et y tiennent les seconds rôles : maintenant que le télégraphe est là, ils ne prennent plus aucune décision ; ça les vexe. C'est fini, pour eux, les temps des guerres de l'opium où ils faisaient ce qu'ils voulaient ; ils ne peuvent plus rien entreprendre sans demander l'accord de leurs ministères qui, eux, ont d'autres chats à fouetter. Les troubles en Chine, la révolte des Boxeurs comme ils disent, dans les journaux européens, ça représente un petit encart tout en bas de la troisième page. Alors ici, les ambassadeurs s'agacent, menacent, pour essayer de provoquer une occasion. Mais dans leur capitale, les ministres souhaitent éviter les problèmes, alors ils les remettent parfois à leur place. La seule ambition des diplomates étrangers en Chine, c'est de briller pour ne pas y rester trop longtemps et être muté à un autre endroit plus intéressant, où la vie leur ressemble plus, chez eux ou dans l'une de leurs riches colonies. "Connais ton ennemi", disait Sunzi[34]. Je crois que je commence à me faire une idée.

– Si nous connaissions vraiment nos ennemis, il n'y aurait plus de guerres : nous nous comprendrions.

– La bonne nouvelle, c'est que beaucoup d'étrangers ne veulent pas la guerre. On peut encore l'éviter. »

La Pieuvre était un être fin, mais abstrait. Il ne suffit pas de ne pas vouloir la guerre : encore faut-il ne pas la provoquer. Le Poing de la justice et de l'harmonie était déjà en guerre, avait rallié le peuple, et était en train de rallier la dynastie. Ses membres avaient détruit la voie de chemin de fer entre Beijing et Tianjin, à l'issue d'une bataille qui avait duré deux heures et tué cinq cents d'entre eux, rebelles et villageois confondus. Cao Futian, qui avait mené cette action de sabotage, défilait en héros dans les rues de Tianjin, acclamé par les foules. Plus aucun train ne passerait. Plus personne ne soutiendrait les militaires chinois qui ne trouvaient même plus de quoi se nourrir : on ne vendait rien à ces assassins.

La nuit du retour triomphal de Futian, je dormis comme une pierre. Je fis un étrange rêve. Mei m'appelait du fond d'un puits ; ou plutôt, elle n'osait pas m'appeler. Elle pleurait. C'était Cao Futian qu'elle réclamait.

Je me réveillai, perplexe. Je pris le temps de réfléchir sur le pont de ma barque, avant de rejoindre les autres que j'entendais déjà s'entraîner sur les quais. J'interprétais ce rêve comme une représentation de mes élèves, et de notre relation : la moindre allusion à un puits était pour moi un rappel personnel du destin. Je réalisai que j'avais oublié ce que c'était, l'adolescence. Or, aucune de ces filles ne saisissait qu'il m'était bien égal qu'elles se jettent dans les bras

---

34– Sunzi ou Sun Tzu, général chinois (544-496 av. J.-C.) connu pour *L'Art de la guerre*.

du premier venu, qu'elles défilent dans les rues ou se lancent dans le théâtre. Je ne voulais pas qu'elles le fassent en mon nom.

Je me levai, inspirée, enthousiaste à l'idée de me lancer dans une brillante explication qui remettrait mes ouailles sur le droit chemin. Mais, alors que je descendais de ma barque, je vis un groupe d'hommes une corde à la main. Ils me demandèrent de les accompagner par mes prières : un enfant était tombé dans un puits à quelques rues d'ici.

Ce fut comme un hurlement à mes oreilles. Le hurlement désespéré de Mei.

« Un enfant ? Pas une jeune fille ?

— Non, c'est trop petit. »

J'assurai ces hommes de mes prières, leur envoyai mes apprenties pour les aider, et partis d'urgence à la recherche de Mei en maudissant mon goût idiot pour l'interprétation des rêves. On me dit d'ailleurs quelques jours plus tard qu'en fait d'enfant, c'était une poupée qui avait été retrouvée au fond du puits, une poupée qu'une petite fille avait fait tomber et abandonnée sans rien dire de peur de se faire gronder. Malheureusement pour elle, on ne laisse pas impunément partir des hommes en sauvetage au fond d'un puits pour un jouet.

Quant à moi, il fallait que je retrouve Mei. Je savais qu'il n'y aurait rien à tirer des filles de son dortoir, et qu'il n'y avait qu'une personne qui saurait où la trouver. Je filai chercher Cao Futian, que je dénichai aux écuries du temple des huit immortels, occupé à panser son cheval. Il le caressait avec plus de douceur que ma malheureuse élève.

« Où est Mei ? lui demandai-je sans préambule.

— Mei ? La jolie fille ?

— Où est-elle ?

— Je ne sais pas, ça fait bien quelques jours que je ne l'ai pas revue.

— Elle est en danger.

— Je reviens du champ de bataille, répondit-il, à peine concerné par mes questions. Nous étions tous en danger.
— Elle était avec toi?
— Pas dans la mêlée.
— Mais elle était partie avec toi?
— Elle nous avait rendu service, en suivant l'armée, et en allumant des feux pour nous indiquer sa position. Une brave petite, cette fille. J'espère que tu la retrouveras.
— Tu l'as utilisée comme éclaireur?
— Elle, et bien d'autres, sainte mère. Une révolte se prépare. Beaucoup de gens nous aident. C'est plus facile pour une fille de sympathiser avec les soldats.
— Tu es odieux, Futian.
— Réaliste.
— Aide-moi à la retrouver.
— Ce serait avec plaisir, mais j'ai beaucoup à faire. Nous repassons à l'attaque cette nuit. Mes hommes ont besoin de moi.
— Où a-t-elle eu lieu, cette bataille?
— À dix heures de marche de Tianjin. C'est facile à trouver, il suffit de remonter les rails jusqu'au lieu de leur destruction. »

Je le foudroyai des yeux.

« Ne t'approche plus de ces filles, Futian. Plus jamais. Ne leur adresse même pas la parole. »

Alors que je quittais la cour du temple des huit immortels, remplie à craquer de miliciens exaltés par l'attaque qu'ils préparaient, un jeune homme maigre vint me trouver.

« Je vais t'aider à la retrouver. Tu as guéri mon frère, il y a deux mois. Sais-tu monter à cheval?
— Non. Mais ma barque est rapide.
— Les voies ferrées ne suivent pas le Grand Canal. Si la personne que tu cherches est vraiment en danger, il faut partir maintenant et galoper. Sais-tu où la trouver exactement?

– Je pense qu'elle est au fond d'un puits.
– Tous les villages ont des puits.
– Celui-là est à sec.
– Ils le sont tous. Voilà des mois qu'il n'a pas plu.
– Un puits abandonné, près d'un rocher isolé en forme de cône, au milieu d'une plaine jaune. »
Il me regarda avec stupeur.
« Mais… toute la région est jaune et desséchée !
– Remonte les rails. Va, les dieux te guident.
– Comment ?
– Je ne sais pas. Va. »
Le lendemain soir, il ramenait Mei, à bout de forces, les jambes brisées, les bras attachés autour de lui pour la faire tenir à califourchon derrière sa selle. Les doyennes la firent descendre assez sèchement : elles devaient se demander pourquoi je m'étais donné tant de peine pour une fille qui était partie battre la campagne. Moi aussi, au fond.

« Comment tout cela est-il possible ? me demanda le cavalier. Je suis parti, et j'ai trouvé la plaine jaune parmi toutes les plaines jaunes, le rocher parmi tous les rochers, le puits parmi tous les puits. Et dedans, cette fille bâillonnée qui ne pouvait même plus crier.
– C'est un mystère pour moi aussi. Peut-être ton cheval est-il magique, dis-je en caressant l'animal.
– Peut-être que les dieux t'écoutent, sainte mère. »
Je soignai Mei. Elle était condamnée à passer l'été immobile, à l'école, le temps que les os de ses jambes se ressoudent. Sa mésaventure l'avait sauvée de la guerre. Elle l'avait embellie aussi, en lui faisant perdre son regard trop naïf. Quand elle fut reposée, elle me raconta comment Futian lui avait demandé de séduire des soldats de l'armée impériale pour les suivre et indiquer leurs positions. Ils s'étaient aperçus de son manège et l'avaient jetée au fond d'un puits en s'assurant de la réduire au silence : ils n'avaient pas eu le courage

de tuer une jolie fille dont ils avaient profité, mais il ne fallait pas qu'on puisse l'entendre. Je n'osais imaginer combien d'hommes lui étaient passés dessus.

« Tant de courage, Mei, et tant de souffrance. Pourquoi ?
– Pour lui.
– Lui ! Cao Futian ? Il ne se soucie pas plus de toi que de sa première chemise. Ouvre les yeux ! Il connaît à peine ton nom. Il n'a même pas cherché à te retrouver.
– J'ai ouvert les yeux ! Je n'ai fait que ça au fond de ce puits, ouvrir les yeux. Je l'ai appelé, appelé par mes pensées pour qu'il vienne à mon secours. Être abandonnée ainsi, seule dans ce trou, incapable de crier, c'était un cauchemar pire que la mort.
– Tu n'as pas été abandonnée. Tu as été entendue.
– Pas par lui. Je suis ridicule, n'est-ce pas ?
– L'amour n'est jamais ridicule, Mei. Il est aveugle. Tu n'es ni la première ni la dernière à tomber dans ses pièges.
– Quand j'étais dans ses bras, j'étais loin de tout, au-dessus de tout. Je croyais... Je croyais que c'était ça, le paradis. Mais avec les militaires... Nuage d'azur a raison : j'étais sidérée, tétanisée par la peur. Et je n'ai pas su partir, pas su trouver la présence d'esprit pour fuir. Au point où j'en étais, j'aurais eu l'impression de le trahir. Je croyais accomplir un acte d'amour et d'abnégation. J'étais prise dans mes propres illusions.
– Tu as de la chance, Mei. Peu de gens vivent l'amour véritable, même s'il n'est pas réciproque. Cao Futian n'a probablement aucune idée de ce que c'est.
– C'est toi, ma chance, murmura-t-elle. Comment te remercier, sainte mère, pour tout ce que tu fais pour moi ?
– En veillant sur les autres. »

) 17 (

L E   D É P A R T   D E   L'E X P É D I T I O N
S E Y M O U R

Cao Futian revint victorieux de sa nouvelle attaque contre les rails. Arrivé au sommet de sa gloire, il obtint, grâce au prince Duan, un entretien avec l'impératrice douairière. Qu'est-ce qu'il a pu s'en vanter! Je ne sais pas si l'impératrice prendra un jour des boulangères à sa table, mais imaginer Futian dans la Cité interdite était complètement saugrenu. Je l'ai interrogé plusieurs fois sur cette rencontre, plus tard, une fois les premiers chocs de notre brouille passés; de ma brouille, en réalité, car il ne comprenait même pas en quoi je pouvais être heurtée. Il fit même apporter des fruits à Mei, et lui transmit courtoisement ses remerciements ainsi que ses vœux de rétablissement. Cela dit, il respecta mon ordre, en apparence du moins: on ne le vit plus rôder au Lotus jaune à la recherche de chair fraîche.

Cette entrevue avec l'impératrice m'intéressait, moins pour lui que pour elle. Qui était Cixi? La Pieuvre m'en avait parlé, mais il ne l'avait jamais approchée. J'avais envie de savoir comment elle parlait, comment était son regard, sa voix.

Je n'ai jamais rien pu en tirer qui sonne vrai. Et comme le disait Futian lui-même, les détails n'ont pas vraiment d'importance. L'essentiel était qu'elle l'avait reçu. Il devait être un peu effrayé, malgré tout ce qu'il en disait. Un soldat, déserteur qui plus est, seul, pouilleux comme lui, dans un palais centenaire tapissé d'or et de soie, avec un prince et la plus vieille impératrice du monde : il y avait de quoi être impressionné, même pour quelqu'un de sa trempe. L'orgueil a dû reprendre le dessus assez vite chez lui, de même que ce charisme dont la réputation n'est pas usurpée. Elle doit encore en frémir, l'impératrice, d'avoir rencontré en privé cet homme tout en muscles, des récits d'aventures plein la bouche, elle qui ne voit que des eunuques et des vieillards. Grand bien lui fasse.

J'exècre Cao Futian, mais je reconnais qu'il sait parler aux gens, aux paysans comme aux princes, aux hommes comme aux femmes. Ceux qui le suivent ne se battent pas seulement pour la justice. Ils se battent pour lui, pour être comme lui : libre. Il ne respecte aucune loi, aucune coutume ; il ment et triche, comme tous les chefs du Poing de la justice et de l'harmonie. Il a très peu de chances d'en réchapper. Car s'il y a un Chinois dont les étrangers veulent la tête, c'est bien lui. Il est l'homme le plus visible de cette guerre et il adore ça, être remarqué.

Il a donc eu cet entretien avec l'impératrice, dont personne ne sait rien. Ce dont je suis certaine, c'est qu'elle de son côté, n'a rien dit. Elle s'est contentée de l'observer. Ce silence habile a été pris pour un acquiescement. Cao Futian rameuta ses troupes à Tianjin et les mena à Beijing. Pour protéger l'impératrice contre les étrangers, prétendait-il. On les laissa entrer : les princes qui les soutenaient les attendaient. Les rebelles se comptaient par milliers.

Les étrangers réagirent. À l'issue d'une conférence de plusieurs jours qui épuisa leurs interprètes, ils décidèrent d'envoyer deux mille hommes marcher sur Beijing, les quatre cents qu'ils avaient déjà envoyés ne faisant pas le poids face aux rebelles. Ils seraient commandés par le plus gradé et le plus expérimenté d'entre eux, l'amiral Seymour ; un Britannique. C'est ce point-là, celui de la nationalité du commandant, qui avait provoqué les plus fervents débats : les Français ne se laisseraient pas diriger par les Allemands, ni les Japonais par les Russes, car ils avaient entre eux des guerres récentes qui leur dévoraient le cœur. L'amiral Seymour avait joué la carte de la hiérarchie militaire pour se placer à la tête de cette expédition. Ils demandèrent au vice-roi du Zhili, Yulu, d'organiser le transport des troupes étrangères.

« Ces gens sont bien étranges, commentait La Pieuvre. Ils croient que le vice-roi est de leur côté. Ils lui ont même proposé de l'accueillir sur leurs navires, en cas de danger. J'ai bien cru que Yulu allait s'étouffer. C'est un mandchou, fidèle aux Qing! Il se battra jusqu'au bout, lui, parce qu'il défend le pouvoir de son clan. S'ils me demandaient à moi d'arranger leurs affaires, j'hésiterais, je l'avoue: je suis han. Ces Qing m'ont pris ma dignité, mon rôle et ma culture, en confiant mes tâches à des bureaucraties étrangères. Ils m'ont privé du sens de ma vie. Yulu, lui, n'a aucun intérêt à trahir l'impératrice. Il est l'un des rares Mandchous à avoir passé les concours, et le premier à occuper le poste de vice-roi du Zhili, la charge la plus prestigieuse du pays. En général, ce poste-là, les Qing le donnent à un lettré, à quelqu'un d'éduqué, de compétent: ils ne sont pas complètement idiots. Or, Yulu est tout à la fois: mandchou, soldat et lettré. Il a la confiance de l'impératrice et des fonctionnaires; la mienne aussi. Il est fier de sa réussite. Et les étrangers lui parlent comme à une estafette! Bien entendu, il a alerté la cour, qui lui commande de ne pas les laisser passer. Mais comment? Il ne peut pas déclarer la guerre. C'est à la cour de le faire. Il attend ses ordres. »

Nous les avons bien vus, ces deux mille étrangers à Tianjin, patientant à la gare, avec leurs képis, leurs tricornes, leurs barbes et leurs moustaches. Ils n'avaient pas l'air inquiets, au contraire: ils nous regardaient d'un air plus condescendant que jamais. Pour finir, Yulu les fit monter dans un train pour Beijing. Il gagnait du temps en faisant croire aux étrangers qu'il leur donnait ce qu'ils réclamaient, mais il les envoyait à la mort: le chemin de fer était détruit, et ces soldats n'étaient pas équipés pour une marche de plusieurs jours.

Pendant ce temps, l'impératrice douairière s'activait. Elle nomma le prince Duan, le père de l'héritier présomptif, à la tête du Zongli Yamen, le ministère des Affaires étrangères. C'était une idée *a priori* farfelue, de nommer un xénophobe convaincu, favorable à la rébellion, à ce poste qui impliquait de bien connaître les étrangers. Mais l'impératrice avait le sens des priorités : protéger sa dynastie. Elle mettait le prince face à ses responsabilités. Lui aussi avait intérêt à ce que le futur empereur sorte gagnant de la crise. Elle publia un décret lui ordonnant de ne pas échouer face aux exigences qui lui incombaient.

« Cela signifie qu'il sera le seul responsable en cas d'échec, m'expliqua La Pieuvre. Je ne suis pas certain que désigner ses conseillers coupables d'avance leur inspire beaucoup d'enthousiasme, mais je ne blâme pas l'impératrice. Elle est au pouvoir depuis cinquante ans parce que, justement, aucun homme de cette cour ne veut prendre sur lui la responsabilité des malheurs de la Chine. Tu verras qu'à sa mort, on mettra tout sur le dos de Cixi. De toute façon, elle n'a pas le choix. Elle tente de renverser les rapports de force en mettant l'opposition au pouvoir. Le prince Duan est donc notre nouveau ministre des Affaires étrangères, avec de nouveaux conseillers pour l'entourer, tous des gardiens de la tradition ; l'un d'eux était chef du rituel dans la Cité interdite, je me demande à quoi il sera utile, aux Affaires étrangères. Aucun d'entre eux n'a jamais vu d'Occidentaux. Leurs premiers actes une fois au pouvoir ont été de couper le télégraphe, de restaurer la ligne des relais à cheval, d'annoncer aux légations étrangères que les échanges étaient désormais futiles, et de donner à nouveau l'ordre à Yulu, notre vice-roi, d'empêcher par la force les étrangers de passer. C'est un avertissement : en cas d'échec, il passera en cour martiale, ainsi que le général Nie Shicheng et le commandant des forts de Dagu, sur la côte. Comme les troupes étrangères sont déjà parties, Yulu est embarrassé. Et il commence à prendre peur, lui aussi ; de l'incompétence des conseillers, de la violence du peuple. On lui demande de stopper les étrangers sans leur déclarer la guerre, et de rétablir l'ordre alors que tout le monde se tire dans les pattes. C'est beaucoup pour un seul homme. Alors voilà, il m'a fait appeler. »

Nous y étions donc : je voyais bien qu'il était dans tous ses états. Ses yeux brillaient, il parlait plus vite qu'à l'ordinaire. Enfin, son heure était arrivée ; on l'appelait pour gouverner !

« Je suis honoré, évidemment. Toutefois, je reste sur mes gardes. L'impératrice cherche un coupable, pas un héros. Or, nous n'avons plus le choix, maintenant. Il faut se préparer à se battre. Le gros de l'armée chinoise se déplace vers les forts de Dagu, un régiment mine la rivière pour empêcher les canonnières de passer. Mais il faut protéger Tianjin. Nous avons donc pensé à toi.

– À moi ?

– Oui, toi. Le Lotus jaune, les Lanternes rouges, les Lanternes bleues et je ne sais plus quelles autres couleurs. Tu as fait beaucoup de bien autour de toi, les gens le savent. Il se trouve que nous sommes débordés par les rebelles, il en arrive de partout ; nous ne pouvons plus les contenir. Pourtant, nous devons nous préparer à affronter non pas une mais huit armées, et les plus puissantes du monde. Nous avons des munitions pour un mois, pas plus. Les barbares sont là, massés devant les forts de Dagu avec des navires de guerre. Nous ne pouvons continuer de prétendre que nous gérons les Boxeurs. Il faut faire face à la réalité, et la réalité ce sont des milliers de Chinois en colère. Nous ne pouvons plus empêcher la révolte : il faut la canaliser. Mieux vaut laisser les rebelles entrer dans la ville et leur proposer de nous aider.

– Tu vas faire appel à ces fanatiques, en ville ?

— Ils sont soutenus par le peuple, qui déteste l'armée. Or, nous avons aussi grand besoin de l'armée. Nous devons unifier tout ce monde. Grâce à toi.

— Je ne suis pas une meneuse. Mes élèves ont défilé à Beijing sans mon autorisation.

— Elles t'écouteront si tu leur parles, comme tous ceux qui te connaissent. Ton autorité est immense.

— Je ne veux pas avoir d'autorité. Le Poing de la justice et de l'harmonie m'a déjà fait une proposition de ce type, que j'ai refusée. Je ne veux pas être mêlée à la violence.

— La violence est là, Hei'er. Tu ne peux l'ignorer. Tout le monde panique. À Beijing, aujourd'hui, un diplomate japonais a été découpé en morceaux ; pas par des rebelles : par des militaires chinois. C'est absurde, mais que veux-tu, on a envoyé ces soldats se battre contre les Japonais il y a à peine deux ans, puis on a saigné le peuple d'impôts pour s'acquitter des indemnités qu'ils réclamaient. Le chancelier japonais est tombé sur eux par hasard et leur a mal parlé : ils ont surréagi.

— C'est le moins que l'on puisse dire.

— Ces hommes sont les Braves de Gansu, les orphelins des musulmans vaincus par l'armée chinoise, dans les provinces reculées de l'empire. Ils sont entraînés à la férocité. Leur seule famille, c'est l'armée, leur seule vie, la guerre. Mais c'est un acte isolé, qui a été sévèrement châtié. Rong Lu, le grand conseiller, a été présenter en personne ses excuses à l'ambassadeur japonais, qui sait bien que les Occidentaux ne vengeront pas le meurtre d'un Asiatique. Il n'a pas fait d'histoires. Mais la tension est encore montée d'un cran à Beijing. Les gardes de la légation allemande ont capturé un très jeune garçon avec un fanion au bras, un rebelle ! L'ambassadeur allemand l'a fait déshabiller et attacher à un arbre, et a fait envoyer son couteau au ministère des Affaires étrangères en faisant savoir que le garçon mourrait dans les deux heures. Des magistrats chinois ont accouru, furieux, pour faire libérer l'enfant. Les Allemands ont exigé que des mesures soient d'abord prises contre les Boxeurs. Alors, des centaines de rebelles sont arrivées près des légations, ont brûlé une chapelle, des commerces étrangers, et traqué les convertis pour les mettre en pièces. Des gardes italiens ont ouvert le feu sur eux. Que crois-tu qu'il va se passer? Les militaires étrangers vont débarquer. Il y en a déjà deux mille quelque part à pied dans la brousse entre ici et la capitale; ceux-là, on en viendra à bout. Mais tous les navires de guerre de la mer de Chine et du Pacifique sont massés à Dagu. Quand les étrangers en sortiront, et il y en aura bien plus que deux mille, répéteras-tu que tu ne veux pas de violence? Ici, à Tianjin, il suffirait d'une étincelle pour que le feu prenne. Il n'a pas encore pris. Les convertis sont barricadés avec les étrangers dans les concessions. Ils ont peur. Au moindre geste de travers, n'importe quel habitant de Tianjin, qu'il soit milicien convaincu ou placide marchand de soupe, pourrait avoir envie de les massacrer. Toi, tu peux faire quelque chose, plus que moi, plus que le Poing de la justice et de l'harmonie, plus que le vice-roi. Tu peux unifier tout ce monde, pour défendre la paix de ta ville. Si ce sont tes sections de Lanternes rouges ou vertes qui sont présentes dans les rues, personne n'osera lever la main sur elles. J'en ai vu une, l'autre jour, de mon palanquin. Une grand-mère haute comme trois pommes, avec un foulard noir. Un jeune à fanion volait un fruit sous ses yeux. Elle l'a remis à sa place d'un coup de canne, et tout le monde a ri. C'est ça qu'il nous faut à Tianjin, aujourd'hui. Une saine autorité, une entente cordiale. Nous avons besoin des rebelles, du peuple et de l'armée pour faire face à ce qui arrive, et il n'y a que toi qui puisses les réunir. Tu aurais beaucoup à gagner: ces femmes que tu héberges, que tu formes, imagine la reconnaissance qu'elles récolteront! La visibilité que tu leur donneras!

– C'est toi, le lettré aux douze épouses aux pieds bandés, qui me dis ça?

– J'ai cinq épouses. Une seule a les pieds bandés, elle y tient beaucoup. Et rassure-toi, aucune d'entre elles n'a de raison d'aller défiler à Beijing avec le Poing de la justice et de l'harmonie. J'y veille. Je sais que tu accomplis des miracles. Présente-toi au palais du vice-roi et viens y loger en tant que garante de la paix en ville. »

Il était convaincu ; moi, pas du tout. J'avais vu en rêve Tianjin détruite, pierre par pierre. Je n'avais vu que les ruines, pas les corps. Je ne voulais pas avoir à les affronter dans la réalité. Je décidai donc de jouer ma dernière carte.

« C'est impossible. Je ne peux pas me rendre au palais du vice-roi.

– Pourquoi ?

– Parce que je suis une ancienne prostituée. »

Il fut déstabilisé un instant, puis se mit à rire.

« Sainte mère ! Oh, ça, c'est trop drôle !

– Vraiment ?

– Toi, une prostituée ! Oui, c'est drôle, tu m'as bien eu ! Bah, ce n'est rien, les passés embarrassants, ça me connaît. Je vais te trouver quelque chose de plus conventionnel. Nous dirons que tu es la veuve d'un batelier, tué par les étrangers alors qu'il cherchait à empêcher le trafic d'opium. Ce sera une belle histoire, elle fera pleurer tout le monde, et contentera le vice-roi.

– On pourrait me reconnaître.

– Peu importe, tant que tu sauves les apparences. On accepte toujours mieux quelqu'un qui triche pour arrondir les angles qu'une personne authentique qui ne rentre pas dans le rang.

– Je ne veux ni tricher ni mentir. Si le vice-roi me veut dans son palais, il devra me prendre telle que je suis.

– Le vice-roi n'a pas peur des prostituées, rassure-toi. Mais Tianjin pourrait prendre feu. Elle mérite bien un peu de ton attention, et quelques mensonges.

– Nous perdrons cette guerre.

– Sans doute. Mais il y a une vie après la défaite. Pense à la gratitude que recevront ces filles si tu les fais agir pour soutenir l'effort contre les étrangers. Fais-le pour elles. Tu as plus de pouvoir que tu le crois. »

La Pieuvre avait refermé ses tentacules sur moi. Je l'avais sous-estimé. Lui aussi me faisait parler pendant nos interminables rencontres ; il connaissait mon désir profond : faire une place aux femmes abandonnées de Tianjin. Il était prêt à donner du mou, par patriotisme, ou par intérêt personnel.

J'avais besoin de prendre du recul. Mes élèves ne vivaient plus que pour soutenir les milices. Nuage d'azur me pressait depuis longtemps de prendre les devants pour garder l'emprise sur l'école, en m'associant aux rebelles. Jusque-là, je ne jugeais rien ni personne : ni les mutilations sur les convertis, ni les convertis eux-mêmes. Plus personne n'osait me dire un mot. J'étais le puits, intarissable. Quels que soient les vainqueurs de cette révolte, ou de cette guerre, puisque tout le monde avait ce mot à la bouche, ils ne viendraient pas en aide au peuple, et encore moins aux femmes à qui j'avais donné refuge. Je devais leur apprendre à se débrouiller.

J'en étais là de mes réflexions, ce soir-là, en me couchant dans ma barque. Les nuits étaient déjà chaudes en ce début du mois de juin. Je laissai l'habitacle ouvert, et essayai de trouver la sérénité du sommeil.

Mes pensées tournaient dans mon esprit comme des chauves-souris agitées. J'avais beau me raisonner, me dire que j'obéirais à l'inspiration divine, que le destin me ferait signe, que je réfléchissais trop et que demain serait un autre jour, je ne trouvai ni le calme, ni le sommeil. Je prononçai même une prière pour m'apaiser. Ce fut la seule fois de ma vie que je ne fus pas exaucée. J'étais inquiète. Je sursautais au moindre bruit. J'avais l'impression d'entendre des créatures affolées hurler dans mon esprit pour m'empêcher de dormir.

J'ouvris les yeux et soupirai. Alors que je me décidais à me lever pour marcher un peu, je vis un éclat dans le noir, sur le pont de ma barque : une lame ; et derrière elle, une masse sombre et lente, en mouvement, tassée sur elle-même qui, d'un coup, comprenant que je l'avais vue, se détendit pour bondir. Nuage d'azur avait beau nous initier au pouvoir de la sidération, nous l'expliquer et nous la décortiquer, j'avais un temps de retard sur mon agresseur ; en avoir conscience augmenta encore ma panique et mon immobilité. J'assistai, tétanisée, à ce qui était en train de se passer, effarée par mon impuissance. Soudainement, une autre lame brilla dans le noir, plus légère ; et la tête de mon agresseur roula sur le sol.

« Tu l'as échappé belle. »

Je reconnus la voix de Nuage d'azur.

« À quelques instants près, je ne pouvais plus rien pour toi. Allons, tu pleures ? Toi ? »

Je ne m'en étais même pas rendu compte.

« Ce n'est rien. Je crois que je suis en état de choc. C'est l'effet de surprise.

– Efficace, non ? Cet homme allait te tuer. Tu ne peux plus rester seule sur cette barque, Hei'er. Tu es mêlée à trop de secrets. Depuis que tu es allée chez les lépreux, des hommes te suivent et guettent tes habitudes. J'en ai déjà éliminé un, il y a quelques jours.

– Pourquoi ne m'as-tu pas prévenue ?

– Je n'en ai pas vraiment eu le temps, et je voulais savoir à qui nous avions affaire. Celui-là, dit-elle en examinant ce qu'il restait de mon assassin, était particulièrement discret. Je ne sais pas qui il est, ni pour qui il travaille, mais c'est un professionnel. La prochaine fois, ceux qui t'en veulent seront plus subtils : ils enverront une femme, et nous ne verrons rien venir. Ce sera peut-être une élève, quelqu'un que tu connais et en qui tu as confiance.

– Comme toi ?

– Comme moi. Mais si une triade a juré ta mort, je ne pourrai pas toujours venir te sauver. Il faut te mettre à l'abri, dans l'école, et te faire accompagner jour et nuit d'une garde. Pas seulement pour protéger ta vie, mais ce que tu as accompli : l'école, l'enseignement, la vie de ces femmes dont tu es maintenant responsable. Tu dois le faire. Certaines élèves commencent à savoir réellement se battre : elles seront honorées de te servir. »

Ma barque, c'était ma liberté, mon chemin. Je ne me voyais pas vivre ailleurs. La quitter, c'était comme retourner dans la cangue dont je m'étais extirpée dix ans plus tôt, en payant la patronne de la Maison du phénix. Quant à dormir au Lotus jaune, autant loger dans un poulailler. Les élèves avaient beau être silencieuses, disciplinées pour la plupart et pleines de bonne volonté, leurs pensées faisaient trop de bruit. J'avais besoin de cette barque comme de l'air que je respirais ; j'avais besoin d'accomplir les gestes ancestraux que j'avais appris enfant : tenir le gouvernail, hisser la voile, tirer des bords. Sans eux, sans le mouvement incessant de l'eau, la possibilité du voyage, la présence de mes congénères constituait un fardeau. Les dieux m'avaient offert un cadeau ; ils me le retiraient. J'allais presque me mettre à bouder lorsque, tout à coup, je compris.

« Eh bien, dans ce cas, je crois que nous allons accepter l'invitation au palais du vice-roi. »

Nuage d'azur esquissa un mouvement des lèvres qui devait être, de sa part, un sourire.

III

Juin – juillet 1900

) 18 (

Les incendiaires

Je me mis à l'action, mais à ma façon – puisqu'on ne pouvait rien me refuser.

J'exigeai une cérémonie en bonne et due forme, pour marquer mon nouveau statut. Je descendis de ma barque devant le palais du vice-roi, un très ancien bâtiment aux toits recourbés, accueillie par des officiels, dont La Pieuvre, splendide dans sa nouvelle robe de soie. Mes élèves, elles, jetaient des fleurs sur mon passage. Toute une mise en scène. Le vice-roi lui-même m'accueillit et se prosterna neuf fois devant moi sur un tapis, comme devant une sainte. Il me fit loger dans une pièce somptueuse attenante à une terrasse dont la vue plongeait au sud sur toute la ville : les murailles imposantes de la vieille citadelle noire, les abjects quartiers en construction des étrangers et, plus loin, les plaines jaunes des salières.

Le soir, j'allumai un feu sur la terrasse. Toutes les factions des Lanternes répondirent au signal et allumèrent à leur tour un feu depuis leurs maisons. Nous sommes alors descendues dans la rue et avons défilé ensemble, une lanterne rouge à la main. Ce n'était pas une marche disciplinée comme celle des hommes ; le Poing de la justice et de l'harmonie ne pourrait plus mener notre cortège comme il l'avait fait à Beijing devant les murs de la Cité interdite, car nous dansions. Nous avons glissé sur les rues de Tianjin pendant ces soirées de juin comme des feux follets sur les eaux du fleuve, incontrôlables et facétieuses.

Nous recommençâmes chaque jour qui suivit. J'ai toujours aimé le bruit de fond de ma ville, la vibration de tous ces êtres réunis qui vivent là, travaillent, cuisinent, parlent, s'aiment et se détestent. Mais le bruit que nous avons créé était sans précédent : c'était une voix, une voix nouvelle que personne n'avait jamais entendue, joyeuse, née d'un enchantement. Non, les miliciens du Poing de la justice et de l'harmonie ne pourront pas dire que les Lanternes rouges étaient leurs servantes. Ils furent effrayés par notre audace, par la sensualité innocente de toutes ces femmes, des jeunes, très jeunes, des vieilles aussi. Certains s'étaient moqués, en nous voyant passer. La beauté de ces danses était telle qu'ils se sont rapidement tus. D'autres se sont montrés plus entreprenants, prenant pour une invitation ce qui ne l'était pas. Ils avaient oublié que Nuage d'azur avait fait des Lanternes rouges des boxeuses. Ceux-là aussi finirent par se taire, et rentrèrent discrètement chez eux essuyer leurs mâchoires cassées, honteux d'avoir été cognés par des femmes. Nous étions en groupe. Nous étions, pour le coup, invincibles. Et soir après soir, les rues de Tianjin vibraient de nos danses, au son de nos tambourins, de nos cymbales et de nos voix.

Il n'y avait pas que des paysannes ou des femmes de batelier parmi nous. La sœur du Ventre, celle que j'avais soignée du mépris de son mari, se joignit à nous. Fine, enhardie par la situation, convaincue que nous ne réchapperions pas à une invasion, était sortie de sa cachette et avait fait envoyer des messages dans toutes les familles de la haute société qu'elle connaissait. Des filles de lettrés étaient du cortège, leurs épouses aussi. Plus personne n'arrivait à tenir ses femmes enfermées quand les feux s'allumaient sur les terrasses. La Pieuvre fut horrifié lorsque l'une de ses nièces sortit de son palais, mais il était trop tard. Je crois que l'une de ses épouses vint aussi danser une fois avec nous.

Comme tout ceci serait aussi éphémère qu'une nuit de bal, je demandai à nous faire photographier. Le vice-roi fut un peu surpris, il accepta néanmoins. Je fis venir les femmes les plus méritantes du Lotus jaune et leur fis revêtir un nouvel uniforme de soie jaune à manches longues, à l'image des femmes de notables : on ne peut ni travailler, ni nettoyer avec des manches qui recouvrent les mains. Désormais, ces femmes donneraient des ordres, ornées d'un collier, chaussées de bottines pointues, couvertes de broderies et d'un foulard à franges. Elles étaient superbes. Comme j'étais la sainte mère du Lotus jaune, et que le vice-roi s'était prosterné, je me coiffai d'une tiare. Nous étions quatorze sur cette photographie, celles du premier rang assises, moi au milieu, les autres debout, alignées derrière, dignes, les mains croisées sous nos manches longues, sérieuses, dans un décor traditionnel encadré de lanternes. Je suis très fière de cette photographie. Elle nous montre telles que nous sommes : avec les archaïsmes de nos traditions, la bouche pudiquement fermée, les vêtements repassés, parfaitement croisés, alignées comme des petites poupées obéissantes. Mais nous n'obéissions plus. Nous respections les conventions pour prendre notre part de liberté et entrer dans la modernité. Cette photographie restera, et nous montrera sous notre meilleur jour.

Nous étions prêtes.

Les barbares firent accoster quelques centaines d'hommes de leurs bateaux, pour retrouver l'expédition Seymour dont ils étaient sans nouvelles, elle-même à la recherche des diplomates étrangers à Beijing qu'ils croyaient morts : la Chine après Tianjin était coupée du monde, sans télégraphe, sans train. Seuls les officiels chinois communiquaient, grâce aux coursiers, heureux de reprendre enfin du service : des écuries se relayaient sur la route de Beijing, pourvues des chevaux les plus vifs, pour permettre aux serviteurs de l'empire de galoper à bride abattue de Tianjin à la capitale. J'en voyais parfois depuis la terrasse du palais, de ces chevaux crinière au vent, leur cavalier couché sur l'encolure, filer comme des comètes à travers les grandes plaines. Je me demandais qui était le plus heureux : le cheval, son maître, ou moi, de revoir enfin les professions traditionnelles de mon pays. Il y avait eu trop de bateaux et de trains à vapeur ; un mot mal à propos d'ailleurs, loin des effusions pures et gracieuses qu'il laisse imaginer : un « vapeur », c'est un énorme nuage de fumée âcre et noire qui laisse dans son sillage des villes couvertes de suie et des poumons encrassés.

Je n'étais pas la seule à rêver. Les militaires étrangers souriaient aux militaires chinois comme à de bons camarades, qui leur répondaient en faisant le signe de leur trancher la gorge. Étrangement, les barbares pensaient encore que la guerre n'aurait pas lieu.

À Tianjin, le vice-roi avait fait venir douze mille hommes du général Nie Shicheng, et envoyé des convois entiers de canons et de militaires vers les forts de Dagu.

« Les forts sont imprenables, m'avait expliqué La Pieuvre. Ils ont été entièrement restaurés après la deuxième guerre de l'opium, et équipés d'artillerie lourde. Des canons neufs, français, des calibres de quinze centimètres postés tous les deux mètres, et huit pièces de vingt-quatre centimètres. Ils n'oseront pas débarquer.

– Vraiment ?

– Ils n'en ont même pas l'idée. Ils veulent simplement protéger leurs diplomates et retrouver leurs soldats perdus. Le vice-roi doit les empêcher de passer, par la force s'il le faut, mais la guerre n'est pas déclarée. Curieusement, les étrangers traitent Yulu en ami. Alors, il marche en crabe, et leur sourit en assurant faire son maximum pour éviter les troubles. C'est tout ce qu'ils veulent entendre. Ils ne semblent pas étonnés de croiser nos régiments qui marchent sur Dagu. À part les Russes, peut-être. Enfin, peu importe : j'ai une mission à te confier.

– Une mission ?

– Plutôt pour tes jeunes filles, disons. Nous avons besoin de ta présence en ville.

– Je n'aime pas beaucoup l'idée d'envoyer mes élèves se promener à gauche et à droite dans une ville infestée de soldats, et encore moins que ce soit leur jeunesse qui te soit utile. Elles ont besoin d'être cadrées et protégées, crois-moi.

– Elles le seront. Et elles n'ont pas besoin d'être jeunes, en fait. Laisse-moi t'expliquer de quoi il s'agit avant de froncer les sourcils : comme tu le sais, les étrangers sont en train de se barricader dans leurs quartiers, ce qui complique le travail de mes informateurs. Mon meilleur contact est un Anglais qui fréquente avec une assiduité remarquable les maisons de jeux. Il sera bien obligé de se sevrer et sera probablement surveillé. Mais nous sommes en Chine : même en se mettant à l'abri dans leurs cages dorées, les étrangers et leurs convertis laisseront circuler les coolies s'ils ne veulent pas s'acquitter eux-mêmes de leurs corvées. Et il faudra des marchands ambulants pour nourrir les coolies, des paysans pour fournir les marchands, et tant d'autres. C'est là que tes filles interviennent. L'idée, c'est que l'Anglais passe tous les matins prendre un thé chez le marchand ambulant Yang. Un homme honnête, sans histoires, prêt à servir son empereur. Je voudrais que deux de tes élèves aident Yang à servir son thé. Il dira qu'elles sont ses filles, ses épouses ou ses sœurs, ce que tu veux : il les traitera comme des membres de sa famille. Pour ne pas éveiller les soupçons, elles devront apporter ses messages au palais de l'Amirauté, qui est dans le même quartier, et les remettre à l'amiral lui-même. Personne d'autre. Rien de difficile, rien de dangereux, mais un travail bien payé. Tu me connais. »

Comment lui dire non ? Nuage d'azur m'aida à choisir deux filles parmi ses boxeuses les plus courageuses, comblées de jouer un rôle à la mesure de leurs ambitions. Leur fortune était faite. Elles troquèrent leurs habits rouges contre des robes de marchande et aidèrent le vieux Yang à pousser sa charrette devant le consulat britannique.

Restaient les miliciens du Poing de la justice et de l'harmonie, qui arrivaient par milliers à Tianjin pour en chasser les étrangers, affamés et en colère. Ils étaient la menace la plus directe qui planait sur la ville. Yulu, notre vice-roi, qui avait passé des mois à les traquer prit sur lui et demanda à l'armée de recruter les meilleurs et les plus disciplinés d'entre eux.

Les sous-officiers qui, encore une semaine auparavant, chargeaient sur les miliciens s'assirent sur des tabourets installés dans les cours des palais officiels et mirent leurs anciens ennemis en file. C'était tout ce qu'ils demandaient, ces rebelles, pour obéir: de la reconnaissance. Je me demande comment les choses se seraient passées si l'empire leur avait offert cette légitimité plus tôt.

Ils les palpèrent, comme des esclaves à vendre, et leur firent ouvrir la bouche pour examiner leurs dents. Ils ne prenaient que les éléments en bonne santé. Puis ils les testèrent à la lutte, au bâton et à la marche en rang. Ils n'auraient pas le temps de les former. S'ils tombaient par hasard sur un idiot du village qui ne connaissait ni sa droite ni sa gauche, ils risquaient d'avoir de sérieux problèmes. Yulu fit ainsi recruter trente mille rebelles.

Certains miliciens étaient fiers de cette reconnaissance. Cao Futian était furieux.

« Marcher au pas, je sais le faire, j'ai traversé la moitié de la Chine en rang dans ma jeunesse. Mais baisser les yeux devant des galons, non, je refuse.

— Tu dois montrer l'exemple à tes hommes, Futian. Si les étrangers débarquent, l'armée seule ne fera pas le poids, surtout si elle doit défendre les gares contre tes hommes. Ils doivent se préparer à se battre de façon coordonnée.

— Ils sont coordonnés. Ils m'obéissent. Je peux les déplacer avec précision, les mettre en formation et leur faire exécuter des plans d'offensive. Si on en est là, aujourd'hui, c'est grâce à moi. Ils doivent me confier un bataillon, me laisser mener mes troupes, et me faire asseoir à la table des généraux.

– Ce n'est pas ta place.

– Ils t'ont bien mise au palais du vice-roi !

– Je n'ai jamais tiré sur des militaires. Je leur sers d'étendard de paix.

– Moi aussi, je sais faire l'étendard ! C'est moi qui ai mené la révolte jusqu'ici !

– C'est justement le problème, Futian, soupirai-je.

– Ils nous endorment en faisant croire qu'ils sont de notre côté, mais ils ne donnent pas d'armes à feu aux miliciens qu'ils ont recrutés.

– Laisse d'abord la confiance s'installer. Ils étaient leurs ennemis la semaine dernière encore.

– Ils me font perdre la face devant mes hommes. Ils rient quand les miliciens exécutent leurs rituels d'invincibilité.

– Il est temps de passer à autre chose, Futian. La situation est exactement ce que tu voulais qu'elle soit. Évolue, maintenant.

– Toi, évolue ! Si j'avais le quart de tes pouvoirs, je l'utiliserais à autre chose qu'à me déguiser !

– Je n'ai aucun pouvoir.

– Ben, voyons. Et comment fais-tu pour soigner ces gens ? Tu ne veux pas partager tes mantras parce qu'au fond, tu es une orgueilleuse. Regarde-toi, à déambuler dans le palais du vice-roi attifée comme une princesse. Tu t'es vendue au plus offrant. Tu n'es qu'une catin de plus dans cette ville ! »

Nuage d'azur s'interposa avant que Futian n'aille trop loin. Il aura été le dernier de ces hommes qui ont cru diriger mon existence : mon père, mon maître à l'école de cirque, La Pieuvre, et même ce mari inventé pour me donner bonne figure. Futian exigeait mon alliance, Futian réclamait des pouvoirs, Futian était jaloux, Futian m'insultait. C'était pire qu'un mariage, sans aucun des avantages.

Il n'était pas le seul membre du Poing de la justice et de l'harmonie désabusé par l'armée : certains ne pardonnaient pas aux troupes du général Nie Shicheng de porter l'uniforme à la mode étrangère, kaki et ajusté ; d'autres avaient un souvenir encore vif des coups de fusil qu'ils avaient essuyés sur les voies ferrées. Et la très grande majorité des rebelles avait été rejetée par l'armée : trop vieux, trop jeunes, trop faibles, trop bêtes, trop fous. C'était à se demander comment Futian et les autres chefs de milice les avaient employés jusque-là ; probablement en les envoyant gonfler la masse pour donner du courage aux autres et servir de tampon aux fusils en face d'eux.

« Ils n'ont qu'à se rendre à Beijing, me disait La Pieuvre. Là-bas, ce n'est plus notre problème. »

Je recevais des nouvelles alarmantes de la capitale. Tous les jours, dans la matinée, un pigeon arrivait au Lotus jaune, un petit rouleau attaché à sa patte. Moins de deux heures plus tard, une pensionnaire du Lotus jaune venait me l'apporter au palais du vice-roi, au pas de course :

Terribles violences.

Convertis barricadés dans les églises.

Légations intactes.

Beijing en proie aux flammes.

À ce dernier message, je pris sur moi et envoyai chercher Cao Futian. Il me fallait une bonne dose d'abnégation pour passer au-dessus de mon agacement.

« Tu me reçois au palais, sainte mère ? Que me vaut tant d'honneur ?

– Je ne le sais pas encore. Cela dépendra de toi. Mais puisque l'impératrice laisse entendre qu'elle t'a reçu, je ne vois pas pourquoi tu ne viendrais pas ici, malgré ton goût pour les insultes et la chicane. N'était-ce pas ce que tu désirais, être reconnu ?

— Je ne suis pas l'un de ces adolescents, Hei'er. Le Poing de la justice et de l'harmonie convoite le pouvoir, tu le sais très bien. Et je l'aide à y parvenir.

— Allons droit au but, alors. Sais-tu que Beijing brûle ?

— Oui. Les poilus ont organisé une chasse aux Boxeurs. Ils offrent des récompenses à ceux qui ramènent le plus de tresses coupées en trophée. Les incendies sont une réponse à cette violence.

— Est-ce le Poing de la justice et de l'harmonie qui les a ordonnés ?

— J'imagine.

— En es-tu sûr ?

— Je ne suis pas le Poing de la justice et de l'harmonie tout entier ; tu le sais bien. Et je ne communique pas tous les jours avec les autres villes. Où veux-tu en venir ?

— Le prince Duan est responsable de la sécurité à Beijing. Il a été nommé à ce poste pour protéger l'héritage de son fils, le futur empereur. Il n'a aucune raison de brûler sa capitale.

— Lui non plus n'est pas le Poing de la justice et de l'harmonie tout entier.

— Futian, ces incendies vont provoquer un débarquement. Les étrangers ne souhaitent pas la guerre. Ils ont toujours pratiqué une politique de négociation : menacer pour obtenir ce qu'ils veulent, sans conflit. Maintenant, ils n'auront plus le choix. Alors, laisse-moi te poser une question simple : est-ce que toi et tes hommes comptez vous battre contre les huit nations les plus puissantes du monde ?

— Je veux chasser les étrangers de ce pays. S'il faut une guerre pour cela, alors oui, je me battrai. Je te l'ai déjà dit, et je le répéterai jusqu'à mon dernier souffle.

— Si Beijing brûle avec leurs diplomates, les étrangers vont accourir, plus nombreux encore. Écoute-moi bien, Futian : à mon avis, les incendies ne sont pas allumés par les Boxeurs. Je pense qu'ils le sont par ceux qui désirent la guerre davantage que le départ des étrangers. Je pense que tu devrais le vérifier par toi-même et créer tes propres relais d'information. »

Je le congédiai sur ces paroles, trop heureuse de le traiter comme un valet.

Malgré mon ressentiment, j'attendais de lui qu'il prenne les choses en main : les pigeons voyageurs avaient leurs limites, en dépit de leur charme. Ils ne feraient pas la route dans l'autre sens ; et les filles en avaient emporté moins d'une dizaine à Beijing, pour ne pas attirer l'attention. Je leur devais pourtant beaucoup. Grâce à eux, j'étais l'une des personnes les mieux renseignées de toute la Chine :

Décret de Rong Lu contre incendiaires. Chinois interdits la nuit dans quartier Légations.

« Le pauvre oiseau doit être épuisé d'avoir volé avec tant de mots à la patte, dis-je à ma messagère. Tous nos pigeons ont dû quitter Beijing, maintenant.

— Nous avons réapprovisionné les Lanternes rouges dans la capitale, sainte mère.

— Comment ?

— Le plus simplement du monde : cinq d'entre nous sont parties à pied avec des cages pleines d'oiseaux.

— C'est trop dangereux. Le pays est à feu et à sang.

— Les gens s'inclinent sur notre passage.

— Même les militaires ?

— Ils passent par les grandes routes. Nous connaissons d'autres chemins moins fréquentés, et plus rapides. Ne t'inquiète pas, sainte mère : nous sommes bien formées ; et si heureuses d'être utiles. »

Je ne partageais pas son enthousiasme. Un vent de folie soufflait sur la ville, poussant sur les routes des femmes qui jouaient les fées messagères ; mais le danger était réel. Je convoquai Le Ventre : il était marchand, fidèle comme personne à son seul dieu, la fortune. Il ne laisserait pas brûler sa ville.

« Le palais te va bien, Hei'er! Voilà que c'est toi qui me fais appeler! Et quelle élégance!

– Merci d'être venu.

– Qui puis-je faire pour toi?

– Pour moi, rien. Il faut protéger Tianjin et éviter qu'elle ne sombre dans le même chaos que Beijing.

– On m'a dit que là-bas les convertis se barricadaient dans les églises et que les rebelles y mettaient le feu. Rassure-moi, ils ne s'en prennent qu'aux chrétiens?

– Les rebelles, peut-être. Mais les flammes n'ont pas d'émotions: elles se nourrissent de tout ce qu'elles trouvent, et se propagent sans distinction de religion. C'est une très mauvaise idée, ces incendies.

– Tu crois qu'il y en aura ici?

– Des hordes de Boxeurs sont venues ici pour se battre contre les étrangers. Certains ont été enrôlés par le vice-roi, mais il en reste, et parmi les pires: inaptes, affamés et hostiles. Il ne faut pas que la situation dérape. Je crois que c'est encore possible. À Tianjin, nous n'avons ni ambassadeurs ni militaires étrangers; quelques officiels, des hommes d'affaires, et une poignée de gardes pour les protéger. S'ils restent sagement parqués dans leurs concessions, personne ne s'en prendra à eux. Restent les convertis.

– Que proposes-tu?

– Un contre-feu. »

Le Ventre réunit toute la nourriture qu'il put trouver. Au son des flûtes et des tambourins, comme pour un mariage, il la fit charger sur des palanquins et promener dans les rues, encadrée de cortèges de Lanternes rouges, jusqu'aux temples de la ville, où elle fut distribuée par des moines que Le Ventre avait largement gratifiés. De longues files d'attente s'y formèrent, confondant coolies et miliciens, tous les yeux brillant de faim, et serpentèrent jusque dans les rues adjacentes. Les premiers servis sortaient des gamelles remplies de viande à la main et disaient aux autres de ne pas s'inquiéter, qu'il y en avait encore, que c'était un festin, et offraient quelques bouchées aux enfants impatients en riant. Les moines se relayaient pour les bénir les uns après les autres quand ils passaient les portes. Ce fut un moment heureux : tous ces gens perdus et maigres comme des clous se rendaient à la demeure des dieux de leurs ancêtres, qui les aimaient, les nourrissaient et les bénissaient.

Futian étant parti voir ce qu'il se passait à Beijing, il ne restait que les plus âgés des chefs du Poing de la justice et de l'harmonie, avec à leur tête Zhang Decheng[35], grand amateur de rituels et de simulacres en tout genre. Je le trouvai attablé au temple des huit immortels, à la place d'honneur, scrutant avec condescendance les Lanternes rouges qui servaient les plats au son des flûtes. Je crois que Le Ventre lui avait même fait servir un peu de vin de riz. Le pauvre homme ne s'était jamais senti aussi important. Tiare au front, je vins à lui et m'inclinai très bas.

« Que les dieux vous prêtent longue vie, vénérable Zhang Decheng ! Je brûlais de faire votre connaissance : un maître de magie comme vous, capable d'incarner dans son propre corps de puissants esprits, quel honneur ! »

Il sourit avec complaisance.

« Permettez-moi de me présenter : je suis Lin Hei'er, la fondatrice du Lotus jaune. »

Il sourcilla, embarrassé.

« Ces jeunes filles qui vous servent sont mes élèves, les Lanternes rouges. Nous nous sommes beaucoup inspirées de votre mouvement pour organiser nos milices.

— Oui, j'ai entendu parler de toi, mon enfant, de ta vertu et de ta bonté.

35– Voir page 356.

– Ainsi, vous êtes capable de découvrir des objets à distance ? On m'a dit que vous aviez pu mettre au jour des réserves de couteaux de convertis enterrés dans le sol ?

– Eh bien... »

Je me penchai plus près de son oreille. Personne ne pouvait nous entendre.

« Certains racontent que vous aviez triché, lui dis-je avec une complicité enjouée. Que vous aviez vous-même enterré ces armes. Est-ce vrai ? Nous sommes entre nous, entre maîtres de magie, nous pouvons bien partager quelques tours ! »

Il garda un silence contrit.

« Je ne sais plus très bien à vrai dire. Quand je suis guidé par les esprits, je me laisse complètement aller, et après, il m'arrive de ne plus me souvenir exactement de ce qu'il s'est passé.

– Oui, je sais ce que c'est. Les transes peuvent être épuisantes. Peut-être pourrions-nous nous épauler l'un l'autre ?

– Cao Futian ne t'en a-t-il pas fait la demande auparavant ? Il m'a répété que tu refusais de nous aider.

– J'y mets une condition.

– Laquelle, mon enfant ?

– La protection des convertis. Ce sont nos frères, nos fils, abandonnés à la naissance par des familles trop pauvres, recueillis par les orphelinats étrangers. Ils sont chinois. Empêchez qu'il leur soit fait du mal, et donnez-leur une chance de revenir vers le bien. Certains marchands acceptent de les accueillir. »

Je le sentis se raidir. Il se redressa d'un coup.

« Ce n'est pas comme ça que nous voyons les choses. La situation est trop complexe pour être comprise par une femme.

– Ce n'est que de la haine, un sentiment bien compréhensible par n'importe qui. Les convertis n'ont pas plus le choix que vous et moi. Comme nous, ce sont les enfants trouvés du destin. Ils ont trahi les dieux, certes, comme vous trahissez vos hommes en leur faisant croire à vos pouvoirs. Les dieux en ont vu d'autres. Ils attendent les convertis dans leurs temples, et comptent chacun de nos actes, surtout les bons. Offrez un geste de bonté. Rendez ces hommes à leurs ancêtres.

– Tu as un cœur trop tendre, femme. Mes hommes ont une vengeance à mettre à exécution. Ils ne protégeront pas tes convertis.

– Alors, nous le ferons pour eux, vénérable maître. Je vous demande juste l'opportunité de sauver ceux qui souhaitent l'être. Demain, dans la nuit, je réaliserai un grand rituel au nom du Poing de la justice et de l'harmonie, le rituel d'invincibilité que vous attendez tant. Vous serez au premier rang. Vous pourrez même dire, si vous pensez que cela peut être utile à la cause, que vous le dirigez. Vos hommes viendront et en bénéficieront. Qu'avez-vous à perdre ? »

Il maugréa, avant d'acquiescer. Cao Futian avait raison : rien ne séduisait tant les miliciens que la promesse de pouvoirs magiques. Cet homme aux cheveux blancs n'était qu'un enfant.

En une nuit, nos affiches poussèrent comme des champignons sur tous les murs de la ville, surtout ceux des concessions étrangères. Les filles s'en étaient donné à cœur joie, pour une fois qu'elles pouvaient faire dans le mysticisme : « Si vous voulez être sauvés, venez aux temples et écoutez les maîtres.[36] »

J'étais fière d'elles : les membres les plus opiniâtres du Poing de la justice et de l'harmonie auraient le sentiment de recruter de nouveaux disciples ; mais les convertis comprendraient que le refuge n'était plus à chercher dans les églises, et que nous cherchions à les protéger. Tout au long de la journée, dans chaque temple de la ville, sous la surveillance d'un moine, une doyenne des Lanternes noires attendait les convertis, comme une mère ses enfants. Elle les confiait alors à des hommes que les riches marchands avaient eux-mêmes

---

36– Slogan presque authentique pris chez Rasmussen : « Si vous voulez être sauvé, venez à Ta Chieh et écoutez le maître. »

choisis parmi leurs plus loyaux serviteurs pour les amener jusqu'aux cours de leur palais, où ils seraient logés tant bien que mal, le temps que la vague passe. Zhang Decheng m'avait promis qu'il occuperait ses hommes ailleurs.

Les concessions étrangères se vidèrent d'un coup de leurs serviteurs chinois. Je ne crois pas que tous soient venus à nous. Beaucoup craignaient les représailles et durent se terrer au fond d'une cave. Au moins ont-ils été prévenus.

Le soir venu, Zhang Decheng fit réunir ses miliciens sur la grande place de parade de la porte nord de la citadelle, face au Grand Canal, où nous avions monté une scène. Les Lanternes rouges les firent asseoir en rang et leur annoncèrent la tenue d'un spectacle, en préambule au rituel, dans le plus grand respect des traditions : une adaptation du mythe des huit immortels, l'un des plats les plus recuits et les plus appréciés de notre théâtre. Les Boxeurs retrouvèrent leurs héros préférés, le prince, le lettré, le soldat, l'ivrogne, l'alchimiste taoïste, le mendiant, le maître, et enfin, la jeune fille, sa fleur à la main. Quand elle apparut, les autres personnages se turent. La musique commença. Au son des tambourins, la jeune fille entraîna les autres immortels dans une danse lancinante et joyeuse, jusqu'à ce qu'ils tombent, épuisés, dans un sommeil bienheureux.

Alors, les rideaux de la scène se fermèrent. Une déesse en sortit, très haute sur ses échasses, toute couverte de fleurs. En chantant, elle lançait des pétales au public, accompagnée de la jeune fille qui continuait de danser. J'avais choisi pour ce rôle-là la plus belle voix du Lotus jaune, grave et légère, douce et forte, celle de Jade, une fille souriante et taiseuse qui venait des salières des environs. Je me demande ce qu'elle deviendra : j'ai toujours pensé qu'elle était un ange perdu qui attendait discrètement que l'un de ses confrères ait la bonté de lui indiquer quoi faire dans notre magma humain.

Quand elle libéra sa voix, je sentis les frissons parcourir la peau du public autour de moi.

« Jeune fille, cette nuit est la tienne. Laisse dormir les bonnes gens et les enfants ; laisse les assoiffés s'enivrer et les braves savourer leur repos. Écoute le silence et l'obscurité : la magie opère, pour toi, pour que tu envoûtes le monde. Transforme cette ville en paradis : chasses-en les dieux des étrangers et leurs serviteurs. Ne crains rien, je t'accompagne et te protège. Tu seras invincible. Donne-moi la main. »

La musique reprit, plus rythmée ; la déesse quitta la scène en courant, emportant la jeune fille dans la longue manche de sa robe, qui elle-même en tenait une autre par la main, suivie d'une autre et encore une autre, qui surgissait au fur et à mesure de derrière le rideau. Une ribambelle de jeunes filles courait à la suite de la déesse. Au moment où la dernière disparut, des cracheuses de feu lancèrent des flammes. Le silence revint brutalement. Le public était médusé. Indiscutablement, mes élèves avaient progressé.

Un milicien voulut pourtant les rejoindre. Trois Lanternes rouges l'arrêtèrent :

« Uniquement les jeunes filles, ce soir. N'as-tu pas entendu la déesse ? Aux hommes, l'ivresse et le repos. »

Il les laissa partir, un peu déçu ; mais il ne prendrait pas le risque d'être repoussé par des femmes devant les autres ; il avait trop mangé de toute façon, et retourna s'affaler avec les autres.

La nuit était tombée, la plus belle nuit de juin. Des feux s'allumèrent sur les toits de la ville. Toutes les femmes de Tianjin priaient pour nous. Je pris la tête du cortège, toute de rouge vêtue, une lanterne allumée à la main, des dizaines de filles derrière moi. Nous avons marché, puissantes et sereines. Le monde nous ressemblerait parce que nous lui imprimerions notre force, une force dépourvue de violence. Personne n'oserait se mettre en travers de notre chemin. Les rues étaient vides.

En silence, nous sommes entrées dans le quartier des concessions et avons incendié chaque église, simultanément. Il n'y avait pas de vent, et ces nouveaux quartiers étaient entourés de terrains sans constructions : les tombeaux à l'est, sur lesquels les étrangers lorgnaient avec une gourmandise de vampires, toujours à l'affût de nouveaux territoires, des marécages à l'ouest, une boucle du Hai He au nord et, au sud, des salières à perte de vue. Entre leurs maisons s'ouvraient des simulacres de jardin où ne poussaient que des pierres. Les flammes ne trouveraient pas d'autres prises que celles que nous leur donnerions.

Les étrangers prirent peur, pourtant. Nous n'en vîmes aucun ; ils restèrent terrés dans leurs maisons, trop effrayés ou trop surpris par notre audace. Mais ils firent feu. Je n'ai pas complètement mis les dieux au défi d'exécuter ma prière de protection : il faisait nuit, ces hommes étaient pour la majorité des civils qui ne tiraient que pour leurs loisirs. Avais-je bien agi ? Je ne le saurais jamais avec certitude. Aux dieux d'en juger. Heureusement, aucune des filles ne fut touchée ; aucune d'elles n'eut peur. Elles marchaient, en rang, comme des petits soldats, plus silencieuses que des serpents, indifférentes aux balles comme aux hommes, occupées uniquement à déclencher les incendies et repartir le plus vite possible avant d'être gênées par la fumée ou piégées par les flammes. J'avais sélectionné les têtes les plus froides du Lotus jaune pour accomplir cette tâche, et leur avais fait répéter leurs gestes toute la journée : vider des bouteilles de kérosène sur les bâtiments, une invention du diable qui retournerait d'où elle venait, en prenant bien garde de ne pas en asperger leurs vêtements, pour ensuite y jeter d'assez loin une lanterne allumée, sans entrer dans les bâtiments.

Une fois que nous eûmes méthodiquement embrasé les églises du quartier des concessions, nous en sortîmes et nous dirigeâmes vers la cathédrale, à côté du palais du vice-roi. Elle venait d'être reconstruite. Depuis que des habitants en colère l'avaient détruite trente ans auparavant, ses ruines avaient trôné sur la ville, rappelant à tous que les dieux chrétiens ne devaient plus s'élever ici. La cathédrale redeviendrait débris. Quelques pas feutrés, à peine quelques chuchotements, et notre cortège repartit, son acte accompli.

Alors, nous montâmes sur les terrasses du palais du vice-roi et contemplâmes notre ville, toujours en silence. D'immenses langues jaunes s'élevaient de la cathédrale et se reflétaient sur nos visages. C'était notre feu, un feu protecteur, maîtrisé, contenu sur les parcelles qui lui étaient dévolues. Il libérait la violence des miliciens, qui pouvait maintenant retourner au néant : tout ce qu'ils haïssaient partirait en cendres ; il leur offrait le grand spectacle qu'ils attendaient, celui des flammes, primitif, efficace, effrayant. Tout partirait en fumée dans leur danse ; et sa mise en scène offrait au peuple entier, convertis compris, la certitude d'être aimé. Voilà ce que je dirai aux dieux s'ils me demandent pourquoi je me suis ainsi donnée en spectacle.

) 19 (

L'ULTIMATUM

Tianjin tenait le choc. Quelques pierres avaient noirci, les plus laides, mais il n'y avait eu ni pillage ni massacre.

Cependant, Beijing flamba de plus belle. Un message m'apprit que des miliciens du Poing de la justice et de l'harmonie avaient mis le feu à des églises remplies de convertis. Nous avaient-ils imités ? Des rebelles de Tianjin déçus d'être restés spectateurs aux côtés de Zhang Decheng étaient-ils partis au galop assouvir leur haine à Beijing ? Je savais que Cao Futian avait désormais fait établir un relais de chevaux entre Tianjin et la capitale, dévolu à ses propres messagers. Ils avaient pu apprendre ce que nous avions fait sans délai.

Ils prétendirent que leurs feux étaient magiques et qu'ils ne s'en prenaient qu'aux étrangers et aux convertis ; les Chinois seraient épargnés. Mais quand les flammes léchèrent l'une des portes de la Cité interdite, les habitants de Beijing se mirent à pleurer. Alors, le vent changea brusquement de direction et épargna le palais. On cria au miracle. Des centaines et des centaines de foyers étaient réduits en cendres.

Les gens parlent de magie. Ce n'est que de la folie. Je ne crois pas que les secrets transmis par mon maître se relèveront de sitôt de tant d'absurdités. Mais c'est ainsi. Le monde invisible en avait sûrement vu d'autres.

Désormais, quelles que soient mes intentions, je faisais partie de la révolte. J'avais joué une partie pour elle, en son nom. Mon visage serait associé au fanatisme, et tous les dons que j'avais reçus du ciel seraient caricaturés. Peut-être qu'au fond, c'étaient les dieux qui me devaient des comptes.

Je n'avais, de toute façon, pas le temps d'y réfléchir à ce moment-là. Le jour qui suivit l'incendie de la cathédrale, le palais du vice-roi se transforma en ruche bourdonnante. Les messagers entraient et sortaient, affolés. Moi qui aspirais au silence, j'étais servie. Les dignitaires les plus dignes avaient beau dissimuler leurs émotions sous un masque d'impassibilité, ils traînaient derrière eux une âcre odeur de peur qui s'incrustait dans les couloirs sur leur passage. Et ce n'était pas mon incendie qui les mettait dans un état pareil, puisque au petit matin, le vice-roi lui-même m'avait apporté une corbeille de fleurs pour me remercier.

Ce n'est que le lendemain, tard le soir, que j'appris ce qu'il s'était passé.

On frappa doucement à ma porte. À pas de chat, une servante s'approcha de mon lit, où je m'apprêtais à m'endormir. Elle me demanda en chuchotant de la suivre et m'emmena par une porte dérobée à travers des couloirs que je n'avais jamais vus, jusqu'à une vaste pièce décorée avec sobriété ; il n'y avait pas de laque, pas de porcelaine, pas de dorure ici. Uniquement du bois ciré, du papier, de l'encre et des orchidées. Un petit chien sauta joyeusement à mes pieds, sans aboyer. La servante m'entraîna plus loin. Derrière un paravent, une femme encore jeune, assise sur le sol avec élégance, une tasse de thé dans sa main couverte de longs étuis à ongles, contemplait en silence la peinture d'un paysage étalée à ses pieds. C'était un immense rouleau jauni par le temps, sur lequel des montagnes spectaculaires alternaient avec des rivières évanouies dans le brouillard. J'aurais voulu laisser mon regard s'y promener longuement.

« Ils sont comme nous, me dit-elle en me montrant deux minuscules personnages que je n'avais pas remarqués. Ils ne savent pas s'ils sont perdus dans le paysage, ou si c'est le paysage qui se perd en eux. Merci d'être venue, sainte mère. Je suis Évanescence d'un parfum de pluie, la deuxième épouse du vice-roi Yulu. Mes amies m'appellent Éva. J'espère que vous en ferez partie. Une tasse de thé s'impose, je crois. »

Elle frappa dans ses mains. La servante obséquieuse reparut, apportant en courant, tête inclinée, une théière chaude. Elle repartit aussi vite. Mon hôte me tendit une tasse d'une étrange facture : elle avait une anse et arborait de curieuses créatures en corsets et perruques.

« J'ai eu la faiblesse d'acheter ce service en porcelaine étrangère, il y a des années. Je trouvais cela exotique. Il paraît que ces personnages peints sont des aristocrates déguisés en bergers pour se parler d'amour. Amusant, non ? Évidemment, j'ai été priée de cacher ces objets, vu la tournure des événements. Pourtant, à mon avis, c'est une bonne chose de se souvenir que ces gens-là aussi nous imitent et nous doivent des techniques précieuses et utiles comme la porcelaine. Si cela vous déplaît néanmoins, je peux vous faire apporter une autre tasse. »

Elle allait frapper dans ses mains, mais j'interrompis son geste.

« C'est amusant, en effet. Moi aussi, je me déguise beaucoup en ce moment. Je me demande si un costume permet de mieux se faire comprendre. »

Elle sourit.

« Cela faisait longtemps que je voulais vous rencontrer, sainte mère. Fine m'a beaucoup parlé de vous. Je suis sa sœur. Je crois qu'il faut que je vous explique ce qu'il se passe. Mon époux est terriblement désorienté. Comprenez-moi bien : comme je vous l'ai dit, je suis l'une de ses plus anciennes concubines. S'il est venu se confier à moi, ce n'est pas pour que je répète ses propos. Il me fait confiance. Nous ne vivons peut-être pas une relation aussi palpitante que celle de ces bergers aristocrates, me confia-t-elle en désignant ma tasse, mais la tendresse et la loyauté sont les plus grands secours de mon existence. Je ne laisserai rien ni personne me les enlever.

— Rassurez-vous : je sais garder un secret. Fine a dû vous le dire.

— Effectivement. Alors, voilà. Mon époux souffre. Je ne l'avais encore jamais vu dans un tel état. Ce n'est ni un lâche, ni un imbécile, malgré ce que prétendent tous ces lettrés pompeux, dont je suis moi-même issue. Il a beau être mandchou, il sait ce qu'il fait. Mater des révoltes, mener des guerres, négocier avec la cour ou les étrangers, rien de tout cela ne l'effraie : c'est sa vie. Or, à présent, il est bloqué, démuni. Ce qui est inquiétant, c'est que notre sort à tous, Chinois, est remis entre ses mains tremblantes de panique : si Tianjin tombe, Beijing tombera. C'est pourquoi je vous prie humblement de m'aider, sainte mère.

— Je ne suis pas sûre de vous comprendre. Les étrangers sont sur leurs bateaux, et le vice-roi semble avoir la situation bien en main.

— Ainsi, rien n'a filtré ?

— Mais quoi donc ?

— Les forts de Dagu ont été pris la nuit dernière.

— Comment ?

— Les étrangers nous envahissent. Ils sont en route. Et personne ne le sait, car personne ne sait quoi faire. Oh, les étrangers ont été tout à fait courtois : ils ont fixé un ultimatum en bonne et due forme, hier matin. Si les forts ne leur étaient pas livrés d'ici à deux heures du matin, la nuit dernière, ils attaquaient. Mon époux envoie donc un coursier à Beijing, à pleine vitesse, pour transmettre ces informations au chef des armées Rong Lu, le plus proche conseiller de l'impératrice et le plus ouvertement opposé aux rebelles. Mon mari attend ses ordres. Un bon cavalier qui peut compter sur trois ou quatre relais de chevaux de course met moins de trois heures à gagner Beijing. Six heures plus tard, toujours aucune nouvelle. Sept heures plus tard, le coursier est de retour : Rong Lu l'a fait patienter une heure, au bout de laquelle il lui a confirmé que les ordres demeuraient inchangés. Jusque-là, à part la placidité du chef des armées, il n'y a rien de bien étonnant : mon époux doit empêcher les étrangers de passer, par la force si nécessaire. Il fait donc envoyer le gros de l'armée à Dagu, dont les forts sont lourdement équipés de canons modernes.

— On m'a dit qu'ils étaient imprenables.

— À moi aussi, on me l'a dit. À deux heures du matin, les étrangers ont attaqué. À l'aube, les forts étaient pulvérisés.

— Comment est-ce possible ?

— Au prix de nombreuses pertes, les étrangers ont concentré leurs forces sur l'un des cinq forts. Un seul leur a suffi. Ils l'ont utilisé pour tirer sur les quatre autres, retournant sur nous nos propres forces[37]. Les militaires chinois vaincus sont venus faire leur rapport ce matin, à mon époux en personne, et à lui uniquement. Ils n'osent pas informer l'impératrice : leur échec est assez amer pour qu'ils se passent du déshonneur de la cour martiale. Or, les rapports d'espions arrivés aujourd'hui de Beijing sont formels : hier dans la soirée, personne à Beijing ne savait que les forts de Dagu étaient menacés. L'impératrice a même tenu un conseil pour débattre des options visant à éviter la guerre ; elle a laissé des dignitaires rencontrer des ambassadeurs étrangers dans ce but.

— Et maintenant ? Sait-elle que la guerre a commencé ?

— Je ne pense pas. C'est la raison pour laquelle j'ai sollicité cet entretien. Même si mon époux envoyait des coursiers avertir la cour, il n'est pas certain que les informations seraient transmises ; sauf,

---

37– La quatrième bataille des forts de Dagu a eu lieu le 17 juin 1900.

bien entendu, dans le but de le désigner comme responsable de cette défaite. Il a donc pris le parti de rester muet. Il va défendre Tianjin ; il va empêcher les étrangers de passer comme on le lui a demandé. Il doit vaincre. S'il y arrive, personne ne lui en voudra d'avoir perdu Dagu.

– N'êtes-vous pas effrayée par tant de dissimulations ?

– Terriblement. Vous vous rendez compte, évidemment, de ce qu'il se passera si les étrangers envahissent Tianjin ?

– Je n'ose l'imaginer.

– Moi non plus. D'autant qu'ils ne s'arrêteront pas à Tianjin.

– Que faire, alors ?

– Pour vaincre, mon époux a besoin des pleins pouvoirs. Il a besoin d'une déclaration de guerre en bonne et due forme. Il faut avertir l'impératrice, quoi qu'il en coûte. Aucun dignitaire n'osera le faire, désormais ; aucun militaire, aucun coursier ne prendra le risque d'apporter la mauvaise nouvelle à Cixi. Le premier qui bouge a perdu.

– Je vois. Vous cherchez quelqu'un pour transmettre la nouvelle, sans vous impliquer, ni votre époux.

– Quelqu'un qui puisse accéder directement aux princes pro-Boxeurs.

– Je crois savoir à qui m'adresser. »

Une heure plus tard, Cao Futian partait au grand galop pour Beijing, ne s'arrêtant que pour changer de cheval dans les relais qu'il avait mis en place. Avant la fin de la nuit, il était chez le prince Duan.

Au matin, l'impératrice faisait partir un coursier impérial donnant les pleins pouvoirs à Yulu.

) 20 (

Les pleins pouvoirs

Le premier ordre de notre vice-roi Yulu fut de bombarder le quartier des concessions, pour encercler les étrangers. Pour contenter les miliciens, avides de se sentir utiles, et entraîner ses artilleurs, peu expérimentés, il envoyait les rebelles dans le quartier des concessions repérer les maisons à viser, et les faisait monter sur les toits pour donner des signaux aux artilleurs et leur faire ajuster leurs tirs. Depuis le rituel d'invincibilité, ou le spectacle plutôt, ils se pensaient tous invulnérables. Je n'aimais pas beaucoup ça. Or, c'était un feu bien étrange que celui de notre vice-roi : les obus n'explosaient pas et n'accouchaient d'aucune flamme ; nos pétards de Nouvel An auraient fait plus de dégâts. Yulu avait peut-être intérêt à ne pas trop effrayer ces civils étrangers, accourus de tous les environs de Tianjin avec femmes et enfants pour se mettre à l'abri des miliciens fanatiques ; j'aimerais imaginer qu'il répugnait également à tirer sur les miliciens qui servaient de chair à canon, mais je n'y crois pas.

Or, justement, il fallait apaiser l'esprit des rebelles. Tianjin était autant à leur merci qu'à celle des navires qui venaient de prendre Dagu. Il fallait leur montrer, d'un signal fort, que nous étions tous réellement unis dans un seul et même but. Depuis le départ de Cao

Futian pour Beijing, les miliciens du Poing de la justice et de l'harmonie savaient que la guerre avait commencé.

Il serrait les dents, Futian. Il avait galopé des heures durant pour transmettre son message, ravalant le ressentiment qu'il éprouvait à mon égard : le rituel d'invincibilité, opéré pour Zhang Decheng en son absence, lui était resté en travers de la gorge. Au moment de le tirer de son sommeil, je m'attendais à ce qu'il exige de moi des explications. Ce qu'il fit. Il cherchait à me voir depuis quelques jours déjà, mais on lui avait refusé l'accès au palais. Toujours ensommeillé, il me rappelait froidement qu'il n'était pas à mon service pour être sonné à toute heure comme un laquais. Il n'avait fallu rien de moins que l'annonce de la prise de Dagu pour le réveiller complètement et le faire quitter son lit. Il y était seul, d'ailleurs ; les déboires de Mei avaient été salutaires, apparemment.

Il était bien imprudent de laisser attendre un homme comme Cao Futian, surtout s'il était en colère. Le palais me protégeait de ses intrusions, comme de celles des mystérieux assassins lancés à mes trousses ; et il ne m'effrayait pas. Mais le vice-roi aurait dû le ménager. À son retour, je suis revenue le voir, courtoisement, pour le remercier de sa course. Je lui ai offert des kakis, et à son cheval, du trèfle. J'avais une nette préférence pour la conversation du cheval, mais Futian méritait mon attention. Je n'aimais pas le voir ainsi, froid, les mâchoires serrées, ressassant sa rancune dans son esprit épais.

« Quand on fait la guerre, me dit-il, on détruit l'ennemi, pour l'empêcher de se ravitailler, de communiquer, de s'organiser. Le vice-roi envoie mes miliciens sans armes dans le quartier des concessions, et garde ses soldats derrière les remparts. Il fait tirer quelques obus, pour occuper ses hommes et montrer au peuple qu'il est de son côté, mais il ne se bat pas. Je vais prendre les choses en main. Je vais y aller, moi, dans ces concessions, leur montrer comment on fait la guerre, même sans fusils. Et puis, nous sommes invincibles, désormais, grâce à toi.

– Tu sais bien que non, Futian.

– Ah. Explique-moi donc ça.

– Très bien. Le Poing de la justice et de l'harmonie s'est assez fait les dents sur les missionnaires et les convertis. Nous les avons chassés pour qu'ils ne vous provoquent plus. Mais à notre manière : pacifiquement. C'était notre rôle.

– Les Lanternes rouges prennent les choses en main ? C'est vous qui combattez l'ennemi, maintenant ? Tes femmes humilient mes hommes, Hei'er !

– Non. Ce qui les humilie, c'est de choisir des cibles faciles ; des cibles de bonnes femmes, comme tu dirais. Les combattants, les héros, c'est vous. Cesse d'envoyer tes hommes sur des épouvantails, Futian. La guerre n'est plus une simple menace, elle est là, réelle. Il faudra plus que des rituels d'invincibilité pour en venir à bout. Maintenant, va te battre, fais ce que tu sais si bien faire. Emmène tes hommes. Et humilie l'armée de notre empereur en lui montrant comment un Chinois se bat vraiment pour son peuple, avec son cœur.

– Tu nous donneras l'invincibilité ?

– L'invincibilité n'existe pas. Ouvre les yeux, Futian : on vit, on meurt ; on gagne, on perd. Les étrangers arrivent avec des canons : ils vont nous tirer dessus. Mais je vais prier ; pour vous, pour vos âmes. Pour nos âmes à tous. »

Ce jour-là, j'allai de surprise en surprise. Depuis les terrasses du palais du vice-roi, je vis les quartiers chinois accolés à la concession française brûler, en plein jour. Je crus d'abord que les hommes de Futian avaient mis par erreur le feu à des maisons chinoises. Je posai la question à un officier, aussi étonné que moi, qui observait la scène via sa longue-vue.

« Ce sont des soldats français qui mettent le feu à ces bâtiments. »

Le lendemain, les Français dynamitaient trois anciennes pagodes de ce quartier; des lieux séculaires, sacrés. Ils faisaient de la place pour leur future ville: ils étaient trop serrés dans leur concession, et n'envisageaient même pas la défaite. Ce ne sont donc pas les miliciens qui poussèrent le vice-roi à tirer enfin pour de bon, mais les étrangers eux-mêmes, en se moquant de son indulgence. Cette fois-ci, le quartier français fut bombardé de fond en comble. Puis le vice-roi fit pleuvoir des obus sur la gare pour empêcher l'arrivée des renforts étrangers. La riposte fut violente. De loin, je ne voyais qu'un énorme nuage de fumée noire. J'espérais ne pas en voir plus.

L'hôpital militaire de Tianjin déborda. Les Lanternes vertes improvisèrent une infirmerie dans la rue, à quelques pas du palais du vice-roi. Je m'y rendis, avec ma tiare et mes fleurs. C'était un océan de râles.

Les hommes étaient couchés à même le sol. Certains hurlaient. D'autres parlaient, parlaient, comme si un démon les pressait, leur chuchotant que c'était, peut-être, leur dernière occasion de dire quelque chose. La plupart d'entre eux étaient figés, les yeux perdus dans le ciel. Ils attendaient la mort, conscients que si on les avait laissés là avec des guérisseuses plutôt que des médecins, c'était parce qu'ils n'avaient plus aucune chance. Les militaires impériaux avaient tué trop de fanatiques, quelques mois plus tôt, pour croire encore à l'invisible.

Il y en avait tant que je ne savais par où commencer. Alors, je fermai les yeux et priai. L'espace autour de moi se mit à chauffer. Le temps disparut. Les corps et les blessures effrayantes s'effacèrent de mes pensées; ne restèrent que les âmes, et pour elles, pour un instant, la vraie lumière, la seule lumière. À ce moment-là, à cet endroit-là, régna autour de moi la grâce, comme si l'humanité entière, d'un coup, tombait amoureuse.

Alors, certains se relevèrent. Je restai leur parler, les écouter surtout. Les soldats chinois étaient des hommes bien nourris, bien habillés, quoiqu'un peu étranges dans leur accoutrement occidental. Si les membres du Poing de la justice et de l'harmonie avaient toujours l'air abattus ou illuminés, les professionnels de l'armée étaient souriants, braves, légers même face à la mort.

Ils parlaient en riant de ce combat, fiers de s'être enfin confrontés aux terribles étrangers. Quelques miliciens étaient présents aussi, ceux qui avaient été recrutés par l'armée. On leur avait laissé leurs habits pouilleux; ils avaient servi de coolies, creusé des tranchées, déplacé des armes de l'arsenal ouest, et s'étaient blessés en faisant tomber des obus. Certains miliciens avaient essayé de se battre : face aux fusils ennemis, ils avaient commencé à exécuter des mouvements rituels. Les étrangers avaient été décontenancés l'espace d'un instant par tant de gestes, puis avaient tiré sur ces corps offerts. Les rebelles qui avaient été témoins de ces scènes étaient déçus, amers et jaloux.

« Ils ne sont pas si héroïques que ça, me glissa l'un d'eux en parlant des militaires chinois. La gare est toujours entre les mains des étrangers.

— Tais-toi, répliqua un soldat avec plus de mépris que s'il parlait à un chien. Nous avons tué beaucoup d'étrangers. J'ai vu leurs cadavres, entassés par centaines. »

Le soir venu, je me postai sur la terrasse du palais. La gare avait été réduite en cendres; mais des sentinelles étrangères continuaient de monter des barricades devant les rails avec des charrettes renversées. Ainsi, elle était restée aux mains des étrangers malgré la grande offensive chinoise.

« Bonsoir, sainte mère. On m'a dit que je pouvais vous trouver ici. »

Je me retournai. C'était un officier à la peau sombre, comme celle des gens de l'ouest, qui portait un grand turban noir et un sabre dans le dos. Je me rappelai l'avoir vu à l'infirmerie.

« Je viens vous demander de l'aide.

– Vous aider ? Cette gare est-elle si dure à reprendre ? Il y a bien peu de militaires étrangers à Tianjin, comparé aux dizaines de milliers de soldats chinois.

– C'est exactement la raison pour laquelle je vous sollicite.

– Beaucoup de gens le font ; un peu trop à mon goût. Qu'imaginez-vous ? Que je vais arrêter les balles avec des prières ?

– Certains le croient, d'après ce que j'ai compris.

– Si l'armée partage les superstitions des paysans, nous sommes perdus.

– L'armée n'y croit pas, mais elle s'en amuse. On raconte des histoires dans les camps, sur vous, et ces femmes.

– Je n'ai pas envie de les entendre.

– Vous devriez, pourtant. On dit que les Lanternes rouges sont capables d'enrayer les armes ennemies.

– Mes élèves sont bien jeunes. Elles ne manquent pas une occasion de se faire remarquer maintenant qu'elles ont un public, et que j'ai moins l'occasion de les surveiller.

– C'est donc vrai ?

– Rien n'est jamais complètement vrai ou complètement faux.

– Quant à moi, je vous ai vue faire. Si je suis debout ce soir, c'est grâce à vous.

– Alors, qu'êtes-vous venu me demander ? De former un bataillon de jeunes filles pour effrayer l'ennemi ?

– Faites-moi rencontrer les chefs des miliciens, ceux qui n'ont pas été recrutés et qui continuent de prêcher la révolte.

– Pourquoi ?

– Le moins de personnes le saura, le mieux ce sera.

– Alors, allez directement voir les hommes du Poing de la justice et de l'harmonie. Ils sont au temple des huit immortels, tout le monde le sait ; un gamin vous y conduira pour une pièce de cuivre.

– Ils refuseront de me recevoir.

– Vous comptez donc sur moi pour les convaincre ? Sans m'expliquer de quoi il s'agit ? Pour qui me prenez-vous ?
– Je m'en remets à votre intuition.
– Je suis un être humain. J'utilise la plupart du temps ma raison pour prendre une décision, comme tout le monde. En ce moment, elle est bien mise à mal, croyez-moi.
– J'agis pour le bien.
– Oh, le bien et le mal, au point où on en est…
– Je vais donc vous expliquer. Je suis capitaine sous les ordres du général Nie Shicheng, qui obéit au vice-roi Yulu, qui lui-même prend ses ordres du chef suprême des armées, le grand conseiller Rong Lu. Or, Rong Lu pense que nous ne ferons pas le poids face à l'Alliance des huit nations et cherche à éviter le conflit.
– Le conflit est là, sifflai-je. L'ennemi a pris nos forts, rase la ville !
– La guerre n'est pas déclarée.
– Je ne comprends pas. Ce n'est pas la guerre, ça ? Tous ces morts aujourd'hui, pour une gare ?
– Non. C'est une attaque, que nous avons menée sur nos propres bâtiments. Nous avons reçu l'ordre de détruire la gare, et nous l'avons fait : il ne reste aucun wagon, les rails sont inutilisables. Mais au moment où nous avions l'ennemi face à nous, vulnérable, et que nous aurions pu l'écraser, nous avons reçu l'ordre de nous replier.
– Pourquoi ?
– Parce que ce sont les ordres. L'impératrice a fixé un ultimatum aux étrangers : ils doivent quitter Beijing dans la journée. Elle pense sans doute que s'ils partent, leurs armées n'auront plus de raison de débarquer, et qu'elle pourra éviter la guerre. Le vice-roi et le général passeront en cour martiale, et tout rentrera dans l'ordre.
– Vous plaisantez.
– Malheureusement pas. Certains officiers ont désobéi et ont chargé, tout à l'heure. Ils ont été fusillés. Nous sommes au bord de la mutinerie. Pendant des mois, on nous a demandé de tirer sur des

adolescents, d'abord à blanc, puis pour de vrai. Ça ne nous plaisait pas. Nous avons dû laisser les militaires étrangers utiliser nos rails pour aller à Beijing défendre leurs diplomates contre le peuple ; ça non plus, ça ne nous plaisait pas. Maintenant, les adolescents rebelles sont nos amis, et les étrangers des ennemis sur lesquels nous ne devons pas tirer. Nous sommes tous excédés. Je fais partie de ceux qui pensent que nous devons agir maintenant. Raser les concessions, les magasins, tout ce qui permet aux étrangers de s'approvisionner. Si je le dis ouvertement, je serai fusillé, et ma mort ne servirait à rien. Je suis un officier, ma vie m'importe peu ; mais la victoire m'est chère. Elle est possible, maintenant. Pas dans huit jours. Nous avons une chance de rejeter enfin à la mer ces étrangers qui nous ont fait tant de torts ; il faut la saisir. Je ne peux agir que dans l'ombre. Présentez-moi les chefs du Poing de la justice et de l'harmonie. Je les armerai, et je les enverrai répandre les feux de l'enfer dans les concessions avant qu'il ne soit trop tard.

— Ils ne vous obéiront pas.

— Je ne leur donnerai pas d'ordres. Je les laisserai agir à leur guise.

— Pourquoi êtes-vous sûr de pouvoir vaincre ?

— Nous sommes en position de force, nous avons des munitions, des soldats bien entraînés. La ville est imprenable.

— C'est ce qu'on disait des forts de Dagu.

— Ils auraient pu le rester. Ce qui nous mine, c'est l'hésitation, et les désaccords incessants au sein de l'état-major et de la cour. Nous avons créé une culture de la défaite, et nous baignons dedans. Mais il n'est pas trop tard. Si nous frappons maintenant les concessions, nous avons une chance. »

Pour la première fois depuis le début de la révolte, j'entendais quelqu'un qui avait les idées claires.

« Venez ce soir au Dragon blanc. C'est une maison de thé à Houjiahou. »

L'entretien terminé, je me rendis au temple des huit immortels. Cao Futian avait tourné en rond toute la journée. Il avait essayé d'entrer dans les concessions, d'allumer des incendies, mais les sentinelles étrangères avaient repoussé toutes ses tentatives. Il était à cran, et me fit mauvais accueil.

« Je n'ai pas de temps à perdre à palabrer, moi, je me bats. C'est ce qu'il devrait faire, ton officier, au lieu de laisser la gare aux mains de l'ennemi.

– Justement. Il propose de te fournir en armes.

– On m'a déjà promis ça.

– Rencontre-le, Futian. Écoute-le, et tu te feras une idée. Viens au Dragon blanc, maintenant, et seul. »

Il continua à pester contre moi, mais s'engagea à venir : il avait besoin d'armes.

La maison de thé du Dragon blanc était un vénérable établissement fréquenté surtout par des personnes âgées qui y jouaient au mah-jong. Comme la plupart d'entre elles étaient sourdes, elles parlaient fort et prêtaient peu d'attention à ce qu'il se passait autour d'elles. J'avais soigné le père de l'actuel propriétaire, un homme courtois et discret. Il mit à ma disposition une pièce séparée qui donnait sur le jardin.

Le capitaine arriva rapidement. Je ne sais pas s'il se doutait que Futian le ferait attendre comme un importun. Il jetait des regards plus agacés qu'inquiets autour de lui. Il ne savait pas quoi faire de la grande épée recourbée qu'il portait dans le dos et lissait nerveusement sa veste. Il est vrai que son uniforme ne passait pas inaperçu. Cependant, nous étions habitués aux militaires comme à l'exotisme à Tianjin ; et nous étions seuls dans cette pièce.

J'ai donc patienté à ses côtés, en essayant de détendre l'atmosphère. Je lui parlais du jardin que nous avions sous les yeux, dont le propriétaire était si fier, et de celui du Lotus jaune qui me manquait. Grâce aux soins des élèves, il était devenu un petit bijou de verdure. Il y avait des fleurs maintenant autour des plantes potagères, et même un petit bassin. Je meublais : il était mal à l'aise, seul avec une femme.

« Les pavillons d'agrément des temples n'ont rien à lui envier, si ce n'est le luxe des animaux d'ornement. Une dame farfelue nous a offert un paon un jour, pour nous remercier de nos soins, pensant nous faire plaisir. Depuis sa riche maison, elle n'avait jamais appris que les animaux mangent, et que nous avions faim. Nous avons donc offert ce pauvre paon aux moniales du temple de Guanyin. »

Il finit par se prendre au jeu. Je ne sais toujours pas quoi penser de la violence qui s'est déchaînée sur ma ville, mais s'il y a une chose que la guerre permet, c'est de rassembler des êtres que tout sépare. Les rebelles du Poing de la justice et de l'harmonie ont été reçus chez les princes, des femmes perdues au palais du vice-roi, et un capitaine de l'armée impériale par une guérisseuse.

Il me posa des questions sur l'école et sur mon enseignement. Il souhaitait savoir comment j'avais découvert ma vocation, et pourquoi on trouvait tant de charlatans dans ce métier. J'essayai de lui expliquer ce que je faisais. Ce n'est jamais évident : personne ne comprend que c'est un long chemin, que tous, nous avons ces clés en nous, mais que peu sont prêts à les laisser briller plus que leur propre personne. De fil en aiguille, j'en suis venue à lui raconter mon apprentissage, mes rêves de puits et l'histoire du seau qui va chercher l'eau. L'image lui plut.

« Je suis musulman. Chez nous, on dit que les hommes sont des archanges tombés dans un puits. Le puits, c'est le monde. Comment on est arrivés là, c'est un mystère. Le puits de votre rêve n'a rien d'effrayant : il n'est pas plus sombre que la vie qui nous entoure, ce jardin, cette maison, cette ville avec ou sans la guerre. Et vous, vous n'êtes pas tout à fait comme les autres. Vous pouvez aider ceux qui sont entravés au fond à remonter vers la lumière. »

Ces paroles étaient un don du ciel. Elles me laissaient moins seule avec l'obscurité du monde. Nous étions tous si fragiles, si aveugles, si isolés, et en même temps capables de tant de force et de beauté, ensemble.

Futian arriva à ce moment-là. Il fut surpris de nous trouver en train de discuter à bâtons rompus. Il me lança le regard mauvais du maître d'école prenant son élève en faute. Je les présentai.

Le capitaine lui répéta tout ce qu'il m'avait dit. Il avait l'habitude de parler à des soldats.

« Je comprends, dit Futian. Vous voulez m'employer à faire la guerre à votre place pour éviter la cour martiale.

– Non. À faire la guerre avec moi. Vous cherchez à défaire les étrangers ? Alors, vous avez besoin de fusils. Je vous en donnerai. Savez-vous les utiliser ?

– Bien sûr, pour qui me prenez-vous ?

– Pour l'un des rebelles contre lesquels je me suis battu toute l'année, armé d'une pique rouillée et de formules d'invincibilité.

– C'était assez bien pour le prince Duan.

– Le prince Duan n'est pas le chef des armées, répliqua le capitaine. C'est un vieux mandchou, plein de vieux rêves. Il ne vous a pas armés. Moi, j'ai des caisses entières de Mauser neufs. J'en ferai livrer une au temple des huit immortels. Dès ce soir. D'autres suivront. Dans le quartier des concessions, vous trouverez des Mannlicher ; nos Mannlicher. Les étrangers s'en sont emparés : l'école militaire n'était pas gardée. Les élèves chinois qui étaient là se sont battus jusqu'à la mort. Les étrangers ont tout fait sauter. Récupérez ces Mannlicher, et dites-moi s'il y a d'autres arsenaux mal gardés dans le quartier des concessions. Je les ferai bombarder avant que les étrangers ne s'en emparent. Même avec des obus sans explosifs, ça sautera.

– Vous misez tout sur les batteries de canons, mais elles ne viendront pas à bout des étrangers : elles sont trop lourdes, gênent les mouvements, et une fois prises par l'ennemi, se retournent contre nous. Il faut revenir aux bonnes vieilles techniques d'embuscade. Je le sais bien, c'est ce que je faisais contre vos régiments.

— C'est pour cette raison que je m'adresse à vous. D'autres caisses de Mauser ont été abandonnées aux mains de l'ennemi, dans l'attaque de la gare. Vous pouvez les récupérer, en agissant furtivement.

— Intégrez-nous officiellement à l'armée, et nous vous suivrons. Faites de nous un régiment autonome, avec son étendard, ses chefs. Notre milice est légitime. Le prince Duan nous a reçus et présentés à l'impératrice.

— Vous vous trompez. L'impératrice donne l'ordre de tirer au-dessus de l'ennemi. Elle vous utilise comme alibi. En cas de défaite, elle pourra dire aux huit nations que c'était votre faute.

— Donnez-moi un titre de commandant, et je gagnerai cette guerre.

— Ce n'est pas en mon pouvoir. Vous agirez seul, et ne rendrez aucun compte. Tout ce que je peux faire, c'est livrer les armes. Brûlez le quartier des concessions, tirez sur tout ce qui bouge et remportez cette guerre : les vainqueurs ont toujours raison. Alors, l'impératrice vous couvrira de gloire. »

Futian parut réfléchir. Je me demandai si ce n'était pas la première fois que ça lui arrivait. Il avait un air plus sombre et dense que jamais.

« Regardez-nous, finit-il par dire. Nous sommes grotesques : nous nous rencontrons comme deux fiancés timides, par l'intermédiaire d'une entremetteuse qui a gardé quelques ficelles de son vieux métier de putain.

— Futian ! m'écriai-je. C'est la dernière fois que tu m'insultes.

— Et nous négocions notre contrat de mariage, reprit-il sans me regarder. Très bien, finissons-en. Donnez-moi de l'argent en plus des armes. Je dois acheter des gens dans les quartiers étrangers. »

Le capitaine lui tendit une bourse sans se faire prier.

« Ce sera un mariage de raison, conclut Cao Futian. Contre une bonne dot. Vous verrez ce que nous sommes capables de faire, et vous aurez honte. Bonne nuit. »

Il se retourna sans un regard pour moi, et nous laissa sur ces mots. Il savait qu'il était ridicule, avec ses rêves de gloire et de titres. Mais il refusait de l'être seul : il me faisait tomber avec lui. Avec succès, qui plus est. J'avais saisi, l'espace d'un instant, la réaction du capitaine. Il avait suffi d'un mot, ce mot qui me collerait à la peau jusqu'à la fin de mes jours : l'officier avait été déstabilisé, comme un bateau qui change de bord. Pour Futian, une femme en vaut une autre, tant qu'on lui tape dessus pour lui apprendre sa place, prostituée ou pas. Il savait, pourtant. Il s'était renseigné et avait pu remonter jusqu'à cette information. Elle existait donc quelque part, consignée dans les registres secrets de la mémoire. Mais ce n'était pas l'important, ce soir-là. L'important, c'était la réaction du capitaine. On ne me la fait pas ; six ans de bordel et dix à soigner les gens m'ont appris à reconnaître une émotion quand j'en vois une.

Je réalisai que j'avais encore de l'orgueil, finalement. Les années de prostitution avaient détruit toute idée de sensualité en moi, mais dans mon cœur, et dans le sien, il y avait eu pour quelques instants le plaisir partagé de deux personnes qui se reconnaissent. Ces moments sont rares, et disparaissent très vite. Il avait suffi d'un mot.

Le capitaine se reprit et se leva. Il avait fini de changer de bord. Il me remercia et prit congé, froidement. Moi aussi je me levai et m'inclinai profondément devant lui.

Il ne m'avait pas même révélé son nom. Pourtant, s'il y a un être que j'aimerais revoir maintenant, c'est lui.

) 21 (

L'IMMOBILITÉ

Cao Futian fit parler de lui. Il entrait dans les concessions, déguisé en coolie, un revolver caché sous ses vêtements, et s'entretenait avec les derniers domestiques restés dans les riches maisons étrangères, les plus fidèles. Il réussit à convaincre ces pauvres gens, tous des convertis, que leur seule chance était de prouver qu'ils étaient de bons Chinois. S'ils avaient embrassé la religion chrétienne, c'était, pour la majorité d'entre eux, par opportunisme. Futian ne se gênait pas pour le leur rappeler, en leur répétant qu'il les savait aussi malheureux que les autres ; et pauvres. Il leur donnait alors les pièces d'argent du capitaine. Et, ce qui achevait de les convaincre, c'était de leur mettre un revolver entre les mains. Il n'avait pas froid aux yeux, Futian. Certains auraient pu en profiter pour l'abattre. Mais la possession de cet objet effaçait toutes les rancœurs : les domestiques convertis étaient fascinés de le tenir, de le manipuler, de se voir offrir l'objet suprême du pouvoir alors qu'ils étaient les êtres les plus haïs du pays, et que cette haine les condamnait à vivre en traîtres. Le revolver était l'occasion de se venger du destin.

Futian leur montrait comment s'en servir. Et ces hommes, que leurs maîtres prenaient pour des créatures serviles, se mirent à tirer à bout portant sur les officiers étrangers qui oubliaient de se méfier.

Il ne se contentait pas de semer des traîtres chez les étrangers. Depuis les murs de terre du rempart extérieur de Tianjin, embusqué, il attaquait avec ses troupes improvisées, désespérément, systématiquement refoulé par la cavalerie russe. Ceux qui passaient mettaient le feu à tout ce qu'ils pouvaient. Le quartier des concessions n'en finissait pas de brûler. Et Cao Futian revenait le soir à l'infirmerie, intact, portant bravement l'un ou l'autre de ses blessés sur son dos. Pas les convertis assassins, ceux-là n'avaient aucune chance de retour : ils étaient exécutés dans la minute qui suivait leur acte.

Il ne se privait pas de nous raconter ce qu'il se passait : un bateau à vapeur, le *Peiping*, était arrivé dans les concessions. Les steamers pouvaient donc entrer et sortir de la ville comme dans un moulin, malgré le siège de l'armée chinoise. Mais l'une des recrues de Futian avait tiré entre les yeux du capitaine. Les étrangers étaient terrifiés. Ils ordonnèrent aux Chinois qui circulaient dans les concessions de se faire délivrer un passe-droit par leurs maîtres. Les derniers coolies du quartier disparurent, condamnant les étrangers à s'acquitter seuls de leurs corvées et du transport des blessés. Futian riait : ça devait leur faire tout drôle, à ces messieurs, de nettoyer et cuisiner ! D'ailleurs, ils étaient à court de provisions et d'eau potable : l'armée chinoise faisait jeter ses morts dans le fleuve pour empuantir leur quartier. Comme ils étaient plus de deux mille cinq cents soldats étrangers stationnés là, et qu'il fallait bien qu'ils mangent, ils commençaient à briser les vitrines des magasins pour se ravitailler, et à entrer dans les maisons pour piller. Certaines étaient abandonnées, mais pas toutes. Leurs propriétaires outragés se plaignaient aux consuls ou aux officiers, qui sermonnaient un peu leurs hommes pour la bonne forme. Cependant, comme ils ne pouvaient plus les nourrir et que ces gens étaient en fait tous plus ou moins ennemis, les Russes ne se gênaient pas pour voler les Japonais, les Anglais allaient se servir chez les Français, et les Français chez les Allemands. L'atmosphère là-bas était délétère. « Laissons-les se dévorer entre eux », disait Futian. Tout le monde l'écoutait, et croyait en la victoire, tandis que les mouches envahissaient la ville et que la chaleur la transformait en une étuve pestilentielle.

En privé, il me tenait un autre discours.

« Ce n'est pas à Tianjin qu'il faut se battre. Ici, ce sont les ennemis qui sont assiégés. Ils crèvent de faim, et surtout de soif. Il n'y a pas plus de deux mille soldats étrangers pour les défendre, sans aucune artillerie. Avec les dix mille hommes du général Nie Shicheng, ils n'auraient aucune chance de s'en sortir. En revanche, à Dagu, il y a des dizaines de navires de guerre ennemis, chargés d'hommes, de chevaux et de canons, qui vont débarquer d'un instant à l'autre. Si j'étais général, j'emmènerais mes hommes sur la route de Dagu. »

Parfois, je me demandais pourquoi Futian n'avait pas fait sa carrière dans l'armée : elle lui aurait offert tout ce qu'il désirait si violemment : la gloire et le pouvoir de commander. Alors, je me souvenais que pour commander, il fallait savoir obéir ; et Futian n'obéissait qu'à ses propres rêves.

Des rumeurs commencèrent à circuler sur une bataille à Langfang, où des rebelles avaient mis l'expédition Seymour à l'arrêt, menés par Ni Zenqing, un ancien garde d'honneur de la Cité interdite. À l'infirmerie, tous les hommes parlaient de lui avec des étoiles dans les yeux. Ni Zenqing était un maître de boxe, un riche propriétaire dévoué à la cause du Poing de la justice et de l'harmonie. D'après tous ceux qui l'avaient connu, de près ou de loin, il était un exemple de morale et de discipline. Il avait réuni deux mille hommes prêts à le suivre, armés d'épées et de vieux fusils de chasse, avait saboté les rails en amont de Seymour et l'avait affronté, rapidement rejoint par les troupes impériales. L'expédition Seymour faisait désormais marche arrière vers Tianjin, abandonnée par ses coolies, portant ses blessés dans une chaleur suffocante, sans vivres, sans eau et sans moyen de transport.

Cette nouvelle aurait dû nous réjouir. Mais pourquoi pouvait-on passer à l'offensive dans les terres et pas à Tianjin? Pourquoi cet immobilisme, ici et nulle part ailleurs? C'est à ce moment-là que La Pieuvre demanda à me voir. J'espérais qu'il aurait de bonnes nouvelles à m'annoncer. Pourtant, je sais bien, et depuis longtemps déjà, que quand on fait appel à moi, c'est que rien ne va plus.

« Quelqu'un bloque les ordres à la cour, m'annonça-t-il.

– Est-ce la raison pour laquelle notre armée n'attaque pas?

– En partie. À Tianjin, les étrangers sont encerclés dans leur quartier: il n'y a pas lieu de dépenser nos munitions sur quelques centaines de civils. Mais nous n'en resterons pas là. Il faut que je sache qui bloque les ordres. Beaucoup complotent. Les vice-rois du sud, par exemple, le comte Li à leur tête. Il raconte aux étrangers que les soldats chinois à Dagu se sont battus sans l'aval du trône. Étonnamment, lui, depuis Canton, a vite appris que les forts étaient tombés. En cas de victoire, il pourra dire à l'impératrice qu'il lui a sauvé la face, et en cas de défaite, les étrangers le prendront pour un ami fiable. Il est habile, ce comte Li. Il s'intéresse beaucoup à ce que pensent les Britanniques de l'impératrice douairière, et à ceux qui veulent la détrôner. Et il n'est pas le seul à croire que la Chine ne peut gagner une guerre contre les puissances étrangères réunies. »

Rong Lu, le grand conseiller, s'était emporté devant l'empereur et l'impératrice, furieux que l'armée ne mate pas une bonne fois pour toutes la rébellion. Lui aussi pense que nos forces ne feront pas le poids, et qu'il faut à tout prix éviter une guerre. Mais après cet esclandre, il s'était retiré, confus de son insolence et étonné d'avoir gardé sa tête sur ses épaules. Comme ses devins lui avaient prédit une année sans tracas, il laissa passer la vague.

« Et ce sont les miliciens qui sont superstitieux?

– Tous les conseillers ont des devins. Le *Yi Jing* ne peut être comparé aux croyances de paysans.

« – Le grand conseiller demande-t-il aussi à ses devins comment éviter une guerre qui a déjà lieu ? »

La Pieuvre soupira.

« Nous sommes tous devenus imprévisibles. Même toi : tu es en colère ; ça ne te ressemble pas. Mais il faut démêler cette situation. C'est pour cette raison que je souhaitais te voir. J'ai du mal à garder la tête froide, à ne pas me laisser prendre dans la tourmente. Je veux "marcher au milieu", comme le recommande le *Yi Jing*. Sereinement, avec une vision claire des événements. Rong Lu tente de protéger les étrangers à Beijing pour sauver ce qui peut l'être de nos relations diplomatiques, sans pour autant affronter l'impératrice. Il prépare son futur. Je ne serais pas étonné qu'il ait reçu la nouvelle de la chute des forts et qu'il ne l'ait pas transmise. Il pourra toujours dire que c'est Yulu qui ne l'a pas informé.

– Est-ce le cas ?

– Je n'ose pas en parler ouvertement au vice-roi. Peut-être devient-il lui aussi irrationnel.

– Peut-être, peut-être... Mais qu'importe ? N'est-il pas temps de se battre, maintenant ?

– Si seulement je pouvais découvrir qui se dissimule dans l'ombre. Quelqu'un est là, en maître, et fausse les données. Mais qui ? Et dans quelle intention ? Le vice-roi ? Le grand conseiller ? L'impératrice, pour éviter d'être responsable de la défaite ? Toi, ne pourrais-tu le confondre en faisant appel à tes facultés ? »

Ces derniers mots m'ulcérèrent.

« Mes facultés ? N'as-tu donc rien compris, depuis le temps que tu reçois mes soins ? La seule faculté utile à faire la guerre, c'est le courage. »

Il encaissa l'insulte sans broncher, prêt à toutes les humiliations pour avoir des réponses.

« Ne pourrais-tu au moins parler au vice-roi ? me demanda-t-il.

– Non. Je ne veux plus parler. Je veux vous voir agir. Il ne sert à rien d'analyser sans fin les événements. Il faut les décider. C'est à Dagu qu'il faut aller, pour empêcher les étrangers de débarquer.

– Ne t'inquiète pas : leurs chaloupes ont été coulées ; sans elles, ni hommes ni canons ne débarqueront.

– Ne pèche pas par excès de confiance. Agis au lieu de te reposer sur les autres.

– J'ai besoin de comprendre les événements pour pouvoir les influencer.

– Il ne s'agit plus d'influencer. Les dés sont jetés, on ne peut plus reculer. As-tu vraiment fait ta mise, en ton âme et conscience ? Ou te prépares-tu une porte de sortie, vers l'impératrice, le comte Li, où je ne sais qui ? Tu veux connaître l'avenir ? Je vais te le dire : ce sera un désastre. N'oublie pas que tu es là pour servir la Chine. »

Je quittai La Pieuvre très remontée. Qu'allait-il advenir des habitants de cette ville si les officiels occupaient leur temps à protéger leurs arrières ? Comment s'étonner que le peuple allume des lanternes et s'en remette aux superstitions ?

Tard dans la nuit, Éva envoya sa servante me chercher. Elle avait passé la soirée à soutenir son époux dévasté :

« Il a reçu un message urgent de l'impératrice : elle lui demande si les forts de Dagu résistent toujours.

– Je ne comprends pas.

– Êtes-vous sûre que votre coursier a délivré le message à la bonne personne ?

– Certaine. Il n'aurait jamais manqué une telle occasion de se rendre intéressant. Et votre époux n'a-t-il pas reçu en réponse les pleins pouvoirs ? Pourquoi l'impératrice lui aurait-elle donné cette nouvelle autorité, si elle n'avait pas reçu le message ? »

Éva soupira et froissa dans sa main le morceau de papier que son mari lui avait confié.

« Cixi est bien le plus rusé des vieux renards de ce pays, soupira-t-elle avec mépris.
— Elle fait semblant de ne pas savoir que les forts sont pris ?
— Oui. Ce message est un alibi. Elle ne croit pas à la victoire, voyez-vous. Depuis soixante ans que les étrangers grignotent son pays, elle a appris à préparer ses défaites. Et malheureusement pour nous tous, elle n'agit pas par intérêt personnel ; elle aurait été balayée depuis longtemps si cela avait été le cas. Elle ne vit que pour sa dynastie et croit que la Chine et les Qing sont une seule et même chose.
— Vous la connaissez bien ?
— Je l'ai servie personnellement, jeune fille. Elle m'a donné à Yulu en récompense de ses bons services, et peut-être aussi un peu pour le plaisir de m'humilier : Fine a dû vous dire que, dans ma famille, on ne se marie pas avec n'importe qui. Yulu, à l'époque, n'était qu'un mandchou mal dégrossi ; comme elle, d'ailleurs : avant d'être la concubine de Xianfeng, elle n'était qu'une princesse assez modeste. Une fois au pouvoir, elle a toujours pris grand soin de s'entourer de Hans sophistiqués, autant pour s'instruire que pour contrôler l'élite. Je faisais partie de sa collection de poupées. La servir n'était pas une partie de plaisir : elle était vieille, j'étais jeune ; elle était mandchoue, j'étais han ; elle était jalouse, j'étais impassible. J'ai donc pris le parti de renverser la situation et de profiter d'être à ses côtés pour m'instruire. Pour ce qui est de l'intelligence, elle n'a rien à envier à personne. C'est une virtuose de la tromperie, une aptitude trop valorisée dans ce pays. Savez-vous qu'il existe des professeurs spécialisés dans la tricherie ? Ce sont les plus recherchés par les aspirants aux concours de fonctionnaires. »

Elle claqua sur une mouche l'éventail qu'elle tenait d'une main.

« Très bien, elle aura la tête de mon époux. Mais elle n'aura pas son honneur. »

) 22 (

Les esprits

Le lendemain, Ai, l'une des doyennes à qui j'avais confié la garde du Lotus jaune, vint me trouver. Elle apportait le message d'un pigeon arrivé de Beijing :
Diplomate allemand assassiné. Guerre déclarée.
« Ce n'est pas tout, sainte mère. Voilà quelque temps déjà que je m'inquiète. D'étranges événements se produisent à l'école. Je crois que tu devrais venir. »
Je fis appeler le palanquin que le vice-roi avait mis à ma disposition pour mes déplacements. J'aurais préféré prendre ma barque, mais il n'y avait pas un brin de vent pour la faire avancer, et l'odeur du fleuve était insoutenable, même en amont du quartier des étrangers. Au moins, dans le palanquin, nous étions à l'abri des mouches. Je n'aurais pas voulu être à la place des hommes qui nous portaient : ils suffoquaient de chaleur.
C'est d'une oreille distraite que j'écoutai Ai.
« Nuage d'azur est déjà là. J'ai d'abord pensé que sa présence suffirait à faire revenir l'ordre. C'est elle qui a insisté pour que je fasse appel à toi.
– Tu as bien fait. Alors, de quoi s'agit-il ? Nous avons eu des appels aux meurtres, des amoureuses prêtes à tout, qu'ont-elles trouvé cette fois-ci ?

– Eh bien, c'est difficile à expliquer. Tu vas peut-être me prendre pour une folle.

– Non. Je t'ai confié l'école ; fais-moi confiance à ton tour et dis-moi ce qui t'inquiète. »

Elle prit une grande inspiration.

« Des volets claquent la nuit, alors qu'ils sont fermés. On trouve des bougies allumées, que… personne n'a allumées. J'ai cru à une farce. J'ai commencé à fermer les portes à clé. J'ai trouvé une lanterne allumée dans une pièce vide que j'avais moi-même verrouillée. J'ai interrogé les filles : elles ont peur et n'osent pas me parler. Elles s'enferment maintenant, elles aussi. Parfois, on entend des coups retentir dans le sol. Tout le monde se regarde ; personne ne dit rien. Et puis, hier, un rideau a pris feu.

– Je vois. Tu as bien fait de m'appeler. »

J'étais heureuse de revenir au Lotus jaune. Comparées aux intrigues du palais et aux souffrances de l'infirmerie, les jeunes filles paraissaient bien innocentes. Nuage d'azur avait repris les entraînements de boxe sur les quais, avant l'aube. Elles étaient en train de terminer leurs étirements, les traits tirés. Elles me jetèrent des coups d'œil inquiets.

« Les entraînements leur font du bien, me dit Ai.

– Arrange-toi pour qu'elles restent à l'extérieur.

– Très bien. »

Dans le jardin, les fleurs fanaient. Il faisait terriblement chaud, mais la rivière était juste à côté. D'ailleurs, des arrosoirs remplis d'eau étaient posés dans un coin. Ils étaient nauséabonds et infestés d'insectes. Je marchais dans l'école vide, ouvrant toutes les fenêtres sur mon passage, des bâtons d'encens à la main. Les pièces étaient étrangement humides et malodorantes. Quelques cafards traînaient, alors que les balais étaient sortis. Effectivement, les lieux n'étaient pas sereins.

Je sortis sur les quais. Les filles en tailleur méditaient avec Nuage d'azur, les yeux fermés. Je me joignis à elles. Puis je pris la parole :

« Je ne sais pas lesquelles d'entre vous ont invoqué des esprits et je ne veux pas le savoir. J'imagine que vous les avez fait parler, que vous leur avez demandé de faire bouger des objets. C'est ce qui se raconte en ville, en tout cas. Croyez-vous vraiment que les morts soient plus intéressants que les vivants ? Regardez bien les gens autour de vous : tricheurs, voleurs, menteurs, farcis de rancune et d'égoïsme, prompts à la colère. Croyez-vous que la mort les rende meilleurs ? Et les ancêtres que notre culture révère, étaient-ils tous des modèles de sagesse et de vertu ? Toutes ces tombes, toutes ces cérémonies ont été créées autant pour honorer leurs dons que pour nous protéger de leurs maux. Méfiez-vous, car les cimetières ont été retournés par les étrangers, et les rites en partie effacés. Alors, ces spectres errent sans repos. Et sur qui tombent-ils ? Mes oies blanches du Lotus jaune. Vous les avez nourris, malgré vous peut-être, par simple curiosité ou bêtise. Vous avez écouté leurs rancœurs, donné prise à leur malveillance ; à présent, vous êtes dépassées et vous les craignez. Vous en avez fait des démons. Votre peur les renforce. Mais ils ne sont pas plus puissants que vous, au contraire ; ils sont à votre image et veulent se rendre intéressants. Croyez-vous que le surnaturel ait sa place en ce monde ? La magie du ciel ne sert pas à sortir de l'ordinaire, au contraire. Elle respecte nos règles ; elle se fond dans la réalité d'un monde compréhensible et rationnel, que l'on peut appréhender par les cinq sens. Faire voler des objets, ce n'est pas rationnel. Enrayer des armes, ce n'est pas naturel. Faire apparaître des esprits ou déclencher des incendies à distance, encore moins. C'est enfreindre les lois que les dieux ont fixées pour nous, des lois qui nous protègent. Vous devez apprendre à reconnaître la résonance de vos actes. Oui, guérir, c'est appeler. C'est ce que j'ai appris à faire à certaines d'entre vous. Mais on n'appelle pas n'importe quoi. Et si vous sentez de la confusion, du bruit ou la moindre forme de dissonance, c'est que vous vous êtes trompées. La lumière est toujours sereine. Elle est puissante, beaucoup plus puissante que les ténèbres ; mais elle est plus douce, plus discrète, parce qu'elle vous aime et ne veut ni vous effrayer, ni vous surprendre. Apprenez à la reconnaître ; apprenez de vos erreurs. »

Je me levai. Les élèves regardaient par terre. Certaines s'étaient prosternées, front contre sol, les mains en prière. Malgré la chaleur, je sentais leur cœur glacé. Alors, je passai entre elles lentement et les bénis.

La journée se déroula en saines activités de ménage. Les bâtiments furent aérés de fond en comble, les parquets cirés, les volets dépoussiérés. Les doyennes se mirent à chanter. La joie de vivre revenait peu à peu en ces lieux. Alors, je les bénis à leur tour, pièce par pièce. Il y avait à présent trop de sérénité ici pour les importuns qui avaient su s'y faire inviter. Ils étaient déjà partis.

J'eus de longues discussions dans le jardin avec les plus avancées de mes apprenties. Il y avait Jade, avec sa voix d'ange et ses grands yeux ronds toujours étonnés. Et les autres, Lan, qui avait appris si vite à soigner, Jing, Hua, Fine, toutes si sensibles et si ouvertes. Elles n'avaient pas besoin de m'avouer grand-chose, je savais bien qu'elles étaient les seules à pouvoir semer une telle zizanie. Elles le firent quand même, la gorge serrée par l'angoisse et la culpabilité. Il fallut laisser leurs larynx s'ouvrir et expulser toute cette autocondamnation dont la société nous assomme ; la condamnation des autres aussi. Zhang m'en voulait.

« Sainte mère, je pensais apaiser ces esprits en communiquant avec eux. Comment aurais-je pu savoir que c'était dangereux ? Pourquoi ne pas me l'avoir dit ?

– Pourquoi ne t'ai-je jamais dit que le bambou était vert ? Parce qu'il est devant ton nez. Toutefois, si tu m'avais posé la question, je t'aurais mise en garde.

– Vous nous avez donné un pouvoir que nous ne pouvons pas utiliser.

– Non. Je vous montre un pouvoir que vous devez servir. C'est un devoir et un honneur. Laissez les créatures inférieures effrayer les ignorants ; et cessez de vous tourmenter. Vous viendrez avec moi ce soir, au palais. Votre formation doit être poursuivie. Prochain chapitre au programme : la protection. »

Je les envoyai se nourrir, elles en avaient besoin. Nuage d'azur crut bon d'intervenir et de me faire profiter de ses conseils pédagogiques.

« Tu dois accepter de les laisser jouer un peu avec ce qu'elles apprennent.

– Je les laisse ; mais je ne peux pas le leur dire, pas en bloc. Comment veux-tu qu'elles me prennent au sérieux si je laisse entendre que rien de ce qu'elles font n'a de gravité ? Crois-tu que les dieux eux-mêmes s'offusquent vraiment de nos fautes ? Crois-tu qu'ils soient étonnés de toute cette souffrance inutile ? Non. Ils ont fixé les règles, ils ont envoyé des maîtres et des prodiges pour nous les enseigner, et ils nous observent avec tendresse nous amuser, casser nos jouets et pleurer ensuite. Ils le savent d'avance, et ils reviennent nous consoler patiemment, à chaque erreur. Et peu à peu, nous apprenons. Moi aussi, je sais par avance qu'elles feront n'importe quoi de mon enseignement, et que c'est probablement la seule façon pour elles de l'assimiler ; comme pour n'importe qui. Et je reviens pour elles, dès qu'elles en ont besoin. »

Nous sommes rentrées à pied au palais. Quelques heures de marche nocturne nous firent du bien. Un grand silence régnait sur la ville. Les mouches dormaient enfin, les canons aussi. Partout, des lanternes rouges étaient allumées aux portes des maisons. C'était comme si la guerre sommeillait elle aussi, et laissait la vie tranquille.

) 2 3 (

Panique

Je m'apprêtais à reprendre intensément en main la formation de mes apprenties : le matin, méditation ; aux premiers coups de canon, soins aux blessés ; le soir, méditation. Étrange programme, pensai-je, mais qui avait au moins le mérite d'être un programme, pour des femmes en temps de guerre.

Notre petite infirmerie improvisée avait du succès. Même les militaires insistaient pour s'y rendre plutôt qu'à l'hôpital officiel. Les Lanternes noires pansaient, recousaient, changeaient les pansements. Mes apprenties sorcières voulurent les aider, mais je leur demandai de les laisser faire, et de se livrer entièrement aux soins énergétiques. Elles retrouvaient la sérénité des gestes qui étaient devenus leur raison de vivre : les mains en prière, les mains levées, les mains sur les corps, la lumière partout. Quant à leur triste expérience, elle leur avait été nécessaire. Je les rassurai : il fallait qu'elles en passent par là pour comprendre. Elles avaient fait d'immenses progrès depuis.

Le soir, à peine m'étais-je assise avec elles face au soleil couchant que Nuage d'azur interrompit notre méditation :

« Les troupes du général Ma[38] sont entrées à Tianjin.

– Des militaires de plus à nourrir, alors que les vivres manquent ?

---

[38] – Le général Ma Yukun était sous les ordres de Dong Fuxiang.

– Oui, dix mille hommes. Des cavaliers.

– Il faudra nourrir leurs chevaux aussi, alors. Ce n'est pas une mince affaire.

– C'est plus grave que ça. Cao Futian m'a demandé de t'avertir : ces hommes sont ceux qui gardaient la route de Dagu.

– Ils ont laissé la route libre aux troupes étrangères ?

– Apparemment. En ville, la cavalerie ne sert à rien, alors qu'entre ici et la côte, elle est en mesure de bloquer les troupes ennemies : les rails sont détruits, elles ne peuvent circuler qu'à pied. Avec cette chaleur, la cavalerie de Ma n'en ferait qu'une bouchée. Mais elle est ici maintenant, et la voie est libre. »

Si Cao Futian avait raison, nous étions tous morts. Cette fois, je me décidai à demander une nouvelle audience à La Pieuvre. Je dus faire preuve de fermeté : ses serviteurs le disaient très occupé. Indisponible, même. Je voyais bien qu'ils étaient gênés de m'éconduire. Il finit par me recevoir, très brièvement, comme une importune. J'imagine que le souvenir de notre dernière entrevue lui était resté en travers de la gorge. Certes, je lui avais refusé mon aide, mais il me devait des comptes.

« Vous avez laissé la route libre aux étrangers ?

– Ils sont toujours bloqués sur leurs bateaux où ils épuisent leurs vivres. S'ils arrivent à débarquer, ils seront à pied, épuisés. La chaleur les achèvera. Nous n'avons donc pas besoin de cavalerie sur la route de Dagu.

– Mais à quoi servira-t-elle en ville ?

– À livrer la bataille décisive, sur le terrain qui nous est le plus favorable. Tianjin est peut-être le lieu le plus sûr de toute la Chine : un mur de remblai à l'extérieur de la ville ; des remparts hauts de six mètres, larges de cinq. Rien ne viendra à bout de notre citadelle.

– Pourquoi une bataille aurait-elle lieu ici si l'ennemi est bloqué ailleurs ?

« – L'armée est galvanisée par ce général Ma, même si de nombreuses tensions existent entre lui et le général Nie Shicheng. C'est vrai, ils ne sont pas d'accord sur les stratégies à adopter. Nie Shicheng prend ses ordres de Rong Lu, qui cherche à éviter la violence ; le général Ma les prend de Dong Fuxiang, qui ne les prend… que de lui-même. Il prétend obéir directement à l'impératrice, mais tu sais ce que j'ai appris ? Elle a secrètement nommé le comte Li vice-roi du Zhili, alors que Yulu est toujours en poste. Si Yulu l'apprend, il abandonnera les armes, c'est certain.

– Nous sommes en pleine guerre, on ne sait plus où mettre les blessés, et tu parles de nomination ?

– Si l'impératrice l'a nommé officieusement au plus haut poste du pays, alors qu'il désire la paix à tout prix, qu'il discute tous les jours avec des étrangers qui l'ont corrompu jusqu'au cou, c'est qu'elle n'y croit plus. Elle lui donne déjà le pouvoir de négocier avec l'ennemi.

– Tu prépares l'avenir mais le présent est là, et il t'échappe à chaque instant.

– C'est toi qui me disais qu'il fallait agir, et choisir. C'est le moment. Mon destin est en marche, il me prête sa force.

– Et toi, à qui prêtes-tu la tienne ?

– Tu es voyante. Aide-moi à comprendre ce que mijote le comte Li. Est-ce lui qui bloque les ordres ?

– La voyance, encore ! Qu'as-tu fait de ton confucianisme ? De ta raison ? Vis dans la réalité. Le comte Li est à Canton. Comment veux-tu qu'il s'occupe de la guerre ici ?

– Il est puissant, il a des espions partout.

– Toi aussi. Mais tu ne les utilises qu'à fuir. »

C'était le mot de trop. Il me lança un regard assassin.

« La Chine ancienne est morte, dit-il pour se justifier.

– Pas son peuple. Et il a besoin de toi. »

Je le quittai sur ces paroles, sans plus rien espérer de lui.

À Dagu, les choses ne se passèrent pas comme l'avait prévu La Pieuvre. Il suffit aux étrangers isolés sur leurs navires d'offrir le prix fort pour faire venir des centaines de pêcheurs chinois, prêts à vendre leurs bateaux pour les faire débarquer. On dit que ce sont les Japonais qui prirent les choses en main, à Dagu, et qui osèrent les premiers traîner leurs canons sur la route qui les séparait de Tianjin. Les autres étaient pris par la peur : ils croyaient que l'armée chinoise les y attendait.

Le lendemain, deux mille Russes arrivèrent dans les concessions de Tianjin, avec quatre canons, malgré la chaleur et l'état des rails. Notre armée de vingt mille hommes n'avait servi à rien. La brèche était ouverte.

) 24 (

Les heures noires

L'armée chinoise tenta de prendre les étrangers à revers pour refermer le siège. Les grands étendards jaune et rouge des généraux de l'empire guidèrent les régiments vers l'est le long du canal de Lutaï dans un mouvement lent, méthodique et puissant. Des milliers de Chinois marchaient pour sauver Tianjin et l'empire, en deux grandes lignes ordonnées. De loin, la parade était magnifique.

Futian ne s'y laissa pas prendre.

« Ça sent trop l'école militaire. Les généraux font les bons élèves : ils veulent se battre comme des poilus, avec des méthodes de poilus, mais ils n'ont pas leur expérience. Je ne leur donne pas deux heures. »

Et l'armée battit en retraite : elle avait chargé à découvert.

Désormais, seuls les dieux pouvaient encore venir à notre secours. Or, ils ne le font jamais sans l'aide des hommes. Toute la partie est de la ville était en train de tomber aux mains des étrangers. Notre arsenal fut bombardé. Le bruit incessant des canons était insupportable.

Dans les concessions aussi, le ton avait changé. On disait que les Russes tiraient sur tous les Chinois, y compris les derniers domestiques restés fidèles aux étrangers. Ils les finissaient à la baïonnette. Nous ne pouvions pas nous permettre de perdre cette guerre. Nous en avions tous conscience : nous serions à la merci d'êtres sans foi ni loi, appelés ici dans le seul but de nous faire du mal.

L'expédition Seymour rejoignit les concessions. Dans sa déroute, elle était tombée par hasard sur un arsenal mal gardé, dans les environs de Tianjin. Elle s'en était emparée. Ce n'était plus un siège, c'était une passoire.

Les étrangers étaient désormais six mille à livrer bataille. Ils se mirent eux aussi à nous bombarder. Ils visaient nos batteries, nos forts, et surtout les hauts murs de notre vieille citadelle carrée, la ville noire, dont les remparts centenaires semblaient regarder avec ennui toute cette agitation. Les obus ennemis s'y heurtaient comme des mouches contre une vitre.

Les habitants les plus exposés commençaient à venir s'y réfugier. Certains craignaient d'être pris par les étrangers, d'autres d'être rackettés par l'armée. Tous ceux qui le pouvaient fuyaient.

Le général Nie Shicheng mourut, emporté par un éclat d'obus. Il avait obéi aux ordres, mais même l'impératrice ne pouvait lui refuser une mort au champ d'honneur. Il laissait le général Ma aux commandes d'une armée de vingt-deux mille hommes. Désormais seul maître à bord, il fit creuser des tranchées pour s'approcher le plus près possible des concessions, et déchaîna l'enfer sur elles ; toutes, sauf celle des Britanniques. Je me demandais si c'était pour protéger l'espion de La Pieuvre, et surtout, les précieuses informations qu'il livrait aux marchandes de thé. Les nouveaux artilleurs étaient précis : les batteries étrangères sautaient les unes après les autres. Ils reprirent l'arsenal de l'ouest dont les Japonais venaient de s'emparer. Les soldats chinois se sentaient enfin unis sous la poigne d'un commandement clair, disait-on avec fierté dans le palais du vice-roi. Pourtant, alors que l'armée chinoise avait le dessus, elle se retira. Je ne saurai jamais pourquoi elle avançait pour mieux reculer, et n'allait jamais au bout de ses mouvements. Le moment était venu de s'unir, de se battre coûte que coûte, ou alors pas du tout.

En réalité, on n'efface pas des mois de trahisons et de contre-ordres en quelques jours, même pour les troupes les plus motivées, même menées par les généraux les plus compétents. Certains continuaient d'y croire. Mais les fidèles de Nie Shicheng refusaient d'obéir au général Ma. Je ne leur donne pas tout à fait tort. N'était-il pas un fanatique cruel, imbécile de surcroît ? S'il était resté sur la route de Dagu, les étrangers ne seraient jamais passés.

Ce n'était pas vraiment une armée qui défendait Tianjin et la route de Beijing, c'était un rassemblement de clans prêts à s'entretuer pour offrir à l'impératrice la tête d'un autre en échange de sa propre rédemption. Plus personne n'était dupe.

Chaque jour, des déserteurs chinois étaient jetés au fleuve pour rappeler aux hésitants où était leur devoir. Leurs corps avaient été mutilés pour les déshonorer aux yeux de leurs ancêtres. Pourtant, on ne pouvait pas leur en vouloir. Tout avait été volé à ces hommes : le prestige, l'honneur, et toute chance de victoire. Si l'état-major chinois voulait faire un exemple, il se trompait : ces corps malmenés nous montraient seulement que l'armée elle-même était en roue libre, et incitaient les vivants à fuir avant qu'il ne soit trop tard. La terreur avait frappé la ville.

Ai me fit prévenir que des déserteurs chinois étaient entrés au Lotus jaune et avaient exigé de la nourriture, fusils au poing. Les femmes qui les reçurent venaient pour la plupart du Shandong : elles n'avaient pas trouvé un refuge pour se faire dicter des ordres par des hommes qui les avaient chassées de leurs terres. Trois d'entre elles y laissèrent la vie ; leurs assaillants aussi. Désormais, les portes de l'école restaient closes, gardées jour et nuit par les plus pugnaces des Lanternes rouges.

Mais ce qui nous accablait le plus, c'était de voir l'armée chinoise répéter mécaniquement les mêmes mouvements sans résultat : attaquer la gare, à nouveau ; et bombarder les concessions, mais seulement le quartier français, qui n'était plus qu'un tas de poussière ;

c'était à se demander si les artilleurs avaient bloqué les canons dans cette position et ne pouvaient plus les déplacer. Et les corps arrivaient à l'infirmerie, inexorablement.

Alors, Le Ventre vint me voir ; mon marchand préféré, si joyeux et amène autrefois, avait perdu son bon sourire.

« Sainte mère, je vais tenter d'entamer des pourparlers avec l'ennemi. »

Je ne dis rien. Il avait l'air gêné.

« Le vice-roi n'est pas au courant de ma démarche. Nous allons perdre cette guerre, c'est certain. Toi qui lis l'avenir, tu le sais bien. »

Je ne dis toujours rien. Comment lui expliquer, entre deux coups de canon, dans un nuage de mouches, que je ne sais pas lire ? que l'avenir n'existe pas ? que la clairvoyance protège de tout, et qu'elle est accessible à chacun d'entre nous ? Depuis qu'elle m'est offerte, j'aimerais ne parler que d'elle, de la vision exacte, sereine et aimante des êtres, et de la réalité, au lieu des oracles et des poudres de perlimpinpin que me réclament les chalands de ce monde.

Mais si Le Ventre avait pris le risque de sortir de son palais pour venir me voir, dans un palanquin bardé de gardes, ce n'était pas pour recevoir mes leçons. C'était pour être écouté. Il avait raison, de toute façon. Nous n'avions aucune chance, nous n'en avions aucune depuis le début, et pourtant, nous avions construit de toutes pièces ce moment.

« Je m'inquiète pour ma ville, reprit-il. Jusqu'ici nous avions réussi à préserver l'essentiel. Je parle des réserves d'argent, des stocks de sel et des tombes de nos ancêtres. C'est tout ce qu'il nous faut pour rêver d'avenir. Si les étrangers entrent dans la ville après le siège qu'ils ont subi, ils vont la piller. Or, ces étrangers, que désirent-ils au fond ? Cette guerre n'est qu'un enchaînement de malentendus, d'exécutions de menaces dont on a déjà oublié le motif. Aujourd'hui, les miliciens du Poing de la justice et de l'harmonie servent à marquer les cibles de nos artilleurs, qui tirent dessus en disant que, de toute façon, ils sont invincibles. Ils seront bientôt tous morts. Les étrangers n'auront plus de raison de se battre. Une négociation est peut-être possible. Il faut la tenter. »

Il avait l'air triste, Le Ventre, aussi triste que moi. Je ne l'avais jamais vu ainsi. Il faisait un pari, il savait qu'il le perdrait, même s'il espérait se tromper. Il interpréterait le moindre mot de ma part. Je ne voulais ni le blesser, ni lui mentir.

« Je suis donc venu te demander ta bénédiction, sainte mère. »

Il s'inclina devant moi. Cela faisait bien longtemps qu'on ne m'avait rien demandé de plus simple, de plus doux. Je me levai, et mis mes mains sur sa tête.

« Va en paix », lui murmurai-je doucement.

Il partit, son grand sourire confiant dirigé vers le ciel. Je ne suis pas stratège, mais il doit y avoir un temps pour tout ; un pour se battre, et nous savions tous que nous l'avions laissé passer ; et un pour se rendre. Les devins travaillaient ferme, à Tianjin et ailleurs, pour prédire l'avenir et demander au *Yi Jing* la meilleure attitude à adopter. Le Ventre n'en avait pas besoin. Il n'avait aucune chance de réussir, car pour négocier, il faut être en position de le faire. Il le savait mieux que personne. Or, Le Ventre n'avait rien à offrir que l'ennemi ne puisse désormais prendre facilement. C'est la dernière fois que je le vis.

À l'infirmerie, la situation était indescriptible. J'y passais mes journées, hébétée, en prière au milieu de ces corps que je regardais hurler et se débattre. Ils s'entassaient par centaines, par milliers, morts ou enfermés dans une prison de souffrance dont il fallait les extirper. Les Lanternes noires travaillaient ferme, aussi abruties que moi par l'énormité de la tâche. J'ouvrais les mains, stupéfaite par leur décharge, et je leur obéissais. Elles m'étaient devenues étrangères.

Je ne parlais plus, je ne pensais plus, je ne mangeais plus. Quand j'essayais de dormir, la tête me tournait et je vomissais. Alors, je gardais les yeux ouverts, et attendais le lever du soleil, les coups de canon, les mouches et les hurlements.

C'est Nuage d'azur, malgré ses mystères et sa froide distance, qui vint me redonner confiance, un soir, à l'infirmerie.

« Tu n'avais jamais vu la guerre, Hei'er, contrairement à beaucoup de ces hommes. Elle est laide. Mais elle est parfois inéluctable : peut-être qu'il fallait que tu saches que ces malheureux étaient prêts à affronter la mort pour se faire justice.

– Alors, c'est sans espoir. La violence engendre la violence.

– Il n'y a pas que de la violence, ici. Toi, tu es là. Beaucoup de combattants meurent seuls, abandonnés. Mes parents sont tombés quelque part, il y a longtemps, sur une terre qui a servi par hasard de champ de bataille. J'espère qu'ils ont eu la chance d'avoir quelqu'un comme toi à leurs côtés à ce moment-là, pour prier et amener de la joie au bout de leur chemin.

– De la joie ? Non.

– Regarde mieux ces corps. Beaucoup ont un visage apaisé, presque souriant, même si la vie les a quittés. Tu as amené de la légèreté dans ce chaos, une légèreté bienvenue : des mendiantes ont dansé dans les rues ; les esprits sont sortis de leurs temples pour jouer avec elles, les mauvais comme les bons. Quant à moi, je n'ai jamais rien vécu d'aussi extraordinaire. »

Je n'étais pas certaine de partager l'enthousiasme de Nuage d'azur. Mais de retour au palais, je tombai comme une pierre dans le grand lit à baldaquin qui me convenait si mal. J'aurais voulu qu'on me rende ma barque, et me retrouver bien serrée dans son minuscule habitacle de bois brut, loin de ces dorures clinquantes. La douceur de la vie me manquait au-delà de tout ce que je n'aurais jamais pu imaginer.

Je m'endormis enfin. Et cette nuit-là, dans mon sommeil, j'entendis une musique éblouissante, sublime, hors de portée de notre monde. C'était un chant divin, porté par des voix d'une splendeur à couper le souffle. Je savais que c'était une promesse ; la promesse d'une extase absolue, et certaine. J'aurais voulu rester là à jamais.

À mon réveil, toute amertume m'avait quittée.

Il y aura un lendemain, quoi qu'il arrive. L'été passera, et laissera la place à la délicatesse des levers de soleil d'automne. Ils reviendront, eux. Ils existeront, pour certains d'entre nous en tout cas. Et à la fin, tout ira bien. Tout sera bien[39]. C'est une vérité de toute éternité.

Je retournai à l'infirmerie d'un pas ferme et léger. J'avais du réconfort à offrir. Rien d'autre n'avait d'importance. J'étais revenue dans mon corps, dans la sécurité de mes sensations. Toute la fatigue du monde et tous les canons de l'univers ne suffiraient pas à étouffer les battements de mon cœur. Tant qu'ils me porteraient, je continuerais. C'était ma seule ressource, tout ce que j'étais vraiment : un corps en mouvement au rythme de ce pouls. Le reste, l'extraordinaire capacité de guérison qui m'était donnée, venait d'ailleurs. Elle me nourrissait, elle me transportait, elle me grandissait. Mais j'avais retrouvé la sensation d'être encore vivante, encore humaine, dans ce corps que j'aimais.

À l'infirmerie, je me contentais d'ouvrir les mains. Ce qui passait entre elles n'était plus le filet des débuts mais une crue torrentielle. J'étais devenue comme le Grand Canal, large et forte.

Les jours qui suivirent ne furent que confusion, bruit et violence. Parfois, je me surprenais à croire en la victoire : les officiers ne faisaient pas creuser toutes ces tranchées pour passer le temps ou faire croire à l'impératrice qu'ils travaillaient. Ils avaient forcément prévu quelque chose. Mais Nuage d'azur me rappelait à la réalité :

« Ils font comme nous, ils improvisent. »

---

[39]– Mots empruntés aux *Révélations de l'amour divin* de la mystique Julienne de Norwich (1342-1416).

Injustice, violence et improvisation, tel était le trio sanglant qui menaçait chacune de nos heures. Nous devions lui opposer un mur de clarté.

De nouveaux renforts chinois arrivèrent : six mille hommes et six canons, des Krupp flambant neufs. Or, ce n'étaient ni les munitions, ni les batteries, ni les hommes qui manquaient. C'était l'ordre.

Il se mit à pleuvoir. Les températures chutèrent.

Les étrangers s'embourbaient dans leurs campements. Ils avaient beau raser toutes les constructions chinoises aux alentours pour éviter que des tireurs s'y cachent, ils étaient terrorisés. Eux aussi étaient épuisés par les veilles constantes auxquelles les soumettaient les tireurs et les incendiaires chinois. Beaucoup de militaires étrangers étaient arrivés, mais peu équipés. Ils n'avaient ni eau ni vivres, et manquaient de munitions. Les Français ne savaient pas se servir des armes allemandes qu'ils avaient volées dans l'école militaire. Les Britanniques avaient amené des soldats indiens qui s'imbibaient d'alcool et se battaient entre eux. Les Russes pillaient les maisons de leurs alliés. Tous se détestaient. Au moindre mouvement, au moindre bruit, les soldats des huit nations tiraient. Ils étaient à cran. Seuls les Japonais faisaient preuve de sang-froid. Ils tenaient probablement à se montrer exemplaires, maintenant qu'ils jouaient dans la cour des grands.

Je fis un rêve. Un coolie chantait une chanson sous les remparts, la chanson d'un renard qui traverse l'eau sans se mouiller grâce à ses amis. Je me réveillai en pleine nuit, hantée par ce chant. Je me rappelai tout à coup que je l'avais vraiment entendu. Je me rendis immédiatement au temple des huit immortels pour en parler à Cao Futian, qui ne me posait plus de questions désormais lorsque je venais le tirer de son lit.

« Les Japonais recrutent des espions dans l'armée, lui dis-je. Ils ont des contacts chez nous depuis le temps de Kang, des réformes et du coup d'État. L'un de leurs agents se déguise en coolie et chante une chanson sous les remparts. C'est un appel aux officiers qu'ils connaissent à échanger des informations contre leur exfiltration au Japon. Trouve cet homme et les officiers qu'il a retournés contre nous. »

Cao Futian passa deux jours planqué près des concessions japonaises, épiant toutes les entrées et toutes les sorties des bâtiments. La plupart des civils avaient été évacués. Ceux qui restaient se terraient dans les caves des bâtiments et n'en sortaient que la nuit, quand les tirs cessaient, pour respirer l'air frais. C'est le soir du deuxième jour que Cao Futian repéra un officier chinois. Il sortait du bâtiment japonais, habillé à l'occidentale, tenant son chapeau à la main pour s'essuyer le front. Futian aurait pu le prendre pour un Japonais dans son costume, mais il avait gardé sa longue tresse mandchoue. Pourquoi l'officier chinois avait-il pris le risque de conserver ce signe distinctif? Avait-il le sentiment de ne pas faillir à son honneur en ralliant les Japonais? Ou espérait-il pouvoir changer de camp si, par hasard, la Chine remportait la guerre? Cao Futian lui tira une balle entre les deux yeux.

L'agent japonais qui sifflait ses chansons sous les murailles ne se méfia pas d'une mendiante tapie dans l'ombre, à la recherche de rats. C'était Nuage d'azur qui lui trancha la gorge et fit remettre sa tête aux soldats du vice-roi.

Le soir même, elle me tendit un petit morceau de papier gribouillé d'une curieuse écriture.

« Qu'est-ce que c'est?

— Le message que l'espion anglais a apporté aux filles qui font semblant de vendre des soupes avec le vieux Yang.

— Elles sont restées dans cet enfer?

— Il a réussi à leur obtenir un passe-droit. Voilà des jours qu'il ne donnait plus de nouvelles.

— Comment ce message est-il arrivé jusqu'à toi?

– Elles ne savaient pas à qui le confier : le palais de l'Amirauté est tombé aux mains des étrangers. Je suis leur maître, elles me l'ont apporté. Et je te le donne, à toi, parce que tu sauras à qui le transmettre. Ce message est très grave : les huit nations préparent une grande offensive.

– Tu lis l'anglais ?

– Je viens du Shandong, Hei'er. Comme beaucoup d'enfants là-bas, j'ai reçu l'éducation des orphelinats chrétiens. »

Je n'avais jamais vu Nuage d'azur aussi nerveuse.

« Tu t'es convertie ?

– Non ! Je suis taoïste. Je n'ai pas eu le choix. Je suis partie de l'orphelinat aussi vite que possible.

– Je croyais qu'au Shandong, on ne trouvait que des missions allemandes ? »

Elle gloussa presque. Quelque chose en elle s'était brusquement détendu. J'étais passée près de la zone d'ombre, mais je l'avais perdue.

« Oh non ! Il y a des missions de toutes les nationalités, crois-moi : des Anglais, des Hollandais, des Américains, c'est une salade d'églises de toutes sortes. Mais prépare-toi, Hei'er, et fais avertir Futian. Jusqu'ici, seuls les Japonais ont vraiment eu le courage d'affronter nos lignes. Les Russes envoient des éclaireurs dans toutes les directions pour trouver nos positions stratégiques. Les huit nations peinent à se mettre d'accord, mais elles sont en train de le faire. Notre armée n'a plus de temps à perdre. »

Ce message, je le remis directement à Éva. Je crois qu'elle était la seule dans ce palais à ne pas mélanger honneur et orgueil. Elle le transmettrait à Yulu, pour qu'il puisse réagir en conséquence. L'armée chinoise avait-elle besoin de cet avertissement ? Les étrangers avaient quitté Dagu depuis trois semaines : ils avaient bien eu le temps de reconnaître les lieux et de se préparer. De plus, l'espion n'indiquait aucune date. Il avait peut-être appris, au contact de ses employeurs, à prétendre confirmer pour ne rien dire.

Ce matin-là, une détonation retentit dans la ville. La grande pagode à l'est de la citadelle, le temple de l'impératrice céleste, avait été réduite en miettes par un explosif puissant et toxique. On transporta des blessés à la peau jaunie et aux yeux rouges, brûlés par sa fumée.

Alors, je renvoyai mes élèves au Lotus jaune avec ces hommes empoisonnés, à leur charge de les soigner loin des combats, dans l'air pur de notre jardin. Elles me regardèrent avec tristesse.

« Tu nous éloignes toutes ? » me demanda doucement Jade.

Je lui souris, et la bénis.

) 25 (

LA BATAILLE DE TIANJIN

La veille de la pleine lune, les étrangers lancèrent une grande offensive.

Les remparts de Tianjin se transformèrent en fournaise. Les tirs ennemis étaient pointés sur eux, ainsi que sur les portes de la ville. Jamais l'effort déployé contre nous n'avait été si puissant. Deux énormes colonnes de six mille soldats étrangers déferlèrent sur la ville, l'une au sud, l'autre à l'est.

Au sud, dans les marais qui prolongeaient les faubourgs, ils se retrouvèrent sous le feu de nos canons, complètement à découvert. Des terrasses du palais du vice-roi, je les voyais courir dans la boue pour échapper aux tirs. Certains tentaient même de s'en recouvrir pour camoufler leurs uniformes colorés. Désespérés, ils pensaient trouver un abri dans les canaux où ils finissaient de s'embourber et se noyaient. Les tirs chinois étaient ininterrompus. Je crois que c'est ce que j'ai vu de plus proche de l'enfer.

Le soir, le faubourg sud était jonché de corps d'ennemis. Les étrangers abandonnèrent leur position au sud et se retirèrent. Beaucoup de Chinois crurent à la victoire. C'était oublier que les étrangers avaient réussi à s'approcher tout près de la porte sud, qu'à l'est ils tenaient désormais tous les faubourgs. Ils avaient chargé sur deux fronts différents et en même temps. Les batteries fixes installées par le général Ma étaient désormais en terrain ennemi.

Cao Futian vint me trouver à l'infirmerie où s'étendaient des rangées de mourants déchiquetés par les obus. Il me prit par le bras, et m'emmena à l'écart.

« Pars avec moi, Hei'er. Cette ville est perdue. L'armée utilise mes miliciens comme chair à canon pour ralentir l'ennemi. Je ne le supporte plus.

— Tu l'as supporté longtemps, pourtant. Ne serait-ce pas plutôt qu'il n'y a plus aucune gloire à tirer ici?

— Je ne suis pas un lâche. Tu le sais. Mais c'est vrai, les combats ici sont perdus, même si les soldats se croient victorieux. La nuit tombe, et ils s'endorment, alors que ce sont peut-être les dernières heures qu'il leur reste à vivre. Ils refusent de m'écouter.

— Ils ne t'écouteront jamais, Futian, quand le comprendras-tu enfin?

— Ils sont épuisés et satisfaits d'avoir enfin montré de quoi ils sont capables. Ils ne voient pas que les Japonais sont en train de préparer des explosifs, que les Russes envoient des éclaireurs à la recherche de notre grande poudrière. Ils sont passés juste à côté tout à l'heure, ils ne vont pas tarder à la trouver. Tout va sauter. Nous avons retrouvé trop tard les espions chinois : les étrangers savent tout de nos positions. Pars avec moi.

— Si la ville est perdue, je dois rester.

— Non, tu dois vivre.

— Et poursuivre encore les combats? Si Tianjin tombe, Beijing tombera aussi. Il faudra faire la paix. Il le faudra. C'est tout ce qu'il y a à faire maintenant, donner une chance de paix aux survivants de cette guerre.

— La seule chance est entre ici et la Cité interdite. Les rails sont impraticables, les étrangers seront obligés de passer à pied.

— J'ai déjà entendu ça.

– Ils sont malades, affaiblis, épuisés. Nous les attaquerons à ma façon, en petites bandes agiles. Nous frapperons et disparaîtrons, encore et encore, jusqu'à ce que leurs colonnes ne soient plus que des miettes, et ces miettes de la poussière. C'est notre dernière chance, il faut la saisir.
– Tu n'y crois pas, et tu le sais. »
Cao Futian baissa la tête.
« Après tout ce que nous avons fait, il faut jouer la partie jusqu'au bout. Le Poing de la justice et de l'harmonie ne survivra pas à une défaite. C'est tout ou rien. Ma tête tombera, comme celle des autres. Alors, je dois continuer à me battre.
– Je sais que tu iras jusqu'au bout. Tu es libre, pourtant. Tu peux décider de changer de rôle. Peut-être que d'autres plus puissants que toi t'utilisent, tirent les ficelles de ton personnage de meneur parce qu'il te va bien. Tu peux décider de cesser de leur appartenir.
– De qui parles-tu? Du prince Duan? C'est moi qui suis allé le trouver.
– Mais tu n'en as pas eu l'idée seul, non? »
Il me regarda de son air buté qui m'irritait tant. Je ne m'habituais pas à voir tant de panache côtoyer tant de bêtise dans le même être.
« Je ne suis pas de ceux qu'on manipule. C'est moi qui ai choisi ce combat, moi seul, moi qui ai rassemblé les hommes, qui les ai formés, moi qui ai pris tous les risques, et encore moi qui m'expose au combat.
– On ne t'oubliera pas, Futian. On ne t'oubliera pas. Et ton héroïsme a été une bénédiction pour toute cette jeunesse étouffée par la faim et l'autorité des anciens. Mais si la défaite arrive, ceux qui t'ont armé, conseillé et mis sur cette voie auront besoin d'une monnaie d'échange. Ce sera toi. Ils négocieront leur vie contre la tienne, et te livreront aux étrangers.
– Tu parles des triades? Le Poing de la justice et de l'harmonie est indépendant depuis longtemps.

— Il a des chefs.

— Oh, ceux-là ne sont pas dangereux. De vieux singes, trop âgés pour se battre, tout juste bons à truquer les rituels.

— Tu crois vraiment que ces vieux singes ont fondé seuls le Poing de la justice et de l'harmonie ? Fuis-les avant qu'il ne soit trop tard. Leurs visages sont connus, leurs noms aussi, tout le monde les a vus prêcher au temple des huit immortels. Ils voudront sauver leur peau. Ceux qui les dirigent éviteront que l'on puisse remonter jusqu'à eux. Ils vont couper toutes les ramifications pour ne garder que le noyau. Fuis-les. Fais en sorte qu'ils ne te retrouvent pas.

— Tu le savais et tu ne m'as rien dit ?

— Je n'en sais rien ; mais je le vois. Le Poing de la justice et de l'harmonie ne m'intéresse pas. Je te livre ce que j'ai devant les yeux : ton reflet. Rien d'autre que ton reflet. »

Il garda un instant le silence. Il était secoué.

« Tu es sûre de vouloir rester ?

— Tout à fait sûre. »

Il allait ajouter quelque chose. Il hésita, puis grommela. Ce devait être une tentative d'adieu, ou ce qui s'en approchait le plus pour une brute comme lui. Je l'ai laissé marmonner ses vagues paroles sans rien lui offrir de plus qu'un visage de marbre. Je dus me retenir pour ne pas lui rire au nez. Enfin, il me tourna définitivement le dos et s'en alla.

Nuage d'azur sortit alors de l'ombre d'une tenture.

« Je n'aime pas que tu m'espionnes, lui dis-je.

— Ce n'est pas toi que j'espionne.

— Je n'aime pas que tu espionnes Cao Futian non plus.

— Il est toujours dans tes jupes. Que vais-je faire, maintenant ?

— Ce que ta triade t'a demandé, je suppose. Faucher les têtes de tous ceux qui peuvent remonter jusqu'à elle. Celle de Cao Futian ; et la mienne.

– Une triade n'est pas tout, Hei'er. Même si je l'ai cru, un temps. Je suis vraiment orpheline. Je t'ai dit toute la vérité qu'il m'était possible de révéler. Mes parents se sont battus en Mandchourie, pour la secte du Zaili. Ils sont morts. La triade m'a recueillie et tout offert : un enseignement millénaire, un soutien, une protection, l'ouverture et le développement de mes aptitudes. Je lui dois tout. Je lui ai obéi en tout. Puis j'ai découvert ce que tu faisais ici : la même chose, un enseignement millénaire, un soutien ; la liberté en plus. Là-bas, j'étais l'une des seules femmes ; toujours cachée, toujours dans l'ombre pour mieux frapper. C'est efficace, personne ne s'est méfié de moi ici, à part toi. Regarde-moi, on me fait hanter les couloirs comme une souris, silencieuse, voleuse, toujours seule. Toi, tu as mis en pleine lumière les visages que personne ne voulait voir, et ces visages misérables, haineux, tu les as rendus beaux.

– Ils le sont grâce à toi, aussi. La boxe, c'était une très bonne idée.

– Oh oui, la boxe leur a fait du bien. Mais pas autant que ton amitié. Tu nous l'as offerte, Hei'er, à chacune d'entre nous. J'ai découvert la confiance. C'est quelque chose que la triade remplace par l'obéissance et l'arbitraire. »

Nuage d'azur hésita, cherchant ses mots.

« Moi aussi, je vais suivre ton enseignement, trouver une autre voie. Mon organisation pensait que si les étrangers étaient vaincus, elle pourrait s'emparer du pouvoir, ou y installer ceux de son choix. Le Poing de la justice et de l'harmonie n'était qu'un appât, pour mettre l'ennemi à l'épreuve. Cela dit, ce mouvement a eu sa chance et aurait pu s'imposer. Plus maintenant. Nous passons donc à autre chose. Nous destituerons les Qing, mais autrement. Et comme tu l'as dit, pour protéger le tronc, il faut couper les branches. Tu as vu juste, c'est moi qui suis chargée de réduire au silence tous ceux qui pourraient trahir mon organisation : les sous-fifres, les hommes de main, ceux qui ont exécuté les ordres et pourraient reconnaître des visages. On les fera passer pour les chefs, et tout le monde sera content : les criminels seront châtiés. C'est la tâche qu'il me reste à exécuter, ingrate et bien solitaire, mais nécessaire. Néanmoins, je ne t'ai pas utilisée, Hei'er. J'ai utilisé le Lotus jaune comme abri, au début, et j'espère lui avoir donné en retour plus qu'il ne m'a offert. Ta vie m'importe, ce n'est pas moi qui la prendrai.

– Je croyais que tu appartenais à ton épée ?

– Elle me vient de mon père, qui la tenait de son père ; pas d'une triade.

– Et Cao Futian ?

– Tu l'as protégé. Alors, qu'il parte en paix. Il ne sait pas vraiment qui je suis, et il n'est pas assez malin pour le découvrir. Les barbares finiront par le coincer de toute façon.

– Et ta tête, Nuage d'azur, qui viendra pour la trancher ?

– C'est une très bonne question. Mais je porte mieux mon nom que tu ne le crois. Je sais disparaître, et même dans le milieu des triades, les femmes sont invisibles aux hommes.

– C'est en train de changer maintenant. Quoi qu'il en soit, je te souhaite bonne chance, Nuage d'azur. »

Elle disparut, comme tous les combattants qui comprenaient ce qui était en train de se jouer. Il ne restait en ville que les plus enragés des révoltés, les plus disciplinés des soldats, et les blessés. Je ne voulais pas les abandonner. Plus que jamais, je devais être là.

Je passai la nuit à prier à l'infirmerie. Je donnai le plus long et le plus intense des soins de ma vie. À l'intérieur de moi, autour de moi, tout était blanc, brûlant, vibrant. Je n'existais plus, j'étais irradiée. Je crois que depuis, je ne suis pas vraiment revenue dans le monde des mortels. J'ai déjà un pied de l'autre côté, et il me tarde d'y être tout entière.

L'aube arriva. Je montai sur les terrasses du palais du vice-roi pour la contempler.

Une explosion retentit, terrible. Les étrangers avaient profité de la nuit, de la pleine lune et du sommeil trop sûr de nos soldats. Les Japonais venaient de faire sauter la porte sud de la citadelle. Ils étaient prêts à tout pour se faire remarquer des nations occidentales. Ils avaient retiré leurs uniformes blancs, remis leurs pantalons orientaux de coton sombre et rampé jusqu'à la porte. Les faubourgs sud avaient été abandonnés : leurs habitants s'étaient enfuis, et les miliciens avaient été emportés par Cao Futian vers d'autres rêves. Les Japonais agirent sans être dérangés. À l'aube, ils étaient prêts. Dès que la lumière le leur permit, ils installèrent des explosifs contre la porte sud pour la faire sauter. Les artilleurs chinois sur les remparts se mirent aussitôt à leur tirer dessus. Les mèches que les Japonais allumaient étaient systématiquement soufflées par les obus. Alors, l'un des Japonais se sacrifia. Il courut, une torche à la main, et se jeta sur les charges explosives. Elles s'enflammèrent. L'homme et la porte volèrent en morceaux.

La citadelle était ouverte. Les étrangers s'y engouffrèrent par milliers et se ruèrent sur les remparts pour abattre les tireurs chinois.

Une seconde explosion fracassante retentit, suivie d'un énorme nuage de fumée noire, à l'est. Les Russes avaient incendié notre grande poudrière.

Une marée d'ennemis s'abattit sur Tianjin. Il en venait de partout. Et les Chinois fuyaient devant eux, fuyaient à en perdre haleine. Je vis même, à ma grande surprise, un régiment de cavalerie chinois à l'extérieur de la ville, parfaitement immobile. Il laissait la ville tomber sans rien tenter. Au bout d'un moment, il nous tourna le dos lui aussi et partit. Ses hommes n'avaient pas tiré un seul coup de fusil.

En me retournant, je vis que La Pieuvre était là, lui aussi, sur la terrasse.

« Tu es resté ? lui demandai-je.

– Oui. Il faut bien que quelqu'un reste. Tu as raison : la Chine est éternelle. Le vice-roi est parti. Il prend la tête de ses armées et prépare une dernière offensive pour protéger la route de Beijing. Le palais est vide, désormais, il ne reste que toi, et moi. Il faut bien que quelqu'un prépare la paix, et rappelle à ces enragés d'Occidentaux que nous les avons souvent épargnés pendant le siège et les batailles. Je ne sais pas s'ils le croiront. Ce sera difficile. »

Je voyais bien que La Pieuvre se couvrirait de ridicule, que les Occidentaux ajouteraient une couche supplémentaire de mépris à leur représentation des mandarins, mais il avait besoin d'encouragements. Il les méritait.

« Merci d'être là, lui dis-je. Tu feras un brillant architecte de la paix. »

Il me sourit, heureux de rêver à son destin, au-dessus de la curée.

Je descendis dans la rue. Des militaires britanniques criaient aux gens de rentrer chez eux, qu'il ne leur serait fait aucun mal. Ils parlaient en pidgin, une langue grossière faite d'un amas de mots piochés dans l'anglais et différentes langues d'Asie, une langue pour parler aux coolies, et que tout le monde ici comprenait. Les Chinois lâchèrent leurs armes. Ils avaient les mains en l'air et marchaient la tête basse vers un avenir misérable. Mais derrière les Britanniques, il y avait encore des Français et des Russes. Ils ne comprenaient pas le pidgin. Ils se jetèrent sur les Chinois avec leurs baïonnettes. Alors, je me suis interposée, avec toute la force que les dieux voulaient bien me prêter.

Je ne sais même pas en quelle langue je leur ai parlé. Ils s'arrêtèrent et me regardèrent. Peut-être avaient-ils juste besoin, à ce moment-là, de sentir que quelque chose résistait à leur élan de fureur. Peut-être étaient-ils heureux de rompre enfin avec la bestialité qui s'était emparée d'eux. Que ferons-nous de ce sang versé, de cette violence ? Nous sommes tous liés, tous autant que nous sommes, pauvres et riches, amis comme ennemis ; les ennemis plus encore : la haine est une boue lourde et visqueuse dont on ne se débarrasse pas facilement. Pourtant, nous devrons vivre avec les Occidentaux, avec le souvenir de cette cruauté collée à eux comme une ombre. Et eux, que verront-ils ? De pauvres fous, abandonnés par des élites encore plus folles ? J'espère que nous saurons faire la paix, et découvrir qui nous sommes vraiment.

Dans la rue, les étrangers finirent par se remettre de leur surprise. Ils virent les Chinois épargnés s'incliner devant moi en murmurant. Ils réalisèrent tout à coup que j'étais une femme. Je crois qu'ils ont eu honte, trop honte pour régler mon sort sur place. Ils m'emmenèrent ici, dans cette prison militaire. À nouveau, des soldats baissèrent le front sur mon passage. Gênés, les étrangers finirent par me couvrir d'un drap pour me faire traverser les bâtiments, et m'isolèrent dans cette petite cellule.

Ce qu'ils feront de moi m'est bien égal. Il n'y aura pas de procès. Il n'y aura pas de violence non plus. Tant mieux. Ils vont simplement s'arranger pour m'oublier. Par temps de guerre, il est difficile de vérifier les listes de prisonniers. Je ne peux pas compter les journées en regardant le ciel, mais je sens bien à ma soif qu'elles passent sans que personne ne m'apporte à boire.

Je n'ai pas peur. Tout est fini, et tout est bien. Il n'y a plus de contraires déchirants. J'ai rempli mon rôle. Je suis prête à mourir, car ce que j'ai accompli ne disparaîtra pas. Certaines de mes élèves survivront. Nuage d'azur survivra. La légende restera.

Dans quelques semaines, on retrouvera mon corps. Il ira rejoindre la fosse commune de Tianjin avec les autres, les Boxeurs, les soldats tombés au front, les prostituées et les orphelins, tous ceux que l'on préfère oublier. Ceux que je connais bien. Pas de tombe pour moi, pas de descendance pour y brûler des encens et des papiers. Je le savais depuis longtemps. Peu importe, car plus rien ne sera comme avant.

Mon existence n'est qu'un souffle dans l'univers, mais ce souffle-là a fait de la place. À Tianjin, des filles ont appris la boxe et beaucoup d'autres choses. Elles s'en souviendront. Elles seront habitées d'or et de souffle.

ÉPILOGUE

Pendant que les combats faisaient rage à Tianjin, les Russes annexaient discrètement la Mandchourie intérieure.

Le vice-roi Yulu se donna la mort deux semaines après la chute de Tianjin, à Yangcun, où il avait livré une dernière bataille.

Selon la légende, Nuage d'azur aurait survécu. On dit qu'elle organisa un banquet où elle invita des chefs de triade. Elle les décapita tous en les accusant d'avoir trahi la révolte.

Cao Futian fut retrouvé en 1901 près de Tianjin. Il fut décapité lui aussi, par les soldats de l'Alliance des huit nations, lors des exécutions massives ordonnées en représailles à la révolte.

Tianjin fut pillée ; un officier français raconte avoir vu des soldats occidentaux quitter la citadelle avec des chariots entiers chargés de taels d'argent, tirés par des mules. Les huit nations rasèrent la citadelle et firent de Tianjin une ville moderne.

L'impératrice douairière prit la fuite dans un chariot le 15 août 1900, déguisée en paysanne. Elle ne revint dans la Cité interdite que le 6 octobre suivant, après avoir beaucoup pleuré et publié un décret d'autocondamnation. Elle continua de régner, et fit passer une série de réformes : elle autorisa les mariages interethniques, interdit le bandage des pieds des petites filles, supprima la ségrégation entre les sexes et réforma l'enseignement. Des écoles de jeunes filles virent le jour, suivies bientôt de discours féministes. À sa mort, en 1908, Cixi était sur le point de créer une monarchie constitutionnelle qui garantirait le droit de vote et la liberté d'expression à tous ses sujets ; une monarchie Qing, bien sûr. En 1911, la révolution balaya ce qu'il restait de ce monde. C'est Yuan Shikai, celui qui avait combattu les Boxeurs dans le Shandong, qui devint le premier président chinois. Assez rapidement, il se fit proclamer empereur.

Le comte Li représenta la Chine pour signer le protocole de paix Boxeur, le 7 septembre 1901 : il fallut un an aux huit nations pour se mettre d'accord. Elles exigèrent 450 millions de taels de dédommagement. Pour garder son indépendance, la Chine paya jusqu'au dernier centime pendant quarante ans. Avec les intérêts, le montant des indemnités versées s'élève à plus de 980 millions de taels, soit environ quatorze milliards de dollars américains d'aujourd'hui.

Qui se plie restera entier
Qui s'incline sera redressé
Qui se tient creux sera rempli

Lao Tseu

Liste des personnages fictifs

A I, l'une des doyennes du Lotus jaune
BAO, la vieille de la Maison du phénix
CHAN, l'apprentie coiffeuse
CHEN HUI, la coiffeuse
FENG, l'amie d'enfance
FINE, jeune veuve élève au Lotus jaune
JING, Lanterne verte
L'ENTERREMENT, la mère de Wang Wei
LE VENTRE, Wang Wei, l'ami commerçant
LI MING, la lépreuse
LIN LI, le père de Lin Hei'er
MEI, élève au Lotus jaune
MÈRE, la maquerelle de la Maison du phénix
MIN, Lanterne noire
NUAGE D'AZUR, maître d'arts martiaux
NUIT NOIRE, prostituée
RÊVE D'ÉTÉ, prostituée
SANG D'ENCRE, La Pieuvre, le lettré
SHI, la guérisseuse
SHUN, le maître de la troupe
WANG ZAFEI, domestique des Britanniques, espion pour l'École des fleurs de prunier
XIU, Lanterne rouge bannie
YANG YUAN, le client assassiné par Hei'er

Liste des personnages historiques

Cao Futian. Un chef de milice boxeur qui joua un rôle important dans la guerre des Boxeurs : en contact avec les princes et l'impératrice, il obtint des armes et des locaux pour soutenir la révolte. Il mourut décapité en 1901, pendant les représailles des huit nations contre les Boxeurs.

Cixi (1835-1908), impératrice douairière. Concubine de l'empereur Xianfeng qui régna sur la Chine de 1850 à sa mort en 1861 et mère de l'héritier, l'empereur Tonghzi, elle s'imposa comme régente pendant les jeunes années de son fils. À la mort de celui-ci en 1875, Cixi adopta son neveu, un prince de trois ans qui devint l'empereur Guangxu. Elle assuma à nouveau la régence, et reprit le pouvoir par un coup d'État en 1898. À la mort de Guangxu en 1908, elle adopta son petit-neveu Puyi, le dernier empereur de la Chine.

Dong Fuxiang (1839-1908), commandant des armées musulmanes de l'Empire chinois.

Duan, un prince, père du nouvel héritier désigné par Cixi.

Évanescence d'un parfum de pluie, Éva, épouse de Yulu.

Guangxu (1871-1908), empereur. Il régna de 1875 à 1908. Neveu et fils adoptif de l'impératrice douairière Cixi, son règne personnel ne commença qu'en 1889, alors qu'il était âgé de 18 ans : il exigea de se marier pour pouvoir entrer dans l'âge adulte et régner en personne. Cixi prit alors sa retraite, mais elle revint au pouvoir par un coup d'État en 1898 pour empêcher Guangxu de laisser passer la Chine sous domination japonaise. Guangxu vécut alors enfermé au palais de la Mer, sous tutelle de Cixi. Il mourut de maladie en 1908, peu avant Cixi, sans héritier, ce qui obligea l'impératrice à adopter un troisième empereur : Puyi, son petit-neveu.

Kang Youwei (1858-1927), politicien chinois, conseiller de l'empereur. Il s'exila au Japon après l'échec du coup d'État de 1898.

Li Hongzhang (1823-1901), comte Li. L'un des conseillers les plus importants de la cour chinoise de la fin du xixe siècle. Vice-roi de plusieurs provinces, dont le Zhili, il négocia de nombreux traités avec les étrangers. Il signa le protocole de paix Boxeur en 1901.

Lin Hei'er, sainte mère du Lotus d'or.

Ma Yukun, général sous les ordres de Dong Fuxiang.

Nie Shicheng (1836-1900), général de l'armée chinoise, mort le 9 juillet 1900 pendant la bataille de Tianjin.

Rong Lu (1836-1903), chef des armées, prince mandchou, le plus proche conseiller de Cixi. Il occupa de nombreux postes importants, notamment aux Affaires étrangères, le Zongli Yamen, et commanda les armées chinoises pendant la guerre des Boxeurs.

Seymour (1840-1929), amiral britannique.

Xianfeng (1831-1861), empereur de Chine de 1850 à 1861, époux de Cixi.

Yang Mushi, colonel.

Yuan Shikai (1859-1916), le dénonciateur, gouverneur dans le Shandong, militaire et homme politique de la dynastie des Qing. Il fut surtout le Premier ministre de la république de Chine en 1911, et s'autoproclama empereur en 1915.

Yulu (1844-1900), important dignitaire mandchou, vice-roi du Zhili pendant la guerre des Boxeurs.

Zaiyi (1856-1922), prince Duan. Époux de la nièce de Cixi, son fils Pujun fut nommé héritier présomptif le 24 janvier 1900. Il créa sa propre armée et commanda lui-même des troupes de Boxeurs pour assiéger la cathédrale de Beijing. Comme il était détesté des étrangers, un décret impérial le désigna après la victoire des huit nations comme responsable du soulèvement des Boxeurs. Il fut banni à vie avec sa famille dans le Xinjiang.

Zhang Decheng (1846-1900), chef Boxeur du Poing de la justice et de l'harmonie.

Histoire et roman

Cet ouvrage est un roman historique : la situation économique et sociale de Tianjin, la révolte des Boxeurs et les mécanismes qui ont conduit à la guerre sont des événements documentés. Le récit les respecte.

Lin Hei'er a réellement existé. Elle a laissé une photographie et une tradition orale, une légende qu'elle partage avec Nuage d'azur. Très peu de témoignages subsistent sur elle, si romanesques et contradictoires que j'ai pris la liberté d'inventer beaucoup de choses : je ne pense pas que Hei'er soit la veuve d'un batelier révolté contre le trafic d'opium comme le veut une version de son histoire, car à cette époque, l'opium faisait partie intégrante de la société chinoise. J'en ai fait un alibi, pour masquer sa jeunesse inconvenante. Bien entendu, l'inverse pourrait être aussi vrai : ses détracteurs ont pu vouloir la décrédibiliser en lui inventant un passé de prostituée.

De même, j'ai créé de toutes pièces l'école du Lotus jaune : on dit que les Lanternes rouges pratiquaient la boxe ; or, les femmes ne vivaient qu'à l'intérieur des maisons. Il a bien fallu qu'un endroit accueille leurs réunions. Comme on appelait Hei'er « sainte mère du Lotus jaune », et que beaucoup de noms trouvent leur origine dans les lieux, j'ai créé le refuge du Lotus jaune.

Enfin, j'ai renoncé à faire des Lanternes rouges des combattantes actives de la guerre des Boxeurs, car aucune source historique n'évoque un recrutement de femmes par l'armée chinoise, ni de combats auxquels elles auraient participé. En revanche, elles ont réellement défilé à Beijing devant l'impératrice, et le lieutenant Alexis Daoulas, un jeune Français qui a participé au siège de Tianjin, évoque des cortèges de garçons défilant avec des lanternes rouges dans le quartier des concessions. Il a très bien pu ne pas comprendre qu'il s'agissait de femmes : il faisait nuit, et elles portaient des pantalons.

Quant au pillage de Tianjin, les historiens le mettent sur le compte des Boxeurs. Daoulas témoigne avoir vu des militaires étrangers sortir des carrioles entières d'argent de la vieille citadelle après la victoire de l'Alliance des huit nations. Comment cet argent a-t-il pu échapper aux rebelles ? J'ai montré Tianjin épargnée par le pillage des Boxeurs, mais c'est un parti pris.

Enfin, tous les missionnaires chrétiens n'étaient pas caricaturaux. On doit la traduction du *Yi Jing* à Richard Wilhelm, un évangélisateur allemand qui a entrepris cette vaste tâche sous la direction d'un maître chinois. Son œuvre fait toujours référence aujourd'hui.

*Lin Hei'er, sainte mère du Lotus jaune,
entourée des Lanternes rouges.*

Repères historiques

1839-1842

Première guerre de l'opium : ouverture des ports chinois aux étrangers et cession de Hong Kong aux Britanniques.

1851-1864

Révolte des Taiping : des rebelles fondent un royaume indépendant au centre de la Chine, déclenchant une guerre civile qui tue vingt à trente millions de personnes.

1856-1860

Seconde guerre de l'opium : Britanniques, Français, Russes et Américains obtiennent le droit d'établir des missions diplomatiques à Beijing et de voyager à l'intérieur des terres.
Les missionnaires arrivent en Chine ; des concessions étrangères sont établies à Tianjin.

1861

Mort de l'empereur Xianfeng.

1861-1875

Régence de Cixi.

Juin 1870

Émeute antichrétienne à Tianjin : le consul français Henri Fontanier, trente à quarante catholiques chinois et vingt et un étrangers sont lynchés par la foule.

1875

L'empereur Tongzhi meurt de la petite vérole à l'âge de 18 ans, sans enfant. Cixi adopte son neveu pour en faire l'empereur Guangxu.

6 mai 1882

Loi d'exclusion des Chinois aux États-Unis.

1888

L'électricité est installée au palais de la Mer.

1889

Tramway à Pékin.

1891

Révolte du Zaili : les migrants de la région de Tianjin partis en Mandchourie à la suite d'inondations sont matés par l'armée impériale.

1894-1895

Défaite de la Chine dans la guerre sino-japonaise.
Construction de la voie ferrée entre Tianjin et Beijing.

1896

Accord secret entre les Russes et les Chinois : les Chinois cèdent les voies ferrées mandchoues contre la promesse de l'aide russe en cas d'attaque étrangère. Cet accord ne sera jamais respecté par les Russes.

1897

Naissance du Poing de la justice et de l'harmonie.

4 novembre. Le meurtre de missionnaires allemands provoque l'invasion du Shandong par les Allemands.

1898
Les Russes obtiennent la cession de Port-Arthur.
Coup d'État de Cixi contre l'empereur Guangxu.
Émeutes anti missionnaires dans le Shandong.

1900
Révolte des Boxeurs.
21 mai. Ultimatum des légations exigeant la condamnation des Boxeurs.
10 juin. Départ de l'amiral Seymour pour Beijing dans le but de protéger les légations.
17 juin. L'Alliance des huit nations prend les forts de Dagu.
21 juin. La Chine déclare la guerre aux huit nations.
13-14 juillet. Bataille de Tianjin.
14 août. Les huit nations prennent Beijing.

1901
7 septembre. Signature du protocole de paix.

Repères géographiques

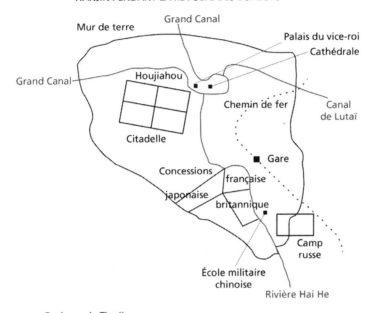

REMERCIEMENTS

Je tiens à remercier ceux sans qui ce livre n'aurait pas vu le jour :
Patrick Bayer pour son indéfectible soutien ;
mes parents qui m'ont nourrie de livres ;
Anne-Marie Hayoz pour m'avoir montré le chemin ;
Rozenn Masson et Clémentine Prévost pour leur regard acéré
et généreux ;
Cécile Ballauri pour son incroyable capacité à me motiver ;
mes éditrices, Sophie Rossier, Héloïse d'Ormesson,
et Alexandra Calmès, qui m'ont fait confiance.
Enfin, merci à Fleur Chabaille-Wang pour ses conseils historiques.

Avec le soutien obtenu par le canton de Fribourg.

Conception graphique et réalisation
Anne-Marie Bourgeois/m87design

✺

Achevé d'imprimer
par Normandie Roto Impression s.a.s.
à Lonrai (61),
en janvier 2024

●

Dépôt légal
mars 2024

Numéro d'imprimeur
2400125

Édition n°1